JN252111

Hawthorne's Literary Heritage: The Changing Faces of Romance and History

ホーソーンの文学的遺産

ロマンスと歴史の変貌

まえがき

ナサニエル・ホーソーンが、一八六四年にその生涯を閉じてから、百五十年あまりになる。ニューイングランドの古い港町セイレムに生まれ、植民地時代の歴史や悪名高い魔女狩りに関わった先祖を持つこの作家は、幼少より物書きたらんと欲し、大学卒業後も町の一角に息をひそめるように生息して土地の歴史に取材した小品を書き紡いだ。いわば、影のごとき存在の一地方作家として出発したのである。長い間、筆で生計を立てることなど夢のまた夢。しかし、やがて『トワイス・トールド・テールズ』、すなわち「二度語られた（取るに足らない）物語」という謙遜とも韜晦とも取れる題名の短編集を友人の助力を得て出した頃から徐々に注目されるようになり、『緋文字』の成功によってその文名は高まってアメリカの代表的作家と目されるようになった。そして、それ以来、経済的には相変わらず不遇をかこつ時期が多かったとはいえ、この作家の文学的価値が疑われたことはついぞない。これは生存中ついに正当に評価されることはなかったメルヴィルなど他のアメリカ作家と比べてみても特筆すべきことであろう。時代によって、文学趣味は変わり、批評の基準も変わっていく。しかし、ホーソーンは、過去百五十年間、そうした文学的評価の浮沈という荒波を乗り越えてきたということである。

ヘンリー・ジェイムズが述べたように、その美しい文体や深い人間心理の洞察は多くの読者、そして後に続く作家たちをも魅了し、ホーソーンこそがアメリカ文学の一つの基準であると考えられてきたという事実はある。しかし、それはいわば、百五十年、文学的に生きながらえることの必要条件ではあっても、十分条件ではなかったかもしれない。それ以外の何かがこの作家にはあったのだろう。今日、ホーソーンの文学は審美的領域や心理的領域を超え、アメリカ社会や政治、あるいは他国の文学や芸術、大衆文化にまでも広く影を落とす文化的遺産とさえなっている。アメリカの高校教科書で最も取り上げられることの多い古典は『緋文字』であり、大統領の不倫問題が発覚すると、『タイム』誌は、Aを胸につけた大統領の戯画を載せる。『緋文字』はアメリカの国内外で映画化されるのみならず数々の舞台でも上演され、オペラにさえなる。むろんその「遺産」の本流が文学にあることは言うまでもない。サミュエル・コールは、その文学的影響がクレイン、フォークナー、アップダイク、ティム・オブライエン、フィリップ・ロス、マッカラーズ、オコーナー、モリソンなど多数の作家に認められると指摘している。現代アメリカの代表的作家といってよいポール・オースターはホーソーン作品を想起させる人物名を多用する作家として知られるが、二〇〇九年二月九日の『ニューズ・ウィーク』誌において、ホーソーンの小説を自分にとって最も重要な作品として語り、「ここにアメリカ文学は始まる」とまで言っている。アメリカ国内だけではない。インド系アメリカ作家ジュンパ・ラヒリやバーラティ・ムカジーもまたホーソーンの小説を念頭に作品を生み出した。二〇一四年に発表されたローレンス・ビュエルの『偉大なアメリカ小説の夢』においても、ホーソーンの作品がジャンルや国境を飛び越え、様々に変貌を遂げながら現代に生き続けるインスピレーションであることが詳細に論じられている。ホーソーンは今やアメリカの作家というよりも、世界文学としても読まれているということである。

作品も『緋文字』だけではない。『七破風の屋敷』、『ブライズデイル・ロマンス』、それに『大理石の牧神』といった長編小説、それに、まさに珠玉という言葉にふさわしい数々の短編小説、近年では未完に終わった長編小説の遺稿や随筆作品にも大きな評価が与えられている。さらには、ホーソーンがアメリカ文学の中に残したと言ってよいロマンスという文学手法、あるいは特異な人物描写や歴史の扱い方、また、実生活の上で、実在した人物や政治・社会状況に与えた影響、それらもまた遺産目録の重要な品目として無視できないであろう。しかし、それらの遺産が、具体的に、どのような意味を持って継承され、あるいは、必要に応じて変容を迫られながら、現代にいたるまで長い影を投げかけているのかという問題は、改めて問われなければならない問題である。

本書は、ホーソーン没後百五十年を記念し、この作家のそうした文学的遺産の意味を再検討すべく、日本ナサニエル・ホーソーン協会が総力をあげて取り組んだ成果である。ホーソーン没後百五十年の年に当たる二〇一四年、会員諸氏にこの論文集の企画を伝え、論文を募ったところ実に多数の応募を得た。協会の代表を務めさせていただいている私は、西谷拓哉氏と髙尾直知氏にご参加をお願いして三人の編者体制を組み、その多数の応募を一つ一つ読むことから始めた。そして厳正に協議の末、十九人の方々に執筆をお願いすることにした。きわめて興味深いテーマながら、「ホーソーンの文学的遺産」というこの論集のテーマに馴染まないという理由でお断りしなければならない会員のプロポーザルが多数あったことは、いまだに申し訳なく、また残念だという思いをぬぐいきれない。しかし、ここに集められた十九本の論文は、ホーソーンの文学的遺産を様々な角度からあぶりだし、この作家の新たな側面を映し出している。結果として没後百五十年記念にふさわしい論文集になっていると思う。

全体は四部から成り立っている。I部は「ホーソーンと十九世紀の作家たち」と題して五本の論考を収めている。ホーソーンの文学的遺産というと、まず、ロマンスが想起されるが、最初の成田、髙尾氏の二論文は、そのロマンスというものの実相を炙り出し、それがその後の時代にどのように継承されているかを問い直そうとする試みである。両者のロマンス論は対極的な議論も展開されているが、それぞれの議論の当否は、読者にご判断いただければと思う。成田は「若いグッドマン・ブラウン」の精読を通して、ロマンスが現代につながっていく様を、髙尾氏は、「モラル・ヒストリアン」としてのロマンス作家ホーソーンの遺産が、特に女性作家たちに継承されていく様を論じる。ホーソーンとくればメルヴィルとの関係がいまだ大きな問題として議論されているが、次の西谷氏は、まさにそこをテーマとした。ホーソーンから受けた影響を、メルヴィルが短編小説の創造に生かし、そしてその中で家庭小説というジャンルを打ち破る方向に向かったことを論じる。吉田論文は、いきなり十九世紀の大西洋を越え、『緋文字』がトマス・ハーディの作品に及ぼした影響の可能性を克明に探っていく。ホーソーンの提示した時代認識、女性像、また語りの手法が、ハーディ作品の下敷きになっている様が浮き彫りにされる。竹井氏は、ホーソーンの「後継者」と言ってよいヘンリー・ジェイムズ晩年の未完作品『象牙の塔』の中に、ジェイムズが様々なホーソーンの遺産を活用した上で「アメリカ小説」を書き上げようとした様を探っていく。

第Ⅱ部は、「ホーソーンと二十世紀以降の作家たち」と題して、五編の論考を収めた。藤村論文は、『大理石の牧神』のイタリアとフォークナーの『響きと怒り』でクェンティンの独白にわずかに現れるイタリアをともに南北戦争を暗示するキイワードとして捉え、分裂する祖国と現実の不全感をこの両作家がロマンスの手法によって描きこんでいく様を追いかける。辻氏の論考は、あまり他作家への影響という点で論じられることのないホーソーンの短編「痣」が、実は、イギリスの作家オーウェルの作品『ビルマの日々』やトニ・モリソン、ミランダ・ジュライの作品に生かされており、痣の暗示する人間の悲しみ、罪、非白人性などの象徴的意味合いが時代と場所を変えて語り直され、また再解釈されている可能性を論じている。次の内田氏は、ホーソーンのロマンス的手法を「ラパチーニの娘」で確認した上で、南部の作家フラナリー・オコーナーがホーソーンを偏愛した作家であり、そのロマンス的手法に大きく影響を受けて作品を書いたこと、また、宗教上もホーソーンに畏敬の念を持っていたことを論じる。城戸氏の論考は、『緋文字』が舞台や文学などいかに多くの芸術分野で、しかも国境を越えて翻案されて再生されているかを広範な例をあげて示している。一方で、その作品の持つ喚起力の内実にも目を凝らして、ホーソーン文学の遺産の意味を考えようとする論考である。Ⅱ部最後の伊藤論文は、現代アメリカの代表的作家であるポール・オースター作品にポーやホーソーン作品の登場人物名が多用される理由を、この作家が、アメリカン・ルネサンスが開拓した「不滅の主人公」の肖像、具体的にはその父なき世界との対峙、書くことの孤独、自我の迷宮監禁というテーマに繰り返し帰り、そこを乗り越えようとする意志によるものとする。アメリカン・ルネサンスと二十一世紀が橋渡しされていることを印象付ける論考である。

第Ⅲ部「ホーソーンと子どもたち」は、ホーソーン作品の子ども像、また、作家の実人生における子どもたちを扱う。生田氏は、アメリカ文学における子ども像の議論でともすれば等閑視されることの多かったホーソーンの子ども像、とりわけパールが大きな重要性を持っていることを論じる。ロマン派の無垢なる子どもという観念論と、十九世紀後半から現れ出すリアルな人間としての子どもをつなぐ大きな役割をパールが果たしているとする。高橋氏の論文は、「雪人形」に焦点を当て、子どもの純真さが現出させる「奇蹟」の空間がホーソーンのロマンス空間に重なり、それが、例えばバーネットの『秘密の花園』においても実践されていることを指摘する。次の二論文は、ホーソーンの実人生における子どもたちに焦点を当てる。稲冨氏は、作家の子どもたちの中でも注目されることの少ない末娘ローズの生涯をたどりながら、そこに父親ホーソーンのどのような思想的、道徳的、また文学的「遺産」を垣間見ることができるかを追いかけている。池末論文は、父と同じ作家になって、その文学的遺産を受け継ごうとした長男ジュリアンが、文学的巨人の父親に対して持っていた複雑な葛藤を、ジュリアンの残した二作品、とりわけポーを題材にした短編中に読みこんでいく。

最後の第Ⅳ部は、「ホーソーンと歴史・人種・環境」と題して、作家のそれぞれのテーマとの結びつきを新たな側面から提示した論考が五編収められている。各論に共通する大きなテーマは、リアルとの対峙というものであろう。はじめの野崎論文は、エコ・クリティシズム理論を背景にホーソーンの自然論を追究したものである。文化や言語が規定する自然とは別に、人間文化の枠外にある物質的、不可知の領域としての自然もまたこの作家の視野にあったことが論じられる。中村氏は、「天国行き鉄道」の中に、従来指摘されなかった人種の言説を読みとる。当時の鉄道をめぐるイメージを地下鉄道や黒人霊歌、またスレイヴ・ナラティヴに探りつつ、ホーソーンのこの短編もまた人種の暗示を含んでいるとする。次の進藤論文は、ホーソーンがイギリス滞在を通じてリアルの世界と直面させられた様を描き出す。クリミア戦争、ギリシャ独立戦争、奴隷制などの問題に作家がどのような態度を示し、いかなる文学的影響を受けたかを日記に探っていく。大野氏もまた、作家の現実世界との対峙を問題にしている。ただ、対象は戦争である。この作家が、南北戦争を中心とした戦争をいかに捉えたかをエッセイや晩年の未完ロマンス中に探求し、ホーソーンは正義の美名のもとに暴力を再生産する行為を批判しているとする。古屋氏は、まさにリアルの世界に至るための道筋そのものを問題にしている。『セプティミアス・フェルトン』を詳細に分析しながら、独立革命の栄光に彩られたコンコードの裏側に回る、すなわち、時代の支配的なイデオロギーの影響を受けないリアルな歴史を描き出そうとするホーソーンの文学的営為に注目するのだ。

以上、長々と、しかし極めて不十分な各論文紹介を試みたが、むろんこれはこの論集全体の外形を簡単にスケッチしてみたに過ぎない。読者の方々には、是非、ひとつひとつの論考をじっくりと味わっていただければ幸いである。その中で、ホーソーンの没後百五十年というものが、どのように進展してきたのか、そして現代のホーソーン批評はどういう地点にいるのかが、浮かび上がってくるような思いを持っていただけるのではないかと思う。むろん、ホーソーンは没後百五十年を過ぎても読まれていくのであり、今後また、新たな側面が掘り起こされていくだろう。ホーソーン作品は、これまでの百五十年と同じように、時代の変遷に応じてまた新たなメッセージを生み出していくに違いないからである。今日、様々な「ポスト」という言葉で形容される我々の世界、かつて私たちを支えていた古い伝統的な、そして「ローカルな」枠組みが音を立てて崩れていく世界で、私たちはともすれば行方を見失っている。それはホーソーンが『大理石の牧神』で言ったように、いつ足下の地面が割れても不思議ではない時代と言っていいのかもしれない。古い共同体との関わりで言えば、我々は世界規模で古い棲家を追われたディアスポラの時代に生きているのかもしれない。なんのことはない。我々の時代もまた、ホーソーンの生きたアメリカン・ルネサンスの時代と似ているのではないか。それは、ディケンズがフランス革命の時代を、愚かしくも、栄光に満ちた、自分たちの時代とそっくりな時代と言った意味合いにおいてというだけではない。私たちとリアルの世界とを隔てる緩衝領域であったはずの伝統的な文化や社会のしかけが失われ、ともすれば私たちが剥き出しのリアルな世界に直面させられるようになったという意味においてである。その世界では、ホーソーンの文学もまた単に異国風の海外文学ではありえず、この混迷の世界を生きていくうえでの「私たちの」遺産として読まれていくはずである。この論文集が、そうした新しい時代のホーソーン像を形成するきっかけとなることを願っている。以上、この私たちのささやかな、しかし熱い思いの試みに対し、読者の皆さまからの忌憚のないご意見を頂戴できればこれにすぐる喜びはない。

成田雅彦

＊各論文のホーソーン作品からの引用は、すべて、オハイオ州立大学版ホーソーン全集、すなわち William Charvat et al., eds., *The Centenary Edition of the Works of Nathaniel Hawthorne*, 23 vols. (Columbus: Ohio State UP, 1962–94) に依ったことをお断りする。引用文献において全集は *CE* と表記し、そのあとに巻番号とページを記した。

＊この論集は、西谷拓哉氏、髙尾直知氏の卓越した編集手腕なしには完成できなかった。特に髙尾氏は原稿の綿密な校閲にとどまらず、美しい装丁デザインまで担当してくれた。心よりお礼申し上げる。

ホーソーンの文学的遺産——ロマンスと歴史の変貌　目次

Ⅲ　ホーソーンと子どもたち

Ⅳ　ホーソーンと歴史・人種・環境

I

ホーソーンと十九世紀の作家たち

ホーソーンとロマンスの遺産

——「若いグッドマン・ブラウン」に見る現実《リアル》の風景

成田雅彦

一　ロマンス観の変貌

ホーソーンの文学的遺産を考える時、まず、ロマンスという言葉が念頭に浮かぶのは自然であろう。アメリカ小説がロマンスの伝統に立つ文学であり、その基盤を形成したのがホーソーンのロマンス理論であるという認識は、長く支持されてきた見方だからである（McWilliams, "Rationale" 78）。もっとも、近年、アメリカ小説ロマンス説は極めて旗色が悪い。アメリカ文学批評はロマンスという特権的ジャンルに依拠した批評姿勢を乗り越えようとしてきており、ロマンスという概念そのものが意図的に操作され作り出された「伝統」であったという批判対象にさえなる。そうなると、ロマンス理論の重要な供給源であったホーソーン文学の意味も何がしかの影響を受けざるを得ない。現代はそういう意味で、ロマンス作家ホーソーンの文学的遺産を考えにくい時代である。しかし、ホーソーンのロマンスには、アメリカ小説のジャンル論として一括りに論じられるだけでは済まない、もっと豊かな水脈があるのではないか。そして、ホーソーンの文学的遺産を考える際には、この作家にとってロマンスが必然となる事情を丁寧に掬い上げる必要があるのではないか。この論考では、こうした視点から、今一度、ホーソーンがロマンスという言葉で自身の文学のどういう特質を示そうとしたのか考えてみたい。その上で、それがとりわけ現代において、いかなる「遺産」と成りえるのかを検証してみたいと思う。

まずは、アメリカン・ロマンスを巡る大雑把な流れを以下に概観してみよう。アメリカ文学がロマンス的な性向を濃厚に持つことは、言うまでもなく、ライオネル・トリリングが議論の先駆けをなし、リチャード・チェイスが定説としたものであった。アメリカの小説はヨーロッパの小説とは違う。それは、社会や風俗をミメティックに丹念に描写し、そこに浮かび上がる市民社会における人間の問題を描こうとした「ノヴェル（novel）」ではなく、むしろ社会的現実を離れ、時に荒唐無稽なまでに想像力の飛翔を許しながら、誇張とメロドラマ的表現に頼ることも辞せずに人間を追った文学ジャンルである、というわけである。二人は、コロンビア大学の同僚であったが、トリリングがケニヨン大学における講演でのちにその著書『リベラルな想像力』（一九五〇年）に収められることになった「作法、道徳、そして小説」で、この社会性が欠落したアメリカ小説に問題を見たのに対し、チェイスは『アメリカ小説とその伝統』（一九五七年）で、社会性の希薄なロマンス性にこそアメリカ文学の強みがあると述べた。その後、チェイスのロマンス論を基盤として、様々な作家のロマンス性を問う研究が多数現れることになったのは周知の事実である。

しかし、このロマンスという言葉は、とりわけ文学史の読み直しが行われるようになった一九七〇年代以来、自明なものではなくなる。まず、チェイスのロマンス定義があまりにも曖昧であること、そして、そのロマンスの伝統分類に従うとこの伝統にあるのは白人男性作家が中心であり、多くの重要な作品が排斥されてきたという声が上がる。たとえば、感傷小説をものした女性作家たちは、ロマンスの伝統継承者というよりは、ノヴェル的なリアリズムの方法によって作品を書いてきたとみなされた（Budick 11）。しかし、そうした中で、本当に、アメリカン・ロマンスとはノヴェルと異なったものなのか、という疑念も持たれはじめる。実は、このロマンスという文学ジャンルを自らの作品と結びつけて論じたのは十九世紀では南部のウィリアム・ギルモア・シムズ、それにホーソーン、またジェイムズの三人だけで、例えばメルヴィルはロマンスという言葉をほとんど使っていない（Fluck 418）。ニーナ・ベイムなどは、十九世紀の文学作品をまとめて概観してみるとロマンスとノヴェルというのは、ほとんど区別して使われることはなかったと論じている（Baym 430）。特権的なアメリカ文学ジャンルとしてのロマンスなど、どこにもないのではないか。そうした見方さえ現れてきたのである。

政治的コンテキストの中でも、ロマンスという言葉は問題視されるようになる。一九八〇年代の「正典改訂論（Canon revisionism）」、またフレデリック・クルーズが「ニューヨークタイムズ・ブックレヴュー」でニュー・アメリカニストと称した新世代の文学批評家たちが出現するにおよび、その傾向に拍車がかかる。周知のように、ドナルド・ピーズやマイラ・ジェーレンなどの批評家たちは、文学のイデオロギー的側面に注目し、とりわけ、アメリカ国家の過去の歴史の暗部、すなわち奴隷制、インディアンの強制移住、帝国主義、強権的領土拡大などへの文学的言及に注目した（Crews, "Whose" 68）。その視点からチェイスのロマンス理論、またマシーセンまでも含めた前世代のアメリカ文学研究者たちが批判されることになるのである。旧世代のアメリカ文学者たちは、文学のイデオロギー的側面に背を向けたと新世代のアメリカニストたちは批判した。振り返ってみれば第二次大戦後、アメリカの存在感が増すのに伴い、アメリカ文学研究も独立した価値を持つべく学問領域として規定される必要があった。チェイスなど第二次大戦後のリベラルたちは、勃興するアメリカ文明を権威づけ、また同時に冷戦後のイデオロギー闘争から一歩身を引く手段としてこのロマンスという語を「発見」し利用したのではなかったか、そうした批判がなされたのだ。つまり、この旧世代の批評家たちは、アメリカ文学を独立した学問領域としてヨーロッパの文学との差異化を図り、ヨーロッパ的な政治的・社会的問題を議論するノヴェルとは別の文学ジャンルを主張する上でロマンスを特権化したというのが一点。さらには、ロマンスという語は、政治社会的コンテキストに背を向けるジャンルとして、それを指標とすることによって文学研究を大戦後のイデオロギー闘争から離れた位置に置くのに格好の役割を果たした、というのが二点目である。ホーソーンのロマンス論こそは、この目的にピタリと当てはまり、その後アメリカ文学のロマンス論が議論されるときには、かならずホーソーンから始まることになった。さらに付け加えるならば、文学作品を外側の社会的現実から切り離し、作品の審美的構造にのみ関心を払うという新批評などのフォルマリスト的アプローチは、そうしたチェイスなど旧世代のロマンス理論を掲げる批評家に実に好都合であった、ということもできるだろう。

このように見てくると、ロマンスという用語は、アメリカ文学史そのものが見直される過程で極めて重要なキイ・タームだったということがわかる。ニュー・アメリカニスト、つまりアメリカ流新歴史主義の学者たちが、旧世代のチェイス的ロマンス文学支持者を批判してアメリカ文学作品のイデオロギー的側面を掘り起こしていく中で、果たして旧来のロマンスという、アメリカ文学を特権化し、アメリカ的例外主義を支えてきた用語は現在でも通用するものなのか、が広範囲に問い直され始めたのである。一九八〇年代以降の多くのロマンス論は、その疑問に答えることが一つの大きな使命だったといっても過言ではないのかもしれない。しかし、このようなロマンス概念の変遷はあったものの、ホーソーン文学の実相、またその文学的遺産を論ずる際に、そうした議論を一人歩きさせてはならない。ノヴェルとロマンスは違うのか、あるいは区別できないものか、そうした視点はホーソーンの文学の特質そのものに見えながら、実はその内実とはあまり関係がない。小説が日常生活の蓋然性の上に成り立ち、ロマンスとは蓋然性をあまり考慮しない想像的文学という、チェイスの理論を基盤にして過去になされてきたアメリカ小説ロマンス論も極めて表層的なものだ。ミリセント・ベルがホーソーン生誕二百年論集で論じたように、我々はこの作家を理解するためには、もう小説《ノヴェル》 vs. ロマンスという枠組みは廃止すべきであろう (Bell 19)。アメリカ小説を特権的地位の下に置くジャンルとしてのロマンスは死んだのである。しかし、それでもホーソーン文学にはロマンス的側面というものはあり、それはもっと革新的なものなのだ。この作家のロマンスは、アメリカ例外主義の申し子として国家的枠組みに留められる文学形式どころか、それは、現代的なトランスナショナリティに開かれてさえいる。まずホーソーンのロマンスとは何であって、それは現代にとっていかなる文学的遺産となりうるのか。それをもう少し詳細に見極めてみたい。

二　ホーソーン文学と「状況」

現代的な意味でホーソーンの文学的遺産ということを考える時、興味深いのは例えばアルゼンチンの作家ホルヘ・ルイス・ボルヘスの言葉である。周知のように、ボルヘスは、ホーソーンの「ウェークフィールド」(一八三五年)を大変高く評価し、ホーソーンをカフカの文学と結びつけたことで知られる。確かにアレゴリーの手法を現代に再生させ、迷宮のように謎めいた世界における人間疎外をあぶりだしたカフカの文学は、ホーソーン作品を彷彿とさせる。しかし、ボルヘスは、ホーソーンを単なるカフカの先駆者とは見ていない。むしろ、カフカがいて、この作家が切り拓いた文学があったからこそ、ホーソーンの文学は意味を持った。つまり、ホーソーンの文学的遺産とは、後年のカフカによって作られることになったというのである（Borges 410）。これは実に考えさせられる指摘であろう。私たちは普通、文学的遺産というものを、先行する作家が後年の文学に対して一方的に及ぼす影響のことだと思っている。事実、例えば、T・S・エリオットなどは、詩人は先行する巨大な詩人たちの生み出した伝統の中で、個性に頼るどころか、むしろ自分の個性を滅却することで創造を行うものであると言っている（Eliot 40）。だが、カフカという二十世紀を代表する大作家は、前世紀の他国の文学者であるホーソーンの埋もれていた「遺産」を「正統化した」というのである。では、その「遺産」とは何であったか。ボルヘスは、ホーソーンの文学が小説の人物形成に主眼を置く類の作法を取らず、「状況」の創造にこそその核心があると述べている（408）。そしてまさにこの「状況」を描く文学こそがカフカやボルヘス自身をはじめとして、現代文学が引き継いだ大きな「遺産」だったのである。

「状況」とは何か。それは、ホーソーンのロマンスとどのように関わっているのだろうか。この問いに答えるために、ロマンスの世界に言及した有名な「税関」からの引用を再読してみよう。

> 月光は、見慣れた部屋の絨毯の上にとても白く落ちると、そこにあるすべてのものを細部に至るまではっきりと目に見えるように照らし出すが、それは朝や日中の明確さとはとても違っている。この月光は、ロマンス作家が自身の招き出す幻想の客人たちと知己を得るにはもっともふさわしい媒介なのである。そこには、よく知った部屋の小さな家庭的光景がある。一つ一つ別々の個性を持っ

た椅子、裁縫道具かごをのせた大テーブル、本が一巻か二巻、そして消えたランプ、ソファ、本棚、壁の絵、――こういった細々したものがすべてとてもはっきりと見えるのであるが、それらはいつもと違った光によってとても精神化されているので、現実の実体を失い、知性化された事物のように見える。小さすぎたり、つまらなすぎてこの変化を受けることがない、あるいはそれによって威厳を獲得しない、というものは何もない。子どもの靴、小さな枝編み細工の馬車に座っている人形、揺り木馬、一言で言って日中使われたり、遊び道具だったものがすべて、依然として日中の光に照らされたようにはっきりと存在してはいるけれども、今や奇妙で疎遠な特質を帯びているのだ。それゆえ、このように慣れ親しんだ部屋の床は、中間領域、現実世界と妖精の国の間のどこか、現実的なものが想像的なものと出会う場所となり、双方が互いを互いの性質で染め合うのだ。幽霊がここに入ってきても、私たちを怖がらせることはないかもしれない。もしも私たちが周りを見渡して、昔愛したが、すでにこの世からいなくなった人がこの魔法のような一筋の月光の中に今静かに座っているのを発見し、その人がはたして遠い世界から戻ってきたのか、それとも私たちの炉辺から一度も動かずそこにいたのだろうかと私たちに訝らせるような表情をしていたとしても、それはこの光景とあまりにもぴったり合っているので、驚くことはないであろう。(Hawthorne, *Scarlet* 35–36)

ここには有名な「中間領域」が出てくる。月の霊妙な光によって照らされる部屋とそこにある事物は、日常の装いを失い、一種精神化されてまったく別種の相貌を帯びる。これが可能となる場所がロマンス作家にとって重要な現実と想像の混じり合う場所、すなわち「中間領域」というわけである。ホーソーンのロマンス論という時、この「中間領域」という場所のみが注目される傾向にある。すなわち、ロマンスとは現実と想像が混じる文学上の場所である、というふうに。しかし、この引用をよく読むと、この作家はもっと重要なことを示そうとしている。すなわち、現実とその事物というのは、重層的な性質を持っているということ。私たちの日常言語は、たとえば椅子やテーブル、子どもの遊び道具、そんなものを表現することができる。しかし、その表層的な言語表現の下には、もっと不気味な相貌が隠されている。それだけではない。時間もまた単一には流れていない。私たちが愛した今は亡き人々も、この現実からいなくなったわけではない。それは実は、以前と同じようにこの現実の背後に隠れ、以前と同じように炉辺の側に座っていて、この現実を構成しているのかもしれないのだ。愛した人だけではないだろう。それは、例えば、アメリカ史が封じ込めてきた「他者」たちという「死者」にもあてはまるのではないか。

この引用に続いてホーソーンは次のように語っている。月の光によって現実はその実体を消失し、奇妙な相貌を帯びる。「そのような時に、こんな光景を目の前にして、全く一人で座っている男が奇妙なものを夢見、そしてそれを真実に見えるようにしたいと思わなければ、その男はロマンスなど書こうとは決して思わないだろう」と（36）。つまり、ホーソーンは、この重層的な現実の背後に生起するものに真実を見たからこそ、ロマンスというものに手を染めようと決心したと言っているのだ。では、その「奇妙なもの」とはいったい何なのか。もちろんそれは簡単には定義できない。ただ、それが「奇妙」なのは、そこに立つ人間や事物が日常性の中で身にまとっている装束をはぎ取られ、異様な相貌でそこにあるためである。それは、小説《ノヴェル》の描写が基盤とする日常の世界を規定する既成の関係性、我々が人間や事物を判断する時の指標となる、人間と人間の、あるいは人間と物の、社会的関係性をはぎ取られた存在であるがゆえに「奇妙」なのではないだろうか。だが、そののっぺりとした鵺《ぬえ》のような不気味な相貌こそが実は現実というものなのではないか。それを映すのがホーソーンのロマンスなのだ。こう考えてみると、ロマンスというのは、我々の日常を規定する因習的な関係性の消失に基盤を置いているものなのではないか。あるいは、こう言ってもよい。それは、因習的言語によって結びつけられ構成された人間や事物の世界、そういった既定の言語体系を解体し、そこに浮かび上がった異相の世界を言語によってあらたな関係性の下に組み直す文学である、と。解体される「既定の言語体系」とは、もちろん、アメリカやイギリスといった具体的社会の現実に他ならない。

これこそがボルヘスの注目したホーソーン文学の「状況」というものではないのか。ロマンスは、「イーサン・ブランド」（一八五〇年）中の言葉で言えば、「人間をつなぐ磁力を持った鎖」（"Ethan" 99）、現実社会に張り巡らされた関係性の鎖を断ち切り、そこに浮かび上がった生の人間を問い直すものなのだ。これは、小説ジャンルの問題ではない。むしろそれは、かつてリチャード・ポワリエが指摘したように「文体」の問題に他ならない。この批評家は、小説《ノヴェル》 vs. ロマンスという枠組みをそもそも否定した上で、アメリカ作家が成し遂げようとしたのは「文体」によって「環境」を創り上げることだと論じた。既成の言語表現で劇化できない経験や意識というものはある。それは因習的な表現に収めようとしても、平凡なものになってしまって、超越的なものというよりただ奇異なものとみなされてしまうとポワリエは言う。だからこそアメリカ作家は、新たな「文体」によってそれを表現する「環境」を作り出す。そして、それは小説の中でほんの数ページに過ぎないとしても圧倒的な印象を与え、まるで神秘体験のごとく大きな権威を帯びたものになる、と（Poirier 14–15）。ポワリエはロマンスの代わりに「環境」という言葉を使っているが、それはボルヘスのいう「状況」と極めて似たものを暗示している。それは、日常的な人間経験の地平には決して開けてこない「状況」であり、むしろ、現代的な、あるいはポスト・モダニスト的な文学表現の地平にさえつながるものに違いない。ホーソーンのロマンスはその抽象性によって現実を無化する。しかし、それは現実を否定することではなく、逆説的に現実をより深く認識させる方法としての「文体」なのであり、ビューディックなどは、それこそがこの作家が二十世紀のとりわけ女性作家に残した遺産であると述べている（81）。また、そこでは人間個人がすべての現実の因習的、また蓋然性の高い関係性から切り離されて、その正体が問われる。ジョン・カーロス・ロウは、現代の文化的コロニアリズムの時代にあって、ホーソーンの提示する例えば抽象的な個人の肖像こそが世界のモデルになる、その意味で、「中間領域」とはトランスナショナルな空間だと述べている（Rowe 91–92）。ホーソーンの文学に重要な現代的遺産があるとすれば、それは、このロマンスの作り出す「状況」あるいは「環境」の持つそうした可能性にこそ求められなければならない。

三　「若いグッドマン・ブラウン」のロマンス的「状況」

ホーソーンのロマンス的「状況」の斬新さを具体的に見るために、ここではよく知られた短編「若いグッドマン・ブラウン」（一八三五年）を例にとってみよう。ロマンスとはホーソーンの長編作品ということではない。むしろ、「文体」の問題としてのロマンスは短編の中に凝縮して現れる。『ニューイングランド・マガジン』に発表されたこの作品は、一六九二年、魔女狩りの時代のセイレムを背景に、まさにロマンス的「状況」を生きた青年の物語である。関単に筋を振り返ってみる。村の青年ブラウンは、ある夜、結婚して三ヶ月にしかならない妻フェイス（Faith）を家に残して悪魔と思しき男との「約束」を果たすべく夜の森へと出かけていく。ピンクのリボンをつけた妻は夫を何とか引き止めようとするが、ブラウンはそうした妻を裏切ることに良心の阿責を感じながらも、うす気味の悪い森の中へと入り込み、父親、あるいは祖父とそっくりの悪魔と会う（"Young" 79）。そして、良心の呵責を感じつつも、悪魔に促されるようにさらに森の奥深くへと踏み込むのである。すると彼の目の前に現れたのは、なんと日頃からその宗教上の敬虔さと権威とを尊敬していたグッディ・クロイスやグーキン執事、あるいは牧師といった人々であった。森の奥では、悪魔の集会と思しき集会が催されている。そして、なんとそこには無垢そのものと信じていた妻フェイスまで現れる。ブラウンは人が信じられぬようになり絶望の淵に突き落とされて、暗い人間となって一生を閉じる。

ブラウンの森での体験が何を意味するのか。それは、一人の青年の信仰世界の崩壊、ピューリタン社会への批判、あるいはこの青年の性的体験、など様々に解釈されてきた。しかし、まず確認すべきは、先祖代々敬虔なクリスチャンであった青年ブラウンは、森に入ることは妻を裏切る邪悪な行為であることを知りつつも、その悪の領域に入ることを自ら望んだということである。それがフェイス（信仰）に反することとは知りつつ、ブラウンは自らの内部の暗い欲望につき動かされて、森の奥へと進んでいくのだ。ブラウンを森の奥へ奥へといざなう悪魔の声が、「ブラウンの胸の奥から聞こえてくるようだった」（80）というのはそのことを意味している。ピューリタンの村の生活を律するのが信仰の生活であるならば、信仰とはつまり社会的に肯定され、共有された価値観を受け入れることであり、その価値観によって社会化された自己を生きるということに他ならない。教会が宰領する共同体の関係性を受け入れるといってもよい。そう考えると、ブラウンを襲った邪悪な衝動とは、そうした規範的関係性、社会的自己を一旦放棄することであり、社会化の及ばない個人の深層から来る漠とした衝動に従うことであろう。何故、ブラウンは「一夜だけ」と断わりつつも夜の森に出かけて行ったのか。それは、この青年の生きる精神的世界において、宗教という社会化のしかけが、すでに魂の充足を十分保証できなくなっており、その分、個人の欲動が人々を捉え始めていたからではないだろうか。「フェイス」は重要な存在であるが、すでにその夫の胸の奥底では、その妻から切り離された生を希求する欲動が蠢いている。つまりブラウンとは個人が内面の声に引きずられ始めた時代の人間だったのだ。これは、個人の内面の欲動が共同体の枠を破ろうとした魔女狩りの時代であるが、同時に、ホーソーンの生きた個人主義の勃興期たる十九世紀の精神を映しているだろう。

外側の宗教的権威が揺らぐ中で、ブラウンは、自分とは一体誰か、という自己規定に揺らぐものを感じたのだろう。この青年はその不安に押されるように森へ、つまり内面の世界に旅立ったのだ。作品の冒頭には次のようにある。

> 若いグッドマン・ブラウンは日の沈む頃、セイレム村の通りに出てきた。しかし、家の敷居をまたぐや、頭を中に戻し、若い妻と別れのキスをした。そして、その妻フェイスは、その名にふさわしい妻であったが、その可愛らしい顔を通りにつきだし、帽子につけたピンクのリボンを風になびかせて、グッドマン・ブラウンに呼びかけた。(74)

旅のはじめに世界が二つの対立する領域として設定されていることは重要である。ここの「敷居」というのは大切な言葉で、この境界こそブラウンの想定する二つの世界の分かれ目なのだ。家の敷居の内側は、フェイスの世界、信仰世界また日常的意識の世界であり、因習的な関係性の世界である。その外側は夜の森、日常的関係性が支配しない罪深い無意識的異界へとつながる世界である。もちろん、これがロマンス的「状況」の空間であることは言うまでもない。一度、その敷居をまたぎ、しかし、妻とキスをするためにまた頭を入れる行為は、ブラウンのこの夜の旅への逡巡を表している。ブラウンは、フェイスが明るい世界の住人であることに疑いを持たない。彼女は罪とは無縁の「地上の天使」(75)なのである。しかし、興味深いのは、フェイスが「境界」を超えて外に頭を出し、ピンクのリボンを風になびかせているところである。ここには実はフェイスもまた、因習的道徳の領域に留まらず、森に惹きつけられている様子がかすかに暗示されてはいないだろうか。「一人の女は自分が怖くなるような夢や思いに悩ませられる」(74)という彼女の言葉もそれを裏付けている。ただブラウンはそうした妻の側面を決して見ようとはしない。妻はあくまでも信仰を体現するフェイスなのだ。

ブラウンはこの妻に、母親的なイメージも重ねている。「彼女は地上の天使のようなものだ。この一夜が終わったら僕は彼女のスカートにしがみついて彼女の後を天国に向かって歩んで行こう」(75)。森に向かうブラウンはそう考えるが、彼女のスカートにしがみつくブラウンは、夫というよりも、母にしがみつく子どもを想起させないだろうか。ブラウンは、妻のフェイスを信仰の象徴として、また、愛に満ちた母親として規定し、「敷居」のこちら側の汚れなき世界に留めておこうとする。というより、「敷居」の内側で妻が堅固な関係性の象徴でいることが、ブラウン自身が自己を確立する絶対の基礎になっているのである。

そんなフェイスを後にしてブラウンは夜の森に入っていくが、そこはロイ・メールやフレデリック・クルーズが論じたように様々な性的なイメージに満ちている(*Male* 77; Crews, *Sins* 102)。それが新婚夫婦の夜の物語であることをはじめとして、ブラウンの森の深い茂みを押し分けて進む様子は、森そのものを貫通するがごとく描かれている。森で出会う悪魔のような男の生きた蛇のような杖も男根を象徴するがごとき不思議な力を持っているし、悪魔の夜会の光景の性的暗示、森で出会う村の人々がもっぱら性的な関心によって惹きつけられているように見えること、また、悪魔が集会の折に人間の罪が主に情欲の罪であることを主張するのもそれを裏付けている。ここにブラウンの性体験の暗示があることは否定できない。ブラウンは、自らの性体験を入り口に日常の意識からは隠された無意識の世界、彼が慣れ親しんだ社会の関係性の背後にある影の世界に入り込むのである。

ただブラウンの森での体験は個人的体験であるだけではなく、共同体の集合的無意識をも暗示する側面を持っている。近年、この作品は、第二次大覚醒運動に代表される信仰復興運動との結びつきが批評家たちによって指摘されている（Wohlpart 33）。十八世紀の末、アメリカ中西部に発生した信仰復興運動は、東部へと広がり人々を捉えた。この物語の書かれた一八二〇年代のセイレムでもこれは大きな勢力を持ち、一八二四年「セイレム・ガゼット紙」は、この新たな宗教的熱狂がセイレムの人々を捉えた様を述べている。ホーソーンは、この信仰復興を嫌悪するが、身内でも叔父のジョン・ダイクがこの宗教熱に捉えられる有様であった（Moore 115–16）。この信仰復興運動では、ポスト・カルヴィニスト的イメージで人間の罪や悪が強調され、社会の権力者たちも糾弾されて、彼らが秘密の夜会を持ち、自らの罪深い行為を語り合う、といった報告さえなされている（Reynolds 117）。まさに「若いグッドマン・ブラウン」の悪魔の夜会は、その写し絵に他ならない。

この第二次大覚醒運動では、それまで神の恩寵のみが救いを決するとされたカルヴィニズムの信仰と異なり、救いもまた個人の努力の問題と捉えられたところが特徴的である。チャールズ・フィニーなどが代表的だが、いわば、信仰上も個人主義が強調されたのだ。これは、内面の声に引きずられて森に入ったブラウンの態度とも符合する。そして、この運動はまた教会エリートの知的支配を離れ、民衆の感情、そして、無意識に向かった運動でもあった。それはむき出しの階級闘争でもあったのだ（Morone 123）。興味深いのは、第二次信仰復興運動では、ジョナサン・エドワーズ時代の大覚醒とは異なり、白人男性だけでなく、女性や黒人などの有色人種が大きな役割を果たすことである。アメリカ政府は、一八一九年、インディアンたちをキリスト教化し、文明化するように教会に対して資金提供を始めている。これは、信仰復興運動と並立する動きであるが、このことからもわかるように第二次信仰復興運動には、魂の教化において男女というジェンダー、また、白人と有色人種という人種の差をもまたぐ動きがあったのである。むしろんそれは、異人種のキリスト教化というコロニアリズムの動きに他ならない。しかし、それは、宗教の領域における人種の境界を崩す潜在性をも秘めていたのだ。

このようにブラウンの森への旅は、個人的な性的幻想と共同体全体にかかわる無意識的幻想とが複雑に絡み合った空間への旅である。ブラウンは森で様々な人物に出会う。ブラウンの父親、あるいは祖父と瓜二つの悪魔のごとき男、有徳な村の牧師や執事、さらに幼い彼に教義問答を教えてくれたグッディ・クロイスといった敬虔な女性、村の人々、果ては妻のフェイス自身まで現れる。この人々は、本来、森にいてはいけない人々であり、悪魔のいる森から隔絶された村こそが彼らの「領域」なのだ。そして、ブラウンのアイデンティティは、その人々のいるべき「領域」、その人々との関係性によって支えられている。それは、「黒い」汚れの全くない「白人」だけの世界である。イギリス植民地の原白人の自己規定を保証する精神的基盤と言ってもよい。

ところで、この作品では森とインディアンとの結びつきが度々言及されている。木々の陰にはインディアンが隠れているのではとブラウンは恐れる。森は悪魔の、そして先住民の空間であることがピューリタンたちの共通認識であったことを思えば、そうした言及自体は不自然ではない。しかし、のちに悪魔の夜会にインディアンの呪い師たちが登場するに及んで、それまでの「白人」一色だった世界に、暗い影が差し始めるのをわれわれは感じる。実際、この作品のインディアン表象を重視している批評家もいる。マクウィリアムズなどはその例である（New 180）。しかし、この作品の批評史上、それは部分的なインディアンの影を指摘するにとどまってきた。これは当然のことで、手掛かりが少なすぎるのだ。

しかし、実はそうとばかりも言えない。例えば、我々はブラウンが森で最初に出会う男を伝統的に悪魔と見なしてきたが、この男には先住民との結びつきが確かにある。ムーアが指摘するようにアメリカ植民地にはインディアンが森の"Black Man"と一緒にいるという言い伝えがあった（130）。だが、それよりも注目すべきは、この男が持っている杖である。それは「大きな黒い蛇（a great black snake）」に似ていると表現されている。これまではエデンの蛇との連想から、この杖は男の邪悪性の象徴と見なされてきたが、Black Snakeとは、極めて人種的な含みを持った言葉なのである。それは、まず第一に南部の俗語で黒人の男根を示す言葉なのだ。しかし、もっと興味深いのは、ホーソーンがインディアンのことに関心を持ち読んだサミュエル・ドレイクの本には、Little-Turtleというマイアミ族の英雄的族長が戦った白人の敵将が"Blacksnake"というニックネームだったとある（Drake 77）。しかも、Little-Turtleの娘はインディアンに捕囚された白人と結婚し、その男もまた"Blacksnake"と呼ばれ、白人とインディアンの仲介役として活躍しているのである。あるいは、ホーソーンが生きた時代にも存命で、独立戦争時アメリカ側で戦った"Blacksnake"というセネカ族の族長もいた。祖先がキング・フィリップ戦争に従軍してインディアンと戦い（Moore 12）、インディアンの歴史を詳しく追跡していたホーソーンは、当然、これらの情報に盲目だったはずはない。

悪魔は、疲れたブラウンにこの黒蛇のような杖を差し出しつかまるように言う。この杖は、まるで生きている蛇のようにのたうつが、これは明らかに性的な暗示に満ちた男根を象徴している。この悪魔、あるいはインディアン的人物が性的エネルギーに満ちていることがここに暗示されているだろう。ピューリタンの間ではインディアンの性の奔放性は定説であった（Morone 75）。一方、ブラウンが森で気落ちして座り込んでいるのは「切り株」であり、それはまるで去勢された男根のようにも見える。これは、白人の有色人種の生命力に対する恐れを暗示したものであろうか。このように、「若いグッドマン・ブラウン」という作品は、善と悪の対立という表面的道徳劇の背後に人種に対する抜き差しならない恐怖心を暗示する表象に満ちているのである。

この森では、有徳の男女も、不道徳な男女も同じように区別なくひとつの集団をなしている。そして見逃せないのは、彼らはインディアンたちとも同じ集団にいることだ。白人も有色人もこの悪魔の集会においては同等である。物語中では、絶望したブラウンがまるで自身が恐ろしい悪魔のごとき存在になったという個所があるが、マクウィリアムズは、ここでブラウンがインディアンそのものに化した可能性さえ指摘している（*New* 180）。物語の語り手は、この森という異端の領域で白人と有色人の間の境界が融合し始めているのを暗示しているのではないだろうか。それはこの性的欲動に満ちた森の領域において、憎しみ合う意識と同時に、互いが互いに憑依し合う人種の光景を描いていると言えるかもしれない。ホーソーンの先祖も関係したキング・フィリップ戦争をはじめとして、先住民との血で血を洗うごとき対立と憎しみがニューイングランドの歴史の基層をなしていた。インディアン憎悪が一種の国家幻想をなし、アメリカという国家を一つにまとめ、白人アメリカ人の強力なアイデンティティ形成に益していたことを思えば、ここではブラウンの設定した「境界」が人種レベルでも破綻しており、それは白人アメリカ人のアイデンティティの観念さえひっくり返すインパクトを持っているといえるだろう。

このようにブラウンは、自己の性的な体験を糸口に、無意識という暗い精神の森の中に入りこみ、そこで、悪魔の世界、情欲に満ちた人間たちの共鳴、あるいは、知事や牧師など社会的権力までがその情欲によってつながっているのを見る。それだけではない。そこでは、自分の精神的指導者であり、教義問答などを教えてくれた人物たちや村の人々が、恐るべき悪の化身であるインディアンたちと不思議な共鳴をもって混じり合っている。自分の信じていた、最後の砦たる妻フェイスまでが、生々しい自我を持ち、この情欲と人種の混淆を暗示する空間に現れるのだ。これは、ブラウンにとっては受け入れられない世界像であった。なぜなら、森で人間たちを切り結ぶ新たな邪悪な関係性は、ブラウンにとって家と共同体という「境界」の内側の関係性の世界を完膚なきまで破壊する光景だったからである。

ブラウンという白人の世界像においてはこの「境界」内の関係性のみが、自己を規定していたのである。日常の世界と夜の森の世界、信仰世界と悪魔の世界、有徳の人間と堕落した人間、天使のごとき女性と不道徳な女、そして白人と先住民、ここにあった「境界」が取り去られるということは、実は、自分のアイデンティティを支えていた精神世界の構図が崩壊することに他ならない。言い方を変えれば、この二つの世界の区別、あるいは人種的差別のみが、敬虔な白人キリスト教徒のブラウンの人格を支えていたものだったのだ。「ある一つの思想の基礎的な土台は他者の思想なのであって、思想とは壁の中に塗り込められた煉瓦なのである」とはジョルジョ・バタイユの言葉だが（九）、自己を自己として規定するためには、他者の存在が絶対に必要なのであり、他者の異教的世界があるからこそ、自己という一種の煉瓦は形が認識できるのである。ところが、無意識まで踏み込む徹底的な自己探求とは、宿命的に自己と他者の「境界」を無化する混沌の世界を現出させるのだ。なぜなら「他者」とは実は自己の内にもあって自己の確立を支えているからである。ブラウンの自己の内面世界探究によってわかるように、ホーソーンにとって、個人とは自己の自由に宰領できる存在ではなく、思いのほか他者によって形成される存在なのである。それは、無意識の淵に下りて行って、そこで透明な世界の中に独立した自己と内なる神を発見したとするエマソンの自己意識とはあまりにもかけ離れたものであった。個人の内面に下りて行ったブラウンは、むしろそこに因習的な自我の基盤を崩壊させる光景を見ることになったのである。
　この物語の最後は、「ブラウンの死の時間は暗かった」(90)という言葉で終わっている。これは、ブラウンという人間の宗教的、道徳的世界が崩壊したことによってもたらされた暗黒を暗示すると一般的には考えられているが、本当にそれだけであろうか。この作品の最後のパラグラフには、色彩が暗示豊かに配列されているが、ここに人種的ほのめかしを感知するのは難しくない。

「ブラウン」は、あの恐ろしい夢の夜以来、絶望的ではないにしても、厳めしく、悲しい、また暗く(darkly)瞑想的で、人を信じられない人間になった。……牧師が説教壇から力を込め、熱烈な雄弁で話をする時、……グッドマン・ブラウンは蒼白(pale)になり、屋根がその白髪(gray)の冒涜者とその聴衆の上に崩れ落ちるのではないかと恐れた。……そして、長生きをしたあと、白い(hoary)死体となって、年老いた妻のフェイスと子どもたちや孫たち、また少なからぬ隣人以外にも立派な行列に伴われて墓に運ばれた時に、その墓石に希望にみちた詩句を刻むことはできなかった。その死の時間は暗かった(gloom)からである。(89–90)

ブラウンは「暗く瞑想的になり」、教会の信者たちが本来堕落しているにもかかわらず神聖な信仰を語るのを聞くと彼は顔が「蒼白」になる。神の怒りがその「白髪」の牧師たちの上に落とされるのではないかと恐れるからだ。やがて、ブラウンは「白い死体」となって世を去る。そして、その死の時間は「暗かった」という。ここには、黒と白、そしてその融合としての灰色が明滅するごとくちりばめられている。まさに、善と悪、信仰とその世界の崩壊、という道徳劇の最後を飾るにふさわしい描写に見える。しかし、例えばpale は pale-face の白であり、これはインディアンが白人を呼んだ言葉であった（事実 pale-face という表現は作品中にも出てくる）。また、この作品の dark や black が限りなくインディアンを暗示したことを思い出せば、ここには白人と有色人種の分離と融合、あるいはその血の混じり合うことに対する危惧と絶望も表現されているようにさえ見受けられる。このように、ブラウンの無意識への旅は、日常的な関係性を剥奪された白人が、いかに異人種との接触の不安の中でそのアイデンティティを危機にさらされた存在かを明らかにするのである。

四　ロマンスという遺産

これがホーソーンのロマンスがなしうることの一例である。それは、ロマンスをただ写実的でない空想的ジャンルであるとか、日常生活の蓋然性を無視した小説作法であるとする視点からは見えない特質である。ホーソーンは、現実の厚み、既成の関係性の地層に抑圧された幾層もの内実を現実というのであり、いわばラカン的な“the real”に迫る手法がロマンスなのだ。ここに描き出された「状況」には、アメリカ植民地と十九世紀ニューイングランドという二つの時間が重ね合わせられ、その底に共通してある異人種に対する本能的な恐怖心と白人のアイデンティティ形成のための無意識的基盤が暗示されている。これは、十七世紀や十九世紀アメリカだけの問題ではない。異人種や異文化との出会いがアイデンティティに深刻な揺さぶりをかけるとは、帝国主義以来のコロニアリズムの世界で繰り返されてきたことではないだろうか。ロウが「中間領域」をトランスナショナルな空間と呼ぶゆえんである。ブラウンの直面する個人の存立の危うさ、解体されていく自己イメージはまた極めて現代的にアピールするテーマである。この物語では、キリスト教的、あるいはピューリタン的な一元的直線の時間の支配が停止する。むしろ、白人の男性、女性、インディアン、キリスト教徒、そして先住民の魔術師という様々な文化や人間の生きる時間のせめぎ合いの中で、お互いの存在が解体し、再創造される。それは、ダイアン・エラムがポストモダニズム文学の特徴として挙げた「複数の時間性の共存（co-existence of temporalities）」（Elam 3）という現象とあるいは符合するものをも含んでいるのかもしれない。現代という時代は、ホーソーンがロマンス空間の創造のいわば前提とした伝統的社会規範や関係性が、現実世界で音を立てて崩壊しつつある時代であり、大規模なディアスポラの時代でもある。"the real"という「現実」はまさに把握の難しいものになり、我々の個性も統合の難しい、断片化されたイメージによってしか語られることがなくなってしまった。ポストモダンの文学がエラムの指摘するように、モダンの形成した一元的歴史を「ずらし（displace）」、その本質を問い直そうとしたとすれば（二）、ホーソーンのロマンス的手法にはそこに通じる要素が確かにある。この時代、まさにわれわれは、地上のどこにいようともホーソーンのロマンスの深層にある鵺《ぬえ》のような現実に直面させられているということではないだろうか。ホーソーンのロマンスは、明らかにこの新しい「現実」に向き合う際に重要な手がかりとなる遺産である。

＊この論考は第八十六回日本英文学会シンポジウム「アメリカン・ロマンスを問い直す」（二〇一四年五月二十五日　北海道大学）での口頭発表に大幅に加筆したものである。

引用文献

Baym, Nina. “Concepts of the Romance in Hawthorne’s America.” *Nineteenth-Century Fiction* 38 (Mar., 1984): 426–43.

Bell, Millicent, ed. *Hawthorne and the Real: Bicentennial Essays*. Columbus: Ohio State UP, 2005.

———. “Hawthorne and the Real.” Bell, *Hawthorne* 1–21.

Borges, Jorge Luis. “Nathaniel Hawthorne.” *Nathaniel Hawthorne’s Tales*. Ed. James McIntosh. New York: Norton, 1987. 405–15.

Budick, Emily Miller. *Nineteenth-century American Romance: Genre and the Construction of Democratic Culture*. New York: Twayne, 1996.

Crews, Frederick C. *The Sins of the Fathers: Hawthorne's Psychological Themes*. New York: Oxford UP, 1966.

———. “Whose American Renaissance?” *New York Review of Books* 35 (October 27, 1988): 68–81.

Drake, Samuel G. *The Book of Indians: Biography and History of the Indians of North America*. Boston: O. L. Perkins, 1834.

Elam, Diane. *Romancing the Postmodern*. New York: Routledge, 1992.

Eliot, T. S. “Tradition and the Individual Talent.” *Selected Prose of T. S. Eliot*. Ed. Frank Kermode. London: Faber, 1975.

Fluck, Winfried. “‘The American Romance’ and the Changing Functions of the Imaginary.” *New Literary History* 27 (1996): 415–57.

Hawthorne, Nathaniel. *The Scarlet Letter*. Vol.1 of *CE*. 1962.

———. “Young Goodman Brown.” *Mosses from an Old Manse*. Vol.10 of *CE*. 1974.

———. “Ethan Brand.” *The Snow-Image and Uncollected Tales*. Vol.11 of *CE*. 1974.

Male, Roy R. *Hawthorne's Tragic Vision*. Austin, Texas: U of Texas P, 1957.

McWilliams, John. *New England’s Crises and Cultural Memory: Literature, Politics, Religion 1620–1860*. New York: Cambridge UP, 2004.

———. “The Rationale for ‘The American Romance.’” *Boundary 2* 17 (1990): 71–82.

Moore, Margaret B. *The Salem World of Nathaniel Hawthorne*. Columbia: U of Missouri P, 1998.

Morone, James A. *Hellfire Nation: Politics of Sin in American History*. New Haven: Yale UP, 2009.

Pease, Donald E. “New Americanists: Revisionist Interventions into the Canon.” *Boundary 2* 17 (1990): 1–37.

Poirier, Richard. *A World Elsewhere: The Place of Style in American Literature*. Madison: U of Wisconsin P, 1985.

Reynolds, David S. *Beneath the American Renaissance: The Subversive Imagination in the Age of Emerson and Melville.* Cambridge: Harvard UP, 1988.

Rowe, John Carlos. "Nathaniel Hawthorne and Transnationality." Bell, *Hawthorne* 88–106.

Shuffelton, Frank. "Nathaniel Hawthorne and the Revival Movement." *The American Transcendental Quarterly* 44 (1979): 311–21

Wohlpart, Jim. "The Second Great Awakening in Hawthorne's 'Young Goodman Brown.'" *Nathaniel Hawthorne Review* 20 (2000): 33–46.

ジョルジュ・バタイユ『宗教の理論』湯浅博雄訳、筑摩書房、二〇〇二年。

《モラル・ヒストリアン》ホーソーン

——精神的歴史のロマンス的語りかた

髙尾直知

一　はじめに——「モラル・ヒストリアン」ホーソーン

本論の出発点は、マイケル・コラカーチオによる画期的ホーソーン研究書冒頭にその中心的テーゼとしてかかげられた次の評言にある。「われわれは依然として「精神的歴史家《モラル・ヒストリアン》」としてのホーソーンの偉業を等閑視している。つまり、アメリカに住んだ過去の世代たちが過ごし、方法は違えども救済を求めた精神的状況を、批判的に見きわめ劇的に再現するその驚くべき力に触れさえしていないのだ」（Colacurcio 13）。

すでに三十年以上前の研究なので、ことさらにこれを論の端緒として取りあげることに眉をひそめる向きもあるかもしれない。たしかに、この間、歴史主義の再興とあいまって、ホーソーンの歴史家としての側面に関する研究は十分なされてきたといえると思う。しかし、ここであらためて注目したいのは、コラカーチオの語る「モラル」と「ヒストリアン」ということばの組みあわせである。それぞれについてコラカーチオはしばらくあとで次のように説明している。まず「「歴史家」というのは、おもに、次のことによっている。つまり、初期短編秀作にあらわされた作家の意図が、後世に生きる作家のリベラルな時代とは異なる条件や想定のもとにあって、当時のひとびとがそれぞれの人生をどのように生きたか、その情動的側面をすくいあげたいという願いを示すことにあるということだ」。さらに「精神的《モラル》」ということばには、「「実証的」という語と対になる認識論的な意味がある。つまり、科学の要求する実証可能な確実性ではなく、実際の意図を考える際に、わたしたちが普通に考える蓋然性の高い確信といったような意味である」(19–20)。ここでは「モラル」ということばを「精神的」と訳したが、つづけてコラカーチオがいうように、「歴史自体、ホーソーンにとって、つねに知覚、情動、動機や選択の問題であったように、読者もまた現実に存在すると思われる以上の正確性を、作品のうちに求めるべきではない」(20)。つまり、この「精神」とは、単に観念的哲学的な意味での個人的精神性ではなく、むしろ実践的判断をおこなう社会的蓋然性、もしくは、社会全体が共有すると思われる道徳性といった意味で使われているのである。個人の情動ではなく、社会の（道徳的）判断を問題にしているということなのだ。そしてそのような意味での精神的歴史家ホーソーンの特異な作家性は、いまだ十分に理解されていないのではないか。

本論では、コラカーチオがいう「モラル・ヒストリアン」としてのホーソーンの作家性をより明確にするために、精神的歴史を語ることを原点とするホーソーン的ロマンスへの道筋をたどることで、作品を読む読者の取るべき精神的姿勢（まさにモラルな姿勢）、もしくは作品が読者に提示する《気分》といったようなもの――蓋然性を前提とした作家の意図性――を明らかにしたいと思う。そのためにはまず、コラカーチオがいう「モラル・ヒストリアン」に至るホーソーンの作家意識の論理的変遷を追ってみたい。

二 「モラル・ヒストリアン」への道

そもそもホーソーンの当初の意図は、「モラル・ヒストリアン」であろうとしたのではなく、なにはともあれ小説家になることだったということはたしかだ。有名な母への手紙のなかで、大学入学直前のホーソーンは作家となることを仄めかしており、大学入学後に開始した創作活動の原点を明らかにしていた。「お母さんは、ぼくが作家になる、ペンで生計を立てるといったら、どう思いますか」。興味深いことに、この手紙で作家志望を仄めかしたすぐあとに、ホーソーンは英国作家たちへの対抗意識も露わにしていた。「英国人《ジョン・ブル》の物書きたちが自慢してやまない創作にも匹敵するような作品として、ぼくの書くものが書評家に絶賛されたら、さぞかしお母さんも鼻が高いでしょう」(Hawthorne, *Letters* 139)。百周年記念全集編集者の注では、これは有名なシドニー・スミスの「だれがアメリカ人作家の本を読むものか」という評言を意識しているのではないかということだ (*Letters* 140n4)。つまり、ロングフェローの有名な大学卒業演説「わが国の作家たち」(Longfellow, "Our Native Writers") に表されるようなアメリカ独自文学の誕生を、ホーソーンは入学前からもくろんでいたといえる。

そう考えると、ホーソーンが最初の長編『ファンショー』を失敗作と考えたのも、まずもって当然のことだろう。そこに描かれているのは、さしあたり英国作家たちが書き古していたような学園メロドラマでしかない。その失敗から学んでいれば、またさらに、英国作家たちへの対抗意識に鑑みれば、ホーソーンがみずからの作品の題材とするには、さしあたり三つの選択肢しかない。左記の演説でロングフェローの勧めるようなアメリカの自然か、クーパーの扱ったインディアンか、はたまたピューリタンに端を発するアメリカの歴史かのいずれかである（インディアン以前のアメリカ、もしくはピューリタン以外の歴史といったことは、ホーソーンのみならず当時のニューイングランド人の眼中にはなかった）。しかし、自然を題材とした叙事詩を書くことは可能だが、小説の題材にはなりえない。インディアンについてはすでにクーパーがやり尽くした感があり、さらにはセイレム出身のホーソーンにとって、インディアンは過去の遺物であり、小説のモチーフとして心かよわせられる存在ではなかった。とすれば、ピューリタンの歴史を題材とする物語を書くことしか、ホーソーンに選択肢は残されていなかったことになる。もちろんピューリタンの先祖を持つホーソーンにとって、このような成りゆきは願ったりかなったりだったわけだが。

しかしこれには大きな問題がある。ピューリタンたちは、確固とした世界観もしくは歴史観を持っていた。つまりかれら独自のモラルの姿勢――すべてを支配する神の摂理によってこの世界は動き、歴史は作られるというイデオロギー――を持っていたのである。ピューリタンの歴史に取材するといっても、その歴史を書いている当のピューリタンたちは、コットン・マザーに代表されるように、神の摂理の進展としてのアメリカ史というガチガチの宗教的イデオロギーをもって書いているわけだ。だから、ピューリタンたちの歴史をただなぞることでは、そのようなイデオロギーとはもはや無縁となった十九世紀の読者には容易にわかってもらえない。読者はそのようなイデオロギーを準拠枠とした人物の思考回路にも行動様式にも感情移入することができない。神の国の進展を第一とするピューリタンの精神的歴史《モラル・ヒストリー》は、個人的現世的利益を追求する十九世紀アメリカ人にとって理解不能とまではいわないまでも、自分たちとのつながりを見出すことが困難なものだったはずだ。歴史作家がつねに陥る難問だが、ピューリタンの時代から、啓蒙主義とロマン主義というふたつの思想的革新を経て、そのうえでかれらを題材とした小説を書こうとするホーソーンにも、この困難が大きくのしかかっていたことは想像に難くない。

そこで、作者による《モラル》操作、つまり時代精神の翻訳がおこなわれることとなる。たしかにピューリタンの時代の時代精神は十九世紀アメリカにとって遙かに遠くなってしまった。しかし、そのあいだにたとえばアメリカ独立革命前後の時代精神を差し挟むことによって、そのギャップを埋めることができる。とくにアメリカ独立五十周年を祝う一八二〇年代――コラカーチオが指摘するように、一八二六年を祝う祝賀ムードは、二〇年代前半にあふれていた（78）――まさにホーソーンが駆けだしの小説家として初期短編を執筆していたこの時代には、ピューリタンの時代精神を語りつつ、それを独立革命の枠組みで理解し、さらには十九世紀前半のアメリカの時代状況にまで落としこむことが比較的容易にできたのである。こうして、過去の時代精神から物語を構築して、同時代の読者の持つ時代精神を批判的に相対化するという、まさに物語のモラルの提示が可能になる。これこそが、コラカーチオのいうように、実証的な確実性ではなく実際的な蓋然性において、時代精神を再構築し教訓を引きだす「モラル・ヒストリアン」としてのホーソーンの成り立ちだと考えることができるだろう。これは、同じ言語でありながら、時代を異にする精神状況の《翻訳作業》といってもいい。アメリカン・ルネサンス期の《翻訳》への興味は、古屋耕平が詳しく論じているが、これはピューリタンから啓蒙主義的独立革命を経てジャクソニアン・デモクラシーにいたるアメリカ合衆国という国の成り立ちを考えると、ある意味必然だったといえるだろう。さらには「ラパチーニの娘」の冒頭でホーソーン自身が示す翻訳へのおもねりも、大きくそのような文脈で捉えることが可能かもしれない。

たとえば「ぼくの親戚モーリノー少佐」では、マサチューセッツ植民地の最初の勅許状が破棄されてから一七三〇年ごろまでのピューリタン時代の民衆騒乱に舞台を設定するとしながら（"My Kinsman" 208）、その実、印紙法以降独立革命に至る時代の人民騒擾を語っている。こういったホーソーンの歴史に対する姿勢は、ピューリタン時代と独立革命、そしてさらに十九世紀のジャクソニアン・デモクラシーの時代精神を重ねて語る最たる例といえるだろう。ほかにも、「白髪の戦士」においては、一六七〇年代のインディアンとの葛藤を、一六八〇年代の英国王との軋轢に映しこんで語り、さらに「英国王がちらつかせた悪行が独立革命をもたらしたのだが、かつてそれ以上の重大な悪行に実際に圧迫され、ニューイングランドがうめき声をあげた時代があった」（"Gray" 9）と語って独立革命とピューリタンとの接点を探ろうとしている。そして結末では、このアンドロス総督を退けた白髪の戦士が、独立戦争におけるレキシントンやバンカーヒルでの戦いにも先導していたと告げて（18）、やはり時代を超えたモラルを語ろうとする。このようなタイムスリップの語りの亜種として、たとえば「ハウの仮装舞踏会」に登場するピューリタン時代から独立革命期にまで至る総督たちの行列のような、編年体カタログ的な語りも、同じような働きをするものといえるだろう。同様の編年体カタログ的語りは、「大通り」や「古い新聞」といった作品にも見ることができる。

三　モラルを生みだす歴史的語り口

しかし、このようなモラル＝時代精神の操作が成功するためには、かなり精妙な語りの調整が必要になることは容易に予想できるだろう。いや、雑な《翻訳》操作であれば苦労はない。ピューリタンの過去を語るときに、その時代精神を、十九世紀的な思考様式で薄めてしまえば、同時代の読者にわかりやすくはなる。しかしそれでは精神的歴史家としての働きの意味は失われてしまう。ぎゃくに過去に拘泥しすぎることは、読むものを疎外して、結局小説の価値をおとしめる。前者はジョージ・バンクロフトに代表される歴史家の姿勢であり、対するホーソーンとしては、いかに後者の轍を踏まずに作品世界を構築できるかが喫緊の課題だったのである。ピューリタン、建国の父祖、そして同時代的精神と折り重なった時代の気分を、それぞれ真摯に描出しながら、なおかつそこに生きるひとの普遍的な生きざまや道徳的判断といったものを立体的に作品として組みあげること。この難題を解決し、必要なバランスを生みだす場としてホーソーンが苦心しながら練りあげていったのが、ナラティヴの方法論——語り口というか、語りにおける読者との距離感のとり方——だったのである。

別のいいかたをすれば、複数の過去の時代の精神を映しだし、そこにさらに同時代のモラルを映しこむ、そのような現場として物語のナラティヴをうまく利用し、ときには大所高所から読者や登場人物より遠く離れて客観的な語りをおこなうかと思えば、ふと登場人物の近くにより添い、その内面を代弁し、さらには読者自身の思いにも成りかわって登場人物を励まし鞭打つ。そのような、ある意味で不安定で不定型な語り口を作品のうちに導入することで、読者に作品の描く時代精神を無理なく実感させて、そうすることでモラルを体験させる。そういった精密でとても機略に満ちたナラティヴを構築することで、ホーソーンはピューリタンの過去を語りつつ、それを同時代の読者に理解させ、ひいては現代の読者をも引きこむ魅力を生みだすことに成功したのである。

さらにいうなら、ここでアレゴリーというホーソーンにとって自家薬篭中の手法の意味を考えることもできる。近年マグナス・ユレーンが、シンボリズムとアレゴリーの区別について、ホーソーンの作品に即してアレゴリーを擁護する解釈を示してくれた。「わたしたちは、シンボリズムにおいてまったく欠如している結末が、アレゴリーには備わっていることを認めざるをえない。シンボリズムには気が遠くなるほど限りがない。対してアレゴリーには、たとえ暫定的なものだとしても終わりがある」(39)。ユレーンによれば、このようなアレゴリーとシンボリズムの違いは、現実《アクチュアル》と想像《イマジナリー》の区別——現実と理想の区別——を峻別しようとするか糾合するかの違いであり、アレゴリーはこのふたつの違いを保持しつつ、その両方を同時に提示しようとする試みであるというのだ(12–13)。そこにある倫理性は、歴史に究極的な終わり(目的)があることを認めつつ、そこに一足飛びに到達してしまうのではなく、いまの現実のありさまをも見つめようという姿勢へと通じる。このようなアレゴリカルな姿勢が、まさにひとつの歴史を語りながら、別の歴史をも映しこむというホーローン的ロマンスの語り口に寄り添うものであることは明らかだろう。その意味でもアレゴリーは、ホーソーンにとって有用な表現手段となったのである。

そこで以下、これが具体的にどのようにおこなわれているか、例を挙げながら説明していきたい。そうすることで、この要点の意味も明らかになるだろう。

最初期の短編である「ロジャー・マルヴィンの埋葬」における語り手は冒頭から、そのような不透明さを持つみずからの語りをあかし立てているように見える。その意味でこの作品は、ロマンス的語り口が早くからホーソーンの関心であり、中心課題であったことをあきらかにしているといえるだろう。「インディアンとの戦いのうち、ロマンスの月光に照らされるのが当然と思われるいくつかのできごとのひとつに、一七二五年フロンティア防衛のために遣わされたあの遠征隊の事件がある。これがよく知られる「ロヴェルの戦い」へとつながった。このできごとを想像しようとするものは、いくつかの事情を無言のうちに影に追いやって、むしろその小隊の勇気に称賛すべきところを見いだす。かれらは敵国のまっただ中にありながら、みずからに倍する数の敵兵に戦《いくさ》をしかけたのだから」("Roger" 337)。ここで語り手は、ちょうど一八二六年のアメリカ独立五十周年祭に一歩先んじるようにして迎えられることになった「ロヴェルの戦い」百周年（つまり一八二五年）に臨んで、賛辞を述べるようでありながら、その実ひそかに祝い事に水を差すようなコメントを加えている。「いくつかの事情を無言のうちに影に追いや」るとは、コラカーチオがのべるように金儲け目当てのロヴェル隊の不純な動機などを暗に指ししめしており（115–20）、そうすることで、ふたたびピューリタンたちの行動を支えるインディアン憎悪のイデオロギーの存在を、裏表のある語り口によって暗示する。奥歯にものの挟まったような語りの停滞感によって、表向きの植民地防衛の裏に、懸賞金目当ての拝金思想が張りついていることを、語りのふるまいそのもので示す。さらにこの語りの不透明さは、おそらくロヴェルの戦いを独立革命の前哨戦のように祝おうとする読者に向かって、かれらが抱える抑圧をそのまま体現するかのようではないか。独立革命を祝うためには、ロヴェルの戦いを祝うことと同じく、「いくつかの事情を無言のうちに影に追いや」る必要がある。そのことをこの抑圧的な語りにおいて体現することで、いわば語りは読者の抑圧そのものを語っているわけだ。

さらに、このような精緻な読者との距離感のことが、さきほど引用した冒頭一文目において「ロマンスの月光」として語られていることに、ホーソーン研究者なら気づかないではいられないだろう。「ロマンスの月光に照らされるのが当然と思われる」できごととは、身も蓋もないいいかたをすれば、「まともに白日の下に晒したら、あまりに低俗で醜悪な」できごとという意味だ。ここで《不都合な真実》を「影に追いや」る防衛機制として働く「ロマンスの月光」を、『緋文字』序文の有名な月の光――「中間領域」を生みだそうとする「ロマンス作家にとっていちばん使い勝手のいい」「月光」――と同じものとして考えれば、ロマンス（もしくは月光）の語りとは、端的にいえば醜悪な現実を抑圧しながら、そのありかをひそかに指ししめすということになるではないか。いや、もう一度その部分を読みかえしてみよう。「月光は、見慣れた部屋のカーペットの上に、いやがうえにも白く降りそそぎ、そこに描かれた模様をこのうえなく際立たせ、あらゆるものを細部にいたるまでくっきりと照らしだすようでありながら、それでも朝や昼間に見えるさまとはまったく違うものにする」(*Scarlet Letter* 35)。つまり、月光とは、ことさらに(むしろ必要以上に)はっきりとことばで語るように見せながら、その過剰なまでの身ぶり手ぶり(語りについて「身ぶり」をいうのは奇妙に思われるかもしれないが)、いいかえればその停滞感や疾走感、ゆきすぎた語彙の選択や唐突なまでの文体の変化によって、本来語られていないこと――抑圧された醜悪な事実――を指ししめす、そんな語り口をあらわしているのである。そして(なんどもいうようだが)これこそが、ここまでのべたようにモラル・ヒストリアンであることを選択したホーソーンが編みだした究極の語りの技法なのだ。

その具体例を見ていこう。ご存じのように「ロジャー・マルヴィン」の物語は、死に際の義父を置き去りにしたリューベンが、徹底的にその意識を抑圧しながら、(アメリカ建国そのものを象徴的にあらわす)新天新地開拓の幻に導かれるように荒れ野に踏みこんでいく物語である。リューベンの抑圧された精神の《不透明さ》は、このように語りそのものによって踏襲され繰りかえされ、さらにそれがひそかに当時のアメリカ人読者の心のうちにも働いていることが仄めかされ、いわば読者の心の内側からこの抑圧が語られている。そのことは、物語のなかで、意味がありそうでそれを明確に知ることのできない岩のうえの「碑文」によってあらかじめ準備され、くどいまでに繰りかえし語られる樫や松といった木々の配置によっても暗示されている。舞台であるアメリカの自然が、まるでこの舞台を設定する語りそのもののように、自身以外のなにものかのありかを示そうとするかのようだ。だからこの延長上で物語中盤、リューベン一家が荒野を開拓するために出ていく場面で、突如語り手が「ああ、白昼夢にうかされて、美しく優しい女性と手を取りあい、夏の荒野が広がる世界へ迷いこむことを夢見ぬものがあるだろうか」と嘆息し、ついにはその「白昼夢」を「伝説によれば神秘的な資質に恵まれたとされる」「神のごとき」父祖に祭りあげられるという妄想にまで引きあげるのも（352）、これを単に語り手の（もしくはホーソーン自身の）傍白と考えてはいけないのだろう。むしろこれもまた、その過剰なセンチメンタリティを抱えた不透明な語りのうちに、リューベンの夢想が自由間接話法的に描出されているものであると考えるべきなのだ。その壮大な夢想のすぐ裏側に、リューベン自身の抑圧が働いており、さらにはこの建国の夢、アメリカそのものを支える屋台骨ともいうべき夢の裏側に、そのような建国の父祖に到達しえない十九世紀アメリカ国民の抑圧された挫折感をも、ヒステリカルなまでにこの語りは取りこんでいるのである。

ここで「ロジャー・マルヴィン」を論じつくすのは、本論のもくろむ射程を逸脱しているが、この論でいけば、最後の有名な一文「かれの罪は許された。リューベンの呪いは解かれた」（360）というのも、じつは自由間接話法であって、リューベン自身の声を表していると考えるべきだと思われる。これに類する読みの可能性は、すでに四半世紀も前に中村正廣が示唆しているが（七七）、本論に即してその意味を考えてみたい。そのような読みによって立ちあらわれるのは、前述の「白昼夢」をまさに夢物語たらしめていた根源的原因ともいうべきマルヴィンの遺骸を、おのれの息子の死体によって「埋葬」することで、罪許され呪いも解かれたと考えるリューベンである。そうすることで新たな歴史の祖となることを夢見ること。そのためにおのれの子孫をいたずらに滅びに導き、結局そもそも荒野へとおのれを導きだした「白昼夢」を、夢のままで終わらせてしまったことにも気づかないふりをすること。このようなリューベンの心理が、「かれの罪は許された。リューベンの呪いは解かれた」という一文の奇妙なまでに明確な断言によってあらわされている。この語りには、ちょうど月の光によって照らされたように、極めて明確な意味が付与されているように見えながら、じつは白日にさらされた表面的意図とはまったく違う内容が込められているのである。そのようにして、過去の罪を忘却していくアメリカ国民自体の心的機制が語られて、ピューリタンから独立革命、さらには南北戦争まで通じていく時代精神のモラルが明らかにされている。ホーソーン最初期のこの短編は、「ロマンスの月光」の精妙な働きを、ある意味で作家の決意表明のように示しているわけだ。

同様の語りのふるまいは、短編執筆期の後期作品ではより精緻なものとしてあらわれる。たとえば一八四〇年代牧師館時代の代表作のひとつ「美の芸術家」後半にあらわれる、オーウェンの手になる蝶の描写。「この蝶の美しさのなかに優しく包みこまれた栄誉、威光、繊細なまでの華麗さを、ことばにあらわすことは不可能です。《自然》の理想とする蝶が、隅々まで完璧な姿で現実のものとなったのです」(470)。ここまで完璧な蝶が、アニーとロバートの幼子の手で粉々にされるとき、読者は実務を前にした芸術のはかなさを痛感するというのが、この作品解釈の通例だ。しかし、このテクストを再読するものは、この蝶の描写の極端なまでの理想化のうちには、限りなくアニーの視点からの感懐がにじみ出していることに気づくべきだろう。確かにアニーは、ロバートやピーターと比べれば、オーウェンの芸術家性に理解を示すかに見えた。それゆえに、この蝶を見たときも、ひとりだけとりわけ感銘を受けている。その陶酔にも似た感激が、このような蝶の描写に染みわたっているのである。しかしその感激の皮相さは、息子への愛情へとアニーが簡単に回収されていくさまにあらわされている。この蝶の「完璧な姿」とは、じつはそのような浅薄な理解しか持たないアニーの目から見たものにすぎないこと、それゆえにおのれの芸術的理念の永遠性に確信を持ったオーウェンからすれば、むしろ厭わしい噴飯物であることを、語りはひそかに示している。アニーの共感が真におのれを理解するものか見きわめようとするオーウェンの失望を、読者は読みとらねばならないのである。このようなアニーの姿勢が、先に見たリューベンの「白昼夢」と同じように、アメリカ社会の歴史的な皮相さを映しだすものであることが了解されれば、精神的歴史家としてのホーソーンの姿勢は、短編執筆期の終わりにきて微動だにしていないことも理解されるだろう。

四　マシーセンの失敗

このように論じると、性急な諸氏のなかには「しかし、それは結局《信頼できない語り手》をホーソーンが見出したということではないか」と結論する向きがあるやも知れない。確かにホーソーンは『ブライズデイル・ロマンス』において、鬱屈した語り手カヴァデイルを生みだして、確度の低い語り手を人物として採用しているが、本論の語ろうとすることはこれとはすこし違う。どう違うのか。これを裏側からあきらかにするために、F・O・マシーセンの誤読を取りあげたい。

モラル・ヒストリアンとしてのホーソーンの特質、つまり精神的歴史を提示しようとするロマンスの語りの精緻さをじゅうぶんに理解しないで、その作品を読むと、とんでもない失敗を犯すことになる。その最たる例が、マシーセンの『アメリカン・ルネサンス』に現れた『七破風の屋敷』批判である。マシーセンは『七破風の屋敷』の一部分について、次のようにいう。「[ホーソーンの]想像力がふさわしいかどうかについては、ときおり極端に水準が下がり、その必要性が疑われるところもある。知事選挙前に町を散策するピンチョン判事の立ち居ふるまいが過剰なまでに温かなものだったので、「少なくとも町民のあいだでは、余分な陽光によって舞い上がるほこりを沈めるのに……いつも以上に散水車が行きかう必要があったと噂されるほどだった」というような記述にいかなる効果があると考えたのか、理解不能である」(Matthiessen 280)。

ここでマシーセンは、本論でこれまで述べてきたようなホーソーンの語りの戦略的融通無碍を理解しようとしていない。ホーソーンの章におけるマシーセンの基本的テーゼは、「ロマンスの定義の重要性」の節で語られるように、独立間もないアメリカという国の若さが、象徴的意味の深みを獲得しえておらず、ホーソーンはこのような想像力の放縦を制御できていないということにあった。文化的象徴性の欠如のゆえに、「[ホーソーンは] つねに現実と空想の対応関係を探さねばという強迫観念にとらえられている」(280) というのである。近年、環大西洋的＝半球的視点からの文学文化研究の進展によって、ホーソーンの生きた時代がかつて考えられていたほど文化的象徴性の貧困にあえいでいたわけではないことが明らかになってきており、マシーセンの根本的テーゼは見直しを迫られている。そういった研究の積みかさねから見えてきたのは、十九世紀アメリカの歴史欠如が問題なのではなく、「若きアメリカ」のイデオロギーが、アメリカの歴史をなきものにしようとしていたということである。『大理石の牧神』序文で語られるアメリカの文化的欠如も、そのような文脈から捉えられるべきだろう。ともあれ、マシーセンの批判の問題点は、「[ホーソーンは] なめらかな物語の世界にこのように闖入してしまう」(280) というところからもうかがえるように、新批評的な自律的作品世界の平滑さをあまりに金科玉条のように奉ってしまったことにある。そのために、ホーソーンの語り口の不安定さを積極的に評価しえないのだ。

別のいいかたをすれば、マシーセンは語りの自律性を、近代的意識の整合性（そんなものが現実にあるとして）と同一視してしまっているということになる。語りはそのような意識の鏡として、常に客観的に第三者的に語らねばならないということだろう。このような新批評的前提に立ったときに、《信頼できない語り手》という手法の根本的な意味も了解される。仮に語り手が信頼できないとしても、その裏側には語り手の統括された意識——たとえそれが、『ねじの回転』の女家庭教師のように、統合失調気味の意識だとしても——が存在しており、その解釈から語りの意図を忖度するのが、《信頼できない語り手》を措定するもののつとめなのである。

しかし、ホーソーンのロマンス的語りとは、そのような近代的意識の整合性とはさしあたって無縁のものだ。《信頼できない語り手》においては、その意識的整合性のゆえに、すべての語りが常に疑義をかもしだすのだが、ロマンス的な語りにおいては、語り手の立ち位置の移動は、ときおりエアポケットのように、もしくは雲間から漏れいずる月影のようにあらわれる。別のいいかたをすれば、《信頼できない語り手》の語りは、十二音技法の音楽のように、どの調性に縛られることもない音色を奏でる（ようでいて、じつは隠れた調性を持っている）が、ロマンスの語りかたにおいては、ときおり移調や転調といった調性の転移が見られるのである。読者はよく耳を澄まし、この調性転移を聞きわけなければならない。ことにこの転移は、後期作品においてはじつに秘めやかにおこなわれるからなおさらだ。

『七破風』に戻ると、ピンチョン判事の笑顔の「陽光」の場面でホーソーンは、明らかに軽妙洒脱な語りを狙って、その立ち位置をセイレム市民の共同体に近づけている。マシーセンは、「これが道端の店に居すわった物知り顔が口にしたあざけりだったら、このヤンキー的皮肉も成功していたことだろう」(280)というが、むしろホーソーンの意図は、そのような放言が（とくに判事が顧みないような）小市民ら全体に共有されていることを示唆している。ある意味でそのような下層階級の《精神的《モラル》》ポートレートとしてこのような半畳を入れているのである。語りはいわば頬被りして、ピンチョン判事の選挙活動が、散水車をよけいに走らせたと揶揄する。そして、そもそも笑顔が「陽光」——ロマンスの「月光」との対比における明からさまな真実——であると考える政治活動家たちの、その考え方自体に潜む欺瞞に水を差しているわけだ。ここにはもちろん、現実のモデルであるチャールズ・アッパム——ホーソーンをセイレム税関から放逐した張本人——がちょうど陽光のごとく身勝手で移り気なものであることを、民衆の声として記すという意図もうかがえるだろう。このような揶揄を生みだす階級差こそが、この小説の中心的モチーフであることはいうまでもない。そもそもは異なる歴史的時間を人物の意識を通じて重ねあわせるために、語りが立ち位置を変化させるというのがロマンス的語りの正体だったのが、ここに来てそれはさらに階級差すら取りこんで、民衆の権力者に対する皮肉な傍白として作用するにまでいたったのである。

同じような語り口の手触りの変化の例は、『緋文字』において「魔女」と目されているヒビンズ夫人が登場する場面にも見られる。パールを取りあげられずに済んだヘスターが総督官邸をあとにする際、ヒビンズ夫人が「麗しのヘスター・プリンを連れてくるって約束しそうになったんだから」とヘスターを森の集会に誘う。しかし、ヘスターはこどもの世話があるからとこれを断る。語り手は「ヒビンズ夫人とヘスター・プリンとのこの会話がほんとうにあったことで、寓話でないとするのなら」（117）、パールをヘスターのもとに置くべきとしたアーサーの議論の正しさをうかがい知ることができると独白している。ここでももちろんそのような寓話的会話の蓋然性はきわめて低いのだから、アーサーの口利きの意味にはひそかに疑義が投げかけられていることに読者は気づかねばならない。たとえ事実であったとしても狂人と目されたヒビンズの誘いを断る程度にしか、アーサーの議論は役に立たないという皮肉な感覚を、この語りの温度から感じることができるだろう。さらに、「堕落した母と、その弱さゆえに生まれたものとの関係をひき裂くこと」（117）に反対したというアーサー自身が、そのような堕落と弱さを生みだした原因でもあるわけだから、ヒビンズの誘惑以上に強力な影響力をアーサーが持つことは、ある意味当然かもしれない。さらにこの寓話的エピソードに重ねられたホーソーン自身の「魔女狩り」の歴史への皮肉な視線——有名なかれ自身の先祖のかかわりという意味でも、またセイレム税関放逐の際のホーソーンみずからの「魔女狩り」体験という意味でも——をも感じとるなら、ヘスターを魔女の誘惑から救ったアーサーの口添えというのは、「若いグッドマン・ブラウン」でブラウンが妻に投げかけた「フェイス！　フェイス！　……天を見上げるんだ。悪しきものにうち勝て！」（"Young," 88）ということばと同じぐらい空虚なものと考えるべきなのだ。魔女とは、むしろそれを語るものが生み出した幻であることをホーソーンは知っていた。そもそも《魔女》というのが集団的幻想だとすれば、その誘惑から救いだそうする救いのことばというのは、じつは《魔女》そのものを生みだす幻想にひそかに加担するものということだろう。ロマンス的語りとは、作品に込められた輻輳する精神的歴史のありさまをこのように照らしだす月明かりなのである。

このような語りの陰翳の技法を探り当てることにマシーセンは失敗した。しかしかれの失敗は、いまなおホーソーン研究者を縛っていないだろうか？

五　女性作家たちによる継承

では、このようなホーソーン的ロマンスの語り口を継承したものがあるとすれば、それは誰だったか。といえば、それは皮肉なことに、ホーソーンが軽視していた女性作家たちだったのではないかということを述べて、本論を閉じることとしたい。

十九世紀女性文学に関する古典的研究書において、サンドラ・M・ギルバートとスーザン・グーバーは、当時の女性作家の抱える作者としての「不安」が、とても根深く「能力を減衰させる」作用を持っており、それこそが「不健全な状態、もしくは不満、混乱、不信の種として働いて、女性の手による多くの文学作品において、その文体や構成に染みのように広がっていった」のだと分析している（Gilbert and Gubar 51）。ブルーム流の「影響の不安」理論に依拠した論理展開に古色はいなめないが、女性作家のテクストに特有の不安定さをみごとに剔抉した議論は依然として力を失っていない。近年ではデイヴィッド・グリーヴェンが、テクスト内の過剰な感情的表出、情調の横溢を、「まつろわぬ感情」と呼び、それらはじつは同性愛的な契機であるという大胆な仮説を立てているが（Greven 35）、抑圧された「性」に押しこめられることに対する不安不満が、同性愛的というのか、性別の垣根を取り払うような働きをしており、ギルバートとグーバーがいうようなテクスト的波風のおおもとにあることは間違いがないようだ。女性たちがそのようなテクストのうねりに意識的になるときに、必然的にロマンス的語り口のもつ可能性にも刮目するというのは、自然な成り行きだろう。

そのような女性作家のひとりとして、ハリエット・ビーチャー・ストウを挙げたい。『アンクル・トムの小屋』において、トプシーを教育しようとするミス・オフィーリアの問いかけ――「だれがあなたをお作りになったのか知ってるの？」――に対して、トプシーは、「だれにも造られてないよ。わかってるかぎりじゃね」と答え、さらに「生《は》えてきたんじゃないの。だれかがあたいをつくったなんて思えないからさ」（Stowe 221）と追い打ちをかける。すでに別の論文で論じたところだが、このやりとりは、明らかに『緋文字』におけるパールとウィルソン牧師のやりとりを下敷きにしている。(1) パールに対してヘスターが施した教育の成果を確かめるために、「誰がおまえをつくったのだ」と問うウィルソン牧師に、パールは、自分は牢獄の門前に生えていた薔薇の茂みから摘まれてきたんだと答える。これに対して、トプシーは自分が生えてきたんだといい、「ほかの連中といっしょに奴隷商人に育てられた」（221）とこたえるあたり、ストウが時代を超えて、ピューリタンの牢獄と、売られる前の奴隷を収容するスレーヴペンとを重ねていることが見てとれる。

このトプシーについて、ストウは“odd”とか“cunning”ということばを不自然なまでに繰りかえして、トプシーへの違和感をいいたてていた（たとえば、「トプシーの顔の表情は、悪賢さと狡猾《カニング》さとが奇妙《オッド》に入りまじっていて、その上に、まるでヴェールのように、じつに悲しげな厳粛さとしかめ面が、奇妙《オッドリー》に被さっていた。……総じて、その外見にはなにか奇妙《オッド》で子鬼のような様子がうかがえた」［217］というような部分には、自身の創造物へのえもいわれぬ居心地悪さがおし隠されている）。ここでよく言われるように『緋文字』におけるパールの異様さが、ホーソーン自身の娘ユーナに対する違和感を写しとったものだとすれば、巡りめぐって、そのパールへの違和感をトプシーという黒人奴隷の少女に落としこんだストウのこの部分の神経症的な語り口は、ホーソーンのロマンスの語りに学んだものといえるだろう。確かに、感傷小説作家としてのストウは、物語の語りをときおり大きく変化させて、直接読者に語りかけるといったことをたびたびおこなっているが、この部分はそういう感傷小説の伝統とはまったく異なる次元で、語り口を変化させている。トプシーはその名前――“topsy-turvey”からの連想[2]――が表すように、秩序を破壊する存在であり、そのような黒人性への読者の（そして作者自身の）不安を、語り口の変化で表すこの手法は、まさに『緋文字』から学んだ《ホーソーン学校》の伝統を受けつぐものだといえる。

このようなロマンスの語り口は、リアリズム文学が隆盛してくると、当然のことながら衰退していく。（登場人物ではない）語り手が平滑な語り口から逸脱してしまうというのは、ヘンリー・ジェイムズ的な小説観からすれば、小説芸術に対する重大な冒瀆でしかない（マシーセンはジェイムズに学んで、このようなホーソーンのロマンス的要素を批判したのだ）。しかし、女性文学のなかではその水脈は受けつがれていて、例えば一八六五年に出版されたルイザ・メイ・オルコットの初めての長編『気まぐれ』には、次のような一節がうかがえる。「ヘスター・プリンが、胸を灼然たる緋文字の輝きによって、おのれの罪のなんらかの痕跡をあらゆるひとの胸中に見ていたように、シルヴィアも家族じゅうの悲嘆の影のなかにあって、まわりの人々のうちにおのれの経験のさまざまな部分をかぎ取った」(Alcott 190)。シルヴィアはつまらない誤解から、最愛のアダムを見限って、手近な求婚者ジェフリーと結婚したものの、結局アダムへの愛を捨てきれず、苦悩の末夫にそのことを告げて、実家に戻る。そのときのシルヴィアの心中を示した部分だ。

ここにこれまで述べてきたような語り口の変化を見ることは困難なように思われるかもしれない。しかし、ピューリタン時代のヘスターの不倫経験と十九世紀のシルヴィアの精神的な不倫（実はシルヴィアは、いまだに夫とも性交渉を持たず、ふたりの婚姻は法的に完成していないので、厳密には不倫ではないのだが）とをタイムスリップして結びつける語り口は、明らかにシルヴィア個人の経験を越えており、それまでシルヴィアを視点人物として語られてきた物語に微妙な影を落としている。そうすることで、作者オルコットは十七世紀以来三百年たってもいまだに変わることなく女性を縛る性道徳に、物語の語りの平常心を逸脱して、自身の声のヴォリュームをあげている。そのすぐあとで語られる「あの悲しい同胞姉妹たち（that sad sisterhood）」(190) ということばも、ヘスターが「女性というひとびと一般（the whole race of womanhood）」(165) について感じる有名な革命的想像を想起させることばだ。このヘスターの革命的フェミニズムが、これまでたびたび指摘されてきたようにマーガレット・フラーの姿を映すものであるとすれば、フラーに対して深い関心を持っていたオルコットがこの部分を引用しながら、シルヴィアの革命的なフェミニズムを、同情をもって語っていることも、ロマンス的な語り口の変化を示すものと考えることができるだろう。事実この『気まぐれ』という小説は、フラーの生涯をなぞるように書き換えたものなのだった（これについては、Reynolds 132–55 および髙尾「新しい霊」参照）。

このようにロマンス的な語り、ホーソーンのことばをあらためて借りれば「ロマンスの月光」と、十九世紀女性文学の抵抗の歴史とのつながりを想像すると、興味は尽きないだろう。「黄色い壁紙」（一八九二年）の主人公が、月光の働きに何度も言及し、「月光が射すようになって、かわいそうなその存在が這いまわり始め、模様を揺すると、わたしは起きて走っていて彼女を助けた」（Gilman 48）というのも、さらにはエドナ・ポンテリエが初めて海で泳げるようになるときに「白い月光が、まるで眠りの神秘とやさしさのように、世界に帳をおろしていた」（Chopin 27）というのも、ホーソーンのロマンスの語りの水脈が、受けつがれていることのあかしではないか。ギルマンのうねるような不安定な語り口も、ショパンのたゆとう海のような女性主人公の心模様も、十九世紀女性作家たちの小説芸術へのとり組みと、ホーソーンのモラル・ヒストリアンとしての成り立ち——そこには女性のありかたが常に意識されていた——とが切り結ぶところから生まれたものだったのだろう。

＊本論文は、二〇一四年五月二十五日に北海道大学で開催された日本英文学会第八十六回全国大会シンポジウム「アメリカン・ロマンスを問い直す——ホーソーン没後百五十年」における発表をもとに、大幅に加筆修正したものである。改めて当日のパネリストであった成田雅彦氏、小林憲二氏、森あおい氏、および質問やコメントをくださった聴衆のかたがたに感謝する。

注

（1）この質問についてはすでに拙論で論じたところだが（「汝を」九二—九三）、十八世紀以降こどもに（それ自体では難解と思われる）教理問答を教えるとき、ひとつの便法として用いられたものだ。たとえば、コットン・マザーは、ウェストミンスター小教理問答書をこどもに教える際に、次のように教師に助言を与えている。「教師のみなさんは、教理問答の答を切りわけて、より小さな質問への回答とすることで、こどもたちの理解を試し、助けることができます。……こどもたちは、ひとことふたことだけ答えれば正解となるようにするのです。／たとえば、こどもが「神がわたしを作り、わたしを保ち、わたしを救われます」といったときには、「なんだって、じゃあ、すべてのものを作られた神がいるというわけか？／あなたは自分自身を作ったのか？／じゃあだれがあなたを作ったのだ？　というような質問をするのです」（Mather 270 傍点筆者）。また、一七六七年版の『ニューイングランド初級読本』には、教理問答に関する「短い問と答」として、その冒頭に「問　あなたを作ったのは誰か？　答　神です」という問答が記されている（Ford 340）。

（2）庄司宏子はトプシーの名の由来について、「トプシー・ターヴィー人形からとったのではないか」と考える批評家がいることを紹介したうえで、この人形のもつ喚起力を自論の原点としている（一三―一九）。「トプシー・ターヴィー人形は、奴隷制システムがアメリカ人の精神に棲まわせた、人種的無意識とも呼ぶべきものをあらわしているように思われる」（一五）。ここで興味深いのは、ストウがそのような「人種的無意識」を、ホーソーンの描く人物パールを婉曲的に用いてあらわしているという点だ。ストウはパールをめぐる語り――ひいては、ヒビンズ夫人すら跪拝させるパールを「悪魔の子孫」（244）のごとく描くロマンス的語りかた――をお手本として、その「人種的無意識」を表出させている。

引用文献

Alcott, Louisa May. *Moods*. 1864. Ed. Sarah Elbert. New Brunswick: Rutgers UP, 1991.
Chopin, Kate. *The Awakening*. 1899. Ed. Margo Culley. 2nd ed. New York: Norton, 1994.
Colacurcio, Michael J. *The Province of Piety: Moral History in Hawthorne's Early Tales*. Cambridge: Harvard UP, 1984.
Ford, Paul Leicester, ed. *The New-England Primer: A History of Its Origin and Development*. New York, 1897.
Gilbert, Sandra M., and Susan Gubar. *The Madwoman in the Attic: The Woman Writer and the Nineteenth-Century Literary Imagination*. New Haven: Yale UP, 1979.

Gilman, Charlotte Perkins. *The Yellow Wall Paper.* 1892. Boston: Rockwell & Churchill, 1901. *Google Books.* Web. 5 May 2015.

Greven, David. *Gender Protest and Same-Sex Desire in Antebellum American Literature: Margaret Fuller, Edgar Allan Poe, Nathaniel Hawthorne, and Herman Melville.* Farnham, Surrey: Ashgate, 2014.

Hawthorne, Nathaniel. "The Artist of the Beautiful." Hawthorne, *Mosses* 447–75.

———. "The Gray Champion." *Twice-Told Tales.* Vol. 9 of *CE.* 1974. 9–18.

———. *The Letters: 1813–1843.* Vol. 15 of *CE.* 1984.

———. *Mosses from an Old Manse.* Vol. 10 of *CE.* 1974

———. "My Kinsman, Major Molineux." *The Snow-Image and Uncollected Tales.* Vol. 11 of *CE.* 1974. 208–31.

———. "Roger Malvin's Burial." Hawthorne, *Mosses* 337–60.

———. *The Scarlet Letter.* Vol. 1 of *CE.* 1962.

———. "Young Goodman Brown." Hawthorne, *Mosses* 74–90.

Longfellow, Henry Wadsworth. "Our Native Writers." 1825. *Henry Wadsworth Longfellow.* By Thomas Wentworth Higginson. Boston: Houghton, 1902. 30–36. *Project Gutenberg.* Web. 1 May 2015.

Mather, Cotton. "Cotton Mather's Views on Catechising." Ford 261–73.

Matthiessen, F. O. *American Renaissance: Art and Expression in the Age of Emerson and Whitman.* 1941. New York: Oxford UP, 1968.

Reynolds, Larry J. *Righteous Violence: Revolution, Slavery, and the American Renaissance.* Athens: U of Georgia P, 2011.

Stowe, Harriet Beecher. *Uncle Tom's Cabin; Or, Life among the Lowly.* 1852. Ed. Elizabeth Ammons. 2nd ed. New York: Norton, 2010.

Ullén, Magnus. *The Half-Vanished Structure: Hawthorne's Allegorical Dialectics.* Bern, Switz.: Peter Lang, 2004.

庄司宏子『アメリカスの文学的想像力――カリブからアメリカへ』彩流社、二〇一五年。

高尾直知「「新しい霊が僕に入って住み着いた」――オルコット『ムーズ』とイタリア」『環大西洋の想像力――越境するアメリカン・ルネサンス文学』竹内勝徳・高橋勤編著、彩流社、二〇一三年、一七九―九七頁。

―――「汝を創りしは誰ぞ」『緋文字の断層』斎藤忠利編、開文社出版、二〇〇一年、九一―一〇八頁。

中村正廣「"Roger Malvin's Burial" における誓いの二元性と結末の曖昧性」『愛知教育大学　外国語研究』第二五号（一九八九

年)、六七―八六頁。

古屋耕平「アメリカン・ルネッサンスと翻訳――メルヴィルの場合」*Sky-Hawk: The Journal of the Melville Society of Japan* 第一号(二〇一三年)、七二―九七頁。

メルヴィル「林檎材のテーブル」における家庭小説の実験

——ジャンルとの親和と軋轢

西谷拓哉

一　短篇を書くメルヴィルとホーソーンの「手本」

一八五〇年八月五日、ストックブリッジで催されたピクニック・パーティで、ハーマン・メルヴィルはホーソーンと運命的に出会った。ホーソーンとの短期間だが熱烈な親交はメルヴィルに何をもたらしたのか。この点について、リチャード・H・ブロッドヘッドは、メルヴィルは「ホーソーンの示す手本（Hawthorne's example）」に従うことによってみずからの「文学的可能性」を更新し、「新たな文学的自我を構想・胚胎」しようとしたのだと述べている（Brodhead, *School* 18）。ホーソーンと出会うまでにメルヴィルは五冊の長篇小説を書き、一八五〇年二月からは『白鯨』の執筆を開始していた。しかし、ホーソーンとの邂逅が触媒となってメルヴィルの中に「預言（prophecy）」としての文学という考えが生まれた、あるいはすでに胚胎していたものが大きく成長したというのである。預言的な文学とは、メルヴィルがホーソーンと出会って早くも二週間後に発表した評論「ホーソーンと彼の苔」（一八五〇年）の中で述べているような、「決定的な真理」を語るものとしての文学という考え方である。

ハムレット、タイモン、リア、イアーゴーといった暗い人物の口をつうじて、シェイクスピアは巧みに告げる。あるいはときに、ほのめかす。まともな人格の善人であれば、かりに口にすれば、あるいは示唆するだけでも、ほとんど狂気の沙汰であるような、私たちが怖ろしい真理であるとうすうす感じているような事柄を。苦悩の末に絶望に至った結果、半狂乱となったリア王は、仮面を脱ぎ去り、決定的な真理（vital truth）に関わる正気の狂気を口にするのだ。（Melville, "Hawthorne" 244）

この言葉のとおり、『白鯨』はそれまでの捕鯨冒険ロマンスから壮大な悲劇的作品へと性格を大きく変えた。さらに翌年、メルヴィルはセンチメンタル・ロマンスの枠組みを借りた『ピエール』において、世界の「決定的な真理」を摑もうとしてついに途絶し破滅していく青年作家の姿を描き出した。しかし、渾身の力を込めて書いたこの二作の売り上げは芳しくなかった。米国版について売り上げを記せば、『白鯨』は一八五一年十一月の出版後二週間で一五三五部、出版後数ヶ月で約二〇〇〇部が売れた。『ピエール』（一八五二年八月出版）に至っては惨憺たる結果であり、翌五三年三月までにわずか二八三部が売れただけであった（Parker 30, 150）。[1] この結果、メルヴィルはそれ以前にもまして経済的苦境に陥っていくのである。

それを打開しようとして、メルヴィルは一八五三年から五六年にかけて雑誌に次々と短篇を発表していくが、預言的性格を持った長篇が読者に受け入れられないと判明した事態を受けて、みずからの文学に関してどのようなあり方を目指したのだろうか。再びブロッドヘッドによれば、雑誌短篇の最初の作品である「バートルビー」(一八五三年)において、「メルヴィルの小説は始めて短いものになり、表現は切り詰められ、かつてメルヴィルが『あふれんばかりの表出(full articulations)』と呼んだものは目指さなくなった。メルヴィルの小説はいまや、『ピエール』であれほど人に苦痛を与えるものとされた超然とした態度(detachment)をまねるようになった」のであり、それは「『ウェークフィールド』のように、秘密を語ろうとするのではなく、秘密を守ることによって力を強めていく」ものであった(*School* 47)。つまり、メルヴィルは短篇執筆の際にもホーソーンを「手本」としたのである。そしてそれは『白鯨』や『ピエール』のようにメルヴィルがほとんど登場人物と一体となって破滅的に自己表出を行った「あふれんばかりの」文学ではなく、ホーソーンの小説が示すようなデタッチメントの文学であり、韜晦の文学だった。その二つがメルヴィルの短篇における方法論になったのである。

ブロッドヘッドはメルヴィルが『ピエール』以降の短篇や『信用詐欺師』(一八五七年)においていかにデタッチメントの文学を実現したのか詳細に論じてはいない。とすれば、我々が行うべき作業は、まずはメルヴィルの短篇における「語り」の問題、とりわけ作者と作品、もしくは語り手と語られるものとの間にどれだけの距離が保たれているのかを探ることになるだろう。なぜなら、デタッチメントとは作家と作家が描く対象の「距離」に関わる問題だからである。また、韜晦に関して言えば、「ホーソーンとその苔」でメルヴィルが深層と表層、あるいは闇と光の対比を用いて繰り返し論じた、「決定的な真理」に対する前提として作品の表面に存在する「小春日和の陽射し」(243)、すなわちホーソーンという「愉快な作家」がときに読者を欺くために用いる「愉快な文体」（242）に相当するものを考察することになる。

たとえば「バートルビー」においては、作者と作品は、老弁護士である語り手によって介在され、両者の距離が保たれている。中産階級に属し、いわば「まともな人格を持つ善人」である語り手を設定し、『白鯨』や『ピエール』とは打って変わった穏やかでセンチメンタルな語り口を用いたのは、メルヴィルが雑誌短篇という自分にとって新しいジャンルに参入するに際し、「バートルビー」を間違いなく受け入れられる作品にすべく読者の嗜好に合わせるための戦略であっただろう。その語り手は冒頭で、その気になれば「紳士方を笑わせたりご婦人方を涙ぐませたりするような様々な話」（"Bartleby" 13）を語ることができると述べている。これは、新たに雑誌短篇の分野に踏み出そうとする時のメルヴィルの意気込み、あるいは自信とも受け取れる言葉である。実際、メルヴィルが『ハーパーズ・ニュー・マンスリー・マガジン』と『パトナムズ・マンスリー・マガジン』に寄稿した短篇は「様々な」内容を持ち、小説技巧の点でも多彩な趣向が凝らされたものであった。シーラ・ポスト＝ローリアが論じるように、メルヴィルはこの二つの雑誌の編集方針と読者層に合わせて適宜異なるスタイルを用いた。「『客間《パーラー》』で読まれることを想定した『軽い』文学を掲載する雑誌」であった『ハーパーズ』には、感傷主義的な装いとプロットを持った話を提供する一方、「より知的で政治的にリベラルな、それ故、購読者のより少ない」『パトナムズ』に書いた短篇では、貧困や劣悪な労働環境、あるいは人種問題といった同時代の社会問題を扱う短篇を寄稿したのである（Post-Lauria 167, 177）。[2]

逆に、雑誌短篇の最後に当たる「私と私の煙突」と「林檎材のテーブル」ではどうだろうか。両者ともそれぞれ一八五六年三月と五月に『パトナムズ』に掲載されたが、上述の編集方針とはいささか異なり、アンテベラム期に大流行していたジャンルであった家庭小説（domestic fiction）のヴァリエーションであり、深い意味のない「軽い」笑い話として読み飛ばされてしまいかねない作品となっている。この二篇は厳密にはこの時期にメルヴィルが活用したディプティック形式には当てはまらないが、共通点が多くペアと見なすことができる。田舎と都市という違いはあるにせよ、どちらの短篇もある家を舞台として、一人称の語り手（夫）、妻、娘のジュリアとアンナ、女中のビディといった登場人物を共有している。両者とも部屋の改築や改装、家具といったモチーフを採用し、かさばって邪魔な煙突や幽霊じみたテーブルをめぐる騒動が起こり、夫と意志の強い妻が対立するという点でも似通った作品である。

「私と私の煙突」は象徴性が高いためか多くの研究がなされてきたが、「林檎材のテーブル」はメルヴィルの研究者からも単なる笑劇《ファルス》もしくはドタバタ喜劇《スラップスティック》とみなされがちであって、たとえば、この短篇は後半になるに従い、「目に見えて息切れし、まったく平板なアンチ・クライマックスを迎える」(Berthoff 362)とか、タイトルの林檎材のテーブルは「語り手の感情の底を流れる暗く危険なものを表す『客観的相関物』」にはなりえていない (Fogle 8) といった否定的評価が多くを占めていた。しかし、「林檎材のテーブル」は語りが見事にコントロールされているという点で、小品ながらメルヴィルの傑作の一つであるというのが本稿の立場である。以下、この短篇においてメルヴィルがデタッチメントと韜晦というホーソーンの「手本」をいかに実現しているのかを、家庭小説というジャンルとの距離の取り方、「笑い」というものが生じるためには絶対必要な、語る対象との距離の操作という観点から探ってみたい(3)。

二　文体の多様性と喜劇的距離

「林檎材のテーブル」の語り手はニューイングランドの古い、幽霊屋敷という噂もある家に住む老人である。語り手は自分の家の屋根裏で古い林檎材のテーブルを見つけ、普段の生活で使い始めるが、やがてそのテーブルから奇妙な音が聞こえ始め、虫がテーブルを食い破って現れ出てくる。このような事例は実際にもよくあったようで、ティモシー・ドワイト『ニューイングランドとニューヨークの旅』（一八二一年）やD・D・フィールド『マサチューセッツ州バークシャー郡の歴史』（一八二九年）の中にも言及がある。また、ソローも『ウォールデン』（一八五四年）の終わり近くで、農家に六十年間置かれていた林檎材の古テーブルから美しい虫が出現したという事象に触れ、それを人間の魂の不滅性を示す象徴的な出来事として描いている。

たぶんコーヒー沸しの熱にでもあたためられて孵《かえ》ったのであろうが、その虫が板をカリカリ嚙《かじ》って出ようとしているのは数週間前から聞かれていた。この話を聞いて復活と不死（a resurrection and immortality）とに対する自分の信念が強められるのを感じない人間があろうか。その卵は最初緑なす生きた白木質（the alburnum of the green and living tree）に生みつけられ、その木が次第にそのままの格好の枯れ切った墓（its well-seasoned tomb）に変わってしまうまで、長年のあいだ社会の死んだような乾燥した生活（the dead dry life of society）の中で多くの木質の年輪層に閉じこめられていた――この数年は一家の者がたのしい食卓のまわりに坐ったときに、外に出ようとするカリカリ嚙る音をたててみんなを驚かしたこともたぶんあったろうが――どんな美しく翅《はね》ある生命（what beautiful and winged life）が、世上に最もありふれたお祝いの貰い物の家具のただなかから思いもかけず立ちあらわれて、ついにその申し分のない夏の日の生活をたのしむということがないでもない！　（Thoreau 222–23）

このように古いテーブルの中にいた虫が復活するというのは、アンテベラム期のニューイングランドではよく知られた話であり、当時、科学的な自然現象として、あるいは心霊の存在を示すスピリット・ラッピングの一例として、さらにはソローのように人間精神の永遠性として捉えるなど、科学的理解から超自然的、超越主義的な見地に至るまで様々な解釈がなされていたようである。マートン・M・シールツ・ジュニアの研究によればメルヴィルは『バークシャー郡の歴史』と『ウォールデン』を読んでいたようであり、また、ドワイトの旅行記は「ホーソーンと彼の苔」の中で言及があることから、メルヴィルはこれらの著作を下敷きにして「林檎材のテーブル」を書いたと推察できる。

ただ、虫の復活という当時流布していた話を題材として用いたのは読者の関心を引くためという意図があったにせよ、上で述べたような解釈を織り込みながらも、それらとは異なる扱い方をして人口に膾炙した話にひねりを加え、独自の諧謔的な喜劇に仕立て上げるという点に作家の腕の見せどころがあったと思われる。メルヴィルが雑誌に書いた短篇群は、当時の文学的なコンヴェンションや中流階級の読者層の価値観を巧みに利用しながら、それらを巧妙に内側から換骨奪胎する二重性を有している。「林檎材のテーブル」の場合、その二重性は喜劇的距離に関する実験となって現われる。ここで言う「距離」とは、すなわち「語る者と語られるものとの距離」及び「語る者と語るのに用いられる文体との距離」のことである。この短篇においては、語られる対象が距離を置いて眺められ、そこに喜劇が生まれるだけでなく、その相対化の際に用いられる文体もまた批判的に捉えられているのである。

まず小説の冒頭部分を読んでみよう。そこでは語り手が自分自身の行動と文体に対して距離を置く手立てとして、ゴシック小説的な叙述を意識的に活用していることがわかる。ある日、語り手は「ベーコン修道士の所有物だったかもしれないような魔術的な古い小卓」を発見する。このテーブルはピラミッドを思わせる「漏斗型の屋根裏」の奥に置かれていたもので、上には「何かがこびりついた古い紫色の薬壜やフラスコ」や「幽霊に取り憑かれたような、綴じもはずれた古い四折本」(これは後の部分でコットン・マザーの『マグナリア・クリスティーナ・アメリカーナ』であることがわかる) が載っている。また、このテーブルは捻れた柱で支えられており、その柱は先で三本の曲がった脚になり、さらにその先端は三つに割れて蹄のようになっているという、悪魔を想起させるような形状を備えている。語り手はこの屋敷を五年前に購入したのだが、「アメリカの最も古い町の一つの最も古い一角にある非常に古い家の極めて古い屋根裏」とあるように、町、家、屋根裏部屋は同心円状の空間を形成しており、そこにも濃厚な魔術性と神秘性が見られるのである (“Apple-Tree” 378)。

ところが、そのようなゴシック的な怪奇さと陰鬱さは「笑い」によってすぐに相殺される。直前の引用では「古い」という言葉が四度繰り返されているが、この反復は語りをむしろ喜劇的に見せる効果があるだろう。また、語り手は家の購入について「くすぐり」に近い注釈を入れている。語り手は家の購入に際して、これが幽霊屋敷だという噂にことさら異を唱えようとはしない。そのほうが「この屋敷を私の財布に都合のよい範囲で入手できるということがなくはなかった」(378) というのである。また、別の箇所では、購入後五年間、屋根裏に立ち入らなかったのはその必要がなかったからだと述べた後、庭の片隅で屋根裏への戸口の鍵が見つかった、鍵というものは開けてみたいという好奇心を刺激するものであるから、それを満足させるために屋根裏に行っただけのことであって、「何か利益が得られるということとは関係がない」(379) と付け加えている。これらは言わずもがなの説明とも思えるのだが、語り手はいかにも無邪気を装いつつ、自分の金銭的な計算や隠された財宝への期待をほのめかし、読者をくすりと笑わせる術を十分に心得ている。

やがて語り手はこのテーブルを塗り直し、読書用テーブルとして使い出す。最初は「このテーブルを家庭に入れる（domesticating the table）」（381）ことを嫌がっていた妻もきれいになったテーブルを見て、朝食用に使うことにする。こうして林檎材の古テーブルは「より高級なつやつやした家具の社交界」に仲間入りし、「杉板張りの客間《パーラー》で栄誉ある位置」を占めるようになる（381）。ミレット・シャミールによると、特にアンテベラム期のアメリカ女性にとって客間というものは「その家の経済的な成功と高尚な趣味を証明する品々を収める場所」（Shamir 38）を意味していたが、この短篇では悪魔的な雰囲気を持つ古びたテーブルが一転して日常生活に取り入れられる（ドメスティケートされる）ばかりか、家庭という空間で最も重要視されていた客間において骨董的価値のある家具として大切に扱われるのである。

ところが、やがてこのテーブルから聞こえてくる奇妙な音によって家庭の平和が脅かされる。十二月のある夜更け、語り手が客間でひとりポンチを飲みながら、先述の『マグナリア』を読んでいると、「チック、チック」という音がどこからともなく聞こえてくる。恐怖にかられた語り手は寝室に行き、妻に奇妙な音のことを話すが相手にされない。

「しずかにしてちょうだい。」家内がベッドから言った。「あんまり飲み過ぎるからじゃありませんか。あなただいぶ癖がこうじてきたんですね。ほんとにまあ、夜分になってから、そんなによろよろして入ってくるなんて、なんてことかしら」……

「妻よ、妻よ！」

「おやすみなさいったら。許してあげますから。明日は何も言わないでおいてあげますから。だけど、あなた、ポンチを飲むのはもうやめにしてちょうだいね。ほんとにどうかなってしまうわよ」「わしを怒らせるんじゃない。」もうすっかり我を忘れてどなってしまった。「こんな家なんか出て行ってやる」

「だめだめ、そんな状態ではね。もう、おやすみなさいな。これ以上は言いませんから」(384)

不安にかられ「妻よ、妻よ！」と繰り返し呼びかける語り手に対し、妻は夫を憐れみながらも冷淡に受け流す。この箇所は、当時の規範的な夫婦間の力関係が逆転し、夫が妻に依存し、支配されている様子を見事に表現し、この短篇だけでなくアンテベラム期の家庭小説の中でおそらく最も喜劇的な夫婦間のやりとりとなっている。

確かに語り手は家長としては弱く頼りないが、しかし、読者を笑わせるツボを心得ているという点で、その物語の技術はけっして侮ることができない。そのことを別の場面で確かめてみよう。上記のやりとりがなされた翌朝、語り手が朝食をとりに階下に降りていくと、テーブルからやはり音がするというので家中が大騒ぎになっている。その場面は語りの喜劇というよりも行動の喜劇であって、完全なスラップスティックである。妻は音の出所を探そうとして絨毯を引っかき回し、二人の娘は取り乱して「テーブルが、テーブルが！」、「霊が、霊が！」と口走りながら部屋中を駆け回っている（娘たちの「霊が」の繰り返しには、語り手の「妻よ、妻よ！」の反響が感じられる）。一方、語り手は妻にこちらに来るように言われても動こうとしない。この「動」と「静」の対比が笑いを誘う。語り手は怖くてテーブルに近寄りたくないのである。語り手は妻に、テーブルは捨て置いて隣の部屋で食事しようと言い、「しごく落ち着きはらって」部屋を出て行こうとするのだが、内心は一刻も早く部屋を離れたいに違いないのである。

妻はやがてテーブルを部屋の外に出し、絨毯をはがすのだと言って、女中のビディにハンマーを取りに行かせる。「あなた、絨毯のそっち側を上げてちょうだい。私、こっちを上げますから」と妻が四つんばいになると、語り手は「言われたとおりにする」。このあたりから語り手の「静」が崩れて、妻の「動き」に巻き込まれていくのである。絨毯を上げても床から音が聞こえないとわかると、妻はビディに再びテーブルを持ってこさせる。物が行ったり来たりするスラップスティックの典型である。しかし、今度はビディが取りに行きたくないと言って動かない。すると「あなた、取りに行きなさい」と語り手にお鉢が回ってきて、語り手は「ねえ、お前、テーブルだったら他にたくさんあるじゃないか」と「おだやかな注意」をするのだが、「おだやかな注意」とは名ばかりで語り手も行きたくないのである。ビディはすすり泣きながら薪小屋にテーブルがあると言う。妻が語り手に向かって「恐ろしく事務的な口調で」、「私が薪小屋に行って取ってまいりましょうか。それともあなた、行ってくださいますかしら」と言うと、語り手は「一目散に」部屋を出て行き、「急いで」テーブルを持ってくる。ところが、ビディが朝食のテーブルをセットするのを拒否し暇乞いをすると、かっとなった語り手は妻と一緒になって、「さあ、さっさと用意してくれ。さもないと警察を呼んでくるぞ」と脅かしにかかる。テーブルに対する恐怖心が、今度は妻の機嫌を損ねることへの恐れに取って代わり、妻と同調し、しかもビディを従わせるのに家長としての威厳ではなく警察の威光を借りるという情けない始末である。その脇で娘たちは相変わらず「霊が、霊が！」と叫んで騒いでいる（385–86）。

以上の一節では、妻の動きに振り回されて、自分自身を含め、周囲が慌てふためく様子が逐一的確に描写されている。語り手の滑稽な行動は読者を大いに笑わせる。しかし、この描写においては、語る者（この短篇の語り手）と「語られるもの」（自分自身の行動）との間のアイロニカルな距離が文中に巧みに織り込まれ、登場人物たちの滑稽な様子が誇張を用いて効果的に増幅されているものの、あくまで笑われているのは興奮した登場人物たちの言動であって、それを描く言葉そのものではない。そのことは小説後半の別の場面と比較するとよくわかる。

このテーブルからはじつは二匹、虫が出てくる。一匹目は語り手が捕まえ、翌朝あえなくビディによって焼《く》べられてしまう。だが再び「チック、チック」という音が聞こえ始め、家族全員で徹夜して二匹目の出現を待ち受けるのだが、その光景を描く部分にそれまでとはまったく異なる文体が使われる。語り手の次のようなメモ書きである。


一時。虫アラワレル気配ナシ。鳴音ツヅク。妻、ウトウトト居眠ル。

二時。虫アラワレル気配ナシ。鳴音断続ス。妻、熟睡。

三時。虫アラワレル気配ナシ。鳴音間断ナシ。ジュリア、アンナ、ウトウトト居眠ル。

四時。虫アラワレル気配ナシ。鳴音一定ナルモ激シカラズ。妻、ジュリア、アンナ、共ニ椅子ニ昏昏と眠ル。

五時。虫アラワレル気配ナシ。鳴音微弱。余モ睡気ヲ覚ユ。自余ノ者、依然昏昏ト眠ル。

日記はここまで。(395)


とうとう語り手自身も眠ってしまうわけだが、その間抜けさ加減と、注意深く正確な事実の記録を装った疑似科学的な文体の間に喜劇的距離が生じている。ここでは語り手の態度のみならず、その奇妙な文体も同時に笑われているのである。

科学的な言語に対する揶揄は、物語の終盤で博物学者ジョンソン教授が古テーブルから虫が出てくる現象を一見合理的に説明する箇所にも見られる。ジョンソン博士は年輪を調べ、虫の卵が約九十年前に木に植え付けられ、テーブルの古さを八十年と推定する。博士の説明ではファクチュアルな文体が用いられているのであるが、博士は虫がテーブルの中にいた年数をなんと九十年足す八十年、すなわち「百五十年」と結論づけるのである（こうした怪しげな計算間違いは「私と私の煙突」でも描かれている）。

ここまで見てきたように、各場面において喜劇的距離、すなわち「語る者と語られるものの距離」及び「語る者と語るのに用いられる文体との距離」に様々なヴァリエーションがあることがわかる。それらの距離が変化するのは、物語の主題であるテーブルに対する語り手の関係が揺れ動いているからであり、その点が「私と私の煙突」との決定的な違いである。というのも、「私と私の煙突」のほうは文体の質が均一であり、語り手が自分自身に対してとる距離もある程度一定である。そのことは語り手と煙突と周囲の人間の関係に見てとれる。この短篇では、語り手は家の中央を占める古い大きな煙突を愛し、それを壊そうとする妻と対立する。妻は流行を追う婦人雑誌に感化され、古い煙突を撤去して広々としたホールを家の中に通そうと計画しているのである。しかし、語り手は煙突を死守しようとして頑として譲らず、物語は「私と私の煙突とのあいだでは、けっして降伏はせんぞという決意がなされているのだ」（"Chimney" 377）という一文で締めくくられる。この「決意」が語り手の基本的姿勢であり、全篇を通してそれは揺らがない。

しかし、「林檎材のテーブル」の場合、語り手がこのテーブルのことを結局どう考えているのかは明瞭ではない。語り手は妻を、自然現象を原子の働きに還元して説明しようとしたギリシアの哲学者デモクリトスになぞらえ、謎の存在を認めず、奇妙な音の原因を合理的に追究しようとする妻に同調してみたり

（じつは妻が怖いのだろう）、その一方で霊の存在に怯える娘たちと同じようにテーブルを気味悪いものと見なしたりする。そのような両義的な態度を語り手も自覚しており、「私はというと、その時の気持ちは入り交じったものだった（my present feelings were of a mixed-sort）。私はデモクリトスとコットン・マザーのあいだを穏やかに揺れ動いていた。それは妙と言えば妙な具合だが、不愉快というわけでもなかった」（394）と述べている。野間正二はこのような語り手の態度について「ふらふらする自分を笑い、生き延びようとしている」（野間 六三）と評し、どっちつかずの態度こそが語り手の戦略だと見なしている。「信頼できない語り手」という術語を多少ずらして用いるならば、確固たる態度をとれない語り手は現実の家庭生活のレベルでは「信頼できない」と言えるかもしれない。しかし、語りという水準で言えば、個々の状況に即して複数の文体を使い分け、適切かつ時にはアイロニカルな距離をとって読者の笑いを誘うことができるという意味では、この語り手は相当したたかな手練れではないか。その証拠に、語り手は先に見たように両様の態度の間を揺れ動くという状態を楽しむ余裕さえ備えているのである。

もう一つ、語り手のコメントで興味深い点は「気持ちは入り交じったものだった」という部分の“a mixed-sort”という表現である。これは、この短篇の文体の特徴を語り手自身が十分に意識していることを読者に気づかせる密かなサインだと思われる。ポスト＝ローリアは、真実と幻想、事実と形而上学を混ぜ合わせた「混淆形式（mixed form）」と呼ばれる小説形式が十九世紀中葉の英米で流行したことに触れ、メルヴィルの『白鯨』における多様な語りの混在はまさにこのジャンルに由来するものだと論じている（Post-Lauria 111）。むろん「林檎材のテーブル」を『白鯨』のように大規模な混淆形式の小説と同列に置くつもりはないが、しかし、この短篇の語り手が多種多様な語りを操ることのできる技巧の持ち主であるという点は否定できないだろう。

三　家庭空間からの脱出

しかし、語り手が家庭生活者としては頼りなくとも、物語の語り手として存外達者であるならば、読者の中に漠然とした不安が萌すことになる。これまで我々は語り手の行動を、あるいはその語りを笑ってきたのだが、実は語り手に笑われているのは読者自身なのではないのか。というのも、短篇の結末では語り手は登場人物としては一歩退き、笑う者と笑われるものが攻守ところを代えているように思われるからである。

ジョンソン教授の怪しげな算術を交えた説明を聞いたあと、語り手が娘のジュリアに「このような科学的な説明をお聞きすると（といっても、正直言って、私にはよくわからんのだが）お前の言ってる霊ってのはどうなるんだね」と尋ねると、妻もすかさず「ほんとに、どうなるのよ」と合いの手を入れる（397）。この夫唱婦随ぶりは二人の立場が前半とは逆転していることを示している。それに対してジュリアは次のように答える。

なんとおっしゃってもいいわ、もし、この美しい生きもの（this beauteous creature）が、たとえ霊でなくってもよ、でも、これは魂のことを教えてくれてよ。だって、もし一匹の虫っけらでも、それが百七十年も墓の中に埋められていた（entombment）あとで、光そのものみたいになって、この陽の光のなかにとび出してくるんだったら、人間の魂にだって復活の栄光（glorified resurrection for the spirit of man）があるはずですもの！　霊よ！　霊なんだわ！　……前は怖がっていたんだけれ

ど、ようやく今は喜んで霊の存在が信じられるわ。(397)

まさに『ウォールデン』の一節を彷彿させるような言葉遣いである。しかし、虫はジュリアの期待とは裏腹に翌日あえなく死んでしまい、娘たちによって気付け薬の小瓶に入れられてテーブルに飾られる。語り手は結末で「もしどなたであれこの話をお疑いになる女性があるなら、娘たちは喜んでこの虫とテーブルをお見せすることと思う」(397)と言うのである。

結末の三つの段落では、語り手は登場人物というよりもあくまで語りに徹しており、虫の出現を疑う女性(読者)に証拠を見せるのも娘たちであって語り手ではない。明らかに語り手は一歩後景に退き、娘たちや疑い深い女性(読者)を距離を置いて眺めている。「語る者と語られるものとの距離」というと き、作品前半では「語られるもの」は語り手自身であり、語り手が語られる自分に対してとる距離が「笑い」を生んでいた。しかし、いまや「語られるもの」すなわち「笑われるもの」となっているのは、娘たちであり、疑い深く、というより実は好奇心にかられて、のこのこ虫を見にやってくるかもしれない女性(読者)たちである。語り手が彼女たちを笑いものにしていることを示す細部はいくつかある。語り手は虫を入れた気付け薬の小瓶に注意を向ける。むろん、それは容器のことを言っているのだが、それにしても死んだ虫と気付け薬とは笑える組み合わせではないか。あるいは、語り手は二匹の虫がテーブルに空けた穴を、独立革命時に英国軍の司令部が置かれていたブラットル通りの教会に撃ち込まれた砲弾の穴になぞらえるのだが、その比喩はあまりにも大げさで、語り手の娘と女性たちに対する皮肉以外の何物でもない。このように語り手は細かな表現を通して「語る者と語られるものとの距離」を絶妙にコントロールし、「笑い」を生み出しているのである。

しかし、語り手は本当にジュリアたちを笑っているのだろうか。あるいは、敷衍して言えば、メルヴィルは結末に見られるような戯画化によって本当にソローの超越主義的な人間精神復活論を揶揄しているのであろうか。語り手は「笑い」を煙幕としてその実、何かを隠しているのではないかと考えたとき、虫の復活とも符合するかのような、語り手のある奇妙な行動が物語冒頭で描かれていたことに思い当たる。屋根裏は蜘蛛の巣がはりめぐらされ、まるでカロライナの糸杉の森にかかる苔のようになっており、そこにまるで「空中にかかった墓場」のように無数の虫の死骸がからまって揺れている。語り手が天窓に近づくとおびただしい蛾が群れ飛び、その鍵穴からは蟻や蝿が這い出してくる。語り手がやっとのことで天窓を開けると、

ああ、なんという変化が訪れたことか。墓の闇（the gloom of the grave）の中でウジ虫と交わっていた人が、ついに生命の緑と不滅の光（the living greenness and glory immortal）の中に躍り出るように、蜘蛛の巣の張りつめた古い屋根裏部屋から、かぐわしい大気の中に私は頭を出した（I thrust forth my head into the balmy air）。すると眼下の小さな庭にある大樹の緑なす頂が歓呼して私に呼びかけていたのだ。（380）

これは語り手がテーブルを見つける直前の行動だが、古い墓場のような屋根裏から顔を出す語り手は自分でもそれとは知らず、百数十年後によみがえりテーブルを食い破って出てくる虫の姿を先取りしているのである。ここに語り手の無意識の復活願望を読み取ることができるのではないだろうか。

この一節にはジュリアの台詞、ひいては『ウォールデン』の一節と共通する語彙が使われている。ソ

ローは「社会の死んだような乾燥した生活」からの復活をうたいあげたが、語り手にとっては「乾燥した生活」とは自身の家庭生活だったのだろう。既に見たように、語り手は土曜日の夜、ひとりでポンチを楽しんでいる。語り手にとってはこれが無上の喜びであり安逸なのである。そこに「チック、チック」という音が聞こえ始め、不安になった語り手はベッドに入っている妻に報告するが相手にされない。語り手は我を忘れて、家出してやるぞと叫ぶが、妻に軽くあしらわれてしまう。喜劇的に描かれてはいるが、語り手の家庭における哀れな立場が透けて見えるようである。悪魔のように見える古テーブルがニスを塗り直されて日常的に使われる（ドメスティケートされる）。そこから聞こえてくる「チック、チック」という奇妙な音は、語り手の心中から発した家庭からの脱出願望を表しているのかもしれない。だとすれば、ジュリアの言う魂の復活説を誰よりも切実に受け止めているのは語り手のはずである。結末で語り手が「笑い」の矛先をジュリアに向けたのは自分自身の苦境を隠蔽するためだったのではないか。そう考えると語り手の絶望と自嘲は暗く深刻なものに見えてくる。この短篇は一見したところ軽い娯楽作のようではあるが、実はそうした「喜劇のペシミズム」とも呼ぶべき局面を備え、奥行きの深いものとなっているのである。(4)

四　家庭小説からの脱出

家庭に対するこのようなペシミズムは家庭小説というジャンルにはふさわしくないものだろう。なぜなら、ニーナ・ベイムによれば、家庭小説とは家庭を「安息所」として捉え、そこでの「穏やかさ」「静けさ」「気取りのなさ」を繰り返し描くものだからである（Baym 204）。家庭小説にあっては、人と家庭との関係はたとえ途中で分裂し、ねじれたとしても、最終的には安定し調和したものにならなければならないのである。

そのことを、「私と私の煙突」及び「林檎材のテーブル」の前後十年ほどの時期に書かれた家庭小説によって確認してみる。一八四六年に出版されたセアラ・ヘイルの『間借りする』は、家事に倦み疲れた妻が夫の反対を押し切って、郊外の屋敷から市街地の賄い付きの下宿に移りたいと言い募る話である。夫は現在の住まいの長所を数え、それらは間借りでは絶対に得られないとして妻に翻意させようとする。

「では君はこの便利な家を手放すことに何の抵抗もないというのかね。この家の部屋はどれも暖房がよく効いているし、洗面浴室の設備も整っている。図書室の書架には娯楽から教養に至るまで役立つ本がぎっしり詰まっている。クローゼットや予備の部屋もあって、友人が泊まるのに何の不自由もない。庭も広ければ、まわりの田園風景もすばらしい。他にもこの屋敷の利点は多々ある。それは、僕に手に入れてくれと君があれほど願っていたものじゃないか」
「ええ、何の抵抗もありません」(Hale 13)

バークレー夫人の願望の強さは(あえて「強情さ」とは言わないが)、「私と私の煙突」で邪魔な煙突を撤去しようとする妻のそれに似ている。しかし、バークレー家が市中に引っ越しても、妻も家族も幸せにならないどころか、結局、娘の一人が元の家に戻りたいと願いながらも百日咳で死に、夫は仕事で多額の負債を背負ってしまう。そのような不幸を経たのち、結末で夫は新たに紡績工場の監督の職を得て、一家は再び郊外へと移り住む。その家は「節制と秩序と家庭的平和のすみか」となり、「たとえ家の中でぶつぶつつぶやく声が聞こえたとしても、バークレー夫人は『間借りしたい』という言い草を思い出してはすぐにそのつぶやき声を抑えるのだった」（128–29）。このようにして妻の不満は鎮められ、家庭は再び安定を取り戻して物語は終わる。

あるいは、ハリエット・ビーチャー・ストウの「絨毯がもたらした荒廃」の場合はどうだろうか（これは一八六五年にクリストファー・クロウフィールド名義で出版された『家と家庭の物語』の中の一篇である）。一家の主人で、この短篇の語り手であるクロウフィールドもまた、「私と私の煙突」の語り手と同じく古いものをこよなく愛しており、「およそこの世の中の急進主義者で、いったん家の刷新や改良（domestic innovation and reform）に取りかかった女性に並ぶ者はない」（Stowe 13）として、家内に新しいものを導入しようとする妻や娘たちの動きを警戒している。しかし、娘たちは客間《パーラー》の古い絨毯を取り替えるべきだと主張し、妻もお買い得品の絨毯を見つけて早速購入する。妻はそれに合わせて家具も新調し、客間の装いも流行の様式に変えるのだが、結局、客の誰もがあまり寄りつかない部屋になってしまう。

実際、今では誰も客間にいたいとは思わなくなった。それは冷酷で訂正しようのない既成事実であった。家庭の妖精が部屋から出ていってしまったのだ――妖精がどこかへ行ったら、もう誰もその部屋では家庭でくつろいでいる気がしなくなるのだ（nobody feels at home in it）。いくら絵を飾り、カーテンを掛け、優雅な長椅子を置いたとしても、妖精たちの不在を埋め合わすことはできないのである。（22）

要するに絨毯による「荒廃」とは、「家《ハウス》」としては良くなったかもしれないが「家庭《ホーム》」としては台無しになったという意味である。この短篇では、失敗を通して家庭の理想像が逆説的に浮かび上がるという仕掛けになっており、最終的に「安息所」としての家庭の価値が強調されているのである。

さらに言えば、これら二つの家庭小説と「林檎材のテーブル」との大きな違いは、語りそのものの一貫性、安定度にもある。『間借りする』では確かに夫妻の価値観の対立や悲劇的事件が描かれるが、ミレット・シャミールが論じているようにそれらは最終的に「なめらかで統一された物語」に収斂し、「家庭の安定性」が獲得される（Shamir 21）。また、ストウの短篇でも事件は一貫して夫の穏やかでユーモアを伴った声を通して語られる。つまり、これらの作品では語りが節度あるトーンでなされ、不安定さが見られないという事実それ自体が、家庭の落ち着きと安定性の保証になっているのである。一方、先に見たように「林檎材のテーブル」においては、語る者と語られるもの、笑う者と笑われるものとの距離は伸縮自在であった。しかし、それをあえて否定的に言い換えれば、両者の距離が一定せず、文体が変動し、語りが不安定な、時には信頼の置けないものになっているということになる。家庭小説の究極の目的が家庭というものの揺るぎない幸福と安寧を証明することにあるとするなら、「林檎材のテーブル」の語りの不安定さはこのジャンルにとって極めて不都合なものと言える。その意味でこの短篇は家庭小説に対するアンチテーゼを内包しており、メルヴィルは家庭小説というジャンルを借りながら、結局その枠組みを内側から壊していくような作品を書いていたのである。

既に見たように、「バートルビー」の語り手はいわばメルヴィルの代弁者《マウスピース》として機能していた。しかし、この短篇には「しないほうを好むのですが」と繰り返す書記が登場するのであり、それを「できればこのような雑誌短篇を書かないですむのならありがたい」というメルヴィルの声と解釈するなら、バートルビーもまたメルヴィルの作家的分身《アルター・エゴ》と見なすことが可能である。つまりこの短篇には、雑誌における創作に関して積極的であり消極的でもあるという、相対立する態度からなる二重構造が見られるのである。

ブロッドヘッドは『ホーソーン、メルヴィルと小説』において両作家と作品の関係を次のように論じた。

ホーソーンとメルヴィルの作家としての経歴は、自分のヴィジョンと自分が選択したジャンルとのあいだの緊張を安定させようという試みの繰り返しに他ならなかった。すなわち彼らは、一方では自分の想像力を統制し、他方では独自のヴィジョンに合うようにジャンルの約束事を修正し、再構築しようとしたのである。この摩擦こそ、二人の最良の作品においても最悪の作品においても中心に位置するものである。それはまた、彼らが創造した小説形式の新しい可能性と、彼らが直面した袋小路とを結びつける秘密の環なのである。（*Hawthorne* 4）

つまり、作家独自のヴィジョンと小説形式が摩擦を起こし、それがその作家独自の小説の形を作っているというのである。「林檎材のテーブル」にもまた、この作品のためにメルヴィルが採用した家庭小説というジャンルとの「摩擦」がある。そこには当時の雑誌読者（特に女性読者）に対するメルヴィルの揶揄を読み取ることができる。(5)「語る者と語られるものの距離」、あるいは「語る者と語るのに用いられる文体との距離」を巧みに操作し、「笑い」を生み出していく語り手の技巧、そこから生まれる多重的な喜劇の構造は、翌年に出版される『信用詐欺師』においてさらに精巧さを増していく。その観点からするならば、テーブルから出現する虫と同じように屋根裏の天窓から顔を出す語り手の姿は、雑誌短篇の世界へ入ったもののそこで飼い慣らされる（ドメスティケートされる）ことなく、さらに別種の小説ジャンルへと向かおうとするメルヴィル自身の脱出願望を表す自己像であったと解せよう。

＊本稿は、*The Japanese Journal of American Studies* 26 (2015): 57–73 に掲載された拙論 “Melville’s Experiment with Domestic Fiction in ‘The Apple-Tree Table’” を日本語に訳しつつ、大幅に加筆したものである。

注

（1）期間が異なるため厳密な比較とはならないが、『白鯨』以前の作品（いずれも米国版）の販売実績は次の通りである。『タイピー』一八四六年三月出版、四八年末までに五九五八部、『オムー』一八四七年五月出版、同年七月末時点で三千六百部強、『マーディ』一八四九年四月出版、三〇〇〇部以下、『レッドバーン』一八四九年十一月出版、五〇年末までに三三一四部、『ホワイト・ジャケット』一八五〇年三月出版、五一年四月までに三七一四部（Gale 468, 331, 267, 383, 491）。

（2）一八五〇年に創刊された『ハーパーズ』は「一八六〇年までに購読数は十万部を超えた」が、その一方で『パトナムズ』の「定期購読者は二千から二万人の幅があり、月平均では一万六千人ほどであった」（Post-Lauria 167, 177）。

（3）本稿は「林檎材のテーブル」を家庭小説の文脈で論じているが、この短篇については当然ながら心霊主義の観点から論じたものが多い。中でもエレン・ワイナワーは心霊主義をアンテベラム期の個人主義に基づく男性主体に揺らぎを与えるものとして捉え、本短篇とホーソーン「フェザートップ」（一八五二年）を並べて論じている。ワイナワーはその中で、『白鯨』に深い理解を示したホーソーンへの礼状（一八五一年十一月十七日（?）付け）の一節「あなたの心臓が私の肋骨の中で脈打ち、私の心臓があなたの肋骨の中で脈打っている（your heart beat in my libs and mine in yours）」を引用しているが、スピリット・ラッピングを連想させる表現が興味深い（Weinauer 299）。心霊主義の文脈においては『ブライズデイル・ロマンス』とも比較できるだろう。成田雅彦はこの長篇に繰り返し登場するノックの音に言及し、「まるで、この実験農場の共同体が、心霊の『コツコツ』という音で満たされていることを暗示するかのようである」と述べている（成田 一八七）。

（4）語り手が家庭内で置かれた状況は、一八五〇年代半ばの作者自身の状況をある程度反映している。ローリー・ロバートソン＝ローラントによれば、メルヴィルはこの時期、経済的苦境に加え、農作業や長時間の執筆から来る身体的、精神的ストレスを軽減しようと深酒に染まり始めた。夫婦の関係もぎくしゃくしたものだったようである。メルヴィルの気分は移ろいやすく不安定で、「あるときは優しく思いやりがあるかと思えば、次の瞬間には冷酷かつ残酷になった」(Robertson-Lorant 29)。このようなメルヴィルの性格と「林檎材のテーブル」の語り手の揺れ動く態度や混淆形式の語りを関連づけて考えることができるかもしれない。

（5）ホーソーン『旧牧師館の苔』（一八四六年）には夫婦間の関係を皮肉な視線で見つめる短篇がある。中でも「ミセス・ブルフロッグ」（一八三七年）において、悪妻に振り回されて可哀想にと思いきや、妻に過去の訴訟で得た多額の賠償金があるとわかったとたん、「結婚の至福の基盤は堅牢無比、きみの些細な欠点と弱さは許された」（Hawthorne, "Mrs. Bullfrog" 137）と叫ぶ夫の拝金主義とご都合主義を暴露する結末の付け方や、「若いグッドマン・ブラウン」（一八三五年）で、妻の正体を知って「自暴自棄ではないにしても、厳しく悲しみに満ちた陰気な物思いにふける、疑り深い人間」になりながら、妻とベッドをともにし、子どもを何人ももうけ、しかし「臨終が陰鬱だった」という、確かに悲劇的ではあるが見方によっては喜劇ともいえるブラウンの最期の描き方（"Young" 89–90）に、メルヴィルとはまた味わいの異なる、ホーソーン流の登場人物に対する冷ややかなデタッチメントと家庭小説の理想に対する揶揄が読み取れる。

引用文献

Baym, Nina. *Novels, Readers, and Reviewers: Responses to Fiction in Antebellum America*. Ithaca: Cornell UP, 1984.

Berthoff, Warner. Preface. *A Great Short Works of Herman Melville*. New York: Harper, 1969.

Brodhead, Richard H. *Hawthorne, Melville, and the Novel*. Chicago: U of Chicago P, 1976.

———. *The School of Hawthorne*. New York: Oxford UP, 1986.

Fogle, Richard Harter. *Melville's Shorter Tales*. Norman: U of Oklahoma P, 1960.

Gale, Robert L. *A Herman Melville Encyclopedia*. Westport, CT: Greenwood, 1995.

Hale, Sarah Josepha Buell. *Boarding Out: A Tale of Domestic Life*. New York, 1846.
Hawthorne, Nathaniel. *Mosses from an Old Manse*. Vol. 10 of *CE*. 1974.
———. "Mrs. Bullfrog." Hawthorne, *Mosses* 129–47.（「ミセス・ブルフロッグ」『ナサニエル・ホーソーン短編全集Ⅱ』國重純二訳、南雲堂、一九九九年、八六―九五頁）
———. "Young Goodman Brown." Hawthorne, *Mosses* 74–90.（「若いグッドマン・ブラウン」『ナサニエル・ホーソーン短編全集Ⅰ』國重純二訳、南雲堂、一九九四年、三三五―五四頁）
Melville, Herman. "The Apple-Tree Table: Or, Original Spiritual Manifestations." Melville, *Piazza Tales* 378–97.（「リンゴ材のテーブル」桂田重利訳、ハーマン・メルヴィル『魔の群島・バートルビー』寺田建比古・桂田重利訳、英宝社、一九五七年、五九―一〇四頁。ただし、訳文は適宜変更した）
———. "Bartleby, the Scrivener. A Story of Wall-Street." Melville, *Piazza Tales* 13–45.
———. "Hawthorne and His Mosses." Melville, *Piazza Tales* 239–53.（「ホーソーンと彼の苔」橋本安央訳、『Metropolitan』第Ⅱ期第1号、二〇一五年、一―二〇頁）
———. "I and My Chimney." Melville, *Piazza Tales* 352–77.
———. *The Piazza Tales and Other Prose Pieces 1839–1860*. Ed. Harrison Hayford, Alma A. MacDougall, and Thomas G. Tanselle. Evanston and Chicago: Northwestern UP and the Newberry Library, 1987.
Parker, Hershel. *Herman Melville: A Biography, Volume 2, 1851–1891*. Baltimore: Johns Hopkins UP, 2002.
Post-Lauria, Sheila. *Correspondent Colorings: Melville in the Marketplace*. Amherst: U of Massachusetts P, 1996.
Robertson-Lorant, Laurie. "Melville and the Women in His Life." *Melville and Women*. Ed. Elizabeth Shultz and Haskell Springer. Kent: Kent State UP, 2006. 15–37.
Sealts, Merton M., Jr. *Melville's Reading*. Rev. and enlarged ed. Columbia: U of South Carolina P, 1988.
Shamir, Milette. *Inexpressible Privacy: The Interior Life of Antebellum American Literature*. Philadelphia: U of Pennsylvania P, 2006.
Stowe, Harriet Beecher. "The Ravages of a Carpet." *House and Home Papers*. Boston, 1865. 1–22.
Thoreau, Henry D. *Walden and Resistance to Civil Government*. Second ed. New York: Norton, 1996.（『森の生活――ウォールデン』神

吉三郎訳、岩波文庫、一九七九年）

Weinauer, Ellen. "Hawthorne, Melville, and the Spirits." *Hawthorne and Melville: Writing a Relationship.* Ed. Jana L. Argersinger and Leland S. Person. Athens: U of Georgia P, 2008. 297–320.

成田雅彦『ホーソーンと孤児の時代――アメリカン・ルネサンスの精神史をめぐって』ミネルヴァ書房、二〇一二年。

野間正二『読みの快楽――メルヴィルの全短編を読む』国書刊行会、一九九九年。

トマス・ハーディによる『緋文字』変奏曲

吉田朱美

一　はじめに

本稿ではホーソーンの小説作品、特に『緋文字』（一八五〇年）が、十九世紀末を中心として活躍した作家トマス・ハーディ（一八四〇―一九二八年）に与えた影響について考察する。『緋文字』は厳格なピューリタン道徳が支配的なマサチューセッツ社会で、不義の子を妊娠・出産したことにより共同体から排除され、秘密を抱えて孤独な人生を歩むことになる女性を主人公としている。ハーディもまた、その代表作『ダーバヴィル家のテス』（一八九一年。以下、『テス』）の中で、婚外子を出産したことによって苦難を背負うことになったヒロインを描いている。性に関する道徳規範から逸脱してしまったいわゆる「堕ちた女性」や婚外子の問題は、もちろん英国小説の伝統における主要なテーマの一つでもあるわけだが、ハーディが国内の先行作品のみならず『緋文字』をも愛読し、そこから多大な影響を受けていたということは十分考えられる。

これまでのハーディ批評の中に、『テス』に『緋文字』が与えたとみられる影響を指摘した先行研究がなかったわけではない。一九九二年にはチャールズ・スワンがこの両作品にみられる類似した場面について指摘している。(1) スワンは「ハーディが読んだということがこれまでに知られている唯一のホーソーン作品は『七破風の屋敷』(一八五一年)だけであるが、『テス』の中には『緋文字』のある場面をおもわせる場面があることを論じたいのだ」(Swann 188) とまず述べ、それから具体的に二対の似通った場面を挙げる。そのうちひとつは、両作品の終結部近くにおいて、相思相愛でありながらも避けがたい死別のときを目前にした男女の主要登場人物の間で交わされる、似通った会話のシーンである。『緋文字』では、公衆の前でついに、「自分の胸にはヘスターと同じ赤い烙印が押されている」(Hawthorne, *Scarlet Letter* 256) と述べたのち頽れたディムズデイル牧師に、ヘスターは次のように問いかける。

「私たち、再び会うことはないのかしら? (Shall we not meet again?)」彼女はささやいた……。「不滅の生を共に過ごすということはないのかしら? ……あなたは死に瀕して輝くまなざしで、遠く永劫の世界までご覧になる! それなら私に、何が見えるかおっしゃってくださる?」(256)

この切実な問いかけに対し、ディムズデイルは「お黙り、ヘスター、黙りなさい」(256) と彼女の口をつぐませた上で、こう答える。

私たちが破った法！　ここにこんなにも恐ろしい形で明かされることになった罪！　それらのことだけを考えなさい！　私は恐れている！（I fear!）　恐れている！　私たちが神を忘れたとき——私たちが互いの魂を尊重することをないがしろにしたそのときから、我々が永続的で純粋な結びつきというかたちで再会できるなどということは望むべくもなくなったのではないかと。(256)

これと類似した『テス』中の場面としてスワンが挙げるのが、女性主人公テスがアレク・ダーバヴィルを殺害後、夫エンジェル・クレアとつかのまの逃避行を楽しんだ末逮捕されることになるその前夜、ストーン・ヘンジで二人が会話する箇所である。

「今、言ってください、エンジェル、私たちは死んだあと、また会える（we shall meet again）と考えていますか？　私は知りたいの」

彼はこんな場面で答えるのを避けようと彼女にキスをした。

「ああ、エンジェル——それは、会えないということかしら！（I fear that means no!）」彼女は嗚咽を押し殺しながら言った。(Hardy, *Tess* 503–04)

上記の箇所に関して、スワンは次のようにコメントしている。「ディムズデイルの返答は、彼の信仰を表明するものであるのに対し、エンジェルの返答は世俗主義を表明するものである。否定の答えの理由は違っているが、似通った状況であることを隠しおおせるほど異なってはいない」(189)。

私も、スワンの指摘したこれらの場面の間に直接的な影響関係が存在することは明らかだと考える。実際、ハーディは全くそれを隠そうともせず、あえてヘスターが用いたのと同じ助動詞 "shall" やディムズデイルが用いている動詞 "fear" を自分の作中人物であるテスにも使わせることによって、これが『緋文字』の場面を借用したものであることを読者の目にわかるような形で示そうとしているのではなかろうか。さらに言えば、これは部分的な場面の借用といったスケールにとどまる話などではなく、『テス』というハーディの代表作である小説全体が、ホーソーンの『緋文字』の中心主題を縦糸とし、『緋文字』から借りたさまざまなモチーフや概念をちりばめ織り上げられたパスティーシュ作品であり、ホーソーンに対するオマージュとなっているようにさえ思われるのだ。スワンの論文以前にも、ウィリアム・ホールが「ホーソーン、シェイクスピアとテス」というタイトルの論において、『テス』のクレアがディムズデイル同様「悪魔的」な様子で冒瀆的な言葉を敬虔な女性登場人物の耳の中へ注ぎ込む場面に注目している（Hall 542）。ディムズデイルの中に抑え込まれていた不信仰の芽（217–18）がとつぜん抑制を失って噴出するさまは、とりわけハーディの関心をとらえていたのではなかろうか。

以下の数節においては、ホーソーンが作品中で行ったいかなる問題提起を、ハーディが自身の生きる時代にも有効なものとして受け止め、引き継ごうとしたのか、そのあとをたどってみたい。同時に、この二人の作家の間に存在しているように見える特別な親和性がどこから発しているのかについても明らかにできればと思う。まず、引き続き『緋文字』の書き直しとして『テス』を読み直した後、もっと早い時期のハーディの小説『塔の上の二人』（一八八二年）および、小説家として最後に発表した作品『日陰者ジュード』（一八九五年。それ以降、ハーディは詩作に専念することになる）にも『緋文字』の影響が色濃く表れていることを論じる。それによって、ハーディの作家としてのキャリア形成において、ホーソーンが先輩作家としていかに重要な役割を果たしていたかが確認できるのではないかと考える。

二　『ダーバヴィル家のテス』

ヘスターは年長のプリン医師と愛のない結婚をした後、先にマサチューセッツ植民地に渡るのだが、その後夫からはほぼ二年間、何の便りもなく、彼が死んでいる可能性も大いにあると考えられる状況が続く中、何らかのかたちで、アーサー・ディムズデイル牧師との間に情熱的な関係が生じたようである。このように、パートナーの長期の不在により女性が寄る辺ない状況に追いやられるという設定は、ハーディの小説にも繰り返し出現する。『テス』においても、別居中の夫エンジェル・クレアが自分のもとに戻ってきてくれるのではないかとテスは気丈に待ち続けるが、最愛の夫からの便りはなく、父親の急死という不運も重なって家族が経済的に困窮しているところへ、かつて自分を愛人としていたアレック・ダーバヴィルから、クレアが「帰ってくることなど、決してない」と説得を受けるのである。『ハーディ小説は何処から来たか』のなかで井出弘之は、こういった「死んだはずの者が生きて戻ってきたら……」のモチーフが現れる先行作品としてディケンズの『お互いの友』（一八六五年）およびミセス・ヘンリー・ウッドの『イースト・リン』（一八六〇—六一年）を挙げているが（井出　一六六）、ホーソーンの『緋文字』からの影響も相当大きかったであろうことは、見過ごされるべきではない。

ハーディが小説家として活動した十九世紀末は、思想上の大きな転換点といえる時代であった。一八五九年に出版されたチャールズ・ダーウィンの『種の起源』に代表される進化論的な考え方の影響もあって、聖書の記述を文字通り信じていいのだろうかという疑念を多くの人たちが持つに至り、それまでほぼ無条件・無批判的に受け入れられてきたキリスト教の教義の根拠についても問い直されるということが起こっていた。ハーディは「彼の妻によれば、ダーウィンの『種の起源』をきちんと評価した最初の人間のうちの一人」（qtd. in Campbell 63）であった。『テス』の中でアレック・ダーバヴィルが口にする「『こうしなさい、すると死後によいことがありますよ。ああすれば、悪いことが起こりますよ』と言ってくれる人がいなければ、その気になれないんだ」（323）という言葉には、天国や地獄といった来世の約束だけで物事の善悪を語れる時代が終わってしまったという感覚が凝縮されているように思う。ハーディの小説作品は、聖書の教えがもはや絶対的ではなくなった時代において、人が正しく生きていくとはどういうことなのか、また、それまで行動の指針として受け入れられてきた規律のかずかずを、そのまま無条件に信じ続けていってもよいのか、さまざまに思考実験を重ねつつ問いかける場となっている。とりわけ、女性の心身および人生をさまざまに縛る、性に関するヴィクトリア朝的な倫理規定を、どのような状況下においても杓子定規的にあてはめ、裁くようなことが果たして正当化されうるのかということについて、彼は真剣な問題意識を持っていたに違いない。それゆえに、良心的な女主人公たちを、斟酌されるべきさまざまな悲運のもと、窮境へと追いやることをあえて選んだのであろう。その舞台を設定する上で、帰ってこない音信不通のパートナー、という条件は重要なファクターとなる。同情されるべき極限状況の下で追い詰められ、逸脱した振る舞いに及んでしまうヒロインたちを、簡単に断罪してしまってよいのだろうか、という問いを、物語は社会的・経済的にたいていは安定した身分にある中流階級中心の読者たちにつきつけてくるのだ。

このような問題意識の持ち方において、ホーソーンの『緋文字』とハーディの『テス』との間には、大いに重なるところがある。『緋文字』においても、ピューリタン的な潔癖な規範主義が押し進められた結果として、ヘスターのようにいったん道徳規範から逸脱してしまった者を蔑んで共同体から排除するような不寛容な姿勢が生まれていること、また、来世における魂の救済が優先されるあまり、この世での生、感覚的な喜びといったものが抑圧され、肉体が卑しむべきものとされてしまっていることに対し、批判的に焦点があてられている。また、信仰に対する懐疑という点でも、ホーソーンは時代を先取りしていた。ビル・クリストファーセンは「ホーソーンの短編小説における不可知論的緊張」という論文中で、ホーソーンの物語の多くが「神、聖書、そしてキリスト教の信仰に対する疑義をひそかな形で示している」と指摘し、『アメリカン・ノートブックス』において、神や来世に関する疑念に苛まれている彼の姿に注目する（Christophersen 597–98）。ホーソーンが大学で学んだり初期の短編を執筆したりしていた一八二〇年代、三〇年代のアメリカは「第二次大覚醒運動の時代」を迎えており、文化全体に聖書やキリスト教が深く入り込んでいた（Christophersen 599–600）。『緋文字』中で語り手は次のように述べている。

> 初期の入植者に続く世代の人々はピューリタリズムの漆黒の影を身にまとい、それによって国民全体の顔をたいへん暗いものにしてしまったため、それから今日に至るまでの年月が経過してもその顔が晴れあがるには至っていないのである。われわれは陽気さという忘れられた技をまだこれから習得していかなければならない段階にあるのだ。（232）

このように、十七世紀のピューリタンたちによって確立された、現世否定的で抑圧的な状況は、現在と切り離された過去の問題というのではなく、そのまま書き手ホーソーンの生きる十九世紀半ばという時代にまで連続し、共有されるものとしてとらえられている。さらに、ハーディは、それらの時代のアメリカにおけるピューリタニズムと、自分が作家として活動する十九世紀末イギリスのヴィクトリアニズムとの間にも共通する構造をみてとったのであろう。

簡単に物語を紹介しておきたい。主人公テス・ダービフィールド（Tess Durbeyfield）は、物語の始まりにおいては純朴な田舎娘である。家族で鶏を飼い、卵を売って生計をたてているが、酒浸りの父親や、つぎつぎに生まれてくる弟や妹たちのため生活は苦しい。父親が教区の歴史好きの牧師から、今ではダービフィールドという姓になっている自分たちの一族は本来は「ダーバヴィル家」という名で、かつて名門であった一族の末裔なのだと教えられたため、テスの両親は、近くの町で同じ「ダーバヴィル」の名を名乗っている金持ちの家を自分たちの親戚であるに違いないと考え、テスをその家に奉公に出すことにする。しかし、この奉公先の「ダーバヴィル」家は、テスの一族とは何の縁もなく、勝手にこの姓を名乗った新興の成金なのであった。しかも、この偽物の「ダーバヴィル」家の息子アレックは、テスの純真さにつけこんで肉体関係を結び、彼女を妊娠させてしまう。テスは自分の置かれた立場を認識すると、ただちに彼のもとを去るのだが、「僕を愛してくれることは絶対にないのだね」というアレックに対する別れ際の次のような彼女の言葉は、後に引用する『緋文字』中のヘスターの言葉を思い起こさせるものである。

「何度も私は、そう言いました。その通りです。あなたを本当に心から愛したことなんか決してありませんし、絶対にできないと思うんです」。彼女は悲しげに付け加えた、「おそらく、何よりも、このことに関して嘘をつけば私にとって大いに得になるのかもしれません。でも、私には、ほとんど誇りなど残っていないとはいえ、その嘘はつかずにいるだけの誇りがあります」（98）

このように、「アレックを愛しているという嘘をつけば、それによって得をするかもしれないが、自分にわずかに残されている誇りが、そのような嘘をつくことを許さない」とテスは述べ、意に反した肉体関係を結ばされたとしても精神的な自立を保とうとする姿勢を毅然と見せる。

アレックとテスの間に、そのような関係が生じることになったとき実際起こったこととは何だったのか、その決定的な場面が作品の第一局面と第二局面の間の空白部分となっており直接的に描かれていないことは、批評家や読者の間にさまざまな解釈を呼び起こし、尽きぬ議論を生むこととともなっているが、ディムズデイルとヘスターの間の関係がいかに生じるに至ったかについて『緋文字』のテクストも口をつぐんでいるということを踏襲しているのかもしれない。ともかくも、そこから私生児パールが生まれたことにより、ヘスターがその罪の証とともに見せしめの刑にあっているというタイミングで夫は戻ってくるわけだが、その久しぶりの再会の場において、ヘスターは、「あなたに対し愛を感じたことはないし、まったくそのようなそぶりをみせたこともない」と言い放つ（74）。この台詞のこだまを前述のテスの言葉にきくことはできないだろうか。いちど結んだ関係が女性に対しての生涯にわたる全面的な所有権・支配権の根拠であるとの認識を抱いているかのような男性登場人物に対し、これらのヒロインたちは、自分たちの人格があくまで別個に自立したものであることを主張しているのだ。

今後ロジャー・チリングワースと名乗ることになる夫自身、若いヘスターの無知に付け込み、「偽りに満ちて不自然」（75）な結婚関係に持ち込んだことを自ら認めている。このように、そもそも愛のない夫婦関係であり、しかも夫のほうが生きて戻ってくるなどとは信じることが難しい状況においてひとり故郷から離れ、孤独な状態におかれていたというヘスターの境遇は同情に値するものであり、かつ、そのような条件下でディムズデイルとの間に生じた関係は、「自然」なものであったとテクストは読者に訴えているようである。のちにヘスターが森の中でディムズデイルと再会し、ともに新天地を目指して旅立つことを誓ったとき、周囲の自然の事物が彼らに対して示す共感の身振りが、以下のようなことばによって語られる。

突然、急な天国の微笑みによるかのように、太陽がわき出てきて、暗い森の中へとあふれ、緑の葉一枚一枚を喜ばせ、黄色い落ち葉を黄金色に染め、厳かな木々の灰色の幹にそって照らしたのだ。これまで陰をつくっていた物たちが今や光を体現していた。……「自然」が――人間の法に従うことも決してなく、より高い次元の真理によって啓かれることもないあの野生の、異教的な「自然」が――この二人の者たちを祝福し共感した程度というのはかくの如きものだったのだ！（202–03）

ここで示されている「異教的な自然」と「人間の法」との対立関係という構図に注目しておきたい。これこそが、ハーディがホーソーンから受け継ぐことになる大事な要素ではないかと思うからだ。

婚外子を出産することによって社会的に苦しい立場におかれるヒロインの系譜は英国国内にもあり、たとえば森松健介は、ハーディに先行するこの種の作品としてエリザベス・ギャスケルの『ルース』（一八五三年）をあげている（六四）。また、女性の貞操をめぐる攻防というテーマも小説の歴史とともに常にあり、英国小説の祖の一人ともいえるサミュエル・リチャードソンの『パメラ』（一八四〇年）は、奉公先での主人からの執拗な性的攻撃というテスと同様の目にあいながらも操を守り通し、最終的にその「美徳」が正式な「結婚」という形で報われるという物語である。これまでハーディ小説の中の私生児の問題について語るとき、ハーディ以前、あるいは同時代のこれら英国国内の作家との影響関係については指摘されているものの、ホーソーンからの影響については十分に注目がされてきていないように思われる。

しかし、人々の営みや思考を外から締め付ける「人為的な法」と、人間もその一部である「自然」との間の対立、という構図は、ギャスケルやリチャードソンの作品には見られず、おそらくホーソーンが『緋文字』で提示したものがハーディへと受け継がれたものであろうと私は考える。

奉公先から妊娠した状態で実家へと戻ってきたテスは、人目を避け、運動の機会を求めて日没後の森に歩きに行くことになるが、そこでの彼女は「自然」と一体化した存在として描き出される。

生垣の中に眠る鳥たちの間を歩いていると、月光のもと巣穴で飛び跳ねるウサギを眺めると、あるいはキジの止まった枝の下に立ち止まると、彼女は自分自身を「無垢」の住処へ侵入する「罪悪」の化身であるかのように感じた。しかしその間、彼女は区別などないところに区別を立てていたのだ。対立関係にあるように感じていたが、よく調和した状態にあったのだ。社会に受け入れられた「法」を破るように仕向けられたが、自分がその中で異端であるように感じていた自然環境が承知しているいかなる法をも破ってはいなかった。(106)

このように、テスが「社会の作った法」を犯したものの、その法が「自然」にとってはなんの必然性もないことを語り手は強調する。『緋文字』からの抜粋部分との共通点は明らかであるが、ホーソーンの示していた、「自然」が認識していない「より高い次元の真理」というものの存在は姿を消している。ダーウィンの進化論の本質を誰よりも早くとらえたと自任していた一人であるハーディは、人間がそれ以外の動物と同様に自然界の一部であることを強く認識し、聖書や教会によって教えられてきた戒律の根拠の確かさを疑うに至っていた。この、もはや神による摂理といったことを信じられない不可知論という考え方に到達したハーディは、ホーソーンの文学に親和性を感じ、強くひかれつつも、さらに一歩そこから進んでしまったといえよう。ハーディの小説作品の中にはもはや人為的な「法」の正当性や存在理由を信じられるような余地はない。

ヘスターとテスの間の類似についてはすでに明らかであるが、さらに、愛していないアレックからのキスに対しテスが示す拒否の姿勢によって、ハーディはテスと『緋文字』のパールをも重ねあわせて描いていると考えられる。奉公先のダーバヴィル家へ出かけることになったテスを馬車で迎えに来たアレックは、猛スピードで馬を駆ることによって彼女を怖がらせ、馬車を止めてほしければ唇にキスをさせなければだめだといって脅迫する。「誰にもキスしてほしくない」という涙ながらの訴え（75）にもかかわらず容赦なく迫ってくるアレックからの「支配のキス（kiss of mastery）」を受けた直後、テスはハンカチを用いて「物理的にそんなことが可能だとしてだが、このキスを抹消してしまった」（76）。このしぐさは、ディムズデイルからのキスを直ちに小川へ洗い流しに行ったパールの行動と重なる。[2] グリーヴェンはこの行動をもってパールが「ヘテロセクシュアルな社会秩序」を拒絶していると指摘する（Greven 212）。ここで使われている“kiss of mastery”というフレーズにあらわれた「支配」という概念もまた、重要なキーになっている。アレックに対して愛情を感じることもなく、それがどういう結果をもたらすかについての知識もないままに性的関係を持たされることになったテスなのだが、彼女のもとを離れてからも、彼女の身体の所有権はアレックに帰属しているというのが、この物語の主要男性登場人物たちの間での支配的な考えなのだ。

実家に戻って出産した婚外子は幼くして死に、自分の過去について知る人のいない新しい場所で心機一転をはかることにしたテスは乳搾りとして牧場で雇われることになる。そこで、エンジェル・クレアという知的な青年と相思相愛の関係になり、自分とアレックとの間の過去の出来事について何度も彼に語ろうとしながらもその機会を持ちそびれたまま、結婚へと流されていく。そして婚礼当日の夜、エンジェル・クレアが、自分が若い日にロンドンでほかの女性と持った情事のことをまず告白したのに勇気を得て、テスもまた、アレックとのいきさつについて彼に話すのであるが、夫エンジェルは過去にほかの男性と関係をもっていたというテスを妻として受け入れることができず、別居して南米へと渡ることを決める。その際、エンジェルは「その男が生きているのなら、君と一緒に暮らせるわけがないじゃないか。『自然』における君の夫は彼であって、僕ではないんだから」(45)と説明している。そして、一年二か月を超える期間にわたって、彼女をひとりイングランドに置き去りにする。実家では父親も亡くなり、それまでの住居に対する権利を失った一家は路頭に迷うことになるのだが、このようなテスの窮状につけこむのがアレック・ダーバヴィルである。テスと久しぶりの再会を果たしたとき、彼はメソジスト派の説教師となっており、かつての償いをしたいといって彼女に結婚を申し込む。しかし、「ほかに愛している人がいるから」とそれを断った彼女の言葉に対し、彼は「他の誰かだって? 何が道徳的に正しいかとか適切かとかそういう感覚が君にはないのか?」と非難する。彼の常識に照らして考えれば、いちど自分と関係を持った女がほかの男性に思いを寄せるというのは道徳的に間違ったことなのだ。そして、かたくなに彼を拒み続けるテスに対し、「自分がかつて君の主人(master)だったんだ! また主人になってみせる!」(325)と宣言するに至る。これは単に彼らが過去において使用人と雇用主の関係であったのみならず、肉体的に彼女を支配していたという意識をアレックが持っていることを意味している。

『緋文字』のヘスターはもともと愛を感じていなかった相手と結婚し、その後ほかの男性との間にもった情熱的な関係から婚外子が生まれるのに対し、『テス』では、まず愛を感じない男性によって女性主人公が婚外子をもうけたのち、相思相愛の関係となった男性と結婚する、というように設定の違いはあるものの、同じモチーフや要素が順序やパターンを違えながらも、繰り返されているところから、『テス』は『緋文字』の変奏の一形態であるといってもよかろう。アレックのテスに対するストーカー的な執着ぶりには、チリングワースの人物造形と重なるところがあるかもしれない。また、ヘスターと切り離せないのはその胸に燦然と輝く緋色の「A」という文字であるが、テスも物語の全編を通して、「赤」という色と結びつけられて描かれている。『テス』の中の赤い色のシンボリズムについてはすでに、トニー・タナーによる古典的な論文に詳細な分析があり、私がそこに付け加えられるようなことはあまり残っていないのだが（Tanner）、ただ、不思議なことに、ホーソーンの『緋文字』の中の緋色との影響関係はタナーによっても、ほかの批評家によってもまだ指摘されていないようなのである。たとえば、妊娠させられた状態で奉公先のダーバヴィル家を離れ、実家へと歩いてくる途中、テスは聖書の文言を、ペンキと刷毛を使って「輝く朱色の文字」（99）で階段にこう書き付ける男と出会う。

そなたの滅びが滞ることはない　（THY, DAMNATION, SLUMBETH, NOT.）

「みだらな楽しみ」にふける者たちの「滅びが滞ることはない」と諌めるペトロの手紙からの文言を、それを見た者の胸により直接的に訴えるよう一部変えたものであるこれらの文字を見たテスは、「でも、それが自分で求めて犯した罪でないとしたら？」と男に問いかける。婚外の性交渉という罪を経験したばかりのテスには、まさに切実な問題なのだ。「恐ろしい言葉だと思うわ。人を押しつぶしてしまうような！　殺してしまうような！」と心からの叫びをあげるテスに追い打ちをかけるかのように、男はさらに十戒からの文言を壁にこう書き付ける。

犯してはならない（THOU, SHALT, NOT, COMMIT—）

ここで男は書く手をとめるのだが、この後に続く言葉は当然「姦通（ADULTERY）」であると予想される。『緋文字』のヘスターの胸に輝く赤い「A」の文字が表すものが一義的には“Adultery”であろうというのが一般的な解釈であるにもかかわらず、物語中にはこの言葉に対する直接的な言及がないということをハーディも意識し、あえてこの語を書かせず寸止めの形にし、それでいながら読者の心の中にこの言葉を響かせるということをこの場面において行ったのだろう。主人公テスの人生に深い影響を与えることになる二人の主要な男性登場人物「アレック（Alec）」および「エンジェル（Angel）」にともに「A」の頭文字で始まる名前を与えているのも、おそらく偶然ではないと考えられる。

三 『塔の上の二人』

じつは、この「姦通」という文言に直接言及しないながらもひそかにそれを暗示する、ということをハーディが行ったのは、『テス』のこの場面が初めてというわけではない。『テス』出版の九年前、一八八二年に発表された小説『塔の上の二人』の主人公コンスタンティン夫人は、暴君のような専制的な夫が二年以上前にアフリカへ出かけたまま消息が分からなくなっているにもかかわらず、独占欲の強いこの夫からの言いつけに未だ縛られて周囲の人々との交流も許されず、孤独な生活を送ることを強いられるという、大いに同情に値する状況におかれている。自分の領地内にある塔を訪れた際、そこを観測所として用い、天文学の研究を進めている学究肌の美しい若者と出会い、彼に心を惹かれるようになる中、教会内で目に入った「十戒のうちの一つ」を記した「金文字（gilt letters）」によって心がつぶれるような思いをすることになるのだ（*Two* 84）。

ホーソーン小説において、黒髪の「ダーク・レディ」は、情熱と自立心を心に秘め、自分本来のアイデンティティに忠実であるための闘いを運命づけられている女性たちであるが（Hagler 1）、このコンスタンティン夫人もへスター同様、黒髪と黒い瞳をもった情熱的な女性として造形されている。アフリカで夫サー・ブラント・コンスタンティンが客死したという知らせによって若い天文学者スウィジンとの関係における最大の障壁が取りのぞかれ、いったんはひっそりと正式な結婚を成立させるにいたったかのように思われたのだが、そののち、実はサー・ブラントがこの新たな結婚の手続きの時点においてはまだ生きていたということが分かり、コンスタンティン夫人とスウィジンの結婚は無効ということになってしまう。スウィジンとの間に婚外子を妊娠してしまったことが発覚したそのときには、彼は五年という長期計画で海外への天体観測の旅にでており、体面を保つためにあわててコンスタンティン夫人は、自分の側からは全く魅力を感じることができないものの手ごろな存在であり、熱心な求婚者であった牧師との結婚を決意するのである。

スウィジンとの関係に対する罪悪感や、秘密から生じる緊張感が全編にわたって夫人を悩ませている。『緋文字』の中では、チリングワース不在の間にどうしてパールが生まれることになったのかその具体的ないきさつはまったく明かされることがないのだが、ハーディは『塔の上の二人』において、『緋文字』における語りの空白部分に想像力を働かせ、隙間を埋めてみる試みをしたのではないだろうか。その意味において、『塔の上の二人』はおそらく、ハーディによる『緋文字』第一変奏と呼ぶことができるかもしれない。

『緋文字』、『テス』、そして『塔の上の二人』の三作品のいずれにおいても、女性が一人で姦通の罪の重みをその身に引き受け孤立せざるをえないという状況に対し真剣な問題意識が向けられている。『緋文字』においては、ヘスターと共犯関係にあるディムズデイルは人知れず良心の呵責に悩みながらも、いよいよ最期という時が来るまでその罪を公に認めることができず、皮肉なことに力強い説教によってそのすぐれた牧師としての評価は高まる一方である。「判決文の狡猾な残酷さが彼女をその中に永久に閉じ込めてしまったかのような、あの恥辱の魔法の輪の中にヘスターが立っている一方で、尊敬されるべきこの説教師は聴衆を聖なる説教壇から見下ろしていた」(246)。『テス』においても、同様の構図をテスとアレックとの間にみることができる。第五局面の終わりから第六局面の初めにかけての場面で、かつて放蕩のかぎりを尽くしていたものの今やメソジスト派の説教師となり、自らの覚醒体験を熱っぽく人々に語っているアレックと、久しぶりにテスは遭遇するのだ(305)。テスから「彼の関わっていた最初の苦労」すなわち彼との子を妊娠・出産したことで生じた彼女の苦労についての話をきき、彼はつぶやく。「そんなこと今まで何一つ知らなかった！」(305)と。だが、理不尽な苦労を一身に背負わされ、背負い込む中で、女主人公たちは考え悩み、思考を深めた末、社会に潜む矛盾や問題点を鋭く看破する批判能力を自力で身につけることにもなる。ヘスターの人生は「情熱と感情から思考へと大きな転換をとげ」、「大西洋の向こうでは十分普通になっていた自由な思索」を彼女は手にする(164)。また、物語の冒頭では「経験によって染められていない、感情だけの人」(39)であったテスも、その「肉体に受けた傷」から「知的な収穫」(149)を得た結果、初等教育しか受けていないにもかかわらず「時代の精神とでもいえるもの――近代精神の苦悩」(140)を自分の言葉で語りえたことにより、新しい恋人エンジェル・クレアを驚かせることになるのだ。語り手は「世間の人たちの考えというものさえなければ」、彼女の積んだ経験は「単に教養教育の一種となっていたであろうに」と述べる(117)。

しかし、世間が彼女たちに追いつくまでの道のりはまだまだ遠い。『緋文字』の語り手が言うように、女性が「公正で適切な」扱いを受ける立場に至るまでには、「社会制度の全体」を解体し、さらに、長年の習慣によって「自然の本性」のようになってしまっている男性たちの人間性を変革していくという過程が必要なのだ(165)。この、長年にわたる習慣というのがなかなか手強い厄介なものである。エンジェル・クレアは牧師の家の末息子として育ったものの、キリスト教の教義、とくに聖体の秘蹟を受け入れがたく感じるようになったため、二人の兄とは違って自分には聖職につく意志がないということを父親に伝えていた。当時最先端の科学や思想に関する知見を有し、偏見にとらわれないリベラルな知識人を自任しているはずの彼なのに、テスの過去における他の男性とのいきさつについて聞いた途端、処女性と結びついた女性の純潔を重んじる旧来の考えに依然とらわれていることを露呈してしまうのだ。聖書の文字を字義通りに信じることをやめたとはいえ、クレアの思考回路の中には、律法の精神が無意識のレベルで根深く食い入ってしまっているといえよう。松阪仁伺は『緋文字』の「文字」という言葉が、コリント人への第二の手紙からの「文字は人を殺し、霊は人を活かす」という文言に由来し、「律法主義を意味している」という、モーリーン・キリガンの論を紹介している(三〇)。そして、この「文字は人を殺す」というフレーズを実際に主人公が物語の末尾近くで発し、またこのフレーズが物語全体のテーマともなっていると考えられるのが、ハーディが小説家として最後に書き上げた作品『日陰者ジュード』(一八九五年)なのである。

四　『日陰者ジュード』

この『ジュード』と『緋文字』を並べて論じた批評は今までないようであるが、この作品を書く上でもハーディがホーソーンを意識していたことは明らかだと思われる。「自分が誰から生まれたのかは謎」(*Jude* 247) と感じている笑わない子ども「リトル・ファーザー・タイム」は、『緋文字』のパールとは対照的な性格と、パールが『緋文字』中で担うのと同様の象徴的な役割とを同時に与えられている。またそのニックネームも、ホーソーンの短編「〈時の翁〉の肖像画」を彷彿とさせる。

チリングワースはヘスターに対し、自分の側にまず非があったということ、すなわち「つぼみのごとき若さ」を持つヘスターを、朽ちつつある自分との「いつわりの不自然な関係」に誘い込んだことの過ちを認めている (75)。「本の虫」として、男盛りの時期を知識の追求にあててきたチリングワースは、若い娘と関係を結ぶ上で「身体的欠陥を知的な能力によって補うことができるだろう」(74) との思い違いをしていたのだという。このような不幸な結婚がなぜ生じることになってしまったのか。『ジュード』に描かれるシュー・ブライドヘッドとフィロットソンとの関係は、ハーディがその問いに対する答えの一つの可能性として示したものかもしれない。

村の小学校教師であったフィロットソンは学位を取って聖職者になろうという夢を抱きオックスフォード(物語中での名は「クライストミンスター」)へ出て辛抱強く勉学に励んだのだったが、いつしか聖職への夢も忘れ、小学校の校長の地位にとどまっている。主人公ジュードは、このかつての恩師に、そして聖職を得ることに憧れ、ギリシャ語とラテン語を独学で身につけ、やはりクライストミンスター(＝オックスフォード）へ出てくる。物語前半部分において「肉体と精神」との争いに絶えず苛まれ（155）、従妹シューに対する、抱くべきではない情欲に悩まされながらも、聖職に向けた勉学に「熱に浮かされたように必死」に打ち込もうとするジュードは、「罪と苦悩の重荷」に耐えながら（142）熱のこもった説教を執筆するディムズデイルの知的末裔、あるいは一変型であるといえそうである。(3) ジュードがディムズデイルと決定的に異なるのは、偽善的な生き方に長く甘んじることをせず、教会の定める婚姻の秩序に疑義を抱くに至った自分のような人間が聖職につくのは不適切と考え、それまで大事にしていたニューマンらの神学書を焼き捨てるというシンボリカルな行為（173）により、決定的にキリスト教と袂を分かつ点においてである。ジュードがこのような境地に達したのには、進歩的な思想を持つ従妹シューの導きによるところが大きかった。

このシューという女性は、黒髪で燃えるような瞳の南欧系の容貌を持つが（105）、その「霊妙な」性格も同時に強調されている。この「霊妙な」（ethereal）という形容詞は『緋文字』中でディムズデイルに対してたびたび用いられているが、またヘスターの特質を示す語でもあることがフライアーによって指摘されている（Fryer 78）。ジュードに出会った時点ですでにキリスト教に対する信仰を失っているシューはヘスターやテスと同様「異教」と結びつけて描かれ、「大聖堂の時代は終わった」「自分は中世よりももっと古い人間だ」といったことを口にするが（108）、これはつまり、キリスト教文明の影響を脱した境地に至ったとの認識を示す発言である。そして、フィロットソンとの結婚後は、旧来の結婚制度が人間の本性にそぐわないものであることに悲嘆の声を上げる（163）。物語の前半部では、『緋文字』中でディムズデイルを教えさとすヘスターのように、ジュードよりも思想的に先に進んだところから彼を導く役にあったはずの知的なシューが、フィロットソンとの不幸な結婚に足を踏み入れ、さらには、物語の最後に近づくにつれ、ジュードとは逆に、反動的にも見える形で信仰に回帰してしまうのはどうしてか。ハーディは、当時の教育および結婚制度において女性の身体的感受性が軽視されていたことを問題としているようだ。

勤務先の上司であったフィロットソンに執拗に迫られ、結婚を決断したシューからの手紙を読み、ジュードは独り言をつぶやく。「あなたは結婚がどういうことを意味するかわかっていないんだ！」(136)。そして実際、シューは結婚によって夫との間に生じるであろう身体的な親密さという側面には思いが至らぬまま、結婚に至ってしまったのだった。フィロットソンも彼女の無知に付け込んだ責任があると自ら認めている(183)。夫である自分が寝室に入ってきた途端、夢うつつの状態で窓から飛び降りてしまうという形でシューの生理的嫌悪感があらわに示されるのを目の当たりにし、フィロットソンは不本意ながら妻との別居に同意する。

『緋文字』のパールはディムズデイルが母親と同じ緋文字を胸に着けないことを不服としていたが、もし早いうちにディムズデイルが緋文字を装着していたとしたらどのようなことが起こっていただろうか。ハーディは『日陰者ジュード』において、そういった観点から一つの思考実験を行ったのかもしれない。ジュードとシューこそは、フィロットソンによると、「一人の人間を二つに分けたよう」な(183)特別な共感で結ばれた二人であった。自らの信念に従って、婚姻関係に基づかない同棲を開始するが、世間の目は厳しい。二人の関係が怪しまれるようになるにつれ、人々は彼らに対する挨拶をやめる。二人は仕事の口にも困るようになり、ジュードはシューに向かってこう言う。「もし、僕たちが知られていない場所へ行くことができれば」(237) ——ヘスターがディムズデイルに向かって提案したように。やっと回ってきた仕事の依頼は、教会の壁に十戒を刻みなおすという内容だった。この二人が正式な夫婦ではなく、この仕事に不適切なのではという声が上がり、作業開始後ほどなく解雇が決まる。

シュー自身が自覚していた以上にキリスト教の律法は彼女の中に深く内面化されていたのであろう。従来の結婚制度に対して自分が感じている抵抗について「誰もが私たちのように感じ始めている。私たちは時代の少し先を行っているだけだわ」(227) と述べ、婚姻の手続きによることなくジュードとの関係を続けることを選んだシューではあったが、子どもたちの無理心中という不幸な結果により、自分の行った選択の正当性の根拠を見失うことになる。最終的にはその進取の気性を完全に打ち砕かれて反動化し、自分の魂の救済のために教会に入りびたり、ジュードを捨てフィロットソンのもとへ戻っていく彼女の姿には、自分の心の奥深いところに根差した不信仰の芽 (217–18) を抑圧し『緋文字』終結部においてはヘスターと向き合わずに神を見ているディムズデイル、あるいは『大理石の牧神』中で独り、カトリック教会に救いを求めるヒルダも重なって見えてくる。別れの場面で、ジュードはシューに言う。「君は文字 (letter) によって行動している、そして文字は殺すんだよ」(308)。

五　おわりに

ロバート・マイルダーは、ニーチェの『善悪の彼岸』からの文言をひきながら、「ホーソーンは、彼にとって真実と思われたこと」――すなわち、神の不在――を語る際、「包み隠したり、和らげたり、さらには偽ったり」という操作を行ったと述べている (Milder 24)。時代の制約、また、信仰深い妻ソファイアの目を通らなくてはならないという問題もあり、自分の直感をそのままストレートな形で言葉にのせて公にするというようなことはホーソーンにとって困難、ないしは不可能であった。そこで、間接的で暗示に富む語りが必然的に採用されることになったわけであるが、その語りのもつ普遍性こそが、一世代あとの英国作家ハーディにも直接的に訴えかけ、ハーディ自身の生きる時代の問題をとらえる上で有効な視点を提供し、さらに広く、女性の地位向上に向けた議論の土台を提供することになったとはいえまいか。「女性の本性」に根差すものとして当時絶対視されていた家父長的結婚制度および家庭のあり方についてモナ・ケアドが一八八八年、『ウェストミンスター・レビュー』誌上の「結婚」と題する記事において「ルター以前に遡るものではない」と指摘しつつ鋭く批判したのをきっかけに（Caird 186）、盛んに議論がたたかわされるようになっていた時代である。

ハーディは「人の男に対する、女に対する、そしてもっと下等な動物に対する残酷行為をやめさせる」（Gibson 148）ため訴えていくことを自分の文学者としての使命と考える作家であった。「異教的」な価値観を作中に持ち込むことによって社会における物事のありようを相対化するホーソーンのまなざしを、また暗示や寓意を多用したその語り口をも、ハーディは自らの使命を果たす上で欠かせないものとして引き継ぎ、発展させていったように思われるのだ。

注

（1）スワンは一九九九年にも、"A Hardy Debt to Hawthorne: *The Blithedale Romance and The Return of the Native*" という論文を *ANQ: A Quarterly Journal of Short Articles, Notes and Reviews* 誌第十二巻第四号に発表している。

（2）『テス』より少し前、一八八九年に出されたアリス・モナ・ケアド（Alice Mona Caird）の『アズラエルの翼』（*The Wing of Azrael*）でも、幼少期のヒロインがキスを拒否する印象的な場面が描かれており、ハーディがこのケアドの小説を読んでいた可能性も高い。しかしながら、ケアド自身もまた、ホーソーンから多大な影響を受けていたのではないかと私は考えており、これについてはまた別の場で論じることにしたいと思う。

（3）二〇一五年五月の日本英文学会第八十七回大会において、入子文子が、アーサー・ディムズデイルがオックスフォード出身者であることの重要性を、オックスフォード運動とのかかわりから論じたが、ジュードはオックスフォード運動ゆかりの神学者たちの著作に親しみ、彼らへの憧れを胸にオックスフォードへやってくるのである。

引用文献

Caird, Mona. "Marriage." *Westminster Review* 130 (1888): 186–201.

Campbell, Michael L. "Hardy's Attitude Toward Animals." *Victorian Institute Journal* 2 (1973): 61–71.

Christophersen, Bill. "Agnostic Tensions in Hawthorne's Short Stories." *American Literature* 72. 3 (2000): 595–624.

Fryer, Judith. *The Faces of Eve: Women in the Nineteenth-Century American Novel.* New York: Oxford UP, 1976.

Gibson, James. *Thomas Hardy: A Literary Life.* London: Macmillan, 1996.

Greven, David. *Gender Protest and Same-Sex Desire in Antebellum American Literature.* Farnham, Surrey: Ashgate, 2013.

Hagler, Heidi, "Hester and Zenobia: the Dark Heroines of Hawthorne's Gender Wars" University of Tennessee Honors Thesis Projects. 1990. Web. 31 August 2015.

Hall, Willam F. "Hawthorne, Shakespeare and Tess: Hardy's Use of Allusion and Reference." *English Studies* 52 (1971): 533–42.

Hardy, Thomas. *Two on a Tower.* 1882. London: Macmillan, 1912.

———. *Tess of the d'Urbervilles.* 1891. Boston: Bedfor, 1998.

———. *Jude the Obscure.* 1894–95. New York: Norton, 1978.

Hawthorne, Nathaniel. *The Scarlet Letter.* 1850. Vol. 1 of *CE.* 1962.

Milder, Robert. *Hawthorne's Habitations: A Literary Life.* New York: Oxford UP, 2013.

Swann, Charles. "A Hardy Debt to Hawthorne?" *Notes & Queries* 39. 2 (1992): 188.

Tanner, Tony. "Colour and Movement in Hardy's *Tess of the d'Urbervilles.*" *Critical Quarterly* 10 (1968): 219–39

井出弘之『ハーディ文学は何処から来たか――伝承バラッド、英国性、そして笑い』音羽書房鶴見書店、二〇〇九年。

松阪仁伺『ホーソーン研究――神話と伝説と歴史』英宝社、二〇一二年。

森松健介「ハーディの『窮余の策』と英ロマン派――G・クラブ、P・B・シェリーとオースティン」『英国小説研究』第二十五冊所収、英宝社、二〇一五年、五六―七六頁。

〝アメリカの小説〟への挑戦

――ヘンリー・ジェイムズ『象牙の塔』の終わりなき連関

竹井智子

ヘンリー・ジェイムズが一九〇四年から五年にかけてアメリカに一時帰国してから逝去するまでの晩年は、円熟期に続く第四期と位置付けられている。ミリセント・ベルは「中年」（一八九三年）に登場する小説家デンコームの言葉を借りてこの時期をジェイムズの「第二の機会《セカンド・チャンス》」と呼び（Bell 326）、N・H・リーヴもまた、この間のジェイムズが、過去に自身が取捨選択したあらゆる要素を呼び起こして再構築し直そうとしていたことを指摘している（Reeve 144）。作者の自伝的要素が指摘される「中年」で、ジェイムズは主人公に、芸術家に第二の機会を与えるには人生は短すぎると嘆かせたが、ジェイムズ自身はそれを得る僥倖に恵まれたのである。熱心な改訂家デンコームよろしく、自分のこれまでの創作活動を振り返り、やり直していたジェイムズは、最晩年にあたる一九一四年に、長編小説『象牙の塔』（一九一七年）の執筆に着手する。結局未完成のままに残された本作からは、母国アメリカを描くという念願を叶える

「第二の機会」を、ジェイムズが探っていたことが窺える。(1)

ジェイムズとアメリカの関係は生涯に亘って複雑であった。しかし彼が、アメリカを描くことによってアメリカの国民的作家として認められたいという思いを長年抱き続けていたことは、恐らく事実であったと思われる。一般的に認識されている通り、ジェイムズにとって国際的に通用するアメリカ人作家はホーソーンであった（Johnson 25）。このことは、一八七九年の『ホーソーン』の出版事情からも推測できる。この評伝は英語圏文人シリーズの一つとして出版されたが、ホーソーンがこのシリーズで扱われた唯一のアメリカ人作家であり、シリーズ唯一のアメリカ人執筆者であるジェイムズが、ホーソーンの後継者を自認したであろうことは想像に難くないのである。そんなジェイムズは、一八七〇年の兄ウィリアム宛の手紙に、「僕は、いつの日か（恐らく）『七破風の屋敷』と同じくらい良い長編小説（novel）を書くつもりです」（James, *Complete Letters* 292）と書き記している。先輩作家の長編小説に寄せる思いはその後も変わらずに続き、ジェイムズは機会があるごとにこの作品に言及している。特に一八九六年の「ナサニエル・ホーソーン」では、「主題とその扱い方の両方を考慮すると、国民的栄誉をもたらしてくれるものとして要求される偉大な小説というものに、この『七破風の屋敷』は一番近い作品であろうと、私としては言いたい気持なのだ」（"Nathaniel Hawthorne" 462）とまで記しており、アメリカを代表する小説家としてのホーソーンの価値がこの作品に最もよく表れているとジェイムズが考えていたことが分かる。(2)同時に、『七破風の屋敷』（一八五一年）のような小説をいつか描きたいと考えていたジェイムズ自身もまた、作品によってアメリカ国民としての栄誉を得たいと願っていたことが窺えるのである。

もし『象牙の塔』が完成していれば、これは彼にとっては『ボストンの人々』（一八八六年）以来三十年ぶりにして二作目の、アメリカを舞台にした長編小説となるはずであった。この未完の長編は、ニューイングランドの東海岸に位置する静かな港町、ニューポートを舞台に、過去の因縁によって決裂した二家族を取り巻く人々の関係の修復と不正な方法で得た財産の相続が、冒頭部分の軸を成している。『七破風の屋敷』を想起させるこの物語の舞台はその後ニューヨークへと移され、物語を「飾る」という「面白さ」のために、「アメリカの地方色」としてボストンの情景も織り込まれる予定であった（James, *Ivory Tower* 270）。ゴードン・フレイザーは、『大理石の牧神』（一八六〇年）の舞台であるイタリアに、ジェイムズ最初の長編小説『ロデリック・ハドソン』（一八七五年）の舞台が据えられたことの必然性を指摘している（Fraser 12）。すなわち、ホーソーンが確立したアメリカ文学の系統を発展的に継承するために、「ホーソーンが終わった場所からジェイムズは始めた」（Matthiessen, *American Renaissance* 301）と言える。同様に、「アメリカの物語を描くことができる」（*Notebooks* 47 強調原文）ということを示すために挑戦した『ボストンの人々』は様々な意味でホーソーンの影響が指摘されるが、ここでもエリザベス・ピーボディをモデルにしているとも言われるバーズアイ女史の後継者、オリーヴ・チャンセラーを中心として物語は展開する。(3)

後期作におけるホーソーンの影響の大きさが指摘されるジェイムズは（Buitenhuis 246）、ホーソーン的枠組みから始まる『象牙の塔』をどのように彼自身のアメリカ小説へと発展させようとしたのか。従来は二十世紀のアメリカの描写やその価値の否定に批評の焦点が当てられがちであった本作を、ニューポートの歴史の再発掘という二〇〇〇年代後半の批評の動きを踏まえて再読する。

一　ニューポートとセイレム

二〇〇九年冬号の『ヘンリー・ジェイムズ・レヴュー』で、ニューポートが過去に関わった三角貿易に光が当てられたことは衝撃的であった。その特集の冒頭でポール・B・アームストロングが「ニューポートの汚れた小さな（さほど「小さく」はないかも知れないが）秘密」（Armstrong 44）と述べている通り、それは、一般には長らく忘れ去れていた事実であったという。この歴史の掘り起こしは、ホーソーン的枠組みによる『象牙の塔』の再読に大きく寄与するものである。本節では、アメリカ一時帰国以降ニューヨークを舞台にした短編小説を手掛けたジェイムズが、『象牙の塔』の冒頭の舞台にニューポートを選んだ理由を、その地が背負う歴史とそれに対するジェイムズの認識、そして彼とホーソーンの関係に照らして考察する。

ニューポートが過去に関わっていた三角貿易とは概ね以下のようなものであった。十八世紀のロードアイランド州ではラム酒造業が盛んであり、製造されたラム酒はアフリカで奴隷と交換され、奴隷はカリブ海諸国や南部に移送されてそこでサトウキビと交換されていた。そのサトウキビは再びラム酒の原料となることで、三角貿易が循環したのである。ジェフ・マクドノウによれば、当時ロードアイランド州には十六ないし十七のラム酒製造所があり、ニューポートにはそのうち六つが存在していたという。また、奴隷を移送するための船の製造に携わる者や彼らに与える服を作る者（衣料生産の五十パーセントは南部奴隷向けの衣服であったという）など、直接間接を合わせると極めて多くのロードアイランド州民が奴隷貿易に関わっていたというのである。こういった事実を受けてマクドノウは、一七二〇年から一八〇七年にかけて、ロードアイランド州においては奴隷貿易が「一番の財政活動」であったと結論づけている（McDonough）(4)。

植民地時代の主要港であったニューポートは独立までに六万人近いアフリカ人の移送に関わったと見

積もられているが（Harper）、この地の貿易をジェイムズが知らなかったとは考えにくい。ジェイムズがニューポートに初めて足を踏み入れたのは一八五八年、十五歳の時である。一八〇七年に合衆国における奴隷貿易が禁止された後も、一八一九年までニューポートは奴隷密輸に関わり（Armstrong 44）、ロードアイランド州全体で見れば、一七八四年に奴隷制が公式に廃止されたものの一八四二年まで黒人奴隷が存在していたという（Harper）。ジェイムズの父ヘンリーは熱心な奴隷解放論者であり、特に奴隷制が奴隷主に齎す道徳的堕落を問題視していた（James, Sr., "Social Significance" 118–19）。また、自伝では『アンクル・トムの小屋』（一八五二年）に熱狂したことや近隣の奴隷が逃亡したことにも触れている（*Small Boy* 159, 249–51）。ジェイムズが残した幾編かのニューポートに関する著述はその地の貿易の内容に触れていないが、『アメリカ印象記』（一九〇七年）の「黒檀のように黒い偉大な商業の神」（*American Scene* 222）という表現は過去の罪を想起させる（Armstrong 46）。『象牙の塔』においても、ベターマン氏が築いた財産の裏には「非常に多くの黒く残酷な事柄が存在した」（287）という覚書の記述をはじめ、財産の来歴は黒のイメージを伴う。[5] また、冒頭には船と象の比喩が多用されており、ニューポートとアフリカのサバンナの繋がりを思わせるという指摘もなされている（Munich and Teets 58）。ジェイムズが当地の歴史について無知ではなかったことを示唆する記述が、『ホーソーン』に見られる。彼は、ホーソーンが青年期を過ごしたセイレムについて述べた際、ニューポートにも言及している。

セイレムは港である。しかしそれは寂れ衰退した港である。それはニューイングランドの広大な海岸線沿いに散らばる、あのどちらかと言えば陰鬱な一群の古い港町のうちの一つであり、その一覧表は、ポーツマス、プリマス、ニュー・ベッドフォード、ニューベリーポート、ニューポートの名前を加えれば完成する。それらは外国との交易のかつての中心地であり、それらの交易はより大きな都市に奪われてしまった。……彼［ホーソーン］はちょっとしたスケッチ（「歳月の姉妹」）の中で、貴族階級の支配と「富による道徳的影響」が、ニューイングランドのどの町よりもセイレムにおいて著しいことをほのめかしている。(*Hawthorne* 329–30)

この引用からは、ジェイムズがニューポートの貿易についてある程度の知識を持っていたことが推測できる。同時に、蓄財を追求することよる道徳的影響に留意していることから、上述の父ヘンリーの主張の影響も窺えよう。したがって、『象牙の塔』でニューポートの歴史について何も触れられていないという事実はむしろ、現在の富に無批判に生きる裕福な登場人物たちの、富の源や歴史に対する無関心さや鈍感さを際立たせる結果となっていると言えるのである。

さらに、右の引用は、自分にとってのニューポートをホーソーンにとってのセイレム同様に位置づけようとする、後のジェイムズの認識に繋がるものであるという意味でも重要である。一九〇四年にセイレムで行われたホーソーン生誕百周年記念式典のための手紙の中で、ジェイムズは『七破風の屋敷』や『緋文字』（一八五〇年）におけるセイレムへの言及の妙に触れた上で、「私の感覚では、我らの作家がセイレムで過ごした歳月とセイレムが与えた印象は、彼の成長において非常に興味深い一部である」と述べている（“Letter to Rantoul” 470）。その十年後に書かれた自伝第二巻『息子と弟の覚書』（一九一四年）では、ニューポートはジェイムズの成長に重要な役割を果たし、作家としての基礎を形作った地として定義づけられている。ニューヨークで生まれたジェイムズは物心がつく以前からヨーロッパ各地を転々とし、ちょうど『両世界評論』を「かがみこんで読める」(*Notes* 56) レベルに達した十代後半を過ごしたのが、ニューポートであった。作家としての第一歩を踏み出した地としてのボストンが果たした役割もさることながら、最も多感な時期を過ごしたニューポートは、「運命の寵児でもあり洗練された趣味をもつ人々の好んだ地」(*American Scene* 210 強調原文) としてジェイムズに深い印象を残した。何より、ニューポートはジェイムズにとって作家ホーソーンと自分を結び付ける地でもあった。一八六二年にハーヴァード大学ロースクールに入学したものの、翌年六月には退学してニューポートに戻ったジェイムズは、そこでホーソーンの作品の甘美な味を「初めて、一気に飲み込み」、その「絶妙な味」と「啓示の緊張感」を知り、「真の知識」を知る「喜び」を得たと言う (*Notes* 408)。当時続いていた国を挙げての戦争については、弟たちが戦場から寄こす手紙や傷病兵の慰問を通して間接的に経験していたと綴られているのに対し、ホーソーン作品との出会いは、「一気に飲み込む」「絶妙な味」といった触知的な語句を用いることで、直接的な経験として描かれている。なお、このニューポートでの思い出が発端となって自伝では一種のホーソーン論が展開するのだが、そこで触れられる友人の『大理石の牧神』批判に対するジェイムズの見解は、かつて「とても小さなティー・ポットに大嵐を呼び起こした」(一八八〇年三月三十一日付、*Letters* 2: 280) と自ら形容した『ホーソーン』での論評に対する修正とも解釈できる。彼は自伝で、ホーソーンの「作品は全て一つの色調、豊かかつ稀少な散文の色調に満たされており……その色調はその美しさにおいて——少なくとも私にとって——それ以上ないぐらい明らかにアメリカのものであった」(*Notes* 411 強調原文) と先輩作家を擁護しているからだ。ジェイムズがホーソーンを批判したというかつての印象を払拭しようという意図、そして、しばしば指摘されるように、後になるほど彼がホーソーンを再評価するようになっていた可能性が窺えるのである (Buitenhuis 246)。

ホーソーンは『七破風の屋敷』で「拝金主義や技術革新に翻弄されるに至った古く静かな港町」(丹羽

「家庭」」二五）を描いたが、ジェイムズは金銭的成功の追求に奔走するアメリカ人に罪深さを見、それを端的に表す地としてニューポートを扱った。もちろん財産を成すことそれ自体が悪いのではなく、成功という美名の下に、その犠牲者の山が累々と築き上げられてきたことが問題なのである。例えば『大使たち』（一九〇三年）の中で、ジェイムズは、ランバート・ストレザーが編集長を務める評論雑誌について、「策略」を弄して手にした金を元に一大産業を築いたニューサム家の「罪滅ぼし」ではないかとマライア・ゴストリーに言わせている（*Ambassadors* 49–50）。『象牙の塔』でも、巨額の財産を築いた「悪事の数々」（301）、「金が彼ら［ニューポートの人々］の人生」（108）であり、そういった人物は本質的に「略奪者である」（324）と表現している。それはより現代的な罪とも言えるのであるが、既に見たように、商業や貿易という名の下になされる大罪を、ニューポートは過去に犯していたのである。このように、ニューポートが自分と先輩作家を結び付ける地であり、セイレムのように過去の罪を背負い、その罪と現在の罪を諸共に華やかな表面で覆い隠す地であるために、ホーソーンの後継者ジェイムズは、この地を自身最後のアメリカ小説の舞台に選んだのだと言える。こういった背景があるからこそ、次節以降で検証する因果や関係の連鎖といった『象牙の塔』の主題が、多層的な意味を持つと考えられるのである。

二　因果を描く

金色の盃同様タイトルの由来であり作中で象徴的な役割を果たす象牙の塔の来歴を、持ち主である女主人公ロザンナ・ゴウは知らない。そして知らないという事実を『象牙の塔』の語りは明らかにする。ジェイムズ後期作における象徴の利用はしばしばホーソーンの影響として指摘されるところであるが、この設定が暗示するように、現在の物事や状態が出来するに至った発端や経緯、すなわち因果の〈忘れられた／予期せぬ〉連鎖をこのテクストは問題にする。(6)

小説の冒頭は読者を物語世界へ引き込む重要な「敷居」であるが（Lodge 5）、ジェイムズの後期作の冒頭は作品世界の縮図とも言え、全体の主題に対する示唆に富む。『象牙の塔』の冒頭、ロザンナが瀕死のベターマン氏の屋敷まで歩いていく様子は次のように表現されている。「彼女は足下の固い、整備された砂利道を踏みつけ、ギュッギュッと鳴らしながら短い車寄せのところで曲がった」（2）。中村真一郎は『象牙の塔』の日本語訳へのまえがきで、「開巻数頁にわたって、女主人公のひとりがやがて小説の舞台となるべき邸の「門」に、通りを横切って入って行くという際の、心理的抵抗が、驚くべき顕微鏡的手法で描かれている」（iv）と述べているが、行為の細部を拡大し、見えない意識の微小な表出を可視化することが、冒頭の語りの特徴の一つである。この引用におけるロザンナの行為は足を動かすということであって、その最も直接的な影響は、その足によって踏みつけられた砂利が動き互いに触れ合って音を鳴らすことである。その反作用として彼女が前進し、結果的に角を曲がる。すなわち自己完結的に見える歩くという行為が、実際には他に作用し影響を与えるのである。ここでジェイムズは、ある行為に関する分かりやすい結果のみならずそれに至る作用を前景化することで、人々が気付かないところに存在する因果の連鎖を指し示すのである。

自分の父親の顔に関するロザンナの印象を述べた次の引用は、今なお残る結果からそれに至る連関を想像するというものであり、原因が消えた後もその結果が残り続けることを含意している。

　彼はこざっぱりした小じわのある小さな顔を彼女に向けたが、その顔の極めて黄色っぽい蒼白な色

は、長年強いワインを入れていたので、今ではかすかな金色がなおも残る、空になったグラスを何となく暗示していた。（12）

同様に、友人デイヴィ・ブラダムの顔についてロザンナが抱く印象は次のように表現されている。

彼女は、またちょっと間をおいたが、この時は目を、彼の整ってはいるが疲れて世俗的な顔の上に止めていた。その顔は表面はとてもなめらかだが、ちょうど大きな池の固い氷が、一日中スケートをした後では線が引かれ、掻き傷をつけられ、乱暴な切り目が入れられたかのような感じの顔であった。（26）

この印象は、人当たりの良い表面の裏にある無慈悲な略奪行為を、ロザンナが見透かしていることを示している。このように、この語りは細部や背後に注目し、行為と波及効果の連関に注意を向ける。これによって全ての行為には想定内／外の影響が、逆に全ての結果には必ず原因となる行為が存在することが示唆されるのである。したがって、ニューポートの海を見下ろして並ぶ邸宅の「顔」の背後にも同様の因果の連鎖――「底知れない対価」（Jolly 215）――が存在することを、読者は意識せざるをえない。ブラダム夫妻の「大きな屋敷の美しい正面」は、晩餐会のための「着替えの時間ゆえに灯された上の階の窓からの明かりが、優雅な夕べの顔色にピンクの刷毛を使ったように、あちこちを明るく浮き上がらせる」（181）。ニューポートの別荘に集う人々が有閑階級でいられるのは、その遠因として、主に商業の権化であるニューヨークで搾取される人々が存在するからである。そして、最初に触れた象牙の塔の来歴に対する無関心もまた、更に遠い地での搾取に対する関心――物が含意するものを辿ること（Bradbury 199）――の欠如を物語るのだ。

本作では最も重要な原因が不在である。つまり、グレイ・フィールダーが受け継ぐことになる遺産を、遺贈主である叔父のベターマン氏がそもそもどのような手段で築いたかということが、作中では明らかにされないのである。これは、忘れられた事実ではなく読者に対して伏せられた事実である。「大きな遺産を受け継ぐこと。大きな不幸を受け継ぐこと。」とはホーソーンが『七破風の屋敷』のピンチョン家の運命について書き記した覚書であるが（*American Notebooks* 293）、同様に『象牙の塔』の主人公グレイは、叔父の財産を相続したために多くの苦悩や不幸を背負うことになる。そして、受け継いだ不幸が罪の意識に無関係ではない点でも、両作品は共通している。ホーソーンは大きな不幸の根源に関してモールの「呪い」（*House* 21 強調筆者）という言葉を用いつつ、それがピンチョン大佐だけの問題ではないことを示唆している。ジャフリー判事は言うまでもなく、遺産に「道徳的権利があるかどうかという疑念に心を悩ませ」（20）ながらも償還することなく、うらぶれてもなお貴族意識を持ち続け、最後には莫大な遺産を屈託なく相続するというピンチョン一族の性は、『象牙の塔』に描かれるニューポートの人々のそれに通底する。前節でも触れた、ベターマン氏の遺産の背景には「非常に多くの黒く残酷な事柄が存在する」（287）というジェイムズの覚書は、自己の利潤の追求のために他を省みない当時のビジネスが、その罪が認識されている過去の三角貿易と本質的に同根であることを読者に気付かせるのだ。『象牙の塔』の覚書でジェイムズは、自分が「ビジネスのことを何も知らないために……ビジネス的見地から示そうとすることが大層難しい」（285）と述べ、財産の来歴を詳述しない理由としているが、言及の回避はむしろ戦略と見做すべきだろう。ジェイムズは「表面的な沈黙や消極性が、いかに豊かさや活力を意味するか」を探索し、沈黙が「意味を帯びた表現となり、人間の行動の重要な力になる」と考えていたからだ（Auchard 8）。作者の沈黙は、このテクストにおける因果が含意する事柄の量り知れない重みを裏書きする効果があると言えるのである。

さらに、行為から広がる予期せぬ結果も『象牙の塔』では問題となる。ベターマン氏にグレイを呼び寄せるよう促したロザンナが、グレイが到着した噂でもちきりのブラダム邸でシシーと交わす会話は、そのことを効果的に表している。

「……私が存じておりますと申しますのは、――そしてあなたがご存知でないのは、――そのことではございませんのよ！」

ロザンナは、何故か分からなかったが、身震いをし始めていたが、それを見せまいとした。「私が知らないことって、――グレイ・フィールダー氏についてですか？　ええ、もちろん、たくさんあります」と彼女は微笑んだ。（62）

ロザンナが震えたのは、自分の行為がすでに自分の与り知らぬ結果を生みだしている可能性を感じたからである。彼女は過去の自分の行為に対する贖罪を求めてベターマン氏とグレイの仲を取り持とうとしたが、二人を会わせることで彼女の贖罪が完結するのではない。今度はそれがグレイの苦悩と不幸を招来することになるなど思いもよらない彼女は、皮肉にも彼に向って次のように言う。

「グレアムさん、今あなたが食い止めることのできるものはありません。と申しますのは、あなた

> の運命や私たちの状況は、はるか遠くで始まって、だんだん大きくなっていった激流の勢いを持っていますのよ。たとえ私たちが食い止めたいと思いましても、手遅れですわ」（129–30）

このように言われたグレイもまた、自分が招いた予期せぬ結果に驚く。悪意のない発言がゴウ氏の死を早めることになり、呼ばれて訪問したロザンナとの会話の最中にゴウ氏が亡くなったために、彼女は父親の臨終に立ち会うことができなくなるからだ。そして、金に対する無知を理由に友人ホートン・ヴィントにその管理を押し付けたことで、ホートンはそれを騙し取るという犯罪に手を染めることになる。グレイのいずれの行為もロザンナのそれ同様に悪意はないが、それでもなお不幸な結果を招いてしまう。このテクストにおいては、罪悪感なく富を享受することと、悪意なく人を犯罪者にしてしまうことの間に大差はない。なぜなら、グレイが友人の窃盗行為を黙認するのは、財産の来歴に対する贖罪であると同時に、自分自身の行為に対する贖罪であると言えるからである。このように、『七破風の屋敷』が内包する悪意によらず犯す罪（特権階級による富の占有）や「呪い」という言葉が含意する因果の問題を、ジェイムズは二十世紀初頭の文脈において明確に可視化した。更に彼は、このような（序列を含意する）因果を、次節で見るように、広く「関係」という「相互性の事実」（*Ivory Tower* 227 強調原文）へと敷衍させたのである。

三　終わりなき連関

> 本当に、あまねく、関係は終わることがない。そして芸術家の細かく気をつかうべき問題は、永遠に、彼自身の幾何学的配置によって、まるでその中でうまく関係が終わっているかに見える円を描

くことである。(James, *Art* 5 強調原文)

右の引用は、ニューヨーク版に収録した自身初の長編小説『ロデリック・ハドソン』への序文に記された有名な一節である。しかしジェイムズが『象牙の塔』で描き出そうとした因果の連鎖は、この円を曖昧にし、越境する努力の跡に映る。ちょうどホーソーン文学においては「最も重要な出来事(アクション)が物語のスタート時点ですでに起こってしまっていることが多い」(丹羽「ホーソーン文学」三六)ように、本作においても、物語の焦点となるグレイの苦悩を誘引した富は、物語が始まるはるか以前に不正な手段で獲得されている。しかしそれだけではない。登場人物同士の関係もまた、物語より前に始まっている。『七破風の屋敷』では物語に先立つ第一章で語り手がピンチョン家と屋敷にまつわるあらましを解説するが、ジェイムズはそれらを全て外側に用意し、徐々にテクスト内で明らかにするという手法をとった。『象牙の塔』の覚書には、登場人物同士がいつどこでどのように出会い、どのような作用を及ぼし及ぼされたか、そしてその時に何歳であった彼らが関係を蘇らせるにはどれ程の歳月が必要か、といった、時間的・空間的・心理的な位置関係が綿密に記されている。ジェイムズは単に登場人物の輪郭を描くだけでは満足せず、小説の出来事に先立つ登場人物同士の繋がりをも用意しておいたのである(Buitenhuis 243)。いずれの関係も決して円満とは言えず、何らかのしこりを残した別離状態にある。ベターマン氏とゴウ氏はビジネス上の裏切りによって決裂し、ホートンとロザンナは求婚者とそれを拒絶した者同士である。ロザンナとグレイの関係でさえロザンナに後悔を抱かせるものであり、グレイとホートンの過去もまたホートンにとっては「楽しい思い出ではない」(224)。こうした用意された過去の関係は恣意的に思われなくもないが(Bradbury 205)、老練なジェイムズが敢えて不自然なほどの関係性を組み上げたことは注目に値するのではないだろうか。事実、残されたテクストの断片や覚書には、この他にもどこまでも伸びる連関を捕捉しようとする作家の企みが見て取れるのである。

例えば、本作では、以前から存在した連関のみならず、存在し得たが存在しなかった繋がりについても描出される。「彼らの関係や、彼らがつかみ損ねた関係」（57 強調原文）という表現が端的に示すように、この語りは、選択されなかった関係という、物語の外側に広がる可能性にも視野を広げる。そして、作品の冒頭においてロザンナとその父親が邸へ戻る途中に交わす会話が一時途切れた際の、「彼女は歩いて行っても良かったが、ゴウ氏が道を遮ったので、もしそこを通ろうとすれば父親を踏み越えて行かなくてはならなかっただろう」（17）という語りもまた、物語内では実行されなかった行動を言語化して示すものである。同様に、ロザンナの言動については、「もし人から尋ねられたら彼女は……と認めていただろう」（3）といった表現が用いられ、やはり物語内ではなされなかった発話が提示されるのである。

また、ジェイムズの他の作品にもない訳ではないが、『象牙の塔』における（含意された）読者への言及すなわち二人称の多用は注目に値すると言ってよいものである。ニューポートの恋人たちの密会の窃視者として語り手との共犯関係を意識させられる二人称も興味深いが、ここでは、同様の例として、再会の後夜遅くまで続くホートンとグレイの親密な会話の場面を挙げたい。二人はグレイの財産をホートンが管理することについての押し問答を繰り広げるのだが、会話の最中に訪れる沈黙は次のように表現される。

人目に付かずこの場面を目撃する者にとっては――これがちょうど、皆さん方が招待された立場だが――数分間にわたってその場面の特徴であった沈黙は、これまた奇妙なものであっただろう。（196）

このように、あたかもブラダム邸のパーティに集う四十人の客の一人のように、グレイの言動に興味を抱く「目撃者」としての役割が明示され、読者は語りに関わる存在、すなわち、テクストの内側ではあるが物語からははみ出た関係の一部になるのだ。

　最後に、テクストの枠を超えた連関に触れ、本作で因果や関係を扱ったジェイムズの意図を明らかにしたい。既に述べたように船や象の比喩はニューポートの暗い過去を連想させるものであり、さらに二十世紀初頭のアメリカ帝国主義を想起させるビルマの輿や仏塔の比喩と併せて、このテクストはアメリカという舞台から遠く離れた場所への繋がりを孕んでいる。しかしここで注目したいのは、過去の文学テクストとの連関である。それは、ホーソーン的枠組みの援用のみならず、自作で扱ってきた旧世界（経験）と新世界（無垢）の対立軸の転覆的再提示によっても示唆されている。円熟期までは、ジェイムズ作品における「無垢」はアメリカ人の属性であったが、一時帰国以降は、アメリカ社会の商業主義の洗礼を免れた帰国者《リパトリエット》たちが体現するヨーロッパ的洗練へと転換した。しかし、第四期に描かれたどの帰国者よりも、グレイはその無垢性が戯画的なまでに印象付けられていると言える。それは、腐敗した自分たちの社会に対置される存在として、ニューポートの人々が最初から手放しでグレイを称賛することで強められる印象である。ピンチョン一族について噂し合うセイレムの人々が一種の狂言回しのような役割を担うことがあるのに似て、ニューポートの人々がグレイの人物像を描き出すのだ。二十年近く前のグレイの印象や間接的な情報を元に、彼らは口々に彼を称賛する。

「あなた［ロザンナ］は彼［グレイ］を私どもから離しておかなくてはなりませんわ。だって、私

たちはあなた方ほど善くないんですもの」(グレイに会う前のシシーの発言、62)

「[フィールダーさんは、] 何に関しても、私たちが束になったってかなわないほど知っています」(同、184 強調原文)

「君のことなら私はなんでも気に入りそうだ。……君はちょうど今のままがいい。……私たちは君が作り出す違いを求めているのだ。つまり、君はここの人々のためだということが分かるだろう」(グレイに会った直後のベターマン氏の発言、100–07)

「あいつ [グレイ] はあのままで本当に正しくていいやつだった。……できることなら、あいつ [グレイ] は僕たちみんなのように、ひどく下品になってはならない」(グレイと再会前のホートンの発言、157–59)

「僕たちは全員……口にするのも恐ろしいほどに堕落しているのだよ」(一度グレイに会った後のデイヴィの発言、184)

列挙した引用に指摘できる具体性の欠如とそれにも拘らず表明される称賛、それと対比される「自分たちは堕落している」という彼らの自己認識、そして、それにも拘らず富を享受するという実態から浮き彫りになるのは、金儲けに価値が置かれない欧州文化の薫陶を受けた人間は、金銭にまみれた自分たちアメリカ人よりも清らかであり優れているという形式的な思い込みであろう。それはまるで、彼ら自身が他のジェイムズ作品における対立軸を前提にしているかのようであり、あるいはまた、ベターマン氏においては、今や淀みきったニューポートに新風を吹き込む存在――『七破風の屋敷』で、貴族趣味に凝り固まった屋敷に到来するフィービーのような存在――を期待しているかのようである。しかし、その思い込みが誤りであることは、「知性の人生がグレイ・フィールダーにおいて最も洗練された形をとっているというあなた方の考えから始まっているので」（209 強調筆者）という、読者に対する責任転嫁によって暴露される。『象牙の塔』のうち完成したのは十節中三節余りであり、その後グレイの人物像がどのように発展したかは不明である。しかし、少なくとも完成した原稿からは、商業主義という「経験」（米国的価値観）とそれに毒されないという意味における「無垢」（欧州的価値観）との対立構造を支えるには、グレイの性格付けが「弱い」（Buitenhuis 256）と判断できるだろう。三十二歳という年齢にも拘わらず、ロザンナに対しては「母親」に報告する「少年」（128）のようであり、ホートンに対しては「自立できない」（231）恋人のようである。彼の（無垢というよりは）幼稚さや依存性は、彼の口髭をめぐる議論によっても婉曲的に示されている。グレイの口髭の有無を巡って結論が出ないシシーとホートンは、居合わせたデイヴィに確認する。しかし、「あの方には口髭がありましたか？　それともありませんでしたか？」（174 強調原文）というシシーの問いに対するデイヴィの返答部分に関する原稿が欠落しているのである。ジェイムズが添えたメモには「言質を与えないで何か返事をさせるだけで良い」（175）と記されており、前節で触れたジェイムズの沈黙に照らせば、それ（口髭の有無＝グレイの成熟／未熟）が物語の核心に関わることを示唆していると考えられる。覚書からは、結局グレイは期待された役割を果たすことなくヨーロッパへ戻ることになっていたと察せられる。つまりジェイムズは、徐々に内部崩壊させる目的で、先行するテクストから続く対立の構図を読者や登場人物に提示させたと考えられるのである。

こういった特徴から言えるのは、『象牙の塔』においてジェイムズは、アメリカの価値や富を単純に否定したわけではなく、かといってヨーロッパ的な趣味や価値を否定したわけでもないということだ。このことは、テクストで企てられる様々な対立軸の描き直し――人徳者として人々から尊敬されるロザンナは象と同じく趣味や洗練とは無縁であり、富を嫌悪する彼女がグレイをその富の只中に呼び入れたために不幸を招く。グレイを搾取するシシーはヨーロッパ的洗練と礼儀を会得しており、そんな彼女をグレイの義父ノースオーヴァー氏は「アメリカ娘」として称賛するが、彼女自身は「アメリカ娘」を嫌悪している(183)等――によっても裏付けられる。そして、言うまでもなく、前節で注目した因果の追求もまた、原因と結果という対立構造を無にするプロセスである。因果の連鎖は終わることなく、結果は更なる因果の連鎖を招く原因となり得、全ては果てしなく続く関係になるからだ。アメリカでの消費や需要がなければ異国の地で象牙やその細工が取引されることもなかったかも知れず、そしてこの塔の価値に最初に気付くグレイは、ヨーロッパ的価値の体現者なのだ。アデライン・R・ティントナーは、「アメリカの商業主義や富の追求……に対するジェイムズ自身の曖昧な態度はあまり認識されていない」(Tintner 35) と指摘しているが、こういった『象牙の塔』における対立構造の破壊、すなわち序列を廃し全てを終わりなき連関の網に位置付けることが、ジェイムズのそのような曖昧な態度の表れと言えるのである。

『象牙の塔』の覚書の中でジェイムズは、彼の「機械の働きを形成する……継ぎ目」(296 強調原文) を得ようと模索し、登場人物同士の関係や出来事の連関を組み立てた。様々なホーソーン的要素を孕む本作であるが、対立構造の破壊もまた、『七破風の屋敷』における作者の態度、すなわち結末における財産相続やホールグレイヴの変節から読み取れる、対立項に対する価値判断の保留を彷彿させるものである。これまでに見てきたように、ホーソーンの後継者であるべきジェイムズは、ニューポートの人々をめぐる因果の問題を追究し、それをあらゆる関係へと敷衍して対立や序列を相対化することで、本作を彼独自のアメリカ小説に作り上げようと企図していたのだと考えられる。それは、ヨーロッパ的価値もアメリカ的価値も否定しない極めてジェイムズらしいアメリカ小説であり、もし完成していれば、そのどこまでも続く連関は、本作をホーソーンやアメリカに自らを繋ぐ継ぎ目になる筈だったのである。

注

（1）象牙の塔は第四節の冒頭までしか完成していないが、全体の構想を書き記した覚書が残っており、この作品のその後の展開を知る上で手掛かりとなる。

（2）「ナサニエル・ホーソーン」の引用は三宅訳を用いたが、ホーソーンの作品のタイトルのみ、他との統一のため『七破風の家』から『七破風の屋敷』に改めた。

（3）ジェイムズは一八八三年に、『ボストンの人々』の構想を記して編集者宛てに送った手紙の内容を創作ノートに書き写している。そこには次のように書かれている。「全てはできる限り地方色のあるものであり、アメリカのものであり、ボストンを最大限に描きます。自分がアメリカの物語を描くことができるということを示す試みです。……僕は、とてもアメリカ的な物語を描きたいのです。僕たちの社会状況にまさに特有のものを」（47 強調原文）。

（4）*The Jamestown Press* の二〇〇九年三月十九日号に掲載されたこの記事は、“Hidden from History: Slavery in Rhode Island from Its Inception to Its End” というエキシビションに合わせて掲載されたものである。それ以前にも北部の三角貿易を扱った書物はあるが、このエキシビションのタイトルからも、この地における三角貿易が一般的に忘れられていたことが窺える。

（5）『象牙の塔』からの引用の日本語訳は岩瀬訳を参考にした。なお、覚書の中でジェイムズは、財産を築いたベターマン氏を「無慈悲な相場師か何か」(285) としており、三角貿易とは直接関係はない。

(6)『象牙の塔』のタイトルの由来は定かではないが、『アメリカ印象記』ではニューポートについて、「余暇という名の象牙の偶像」(222) や「叫び声ばかりで毛がない、家ばかりで庭のない、白い象」(224) と記している。また、本来は聖書の言葉であるが、本書では現実からのロマン主義的逃避の意味で用いられている (Matthiessen, *Henry James* 124)。

引用文献

Armstrong, Paul B. "Repairing Injustice: The Contradictions of Forgiveness and *The Ivory Tower*." *The Henry James Review* 30.1 (2009): 44–54.

Auchard, John. *Silence in Henry James: The Heritage of Symbolism and Decadence*. University Park: Pennsylvania State UP, 1986.

Bell, Millicent. *Meaning in Henry James*. Cambridge: Harvard UP, 1991.

Bradbury, Nicola. *Henry James: The Later Novels*. Oxford: Clarendon, 1979.

Buitenhuis, Peter. *The Grasping Imagination: The American Writings of Henry James*. Toronto: U of Toronto P, 1970.

Fraser, Gordon. "The Anxiety of Audience: Economies of Readership in James's *Hawthorne*." *The Henry James Review* 34.1 (2013): 1–15.

Harper, Douglas. *Slavery in the North*. 2003. Web. 13 Feb. 2015.

Hawthorne, Nathaniel. *The American Notebooks*. Vol. 8 of *CE*. 1972.

———. *The House of the Seven Gables*. 1851. Vol. 2 of *CE*. 1965.

James, Henry. *The Ambassadors*. 1903. Ed. S. P. Rosenbaum. 2nd ed. New York: Norton, 1994.

———. *The American Scene*. 1907. Ed. Leon Edel. Bloomington: Indiana UP, 1969.

———. *The Art of the Novel: Critical Prefaces*. New York: Scribner, 1934.

———. *The Complete Letters of Henry James, 1855–1872*. Volume 2. Ed. Pierre A. Walker and Greg W. Zacharias. Lincoln: U of Nebraska P, 2006.

———. *Hawthorne*. 1879. James, *Literary Criticism* 315–457.

———. *Henry James Letters*. Volume 2. Ed. Leon Edel. Cambridge: Harvard UP, 1975.

———. *The Ivory Tower*. London: Collins, 1917. （『ヘンリー・ジェイムズ作品集6　象牙の塔、過去の感覚』岩瀬悉有訳、工藤好美監修、国書刊行会、一九八五年）

———. "Letter to the Hon. Robert S. Rantoul." 1904. James, *Literary Criticism* 468–74.

———. *Literary Criticism*. Vol. 1. Ed. Leon Edel. New York: Library of America, 1984.

———. "Nathaniel Hawthorne." 1896. James, *Literary Criticism* 458–68. 『ヘンリー・ジェイムズ作品集8　評論・随筆』三宅卓雄訳、工藤好美監修、青木次生編、国書刊行会、一九八四年）

———. *The Notebooks of Henry James*. Ed. F. O. Matthiessen and Kenneth B. Murdock. 1947. Chicago: U of Chicago P, 1981.

———. *Notes of a Son and Brother*. New York: Scribner, 1914.

———. *A Small Boy and Others*. New York: Scribner, 1913.

James, Henry, Sr. "The Social Significance of Our Institutions." *Henry James, Senior: A Selection of His Writings*. Ed. Giles Gunn. Chicago: American Library Association, 1974. 105–120.

Johnson, Kendall. "Henry James, 1843–1916: A Brief Biography." *A Historical Guide to Henry James*. Ed. John Carlos Rowe and Eric Haralson. New York: Oxford UP, 2012. 14–52.

Jolly, Roslyn. *Henry James: History, Narrative, Fiction*. Oxford: Clarendon, 1993.

Lodge, David. *The Art of Fiction*. London: Penguin, 1992.

Matthiessen, F. O. *American Renaissance: Art and Expression in the Age of Emerson and Whitman*. New York: Oxford UP, 1941.

———. *Henry James: The Major Phase*. New York: Oxford UP, 1944.

McDonough, Jeff. "Slave Trade was Rhode Island's 'Number One Financial Activity': Exhibit Opens Tonight with Reception at the Jamestown Library." *The Jamestown Press* 19 March 2009. Web. 12 June 2015.

Munich, Adrienne, and Anthony Teets. "The Elephant in the Room of *The Ivory Tower*." *The Henry James Review* 30.1 (2009): 55–61.

Reeve, N. H. "Living Up to the Name: 'Mora Montravers.'" *Henry James: The Shorter Fiction: Reassessments*. Ed. N. H. Reeve. Basingstoke: Macmillan, 1997. 138–55.

Tintner, Adrine R. *The Twentieth-Century World of Henry James: Changes in His Work after 1900*. Baton Rouge: Louisiana State UP, 2000.
中村真一郎「はじめに」『ヘンリー・ジェイムズ作品集6　象牙の塔、過去の感覚』岩瀬悉有訳、工藤好美監修、国書刊行会、一九八五年、i―ix頁。
丹羽隆昭「「家庭」なき「家」の「日常」――『七破風の家』随想」、『悪夢への変貌――作家たちの見たアメリカ』福岡和子、高野泰志編、松籟社、二〇一〇年、一七―四二頁。
――「ホーソーン文学に見る怨念――「宿命」と見えざる暴力」、『抵抗することば――暴力と文学的想像力』藤平育子監修、高尾直知、舌津智之編、南雲堂、二〇一四年、一九―三八頁。

II　ホーソーンと二十世紀以降の作家たち

ホーソーンとフォークナーの「イタリア」

――『大理石の牧神』と『響きと怒り』における南北戦争の影

藤村　希

ナサニエル・ホーソーンの『大理石の牧神』（一八六〇年）とウィリアム・フォークナーの『響きと怒り』（一九二九年）を繋ぐもの、それは「イタリア」――このように主張することから、この小論を始めたい。

『大理石の牧神』における舞台イタリアの意義は、これまでさまざまに論じられてきた。しかし、それが『響きと怒り』におけるイタリアへの言及と比較考察されることは、管見の及ぶ限りなかったようだ。コンプソン家の三兄弟――第一章の三男ベンジー、第二章の長男クエンティン、第三章の次男ジェイソン――の内的独白による三つの章に、客観的な語りによる一章を加えた四章から成る『響きと怒り』の中で、第二章にのみ現れるイタリアへの言及は、先行研究によって問われること自体、ほとんどなかったと言える。しかしながら、クエンティンの章で繰り返し言及される「イタリア」は、この章はもとより、この章にのみ登場するというその事実ゆえに作品全体の中でもまた、重要な意味を孕んでいる。フォークナーは後年、コンプソン家の問題を問われた際に、彼らが「いまだに一八五九年か六〇年の態度で暮らしている」と答えた（Faulkner, *Faulkner* 18）。つまり、コンプソン家の人々は、二十世紀の前半に生きながらも、いまだに『大理石の牧神』の登場人物たち——ドナテロ、ミリアム、ヒルダ、ケニヨン——と同じ時代の問題を抱えていると言い得るのであり、その問題の内実は、フォークナーが処女詩集に同じ題名を付けたこのホーソーン作品との比較によって、よりよく理解できるように思われる。

本稿は、『大理石の牧神』と『響きと怒り』の「イタリア」が、両作品において明示されることのないアメリカの南北戦争を指し示すものであることを明らかにする。そのうえで、祖国が真二つに引き裂かれるという未曽有の事態をもとに、分断された世界をいかに語るかという晩年のホーソーンが苦闘した問題を、フォークナーがいかに引き継ぎ発展させているか確認することを通して、ホーソーンの文学的遺産について考察していく。

一　『大理石の牧神』——分裂する国家とロマンス

ホーソーンが自らの文学の方法をロマンスと規定し、長編作品の序文で論じたことは周知の通りである。『大理石の牧神』の序文には、よく知られる次のような一節がある。

このロマンスの舞台としてのイタリアは、ある種の詩的な、想像上の場を提供してくれるところに主な価値があった。そこでは現実は、アメリカにおけるほどには強く要求されることはない。作家なら誰もが、私の愛する祖国が幸いにもそうであるように、陰影も古色も謎もなく、絵になる暗い罪もなく、ただ真昼間の平凡な繁栄以外何もない国についてロマンスを書く困難を、苦痛を伴うことなく考えることはできまい。(Hawthorne, *Marble* 3)

ホーソーンのロマンスとは、その著作を振り返ってみれば、『緋文字』(一八五〇年)の序章「税関」において、「現実のもの」と「想像上のもの」とが相まみえる「中間領域」としてひらかれたのであった(*Scarlet* 36)。それは、翌年の『七破風の屋敷』序文で明らかにされたように、なによりも彼が作家として扱わなければならないと考えた「人間の心の真実」を語るための、想像力の自由によって現実の蓋然性から跳躍する方法だった(*House* 1)。右に引いた『大理石の牧神』の一節は、このようなこれまでのホーソーンのロマンス論と通底するものながら、ある一点で大きな違いを示している。それは、アメリカの「現実」に対置されるものとして、イタリアを「想像上の」ロマンスの場と位置づけた点である。

しかし、『大理石の牧神』の「イタリア」は、ホーソーンがここで述べるほど「想像上の」ものではなかった。例えば、第三十四章「ペルージャの市日」を見てみよう。牧神像に似る青年ドナテロは、ローマで出会い恋に落ちた女性画家ミリアムに付き纏う謎の男モデルを殺害する――この事件を核に展開される物語において、第三十四章は、故郷トスカーナの先祖伝来の屋敷で自らの犯した罪に苦悩するドナテロが、彼の屋敷に滞在しその苦悩に寄り添う友人のアメリカ人彫刻家ケニヨンに促されて、ミリアムと再会する目的を告げられぬままにペルージャにあるユリウス三世像を訪れる場面である。この章の冒頭では、ペルージャに到着したケニヨンとドナテロが、その門のところで「パスポートを検査されるのを待つ」姿が描かれるのである(309)。ジョン・トーピーは、パスポートにより人々の移動を法的に管理統制する権利が次第に国家により独占されるようになる歴史が近代初期のヨーロッパに始まることを明らかにしているが（Torpey 4–56）、『大理石の牧神』が書かれた一八五八年から五九年にかけて、トスカーナ大公国と、ペルージャを含むローマを中心とした教会国家とは、名実ともに別の国だったのである。イタリア王国（一八六一—一九四六年）が誕生するまで、イタリアは「単に地理的な名称のもとに、独立し、連合した諸国家の寄せ集めにすぎない」ものだった。(1) 当時イタリアでは、国家統一運動リソルジメント（一七八九—一八六一年）が進行中であり、ドン・H・ドイルが指摘するように、この地と同時代のアメリカとは、その内部に容易に包摂し得ない南部を抱え、国家統合の問題を共有していた（Doyle 1–10, 65–89）。論者は、『大理石の牧神』のホーソーンの後期作家経歴における意義を考察した小論において、この統一国家形成以前の現実のイタリア半島が、作中では南北戦争前夜のアメリカの国家分裂を映す舞台として用いられていることを論じた。この「イタリア」は、アメリカ人のケニヨンとヒルダ、黒人奴隷の表象である「イタリア人」ドナテロとミリアムの二組のカップルと、ミリアムと模写画家ヒルダの「血の繋がった姉妹」（207）以上の関係性とを通して、アメリカの国家的な罪、奴隷制をめぐる自由と隷属の問題を問う、アメリカを語るロマンスの方法となっているのである。(2)

ホーソーンが大学以来の友人であるフランクリン・ピアス大統領政権下のリヴァプール領事として渡英する一八五三年七月以降、アメリカでは翌年五月のカンザス・ネブラスカ法の制定により、ミズーリ協定（一八二〇年）以来の奴隷制をめぐる南北の「妥協」が無効となり、激化する対立が戦争へと発展していく。この年の年末の手紙に「これだけ離れた場所から見ると、北部と南部の間には実際に亀裂が入っているかに見える。それはじきに広く深い溝となるかもしれない」と書いたように（*Letters* 294）、ホーソーンは祖国の分裂を、イギリスで領事として複数の新聞に目を通しながら、そして五七年の領事退任後にフランスとイタリアに滞在しながら、強い懸念とともに見守ることになる。『大理石の牧神』の執筆時期と重なる五八年十月、ホーソーンは次のような一節を記している。

我々アメリカ人は本当に我々の国を愛しているのだろうかと、私は不思議に思う。我々の国には境界も、一つの国としてのまとまりも、ないからだ。それに、あなたがそれを心の問題として捉えようとすれば、自分の生まれた州以外のものは全て消えてなくなってしまう。しかも、あなたがその州を手にするには、連邦から引き裂いて、血が流れその身が痙攣するままに取り出さなければならない。それでも疑問の余地なく、我々は世界のどんな人々にも劣ることなく我々の国旗を固守している。そして私自身も、他の人々と同様に、それを見れば胸の高鳴りを感じるのだ。(*French* 463)

語りかける相手のないノートブックの中で、「私」ホーソーンはひとり、「我々アメリカ人」の祖国への愛と、「あなた」の「生まれた州」への愛着という、国と州への二つの忠誠の間で引き裂かれている。「多から成る一」という理念にもかかわらず「一つの国としてのまとまり」のない祖国に疑問を抱きつつ、それでもその疑問を「疑問の余地なく」の言葉で飲み込んで、国旗に感じる高揚で覆い隠そうとする。分裂する祖国について語ろうとするとき、語るホーソーン自身が分裂する――その姿を、この一節は鮮明に照らし出している。

南北戦争は語られなかった、と言われる。ダニエル・アーロンは、アメリカ史上最大の戦死者を出した戦争が作家たちに与えた衝撃は決して小さくなかったにもかかわらず、それを描いた「叙事詩」と呼ぶべき偉大な作品がアメリカにはないとして、「南北戦争は感じ取られなかったというより直視されなかった」

と述べた（Aaron 328）。近年、この戦争を語る試みが、たとえ「叙事詩」のような形ではなかったにせよ存在した事実が前景化されるようになり、例えばイアン・フレデリック・フィンセスは、そうした作品をアンソロジーにまとめて再評価している。しかし、南北戦争を語る困難自体が否定されることはなく、むしろ暴力とトラウマに関する新たな研究をもとに改めて主張されている。すなわち、戦争のような「極度の暴力による苦痛」は、「それに自ら関わる者にとっても、それを目撃する者にとっても、その経験に声を与えようする人間の衝動を阻む」ものだというのである（Finseth 6）。

ホーソーンは、このような南北戦争に関する語りの困難を直接に経験した作家だった。『大理石の牧神』出版後に帰国した作家が、戦下に出版したイギリス滞在時のスケッチで最後の著書である『われらが故国』（一八六三年）は、序文に次のような一節を含んでいる。

> 現在のもの、直接触れるもの、現実のものが、私にはあまりにも強くなりすぎてしまったのだ。それが私の乏しい能力だけでなく、想像にもとづく創作をなしたいという私の望みもまた取り去ってしまった。私はただ、私たちの国と政体とが、私の書かれなかったロマンス同様に、文字通り粉々に砕けた夢の破片のようになる、そんな地獄の辺土へと私たちをもろともに吹き飛ばすハリケーンにいくつもの平和な空想を散らして、悲しく満足するだけだ。（*Our* 4）

ここでホーソーンは、全てを「地獄の辺土」へと吹き飛ばす南北戦争という「現実」の圧倒的な力を前にして、自らの祖国とロマンスとが「粉々に砕けた夢の破片」のように散るさまを悲しく見つめている。この翌年、戦争の終結を見ることなく世を去った作家の後には、それでもロマンスを語ろうとした苦闘の痕跡をありありと留めた大部の草稿が未完のまま遺された。

南北戦争に至るアメリカの分裂は、このようにホーソーン自身とそのロマンスとを分裂させずにはいないものだった。ホーソーンは、祖国分裂の痛みという「人間の心の真実」を、リソルジメントのイタリア——リソルジメントとはイタリア語で「再生」を意味した——に仮託してその再生を願うことによってのみ、かろうじて語り得た。『大理石の牧神』の「イタリア」とは、そのためのロマンスの方法だったのである。

二　『響きと怒り』——内部化される「イタリア」

アメリカにおけるホーソーン文学の伝統を考察したリチャード・H・ブロッドヘッドは、『ホーソーンの流派』（一九八六年）の最後でフォークナーを取り上げ、「家族の一世代の年代記である『響きと怒り』は、ホーソーンが『遠い過去との繋がり』と呼んだものをいまだ知らない」と述べ、フォークナー作品の過去の重圧という主題に現れるホーソーンの影響がこの作品ではいまだ見られないと主張している（Brodhead 215）。しかし、『響きと怒り』は決して「一世代」のみの物語ではなく、なによりそれはロマンスの伝統と南北戦争を語る困難とをホーソーンから受け継ぐ作品である。平石貴樹は、イギリスの小説に対置されるものとしてアメリカのロマンスの伝統を論じたリチャード・チェイスの議論を踏まえ、フォークナーが自らの創作について述べた「現実をアポクリファルなものへ昇華する」という言葉を引きつつ、その作品を、ホーソーン同様に現実よりも「人間の心の真実」に迫ろうとしたものとして「アポクリファル・ロマンス」と呼んでいる（『アメリカ文学史』四〇七—〇八）。平石によれば、「フォークナーにおいてはロマンティシズムこそが歴史の場、すなわち個人的なものと社会的なものとがさまざまに出会い、交流する場」なのである（『メランコリック』一三）。

無論、一九二八年四月六日から三日間のミシシッピ州の架空の町ジェファソンと、一九一〇年六月二日のマサチューセッツ州ケンブリッジのハーヴァード大学周辺を舞台に、コンプソン家の人々の現在と過去を語る『響きと怒り』は、南北戦争を直接に描く作品ではない。しかし先行研究は、例えばジョン・T・マシューズが、コンプソン家の人々に「失われた大義」に固執する南北戦争敗戦後の南部人の精神構造を見て取り（Matthews 18）、後藤和彦が、戦地に赴き敗れた祖父・敗戦後の価値の転倒を沈黙して耐える父・二人の経験を引き受けて語ろうとする孫の三世代を経て南北戦争敗戦を文学に昇華し得た「敗北の文学」と位置づけて（二三四―八七）、この作品と南北戦争との関わりを論じてきた。さらに、『響きと怒り』と語ることの困難については、フォークナーが次のように述べている。

私は物語を語ろうとして、そうするまで私を苦しめ続ける夢を取り除こうとして、それを五回書いたのです。……それは私が最も愛する作品です。私はそれを放ってはおけませんでしたし、正しく語ることも決してできませんでした。ですが私はそうすることを懸命に試みましたし、もう一度やってみたいと思っています。恐らくもう一度失敗することになるでしょうけれども。（*Lion* 244–45）

このように語るまで作家を苦しめながら、その試みを幾度も挫く容易には語り得ない「夢」にこそ、『響きと怒り』の起源はある。エリック・J・サンドクイストは、『響きと怒り』において抑圧されているもの――殊に人種の問題が、フォークナーの後の作品で回帰し、その作家経歴を通して次第に明瞭な形を取るようになると指摘している（Sundquist 26）。ならば、その問題をめぐってアメリカを真二つに引き裂いた南北戦争とは、『響きと怒り』の四つの章に「付録」（一九四六年）を加えた五回の「語る試み」のみならず、『アブサロム、アブサロム！』（一九三六年）を始めとする作家の他の作品においても回帰することになる、『響きと怒り』の抑圧されたテーマだと言えるのではなかろうか。その困難な物語を語るロマンスの方法として、『響きと怒り』の「イタリア」もまたある。

さて、クエンティンの内的独白による第二章で、「イタリア」は二つのエピソードの中に現れる。第一に、彼が学ぶハーヴァード大学の寮の黒人の執事が「二インチのイタリア国旗」を手に「コロンブスかガリバルディか誰かの生誕記念日」のパレードに参加していたという彼の記憶と、それに関する彼と執事の実際の会話において（*Sound* 82）。第二に、彼がパン屋で出会うイタリア移民の少女と、迷子らしい彼女とともにその家を探す彼に「妹を盗んだ」と殴りかかる少女の兄ジュリオとのやり取りにおいて（139）。"Italian"、あるいは"wop(s)"と俗語で表現されるイタリアが言及されるのは、『響きと怒り』のコンコーダンスが示す通り、作品全体の中でもこの二箇所のみである（Polk and Privratsky 317, 733）。前者に関しては、入水自殺を遂げるクエンティンが、ルームメイトのシュリーヴへの手紙と自らの遺品を託すのがこの執事であるし、後者に関しては、彼が"sister"と呼ぶ少女との現実世界での道行は（125）、彼の妹キャディに対する近親相姦的な感情を交えた回想と並行して展開される彼最期の日の中心的な出来事であり、これら重要な場面で反復されるイタリアへの言及が単なる偶然のものとは思われない。新納卓也による詳細な注釈は、作品に描かれたケンブリッジ周辺が一九一〇年当時の現実をかなり忠実に反映したものであることを示す貴重な資料だが、それはクエンティンがイタリア移民の少女と出会った場所と考えられるオールストン地域について、「二〇世紀にはいりこの地域に各国からの移民が入りこみ、『文化的な多様性を示す地域となっていた』」ことを明らかにしている（一六二）。その一方で、この文化的に多様な集団の中から、なぜフォークナーがほかでもないイタリア移民を選んだのかについては疑問が残る。

フォークナーとイタリアの関係について考察した数少ない論考で、トマス・アージロは、作家の手紙を引用し興味深い議論を展開している。一九五六年、フォークナーはイタリアの出版者に送った手紙に「まるで私たちが精神のみならず血においても親族として繫がっているかのような、私がイタリアを初めて見たときからイタリアとイタリアの人々に対して感じる愛情と『親族関係』」（qtd. in Argiro 113）と記し、自らとイタリア人とを「親族」と喩えているのである。アージロは、フォークナーにムラートの親族があった伝記的事実をもとに、作家にとって語ることのできない黒人との関係を代理で表象するのがイタリア人であるとし、それが作品で表現されている一例として、『響きと怒り』におけるクエンティンと二人の「妹」――屋外で重ねる性交渉を彼が「黒人女のよう」だとみなすキャディと、イタリア移民の少女との関係を挙げている（Argiro 119–28）。しかし、この意味だけでなく別の意味でも、作家がイタリア人をアメリカ人の「親族」と捉えていたということは、ありえないだろうか。

ここで、『響きと怒り』において執事が持つイタリア国旗が、今日のものとは異なることに注意を促したい。当時イタリアの体制は、一九四六年に成立する現在のイタリア共和国ではなく、一八六一年成立のイタリア王国であり、その国旗の中央には統一を牽引したサルデーニャ王国サヴォイア王家の紋章が描かれていた（藤澤　三三―三四）。作品におけるイタリア国旗とガリバルディへの言及は、義勇兵部隊「千人隊」を率いたジュゼッペ・ガリバルディの活躍によるイタリア王国の誕生とともに、前節でも述べた通り、国家統合の問題をイタリアと共有していたアメリカにおいて、同じ年に始まる南北戦争も指し示すものである。戦時の大統領エイブラハム・リンカーンは、このイタリアの英雄にアメリカ北軍への参加協力を要請したが、条件として求められた北軍の全指揮の委任と黒人奴隷の解放を承諾できず実現はしなかった。奴隷解放宣言が発表された一八六三年、ガリバルディは大統領に宛てた手紙で、リンカーンと自らを――とは、南部の虐げられてきた人々を解放して国家統一を果たすアメリカ人とイタリア人を――ともに「コロンブスの自由な子どもたち」と呼んでいる(Doyle 23–27)。[3] とはいえ、クリストファー・コロンブスは彼が「発見」したアメリカの原住民を奴隷にしようとしたのだったし、アメリカの黒人と同様「解放」後も平等とは程遠い境遇に置かれたイタリアの貧しい農民は、大量の移民となってアメリカへ渡る(Doyle 2, 70)。彼らは「政治的あるいは医学的病原菌」の媒体とみなされ、入国を拒否されることも多かったという(Torpey 104)。それでもなお、リソルジメントは同時代からアメリカで広く知られ、ガリバルディはこの地でも英雄として熱狂的に受け入れられた(Riall, *Garibaldi* 106–15, 388–92)。その死の六年後、一八八八年にニューヨークに建立された彼の彫像は、いまだ真に達成されたとは言えない国家統合を、両国共通の目標として改めて示すものだった(Berthold 262–63)。

作中で執事がイタリア国旗を持ち参加するパレードがコロンブスやガリバルディと結び付けられていること、そしてクエンティンの記憶の中で、このパレードと北軍軍人会の制服姿で執事が参加した戦没者追悼記念日のパレードとが並置されていることは(82)、右に述べたリソルジメントと南北戦争との繋がりが、この作品における「イタリア」によっても明確に意図されていることを示すものである。『響きと怒り』の「イタリア」は、しかし、『大理石の牧神』のそれのようにアメリカが投影される外部イタリア半島にはなく、内部の問題――戦後四十年を経た二十世紀初頭のアメリカ国内の問題であるとともに、クエンティンの内面の問題となっている。警官のアンスから「外人(furriners)」と罵られ、「わたしアメリカ人（I American）」とたどたどしく主張するイタリア移民ジュリオと同様に（143）、彼の妹を「妹」と呼び少女誘拐の疑いで連行されるクエンティンは、アメリカ随一の歴史と伝統を誇るハーヴァードに学びながら、ニューイングランドで深い疎外感を抱く、言わば「外人」である。「ただ僕らの国はこの国とは違っていた」（113）――クエンティンにとって彼の「国」南部は、アメリカの内部にあって「この国」北部とは「別の国」なのである。

このような『響きと怒り』の作品世界の中心には、南軍兵士の像がある。作中ただ二回――冒頭でベンジーによって「兵士」として（11）、そして結末で語り手によって「南軍兵士」として（319）――しか言及されないこの像は、『アブサロム、アブサロム！』に作家が添えた地図が示す通り、クエンティンの故郷ジェファソンの中心にある郡庁舎前広場に建っている（*Absalom* 314–15）。そうした兵士の一人として南北戦争に赴いた彼の祖父もまた、作中でほとんど言及されることがない。ノエル・ポークは、この作品の言語的側面を検討して、それが「実のところ、語り手たちが語れないか語るのを避けようとしていること、彼らに苦痛や恥辱の感情を喚起することを、暴くように機能している」と述べた（Polk 143）。つまり、語る言葉の欠如によってこそ語り得ない痛みが浮き彫りとなるような語りの方法が、『響きと怒り』においては採られている。そのような作品の中心に、ほとんど語られることもないままに存在するのが、コンプソン家の祖父と彼の戦った南北戦争なのである。

作品出版から十七年後に発表された「付録」は、この祖父、南軍准将ジェイソン・ライカーガス二世について次のように述べている。

……ジェイソン・ライカーガス二世准将は、六二年にシャイローで敗れ（failed）、最初の敗北ほどひどくはなかったが、六四年にレサカで再び敗れた。彼は六六年、ニューイングランドの渡り政治屋に対し、当時まだ無傷で残っていた一平方マイルの土地を初めて抵当に入れたが、それはかつての町が北軍のスミス将軍によって焼き払われた後のことで、新しい小さな町は、やがてコンプソン一族ではなくスノープス一族の子孫が主に住むようになるのだが、敗北した准将が残りの土地の抵当を維持するため以後四十年かけてその土地を切り売りしていくにつれて、そこを取り囲み侵食していった。そして一九〇〇年のある日、晩年のほとんどを過ごしたタラハチー川低地帯の狩猟兼釣り用キャンプの軍隊式寝台で、彼は静かに死を迎えた。("Appendix" 206)

ここで明かされるのは、准将に始まるコンプソン家の「敗北」の歴史である。彼が最初の大敗を喫したシャイローの戦いとは、一八六二年四月六日から七日にかけてテネシー州ピッツバーグランディングで戦われ、北軍が辛勝した激戦だった。ジェイムズ・マクファーソンによれば、この戦いはミシシッピ川流域の西部戦域での南軍の敗北を確定するとともに、初めて二万を超える死傷者を出し、南北をともに「総力戦」へと向かわせることとなった(McPherson 414)。その「総力戦」の果てに、右の一節でも触れられない六五年の南部の敗戦があることは言を俟たない。『響きと怒り』第一章の日付は一九二八年四月七日。その物語は、復活祭前日の聖土曜日であるとともに、アーサー・ジェフェンも指摘するように、シャイローでの南部敗北が決した日から始まるよう設定されている(Geffen 178)。さらに、一族の土地を抵当に入れて「ニューイングランドの渡り政治屋」から借金をし、その後土地を切り売りして一族の没落を準備する准将の延長線上には、同じく一族の土地を売ってニューイングランドのハーヴァード大学に行き、自殺する孫クエンティンがいる。祖父の「敗北」をクエンティンが受け継いでいることは、次の作家の言葉によって一層明確となる——「クエンティンのものとして演じられた行動は、父親を通して彼に遺伝したものなのです。その前に、根本的な敗北（failure）がありました。祖父が南北戦争で二度敗北した准将だったのです。それが、クエンティンが父親を通じて、あるいは父親以前の世代から、受け継いだ根本的な敗北でした」（*Faulkner* 3）。先述した通り、フォークナーはコンプソン家の人々が「いまだに一八五九年か六〇年の態度で暮らしている」とも述べており、クエンティンを始めとする一家の人々は、南北戦争敗戦後の世界に生きながら、あたかもこれから戦争に赴く准将のように、彼の「敗北」を反復し続けているのである。

『響きと怒り』では語られることのない祖父ジェイソン・ライカーガス二世と南北戦争にまつわる以上のような詳細は、作中では祖父から父へ、そして父からクエンティンへと受け継がれる時計に体現されている。父コンプソン氏は、「戦いが勝利に終わったためしはない」と述べ、敗北を人間共通の宿命と捉えてそれに抗わないことによってのみ、敗戦後の南部に生きる自らの生をやり過ごそうとしている。一方、時計のガラスを割ってその針を取り去るクエンティンは、「父」と「時」の呪縛を逃れようとしている——あるいは、コンプソン氏の言葉に従えば、それらに「打ち勝とうとしている」（76）。クエンティンは彼最期の日に、執事の持つイタリア国旗の記憶を入口として、イタリア移民の「妹」との邂逅という通路を経て、妹キャディの喪失として彼が生き続ける内面の戦いへと深く導かれていく。彼は愛する妹が、性の体験へ、意図せぬ妊娠へ、子の父親ではない男との体面を保つためだけの結婚へと、兄の自分を残して進んでいくのを受け入れることができない。だから、彼は歴史を書き換えようとする——「僕ハ近親相姦ヲ犯シマシタ……オ父サンアレハ僕ダッタンデス」「僕ガオ父サンヲ生ミダシタチカラナンダ僕ガオ父サンヲ発明シタンダ創造シタンダ僕ガオ父サンヲ」（79, 122）。しかし、これらは結局のところ、狂気に向かうクエンティンの幻想に過ぎず、それは先にも見た通り、「敗北」を宿命づけられた負け戦でしかない。このような歴史を背負うクエンティンであるからこそ、彼は南北戦争と繋がる「イタリア」に遭遇するのである。

三　不完全な世界と一縷の希望

このような『大理石の牧神』と『響きと怒り』は、分裂する祖国と現実世界の不完全さに対するホーソーンとフォークナーの深い認識を反映して、統合された世界像を提示しない。それでもなお、二人の作家は自らの物語を受け取る人々へ、かすかな希望を示そうとしている。それは、両作品の結末近くに現れる、キリスト教に根差した再生の希望――『大理石の牧神』におけるカーニヴァルであり、『響きと怒り』における復活祭の日の説教である。(4) 復活祭とは、キリストの復活を祝うキリスト教会最古かつ最重要の祝祭だが、カーニヴァルは四旬節という悔悛の四十日を経て復活祭へと至る、復活の前触れと言い得るものである。それらはともに、両作品の最終的な結末とはされておらず、作品が提示する世界像の一部でしかない。『響きと怒り』についてアンドレ・ブレイカスタンが述べるように、この作品の第四章で、コンプソン家の黒人使用人ディルシーとその家族がシーゴグ牧師の説教に出席するプロットは、ジェイソンが彼の蓄えた金を持ち逃げしたキャディの娘ミス・クエンティンを追うプロットと並置されており、前者によって示される「復活の奇蹟」と「痛みと喪失を耐える力」は、後者のコンプソン家の人々にはひらかれていないのである（Bleikasten 198, 201）。しかしながら、それらはこの作品を読む読者にはひらかれている。いまや破滅を避けることのできないコンプソン家の人々の物語の中にあって、ディルシーのプロットは、世界が絶望のみに支配された場ではないことを伝えるのである。

『大理石の牧神』と『響きと怒り』の両作品において、「イタリア」は南北戦争を迂回して語る方法である。片やホーソーンは、国家統一以前のイタリア半島に南北戦争前夜のアメリカの分裂を投影し、アメリカ人と「イタリア人」の交渉を通して奴隷制の問題を問い、片やフォークナーは、統一国家誕生後のイタリアに南北戦争後のアメリカの歴史を重ね、イタリア移民と敗戦後の南部人にアメリカにおける共通の他者性を見るという形で、二人はともにイタリアにまつわる現実を、自らの祖国の物語を創り上げるために用いたのである。それは、アメリカの分裂を直視せず、自国の他者を他国に押し付ける、現実逃避的で問題含みの方法と見えるかもしれない。しかし、両作家にとって祖国アメリカの分裂とは、語ろうとすれば自らが分裂して言葉を失い、夢として自らを捕えながら幾度も語る試みを控かずにはおかないものだった。そして、親族の比喩で捉えられた他者とは、自らと切っても切れない同じ血を分けたもの、だからこそ退っ引きのならない彼ら自身の問題であった。『大理石の牧神』と『響きと怒り』における「イタリア」とは、そのような痛みを伴う容易には語り得ない「人間の心の真実」に躙り寄り、不完全な世界であるとしても、その中に再生の一縷の希望を示そうとする、ロマンス作家ホーソーンとフォークナーの方途だったのである。

注

（1）引用は、藤澤が引用するオーストリア宰相メッテルニッヒの言葉より（七）。リソルジメントの歴史に関しては、藤澤およびRiall, *Risorgimento* 参照。そのアメリカでの受容と影響をメルヴィルに関して考察したものとしてBerthold も参照。

（2）藤村参照。

（3）ちなみに、コロンブスの「生誕記念日」は不詳だが、彼がアメリカを「発見」したとされる記念日は十月十二日だった。一方、ガリバルディは一八〇七年七月四日生まれ、一八八二年六月二日没。その誕生日はホーソーンの三年後の同じアメリカ独立記念日であり、その死去の日にクエンティンが自殺を遂げることになる。

（4）『大理石の牧神』に関しては、藤村参照。

引用文献

Aaron, Daniel. *The Unwritten War: American Writers and the Civil War*. 1973. Tuscaloosa: U of Alabama P, 2003.

Argiro, Thomas. "'As Though We Were Kin': Faulkner's Black-Italian Chiasmus." *MELUS* 28.3 (2003): 111–32.

Berthold, Dennis. *American Risorgimento: Herman Melville and the Cultural Politics of Italy*. Columbus: Ohio State UP, 2009.

Bleikasten, André. *The Most Splendid Failure: Faulkner's* The Sound and the Fury. Bloomington: Indiana UP, 1976.

Brodhead, Richard H. *The School of Hawthorne*. New York: Oxford UP, 1986.

Doyle, Don H. *Nations Divided: America, Italy, and the Southern Question*. Athens: U of Georgia P, 2002.

Faulkner, William. *Absalom, Absalom!* 1936. New York: Vintage, 1990.

———. "Appendix: Compson 1699–1945." 1946. *The Sound and the Fury*. 2nd ed. Ed. David Minter. New York: Norton, 1994. 203–15.

———. *Faulkner in the University*. Ed. Frederick L. Gwynn and Joseph L. Blotner. Introd. Douglas Day. Charlottesville: UP of Virginia, 1995.

———. *Lion in the Garden: Interviews with William Faulkner 1926–1962*. Ed. James B. Meriwether and Michael Millgate. New York: Random House, 1968.

———. *The Sound and the Fury*. 1929. New York: Vintage, 1990.

Finseth, Ian Frederick. "Introduction: The Written War." *The American Civil War: An Anthology of Essential Writings*. New York: Routledge, 2006. 3–15.

Geffen, Arthur. "Profane Time, Sacred Time, and Confederate Time in *The Sound and the Fury*." *Studies in American Fiction* 2.2 (1974): 175–97.

Hawthorne, Nathaniel. *The French and Italian Notebooks*. Vol. 14 of *CE*. 1980.

———. *The House of the Seven Gables*. 1851. Vol. 2 of *CE*. 1965.

———. *The Letters, 1853–1856*. Vol. 17 of *CE*. 1987.

———. *The Marble Faun*. 1860. Vol. 4 of *CE*. 1968.

———. *Our Old Home*. 1863. Vol. 5 of *CE*. 1970.

———. *The Scarlet Letter*. 1850. Vol. 1 of *CE*. 1962.

McPherson, James. *Battle Cry of Freedom: The Civil War Era*. 1988. New York: Oxford UP, 2003.

Matthews, John T. The Sound and the Fury*: Faulkner and the Lost Cause.* Boston: Twayne, 1991.

Polk, Noel. "Trying Not to Say: A Primer on the Language of *The Sound and the Fury*." *New Essays on* The Sound and the Fury. Ed. Noel Polk. Cambridge: Cambridge UP, 1993. 139–75.

———, and Kenneth L. Privratsky, eds. The Sound and the Fury*: A Concordance to the Novel*. Introd. André Bleikasten. 2 vols. Ann Arbor: UMI, 1980.

Riall, Lucy. *Garibaldi: Invention of a Hero*. New Haven: Yale UP, 2007.

———. *Risorgimento: The History of Italy from Napoleon to Nation State*. New York: Palgrave, 2009.

Sundquist, Eric J. *Faulkner: The House Divided*. Baltimore: Johns Hopkins UP, 1983.

Torpey, John. *The Invention of the Passport: Surveillance, Citizenship and the State*. Cambridge: Cambridge UP, 2000.

後藤和彦『敗北と文学――アメリカ南部と近代日本』松柏社、二〇〇五年。

新納卓也「フォークナー『響きと怒り』注釈」(二)『フォークナー』第七号、二〇〇五年。一四三―六三。

平石貴樹『アメリカ文学史』松柏社、二〇一〇年。

———『メランコリック デザイン――フォークナー初期作品の構想』南雲堂、一九九三年。

藤澤房俊『「イタリア」誕生の物語』講談社、二〇一二年。

藤村希「未完の再生――『大理石の牧神』のホーソーン後期作家経歴における意義」『英文学研究』第九十二巻、二〇一五年。四一―五九。

語り直される「痣」の物語

――ホーソーンからオーウェル、モリソン、ジュライへ

辻　祥子

一　語り直されるホーソーンの「痣」

ナサニエル・ホーソーンの作品は『緋文字』を筆頭に、後世の小説家や芸術家に少なからぬ影響を与え、そのテーマやモチーフが様々な形で新たな創作に活かされてきた（Buell 71–101, 480–81）。しかしながら、ホーソーンの重要な短編の一つである「痣」（"The Birth-mark" 一八四三年）の影響力にかんしては、あまり注目されていない。「痣」は、十八世紀後半のヨーロッパを舞台に、エイルマーという科学者が科学の力を使って新妻の頬にある痣を除去しようとするが、その試みが成功した瞬間、彼女は死んでしまうという筋書きである。この作品と後世のアメリカ人作家との関連性を指摘した数少ない先行研究をまず紹介したい。ナシム・バレストリニは二〇一二年の『ナサニエル・ホーソーン・レヴュー』において、現代アメ

リカ女性作家ミランダ・ジュライの短編集『いちばんここに似合う人』（二〇〇七年）に収められた「痣」（“Birthmark”）が、ホーソーンの「痣」をもとにしたものであると論じている。バレストリニによると、ジュライはホーソーンについて言及したことは一度もないのだが、作家としての関心を共有しており、作品のテーマや表現はホーソーンのそれに似通っているという（Balestrini 1）。ただし、ジュライ版の舞台は現代アメリカであり、ジュライならではのアレンジが施されている。一方、ジョン・グルーサーの分析によると、アメリカ文学において主人公に痣があるという設定は、二十世紀の黒人作家の作品に多くみられるという。中でもトニ・モリソンの中編『スーラ』（一九七四年）は読者に「意識的にホーソーンの物語を思い起こさせている」（Gruesser 2）という。

本稿ではこうした作品と並んで、イギリス人作家ジョージ・オーウェルの長編第一作『ビルマの日々』（一九三四年）が、「痣」と興味深い共通点を持つことを指摘する。ホーソーンの「痣」が、時代を超えて、さらには海を越えて、イギリス人作家の想像力をも刺激したのではないか。ホーソーン作品の持つ底知れぬ影響力の一例として、「痣」と『ビルマの日々』のインターテクスチャルな関係を論証したい。その上で、オーウェルを刺激したホーソーンの「痣」の豊かな象徴性や普遍的テーマが、その後モリソンの黒人文学に、さらにはジュライの現代文学に受け継がれていることを確認し、ホーソーン文学の影響力の大きさをあらためて評価してみたい。

オーウェルは一九四〇年発表の「鯨の腹のなかで」と題する評論において、十九世紀半ばのアメリカ文学をアメリカの民主主義がまだ健全であった時代の産物としてとらえ、その代表的な作家としてウォルト・ホイットマンを主に取り上げている。同時代の作家としては、ハーマン・メルヴィル、エドガー・アラン・ポー、ルイザ・メイ・オルコットの名前を出しているが、ホーソーンへの言及はない（Orwell,

"Inside" 9–20, 40–50)。しかし相当な読書家として知られるオーウェルが、ホーソーンの作品を読んでいないとは考えにくい。彼が作家としてのキャリアを始めようとしたとき、そのモチーフを使った可能性はあるのではないか。

『ビルマの日々』は、オーウェルが一九二二年から一九二七年までインド帝国警官としてビルマに赴任した経験をもとに書いた作品である。ビルマは、当時イギリスの植民地となっていたインドの属州であり、イギリスとインドによる二重統治を受けていた。当然のことながら、そこに暮らすイギリス白人と現地のビルマ人との間には厳然たる人種の壁があった。オーウェルはイギリスの帝国主義、植民地政策にたいする批判を強め、それに自らが加担していたことに自責の念を感じ、のちに社会主義に傾倒していく。一方、物語では、オーウェルと同様イギリスからビルマに渡った主人公のフローリが、自らの頬に生まれつきある醜い痣のために現地の白人から差別的な目を向けられ、容姿も気持ちもビルマ人に近づく。しかし白人植民者としてのプライドから、彼らとも深い付き合いはできない。孤独の中、同郷の白人女性エリザベスに恋し、彼女との結婚によって白人社会の中に居場所をみいだそうとするものの、最後には彼女からも冷たく拒絶され、絶望して自ら命を絶つ。

この『ビルマの日々』とホーソーンの「痣」を並べて論じた文学批評はこれまでなかった。ただ、ジョン・ムリケンとアンソニー・ヤングが、二〇一三年に出版した医学書の最初の章で、人間の先天的な痣が中世から現代に至るまで、どのような意味を持つと考えられてきたかを説明する際、そのテーマを扱った代表的な文学作品として、『ビルマの日々』とホーソーンの「痣」を選んでいる（Mullikken and Young 3–5)。ムリケンらはこれらに加えてシェイクスピアの『シンベリンの悲劇』（一六二三年）やV・S・プリチェットの『盲目の愛』（一九六九年）も取り上げており、作家を時系列に並べると、シェイクスピア、ホーソーン、オーウェル、プリチェットの順になる。シェイクスピアとプリチェットの作品では、いずれも痣が女性の胸部にある。彼女たちはそれをずっと隠しているが、夫に見つかり、殺されるか、見捨てられるかする。前者の作品では胸の痣は不貞の印であり、後者でも罪やセクシュアリティの印と解釈できる。一方、ホーソーンとオーウェルの作品では、痣は、罪やセクシュアリティに加え、非白人を連想させるものとしても読める。また痣が主要人物の左頬にあって通常は人目に晒されていること、時々痣の持ち主が顔を背けたり手をあてたりしてそれを隠そうとすること、また何らかの理由で彼らの顔色が蒼白になると痣は浮き出ていっそう目立つこと、その痣の状態を表すのに、"glow"という単語が、ホーソーンの作品では名詞「輝き」の意味で、オーウェルの作品では動詞「光を放つ」の意味で、使われていること、最後に彼らが死を迎える際、その色が薄くなることなど具体的な設定や表現に重なりがある。これらは単なる偶然だろうか。

オーウェルとホーソーンの作家としての関心にはいくつかの共通点がある。よく知られているように、ホーソーンは、クエーカー教徒迫害や魔女裁判に関与したピューリタンの祖先を持つことで、自ら罪の重荷を背負っていた。一方オーウェルは、自らイギリス帝国主義の片棒をかつぎ、ビルマに警察官として勤務した五年間の間に、現地人を蹴りつけたり、棒で殴りつけたりしたことについて、罪の意識を感じていた。その罪を償うため、その後二年間かけてパリやロンドンの下層貧民の地区に飛び込んで生活をしている(Meyers 64–73)。二人の場合、宗教的な意味での「罪の意識」というよりむしろ、社会道徳上の不正に、直接的にせよ間接的にせよ、関与したことに対する良心の呵責を感じていたと考えられる。さらに白人・非白人の支配・被支配の関係は、奴隷制を抱える十九世紀半ばのアメリカにおいても、植民地を抱える二十世紀前半のイギリスにおいても、作家の心の深いところに働きかけてくるテーマであったと考えられる。また男女のセクシュアリティ（性的なもの）をめぐる葛藤も両作家がよく取り上げる題材である。そこでまず、ホーソーンの「痣」とオーウェルの『ビルマの日々』において、それぞれ登場人物の痣が、先に挙げた三つの要素を象徴するものであることをみていく。さらに両作品が、痣を嫌悪するあまり、愛する恋人や自らの命を失うことになるという共通のプロットをもっていることに注目し、その意味を考えたい。

二　ホーソーンの「痣」の意味――人間の証、非白人的要素、セクシュアリティ

最初にホーソーンの「痣」の意味から考察したい。すでに述べたように、主人公エイルマーの妻ジョージアナの左頬には、痣があり、「その形は、小人のそれのようにこのうえなく小さなものではあったが、少なからず人間の手に似ていた」（Hawthorne, "Birth-mark" 39）。エイルマーはこの痣を「妻が罪や悲しみや衰えや死にさらされる危険の象徴であると解釈し（selecting）」（39）、科学の力を駆使してそれを除去しようとする。しかしながら、その痣こそ人間の証であり、天上的な美しさを持つ妻を地上に結びつけるものであった。当然、それを失えば、彼女は人間として生きていられなくなる。こうした「痣」の構想はホーソーンの『アメリカン・ノートブックス』によると、一八三六年ごろに生まれたようである（*American Notebooks* 165; Yu 3）。物語終盤の痣の様子は次のように語られる。

蒼白なジョージアナの頬にくっきりと見えていたあの「真紅の手」も、いまでは前よりもその輪郭をおぼろなものにしていた。顔色の青白さは前と変わりはなかったが、痣は一呼吸ごとに以前の明

瞭さをいくらかずつ失っていった。(54)

こうして少しずつ痣が色あせるにつれ、彼女は死に近づく。

このような痣の意味が、数ある可能性のうちの一つに過ぎないことは、ホーソーン自身も認めている。というのも、グルーサーの指摘にもあるように(3)、エイルマーがその解釈を「選んだ(selecting)」という表現を使っているからだ。ホーソーンが描く痣が象徴するものを別の角度で解釈すると、それは新妻ジョージアナのセクシュアリティ——この文脈では性的魅力——であるともいえる。次のくだりを見よう。

ジョージアナの昔の恋人たちは、彼女が生まれたときになにかの妖精がその赤ん坊の頬に手をあて、あらゆる男の心をこれほど支配するようになる魔法の力をもった天賦の資性のしるしとして、そこにその手型を残したのだと言ったものだった。この神秘の手型に口づけできるとあらば、無謀にも命を懸けてもいいと考える田舎の伊達男たちもたくさんいたのである。(38)

すなわちこの痣を取り除こうとする夫の試みとは、彼女から他の男を惑わすようなセクシュアリティを奪い、彼女を支配しようとする試みなのである。このように痣をセクシュアリティに関係するものとして描く発想は、すでに紹介したシェイクスピアの作品『シンベリンの悲劇』からきているかもしれない。この作品において不貞の証拠とされた痣は、セクシュアリティの象徴ともいえる。ホーソーンは「痣」と同じ年に発表した短編「古い指輪」(一八四三年)の冒頭部分で、『シンベリンの悲劇』に登場するポスチュマスとイモジェンという夫婦に言及している。「その指輪は、ポスチュマスがイモジェンから受け取ったものなのか」("Antique" 338) というくだりである。それゆえ、『シンベリンの悲劇』が「痣」にも影響を与えている可能性は十分にある。

一方でこの痣は、白人にとって人種的他者、すなわち非白人の象徴と読むこともできる。大野美砂は二〇〇八年の論文「Aylmer のホワイトネス構築——痣と真の女性」の中で、ヴァレリー・バブやブリッジェト・ヘネガンの研究をふまえて、アメリカでは植民地時代以来、支配階級の白人が、先住民、アフリカ系、貧しい白人といった者たちを「他者」として自分たちから区別してきたこと、とくに、アンテベラム期には白人の優位な立場、特権、世界観を指すホワイトネスという観念を構築したこと、さらに白い家、家具、食器、女性の白い肌など白いものに執着することでホワイトネスを目に見える形で実現しようとしたことなどを紹介している。大野はこうした社会的背景がホーソーンの想像力にも影響を及ぼした可能性を指摘し、妻の痣を取り除き、完全な白い肌を追求したエイルマーの試みには、人種的他者の要素を排除しようとする当時の白人の強迫観念が投影されているという解釈を示している (131–36)。

このようにホーソーンの痣は、人間の不完全性の証、セクシュアリティ、そして非白人的要素を象徴したものと読むことができる。

さらに注目したいのは、夫がその痣に否定的な感情を抱いて取り除こうとしたり、ジョージアナ自身、それに同調したりすると、かえって痣が浮き上がってくることである。最初は、「ちょっとした身の動きで彼女の顔が青ざめると、痣が……浮き出てくる」(37–38) といった説明しかないのだが、徐々にその因果関係が明らかにされる。次の場面を見よう。エイルマーは、朝目を覚ました瞬間から彼女の頬の痣を凝視し、夜、炉辺に二人で座っているときも視線を泳がせながらそれをこっそりと観察している。そのため、ジョージアナは間もなく、彼のまなざしを感ずると身震いするようになった。彼が、その顔にしばしば現れるあの一種独特な表情を浮かべてちらと一瞥しさえすれば、彼女の頬のバラ色はたちまちにして死者のような蒼白に変わり、その真ん中に、あの「真紅の手」が、真っ白な大理石に刻んだルビー色の浅浮き彫りのようにくっきり浮き出るのだ。（39 傍点筆者）

つまり、ここでジョージアナの頬を蒼白にし、痣を浮かび上がらせるのは、痣に否定的なイメージを抱き、取り除きたいという欲望にかられて観察する科学者エイルマーのまなざしであった。さらに、ジョージアナがエイルマーに導かれて彼の実験室に足を踏み入れた直後の様子に注目したい。彼女は寒気を感じて身震いし、エイルマーがその顔を覗き込むと「蒼白な彼女の頬に痣の燃えるような輝き（the intense glow）」（43 傍点筆者）がみとめられる。この実験室こそ、今述べたエイルマーの科学者としての欲望が渦巻く空間であり、彼の視線が容赦なく対象に注がれる場所である。その状況に、ジョージアナの頬と痣が敏感に反応したと考えられる。

一方ジョージアナは「頬に手をやって、あの恐ろしい痣を夫の目から隠そうとした」（44）こともあった。しかし早い段階で夫の試みには賛意を表し、次第に夫以上に痣を憎むようになる。その状態で彼女が自分から鏡を覗き込むと、「いつもそこには白バラのような蒼白な顔と、その頬にくっきりと表れている真紅の痣」（48）が見えるのだった。これは、彼女自身、憎しみをもって痣を見つめることで、かえって痣を浮かび上がらせていると解釈できる。彼女は「どんな犠牲を払っても、それを取り除いてちょうだい。そうでないと二人とも気が狂ってしまう」（52）と夫に訴え、最終的に自らの命を犠牲にするのである。そこには痣と共存できなかった夫婦の悲劇が描かれている。

そこで次節からは、『ビルマの日々』が、ホーソーンの「痣」とどのような共通点があるのか、痣の象徴性やその特異な描写ならびにその悲劇的結末にこめられた作者の意図を明らかにしたい。

三　ホーソーンの「痣」から『ビルマの日々』へ——受け継がれる痣の象徴性

まず注目すべきは、主人公フローリの「口元にかけて、左頬の上を流れるギザギザの三日月形の痣だった。左側から見た彼の顔は打ちひしがれ、悲しみに歪んでいるように見えた。その痣は暗紫色を呈しているため、一見打ち身のように見えた」(*Burmese Days* 14)。それはフローリがビルマに渡るはるか前、「母親の子宮にいたころから付いて」(14) おり、フローリの死とともに、「色褪せ、薄灰色の汚れくらいにしか見えなくなっていった」(295)。これらのことから、先に考察したジョージアナの痣と同様、フローリの痣も罪や悲しみや死の象徴、すなわち人間であることの証と読める。ジョージアナの場合、痣が少しずつ消えることで、彼女は死へと近づくのだが、フローリの場合、自殺することで痣の色も少しずつ薄くなっていく。いずれにせよ痣が消えていく描写に、二作品の類似が見られる。

一方でフローリの痣は、彼が白人社会の中で劣位に置かれる主原因となる。彼は痣のために、幼いころから「青面怪獣」あるいは「猿穴」(84) などと呼ばれ、まともな人間とみなされなかった。フローリが植民地ビルマに移住すると、彼の痣はそのまま、現地で一人前の人間として扱われていない非白人種の特徴と結び付けられる。フローリは現地で「元の色がわからなくなる」ほど「日焼け」するのだが、彼が属している白人エリートクラブの一員で人種差別主義者のエリスは、フローリのその黄色い肌やもともと黒い髪に加え、左頬の痣も非白人的特徴の一つとしてとらえ、次のように言うのだ。「奴自身、黒ん坊の血でも引き継いでいるんじゃないのか、それだったら顔の痣だって納得がいくんだ、混血野郎め、それに奴は黄色人種とも見えるぜ、髪は黒いし、肌は黄色いし」（32）。この痣はフローリを心理的にも非白人に近づける（新井　一五八）。まず、ビルマに来たフローリはこの痣のコンプレックスのために白人の世界に溶け込めず、彼らの植民地政策を批判的に見る。やがて彼は「白人の世界にいるとますます落ち着かなくなり」（70）孤独感にさいなまれる。そしてその分、ビルマ人に親近感を覚え、「この国に五、六年もいると、白い肌よりあの褐色の肌の方が自然だと思えてくる」と言っている。さらに彼はビルマ人そのものをほめたたえる。「ビルマ人はとても素晴らしい人種、美しい人種だと思う」（122）。この発言はいままで白人にさげすまれてきた自分自身を肯定することに繋がっている。彼は、白人とビルマ人の女性との間に生まれた混血児で「イエロー・ビリーズ」（125）と呼ばれ差別されている人々にたいしても、「内心では同情していた」（126）。フローリがフローという自分の分身のような名前の「真っ黒いスパニエル犬」（14）を飼ってかわいがっているのも、まるで自分の中の非白人に近い外見や考えを肯定するかのような行為である。このように見てくると、痣はフローリの中の非白人的要素の象徴であり、痣のために彼は身も心も非白人に近づいているのだ。

しかし、そのようなフローリも、白人としてのアイデンティティを完全に失ったわけではない。彼はビルマ人女性マ・ラー・メイを情婦にしており、彼女にとって「フローリの肌の白さが魅力だった」（54）というから、ビルマ人からはまぎれもない白人として認識されていたことがわかる。さらに、彼自身の中に白人としてのプライドが残っていたことにも留意したい。フローリが非白人の中で懇意にしているのは、エリートのインド人医師ヴェラスワミだけである。一般論としてビルマ人をほめていても、実際のビルマ人の親友が一人もいないのは、白人特有のプライドが邪魔しているからだ。また彼はかつて混血女性ローザ・マッツィと付き合い、その後先述のビルマ人女性とも関係を持つのだが、どちらも都合が悪くなると簡単に捨てるなど、当時植民地にいた白人男性によく見られる傲慢で無責任な態度をとっている。そして彼が最終的に真剣に恋をする相手とは、イギリス人女性エリザベスである。フローリは、彼女となら身分社会での孤独から解放され生きていけると確信する。さらに、この「彼女との出会いがフローリの精神構造を変え」(156)、彼の白人としてのプライドを高めていく。

白人志向へ傾いていくフローリは、自分の欠点でもあり、さらに非白人の象徴でもある痣に対して、これまでにも増して嫌悪感を覚えるようになる。もともとフローリは、幼いころから人前で「その痣を隠すように顔を背ける癖がついていた」(14)。植民地に渡ってからも、彼は折に触れて痣のあるほうの頬を人から背けているが(16, 82, 83, 85, 167, 244)、とくに白人至上主義者であるエリザベスの目を意識し始めると、醜い痣を直接手で隠すようになる。たとえば、彼女の目の前で落馬をしてしまったとき、痣と反対側の頬を怪我したにもかかわらず、「思わず手を痣の上にあてていた」(194)。また白人クラブの談話室に入る時、そこでエリザベスと顔を合わせることがわかっていたため、「額を蚊にさされたことにかこつけ、片手を痣にあてていた」(197)。ここで先に引用したホーソーンの「痣」の描写を想起してみると、ジョージアナも頬に手をやって、痣を夫の目から隠そうとしていた。どちらの場合も、痣は気休めにしか隠れていない。結局フローリは、非白人を連想させる自分の痣をエリザベスが気にするのではないかという不安が邪魔して、彼女へのプロポーズのタイミングを逃してしまう。

その後も何とかエリザベスの気を引きたいと考えるフローリは、彼女の自宅まで毛皮のプレゼントを届けにいくが、なめしに失敗したその毛皮は、白人上流階級の趣味にあこがれるエリザベスを振り向かせ、満足させるには程遠い貧相なものである。フローリは、あらためて劣等感を募らせるのだが、そのときの彼の顔色と痣の描写に注意したい。

テーブルの上の腐ったような毛皮を見ていると、彼の気持ちは益々みじめになってしまった。彼はほとんど声を失って、その場に立ち尽くしていた。顔は徹夜明けで黄色くやつれ、痣は泥を塗りつけたようで（like a smear of dirt）、その姿はとても醜かった。（227）

このように、フローリが非白人に近い自分の境遇を嫌悪するとき、その象徴としての痣はそのときの顔色の変化に合わせて醜く立体的に浮き上がって見えるのである。こうした様子は、先ほど検証したエイルマーとジョージアナの痣に対する嫌悪感と痣の反応に似ている。

さらに、ジョージアナの痣と同様、フローリの痣がセクシュアリティの象徴、とくに非白人との性的な交わりの象徴として描かれていることに注目したい。次の場面がその一例である。フローリは情婦マ・ラー・メイと性的関係を持つたびに、「恥ずかしくなって、左手でほほの痣を隠し、黙りこくっていた。何か恥ずかしいことをしたあとは、いつも痣のことが気になった」（53）。さらに、追い出したはずのマ・ラー・メイが、再び舞い戻ってきたとき、フローリは「真っ青になった。そして彼の顔が青ざめたとき、痣が彼をこの上なく醜悪にした」（157）。つまりフローリは白人女性に惹かれることで、非白人の情婦の存在がたまらなく疎ましくなり、セクシュアリティの象徴でもある痣は、彼のその嫌悪感に反応し、青白い顔色とコントラストを作って醜く浮かび上がったのだと解釈できる。

痣の同様の変化は最後にもう一度起こり、そのときはエリザベスが目撃者になる。彼女の観点から考察しておきたい。エリザベスは不遇な家庭に育ち、両親を失い、最後は親戚を頼ってビルマにやってくるのだが、彼女が非白人を軽蔑するのは、こういった自分の境遇からくる劣等感の裏返しといえる。「外国に来ると、大抵の人が現地人をバカにすることで、溜飲を下げる」（121）という語りからもわかる。とりわけ、彼女は異人種間混交や異人種のセクシュアリティを連想させるもの、たとえば白人と現地の女性の間に生まれた混血が物乞いをしている姿をみたとき、「嫌悪感を掻き立てられる」（126）。最初のうちエリザベスは、フローリの痣を単なる欠点の一つとみなし、ほとんど気にならないと断言している（128, 183）。ところが、その痣をもっとも忌まわしく思う決定的瞬間がやってくる。それは、フローリに捨てられた情婦マ・ラー・メイが、フローリの社会的立場を貶めようとしていた男にそそのかされ、皆が集まる教会に乗り込み、フローリとの関係を暴露してしまったときであった。「私はあんたに大恥をかかせてやるから！……あんたが何度も何度もキスしてたこの体を見てよ！」このように叫ぶと、メイは「実際に着ているものを引き裂き始めた。生まれ卑しいビルマ女が投げつける最後の侮辱だった」（285）。タイミングの悪いことに、フローリはこの時に限って痣のある左側の頬をあえてエリザベスの方に向けるという賭けに出ていた。というのも、この事件の直前に彼は、エリザベスが思いを寄せる男にふられたことを知り、彼女の好意を勝ち取る自信を得ていたからだ。ところが、フローリ自身、ビルマ人情婦にたいする嫌悪感を再び抱いたことで、前回同様、「顔はこわばり、あまりに蒼白であったため、顔の痣が青ペンキで一刷毛掃いたように光を放って浮き出ていた（glow upon [his face]）」（286 傍点筆者）。この“glow”という単語はすでに述べたようにホーソーンも痣の描写で使っている。エリザベスはここで初めて彼の痣を、非白人との性的関係を連想させる汚らわしいセクシュアリティの象徴として認識する。そこで彼女がもっとも不快感を覚えたこととは何か、次の二つの引用から考えたい。まずエリザベスは、……あのおしろいを塗りたくった狂気の女がフローリの愛人だったと考えるだけで、骨の髄まで震えが取りついていた。だがそれよりも酷かったのは、何よりも許せなかったのは、この瞬間に見せた彼の醜怪さにあった。その顔を見てエリザベスは怯えた。……それは骸骨のようだった。その中で痣だけが生きているように思えた。今や彼女はその痣ゆえに彼を疎んじていた。痣がこれほど醜いものであったとは……これほどに許しがたいものであったとは、この時までついぞ考えてみたこともなかった。(286)

ここで愛人の存在より、醜く浮き出た痣を嫌うとはどういう意味なのか。語り手は、章の終盤で次のように補足している。

エリザベスは教会の中で見てしまった彼の顔――醜い痣があり、黄色に光っている顔を思いやって、あんな奴なんか死んでしまえばいいと思った。彼女を震え上がらせたのは、フローリのやった行為そのものではなかった。彼がやったみっともない行為だけだったら、いくらでも許すことはできただろう。だが、あのみっともなく忌まわしい場面を見せつけられた上、彼の恐ろしいほど醜い顔を見てしまった今となっては、許すことなど思いもよらなかった。結局、最後にはその痣が彼の致命傷となってしまった。(290)

すなわち彼女にとって、フローリが非白人の情婦と関係を持ったことは唾棄すべきことだが、それにも増して、彼が情婦を嫌悪するばかりでその過去を自分のものとして受け入れていないことが「忌まわしい」

のだ。だからこそ、彼のその嫌悪感に反応して浮き立った痣が、彼女には「恐ろしいほど醜い」と感じられる。さらに彼女は、フローリがそのような穢れた過去を自分と付き合うことで清算しようとしているのが、無性に腹立たしいのだ。

教会での騒動の直後、エリザベスと対面したフローリは、彼女のそうした心理をまったく理解していない。彼女を強引にひきとめ、一方的に愛を告白する。そして自分と結婚し、今の惨めで寂しい生活から救い出してほしいと身勝手な懇願をし、当然のことながら激しく拒絶される。すべてを失って絶望したフローリは、自分の分身として可愛がっていたスパニエル犬を部屋に連れ込んで銃殺したあと、自らも銃で死を遂げるのである。

オーウェルは一九四〇年に発表した随筆の中で、「植民地支配者の態度（「現地人」の女と遊ぶのは当然だが、白人の女は神聖で犯すべからざるものだといった態度）にも似たようなものが、あらゆる白人社会にはそれとなく存在していて、現地人、白人双方の強い不快感の原因になっている」（"Charles Dickens" 479）と指摘している。フローリの死は、そういった白人男性の態度を断罪するオーウェル自らの強い意志が働いていると思われる。その場合、オーウェルは人種を平等に見ており、同じフローリを責めるのも、エリザベスとは違う立場からである。

総括すると、オーウェルの描く痣も、ホーソーンのそれと同様、人間の罪や悲しみ、非白人性、セクシュアリティを象徴したものであり、主人公がそれを疎ましく思うと、かえって醜く浮かび上がり、彼を自滅へと導いていく。

ここで痣をめぐるジェンダーの問題で、ホーソーン作品とのあらたな共通点を挙げておきたい。『ビルマの日々』の場合、痣の持ち主の設定が女性から男性に変えられているが、フローリはその痣のために白人社会の周縁に置かれ、死の直前まで主体的に動けないという意味で、女性、ジョージアナに近いといえる。その一方で、その痣を消すために最後は、暴力的な手段を使う点で男性、エイルマーに似ている（科学も暴力の一種である）。また、フローリは彼のもとを去ろうとするエリザベスを引き留めるため、彼女の手首をつかみ、嫌がられて一旦離すもまたつかむ（287–90）。この二人のやりとりは、ホーソーンの「痣」において、エイルマーが、自分の実験室の奥まで勝手に侵入した妻にたいして食ってかかる場面を想起させる。彼は、「指の跡が肌に残るほど強く彼女の腕をつかみ」、「私の努力のかずかずに、おまえはその宿命的な痣の暗い影を投げかけるつもりか?」（51）と怒って追い出すのだ。つまり、痣のあるフローリは、離れていこうとするエリザベスを引きとめるために彼女の手首をつかみ、エイルマーは、痣のある妻を遠ざけるために腕をつかんでいる。しかし、いずれも女性に対する男性の強引で身勝手な態度が強調されている。ここにも、両作家の作品にテーマの重なりが認められる。

四　黒人作家や現代白人作家への影響

ここでアメリカ文学に目を転じると、冒頭で触れたように、痣を持った人物が登場する作品は黒人作家が多く手掛けている。グルーザーの論を紹介しておくと（1–4）、二十世紀初頭に相次いで出版されたチャールズ・チェスナットの『伝統の神髄』（Charles Chesnutt, *The Marrow of Tradition* 一九〇一年）、サットン・E・グリッグの『解き放たれて』（Sutton E. Grigg, *Unfettered* 一九〇二年）、そしてポーリン・ホプキンスの『一滴の血から――隠された自己』（Pauline Hopkins, *Of One Blood; or, The Hidden Self* 一九〇二―〇三年）といった作品がその例で、痣はその持ち主に黒人の血が流れていることの証拠として描かれる。

また、ラルフ・エリソンの「痣」(“The Birthmark” 一九四〇年) では、白人のリンチの犠牲になる黒人男性のへその下に痣があり、トニ・モリソンの『スーラ』では、黒人女性スーラの目の上に痣がある。これらの作品の痣は、黒人に与えられる悲しい運命を象徴しているともいえる。痣は出てこないが、ジョージ・スカイラーのSF小説『ブラック・ノー・モア』(George Schuyler, *Black No More* 一九三一年) は黒人の肌そのものを一種の痣に見立てた作品とみなせる。黒人たちが医療技術によって肌の黒さを消し、白人より白い肌を手に入れることで、社会全体が混乱するというストーリーだ。この作品は黒人という存在を排除し、白人だけの世界を追求しようとする心理や、その追求によってもたらされる致命的結果を表現しているが、ホーソーンの「痣」はそれを九十年も前に先取りしたものとして読める (Gruesser 4)。

一方、グルーサーの指摘にはないが、前述の『スーラ』は、ホーソーンの「痣」と同様、主人公の痣が人種の象徴としてだけでなく、罪やセクシュアリティの象徴としても読め、痣の描写にも類似点がある。この作品がホーソーンの「痣」をもとに、どのようなテーマの展開をしているのか、さらに詳しく考察してみたい。

『スーラ』は二部構成になっており、第一部は黒人の貧しい町で生まれ育った女性スーラとネルの友情に焦点があてられている。しかしスーラはネルの結婚式の当日姿を消す。第二部はそのスーラが十年後故郷に戻るところから始まり、彼女がネルの夫を奪い、挙句の果てに彼を棄て、その後も次々と他の男性と関係を持ったあと、最後は病死し、さらに四半世紀近くが経過したところで終わる。

スーラには「一方のまぶたの真ん中あたりから眉毛のほうに広がった痣」があり、それは、第二部から重要な象徴として頻繁に言及されている。まずその痣が「茎のついたバラのような形」(52) をしていることに注目する。これは、エピグラフとして作品の冒頭に掲げられたテネシー・ウィリアムズの『バラの入れ墨』の一節と呼応している（Lee 279）。

　この世に咲くわたしのバラ
　わたしのほかに知る人はいない……
　すばらしい幸せをわたしは知りすぎたの
　世間の人は、あれほどの幸せを
　知っている人がいると思いたくはないのよ

このエピグラフはスーラが黒人であり、女性であるという二重のハンディを抱えながら、自分の幸せを求めて自由奔放に生きようとしたこと、そのために、ときに男性を性的に誘惑するセクシュアリティを武器にし、社会の掟を破ることになったこと、そしてその結果として、黒人コミュニティから非難されることを予言している。したがって、スーラの目の上の痣は、彼女のそういった人種、セクシュアリティ、罪の象徴であり、彼女の性的、社会的に奔放な性質の印でもある。モリソンはこの痣のモチーフを使って、黒人女性を取り巻く複合的な問題を描くことに挑戦しているのだ。

　痣は登場人物によって様々な受け取られ方をする（McDowell 81）。たとえば、二部の最初、スーラがネルの家に久しぶりに訪ねてくる場面で、その痣は、「スーラのまなざしに、思いがけない歓びの表情を与えている。それは、ネルの記憶にあるものよりずっと黒味を増していた」（96）という。つまり、痣はスーラ本人を悩ますどころか、むしろ歓びを引き出すものであることがわかる。また痣の色が濃くなっていることから、痣が象徴する彼女の諸々の要素や性質は、幼いときよりも強まっていると考えられる。

一方ネルは、スーラの痣をバラの花の形であると認め、肯定的に受けとめるが、同時に痣が黒味を増したと感じていることから、そこに警戒心を抱いていることがわかる。ネルの子どもたちも、スーラと初めて会ったとき「片方の目の上に黒くて恐ろしいものをつけた女」(97-98)として彼女を警戒する。スーラがのちに自分たちの父親を奪うことを予見したのかもしれない。ネルの夫ジュードは、スーラを「目の上にガラガラヘビの痣をくっつけている女」(103)とみなすが、「彼女が大口を開けた笑い方をすりゃ、目の上のガラガラヘビの毒が少しはなくなるな」(104)と考えはじめる。すでにスーラの魔力に取りつかれはじめているといえる。町の人々は、スーラが親友を裏切ってその夫と関係を持ち、それから他の男たちに乗り換えていくのをまのあたりにする。それゆえ彼らは何かにつけて彼女を悪者扱いし、「スーラの目の上の痣の意味は茎のついたバラの花や蛇ではなく」、亡くなった彼女の母親で、同じく奔放な性格であった「ハナの屍灰が最初からつけたしるしだ」(114)と否定的に解釈するのである。

スーラの裏切り行為を長い間許すことができなかったネルだが、物語の終盤になってスーラが死の床に臥せっているとき、「同情心から」(138)見舞いにやってくる。だが二人の会話は最後までかみ合わない。そのとき、ネルの目に映るスーラの「茎のついたバラ」の痣は「とても黒い」(144)。それはネルがまだ、スーラの痣が象徴するものにたいして警戒を解いていないことを暗示している。

しかしながら重要なのは、スーラ自身が依然として自らの痣や、それが象徴するものを嫌っていないことである。したがってこれまで見てきた人物たちのように、痣に翻弄されることもない。痣のために自分から死を選ぶこともないのである。そして、ネルもスーラの痣を相変わらず、バラの花として見ているのである。つまりこれは、ネルが自分の夫を奪われるという最悪の仕打ちをうけながら、スーラを完全には憎んでいないことを暗示している。そしてスーラをあれだけ非難した黒人の共同体も、大杜淑子の指摘するとおり、「彼女を抹殺しようとせず、放置しておいて、彼女の悪から身を守ろうとするだけである」（大杜　二六七）。ここにはホーソーン版の「痣」の物語、すなわち、痣に自分の受け入れられない要素を読み込んで、それを暴力的に消すことに執着した白人の物語にたいするモリソンの強烈なアンチテーゼが見て取れる。つまり、彼女自身インタビューで語っているように、黒人は「悪や違いを怖れない」ため、「悪を根こそぎ退治しようと思わない」。黒人にとって「悪は自分たちと相容れない（alien）力ではなく、違う力に過ぎない」（Taylor-Guthrie 168）。彼女が『スーラ』で描こうとしたのはまさにこういう悪なのだという。

現代作家ミランダ・ジュライは白人女性だが、彼女の書いた「痣」の場合、主人公の痣は人間の欠点の象徴であると同時に、「野蛮な赤色」をしており、「人種差別主義者が異人種の中に流れていると信じている血」（July 174）を表している。したがって、主人公の女性が美容整形手術で消したと思われた痣が再び浮かび上がるというジュライ独自の設定は、白人家系に交じった異人種の血が何代目かあとになって、その身体的特徴に現れるといった事例を一部の読者に想起させるかもしれない。しかしこの作品も、その後は『スーラ』と同様、痣を消そうという動きはない。それどころか、女性は以前の手術で痣を取った直後から「本物の喪失感」（172）に見舞われており、痣が再び浮き出したとき、むしろそれを前向きに受け止めているのである。彼女は、「何も怖くなかったし、失望も心配もなかった」（175）という。そしてしばし恍惚とした状態に陥ったかと思うと、「離陸する飛行機のように」（175–76）その恍惚状態から抜け出し、「痣を高みから見下ろしていた」というのである。まさに欠点も含めたあらゆる人間性の象徴である痣に対して達観している姿が描かれている。さらに夫も、痣のある彼女を愛したいと強く思い、「彼女が痣を取らないことを望んだ」という。その直後に夫は「僕たちは今なら子どもが持てる」（176）と考えていることにも注目したい。彼はその痣を妻のセクシュアリティの象徴としても見ており、なおかつそれを受け入れているのではないか。科学者として生命誕生の神秘を研究しながら、妻の痣、すなわちセクシュアリティは否定し、子どもを持つことには関心のなかったエイルマーと対照的な人物として描かれている。このように夫婦でその痣を、人間らしさの象徴としておおらかに受け入れていこうとするのである。ここに、ホーソーンの「痣」の現代版としてジュライが目指した理想的結末が見て取れる。

五　おわりに

これまで見てきたように、二十世紀前半にオーウェル、後半にモリソン、二十一世紀にはジュライというように、後世の作家たちはホーソーンの「痣」から、何らかの刺激を受けている。そしてその手法を借り受けるかたちで、時代や国をまたがって存在している普遍的テーマ、すなわち、人間の罪や悲しみ、異なる人種やセクシュアリティといったものをいかに受け入れるか、という問題を作品に投影させている。オーウェルは舞台をイギリス植民地のビルマに設定し、痣の持ち主を女性から男性に変えたが、そこで男性でありながら痣のために常に社会の周縁に置かれ、白人と非白人の二つの世界をさ迷い歩く人物の屈折した心情を描くと同時に、その人物も加担している白人男性中心主義の社会を痛烈に批判している。モリソンは、痣の持ち主を社会的道徳的逸脱者の黒人女性に設定し、その罪深き存在を非難するものの排除せず受け入れる黒人社会の価値観を描き出そうとした。そしてジュライは、そういった価値観が白人社会でも受け入れられる日がくるという願いを込めた。ホーソーンの作品が後世の作家に与える影響力については、今後、こうした短編を含めて幅広く研究していく必要があるだろう。

＊本稿はナサニエル・ホーソーン協会東京支部三月例会（二〇一五年三月二十一日）の口頭発表に、加筆修正を施したものである。翻訳のあるものは参考にし、一部改変したことをお断りする。

引用文献（ページ言及のないものは本文中に作者原名と書誌を示す）

Balestrini, Nassim W. "From Aylmer's Experiment to Aesthetic Surgery." *Nathaniel Hawthorne Review* 38.1 (2012) 58–84. *Questia*. Web. 3 Jan. 2015.

Buell, Lawrence, *The Dream of the Great American Novel*. Cambridge: Belknap, 2014.

Gruesser, John. "Playing with the (Birth) Mark: Aylmer's Failed Attempt to Achieve Perfect Whiteness." *Hawthorne in Salem*. Web. 7 Jun. 2015.

Hawthorne, Nathaniel. *The American Notebooks*. Vol. 8 of *CE*. 1972.

———. "The Antique Ring." *Snow-Image Uncollected Tales*. Vol. 11 of *CE*. 1974. 338–52.

———. "The Birth-mark." *Mosses from an Old Manse*. Vol. 10 of *CE*. 1974. 36–56.

July, Miranda. "Birthmark." *No One Belongs Here More than You: Stories*. New York: Scribner, 2007. 169–76.

Lee, Rachel C. "Missing Pease in Toni Morrison's *Sula* and *Beloved*." *Understanding Toni Morrison's Beloved and Sula*. Ed. Solomon O. Iyasere and Marla W. Iyasere. New York: Whitston, 2000.

McDowell, Deborah E. "'The Self and the Other': Reading Toni Morrison's *Sula* and the Black Female Text." *Critical Essays on Toni Morrison*. Ed. Nellie Y. Mckay. Boston: G. K. Hall, 1988.

Meyers, Jeffrey. *A Reader's Guide to George Orwell*. Totowa, NJ: Littlefield, 1977.

Morrison, Toni. *Sula*. New York: Vintage, 1973.

Mulliken, John B., and Anthony E Young. *Mulliken & Young's Vascular Anomalies: Hemangiomas and Malformations*. 2nd ed. New York:

Oxford UP, 2013.

Orwell, George. *Burmese Days*. London: Secker & Warburg, 1971.

———. "Charles Dickens." *The Collected Essays, Journalism and Letters*. Vol. 1. London: Penguin, 1970. 454–504.

———. "Inside the Whale." *Inside the Whale and Other Essays*. London: Penguin, 1962. 9–50.

Taylor-Guthrie, ed. *Conversations with Toni Morrison*. Jackson: UP of Mississippi, 1994.

Yu, Joseph. "Alchemy, Imagination, and Hawthorne's 'The Birth-mark.'" *Tamkang Review* 40.2 (2010): 1–17.

新井英夫「ジョージ・オーウェルの出発点としての『ビルマの日々』——ジレンマを抱えた帝国主義意識を巡って」『越境する英米文学』音羽書房鶴見書店、二〇一四年。一四七—六三頁。

大野美砂「Aylmer のホワイトネス構築——痣と真の女性」*Soundings* 三十四号、一三一—四三頁。

大杜淑子「あとがき」トニ・モリソン『スーラ』、ハヤカワ文庫、二〇〇九年。

ジョージ・オーウェル『ビルマの日々』大石健太郎訳、彩流社、一九八八年。

ナサニエル・ホーソーン「痣」大橋健三郎訳『世界文学全集』第三十巻、集英社、一九八〇年。二六五—八三頁。

ホーソーン・ロマンスの継承

——南部作家フラナリー・オコーナーによる受容

内田　裕

はじめに

二十世紀を代表するアメリカ南部作家フラナリー・オコーナーは批評家ウィリアム・セッションズに宛てた一九六〇年九月十三日付けの手紙に、「ホーソーンは、ノヴェルを書かず、ロマンスを書くと言った。その点において私は彼の後継者だ」と記している（O'Connor, *Habit* 407）。他にも批評家ジョン・ホークスに宛てた手紙に、「ホーソーンには非常に興味がある。それに他のどのアメリカ人よりも彼には密接なつながりを感じる」と述べるなど、自身とホーソーンとのつながりについて、数多くを述べた（455）。二十世紀アメリカ南部の敬虔なカトリック教徒という、時代、環境、宗教的立場の異なる彼女が、ホーソーン文学を評価し、そこに近似性をみたことは非常に興味深い事実である。

ところが、オコーナーによるホーソーンの文学的特徴の継承、あるいはその近似性については、七十年代以来オコーナー研究の見地からは考えられてきたものの、ホーソーン研究の場において、そのことの意味についての熟考はなされてこなかったように思われる。

本論では主に、蓋然性の規範から逸脱したホーソーンのロマンスという創作的装置が、どのようにオコーナーにより受容され、彼女の作品世界に反映されているかを論じる。なかでも彼女の短編小説「善人はなかなかいない」（一九五五）にみる、現実世界に突如として現れる非現実的人物の造形や彼らの体験する啓示的幻視に着目することにより、ホーソーンが度々作品内、あるいはその序文で提示した意図、思索が実際に約一世紀後の作家の創作にどのような影響をもたらしたのかを探りたい。第一節では、ホーソーンの企図したロマンスの一側面を取り上げ、その特徴的機能を指摘し、続く第二節において、オコーナーの代表作のひとつ、「善人はなかなかいない」の作品世界に、それがどのように表出されているのかを探りたい。

一　「ラパチーニの娘」におけるロマンスの曖昧な語り

ホーソーンが掲げたロマンスという型式的装置を定義するのは容易ではない。私見では、五十年代にリチャード・チェイスの展開したものから現在に至るまで、未だにその根幹をなす性質には決定的な評価が下されていないようである。しかしながら、ホーソーンが主に作品の序文において述べる彼の作品に共通した中心的性質とは、その創作内容における現実性の度合いの低さ、つまり作品の持つ蓋然性の低さであろう。成田雅彦の指摘するように、それは従来アメリカにおいて受容されてきたとされる「爛熟した市民社会の人間模様を忠実に写実することを旨としたヨーロッパ小説」に相反する性質を持ったものである（六九）。

この創作姿勢が最も明確に提示されているのが、あまりにもよく知られている『七破風の屋敷』（一八五一年）に付された序文である。前年に出版された『緋文字』（一八五〇年）がもたらした作家としての成功を誇示するかのように、ロマンス作品における作家としての自由裁量の正当性を述べている。

> 作家がその作品を「ロマンス」と呼ぶときには、その方法や素材の両方について、「ノヴェル」を書いていると言う場合にはわがものにすることができぬと考えられるある自由な領域を主張したいと願っていることは、いまさら言うまでもないことである。……前者は……かなりの度合いで作家の選択と創造に基づいた真実を示すという、明白な権利を有する。作家が適当と考えるならば、雰囲気を醸し出す手段を操作し、光を強めたり、あるいは弱めたりし、その景色の影を深めたり、豊かにしたりすることが許されるであろう。（*House* 1 傍点筆者）

ホーソーンが上記のように意識的なロマンス論を表明する以前から、彼の作品にはその中で扱われる事象を語りの方法により曖昧なものとして描くという、創作的技法が用いられている。本節では、一八四四年に『旧牧師館の苔』に収録された、「ラパチーニの娘」を取り上げながら、ホーソーンのロマンス作品の主たる性質を見ていきたい。

本作の概要は、研究のためパドヴァへ渡ってきた青年ジョヴァンニが、下宿先の庭園で美しい少女ベアトリーチェと恋に落ちるものの、彼女の父親であるラパチーニ博士に毒性を付与されたベアトリーチェに、毒性を消す血清を飲ませることで彼女を殺してしまうというものである。また本作は、数多あるホーソーンの短編作品の中でも特異な設定を多く有した作品である。作品そのものをオーベピーヌ氏と自らの名前をフランス語訳した作家によるフランス小説として紹介し、客観的に自身の作風を分析して見せながら、作品を読む姿勢を読者に提示してみせるなど、自己韜晦的とも呼べる手法を取り入れている。それのみならず、作品の舞台をイタリアに設定するなど、旧大陸の要素をふんだんに取り入れた作品であることから、当時の作家の関心を探る上でも興味深い作品として位置付けられよう。

しかしながら、ホーソーンの多くの作品の中でも本作の特に傑出した点は、彼が数年後、長編小説の序文において述べることになるロマンスの特性、特に先に触れた『七破風の屋敷』の序文において語られる、作者による雰囲気を醸し出す操作をまさにこの短編作品の中で実践し、作品の意図と結合させるという意味において成功させている点である。

「ラパチーニの娘」はしばしばその複雑さ、曖昧さが強調されて論じられる。その大きな理由として考えられるのは、作者が示す批判対象の多種性であろう。科学的探究心のあまり、自身の娘をも実験台にすることを厭わないラパチーニ博士はもちろんのこと、そのラパチーニを出し抜こうと画策するバリオーニ教授、そして最後の場面において他でもないベアトリーチェによる非難を受ける主人公のジョヴァンニと、本作の登場人物のほとんどすべてが作者の問題意識を体現する存在として扱われている。互いに科学者としての力量を誇示するため他者を利用するという点から、ラパチーニ博士とバリオーニ教授が作者の批判を受けることには頷ける。特にラパチーニ博士の持つ、娘に他者を寄せ付けなくするという目的を果たすためには手段を選ばないという悪鬼のごとき性質は、その後も『緋文字』のチリングワースや『ブライズデイル・ロマンス』（一八五二年）のホリングズワースなどの人物の中心的性格として受け継がれており、彼はホーソーンの人間の心の罪に対する批判を明確に体現する人物である。

しかしながら、本作の最後にベアトリーチェの非難の的となるのは他でもなく主人公のジョヴァンニである。自身も毒気の性質を付与されてしまったことに対する辛辣な非難をベアトリーチェに浴びせかけたとはいえ、彼自身も作中で言及されるラパチーニの庭園に引き寄せられた虫と同じように無実な青年であり、一見すると凶悪な人間の罪を体現する人物ではないように見える。それでもなお彼が本作においてベアトリーチェによって最終的な批判の対象とされる理由とは何なのであろうか。それはベアトリーチェによって語られる非難の言葉に示されている。

作品終盤において、死にゆくベアトリーチェの口から発せられる非難の言葉は以下の通りである。(1)「さようなら、ジョヴァンニ！　あなたの憎しみの言葉は、鉛のように私の胸にのしかかっています――けれど、それも私が天に昇るにつれて消え去るのでしょう。ああ初めからあなたには、人間として、私よりも多くの毒があったのではないでしょうか？」(“Rappaccini's” 127)。ここでは、ラパチーニ博士の研究した毒よりも強い猛毒が、ジョヴァンニの心にあるという問題が語られており、そこには彼の中に生まれたより深刻な問題が示唆されている。複数の批判対象を含む本作において、終盤におけるベアトリーチェの批判を受けるジョヴァンニにこそ本作執筆時の作者の問題意識が投影されていると考えるのは妥当であろう。

それではここで批判されているジョヴァンニの心にある毒とは何を意味するのであろうか。彼の口にするベアトリーチェへの非難は次のようである。「『貴様は呪われたやつだ！』そう叫んだ彼の声には、毒深い《ヴェノマス》嘲りと怒りが籠っていた」(124)。ここで注目すべきは、彼の侮蔑の言葉が、彼自身の毒性を示唆するものとして描かれている点である。しかしながらこのジョヴァンニの毒性とされる性質は、ただの強い悪意として理解されてはならない。むしろ、ジョヴァンニの性質の変化により、彼のなかに生成された罪の象徴として捉えられるべきである。そしてこの罪の本質こそがホーソーンの批判対象と関係している。その批判対象とは、科学技術に象徴される近代的合理思想のことである。ジョヴァンニがそのような理性偏重的姿勢を強めるほど、彼自身の毒性が強まっていく様子を見ていきたい。バリオーニ教授からラパチーニ親子の秘密を聞き、解毒剤を受け取ったあとの彼の内面は以下のように描写される。

出会った当初は激しい情熱によって高みに舞い上がってしまった彼の精神も、絶頂の極みに居続けることはできなかった。彼は転落して、世俗的疑惑の間を這い回り、ベアトリーチェの純白な姿を疑惑で汚してしまった。だが彼女との仲を断つというのではなく、不信の念を覚えたにすぎない。肉体の恐ろしい特性が、魂の悪魔性と何らかの関連を持たずに存在するとは考えられない。そこで彼は、もろもろの恐ろしい特性が彼女の肉体に存在するかどうか、納得のゆく決定的な試験を一度だけやってみようと決心した。(120)

つまりこの描写から、彼はベアトリーチェへの疑念をきっかけとして、決定的な試験に象徴される理性偏重的思考を獲得するのである。そして実験という手段で毒性の有無を客観的に突き止めようとする姿勢は、皮肉にも彼自身の心の毒性を顕在化させていく。彼はベアトリーチェの毒性の有無を検証するという実験のため、花屋で花束を買ったのち下宿に戻る。彼はそこで一匹の蜘蛛をみつける。

ジョヴァンニは蜘蛛の方に身を屈めると、深く長く息を吐きかけた。蜘蛛は突然動きを止め。巣は小さな職人の体から発する振動によって震えた。ジョヴァンニはもう一度、先ほどより深く長く、毒深《ヴェノマス》い感情に染まった息を送り出した。自分が邪なのか、それとも自棄になっているだけなのか分からなかった。蜘蛛は手足を痙攣させ離すまいとしたが、息絶えて窓を滑ってだらりとぶら下がった。(121–22)

引用にある二度目の吐息において、毒性の存在を見極めようと必死になるがために、強い悪意が織り混ざったということが明示されている。ここでも、ベアトリーチェへの非難における描写と同様に、彼の様子には、彼の持つ心的な毒性を示唆する描写がなされ、それにより蜘蛛が死ぬことが語られる。つまりこここでは、毒性を持っているか否かを見極めようとするという、理性偏重的な姿勢に基づくベアトリーチェや自己への疑念によって、自らが毒性を獲得していく様が明示されているのである。ベアトリーチェが語る心の毒とはすなわち理性的思考を過信するがあまりに生成された人間の罪の象徴なのである。

本作では、ジョヴァンニがこのような決定的な疑念に陥るまでに経験する、彼の揺れ動く心情が度々語られる。その際に、ホーソーンは、先に触れた『七破風の屋敷』の序文において提示することになるロマンス作家の特権とも呼べる、作中の雰囲気の操作を駆使することで、ジョヴァンニの視線を通して読者を惑わせる。彼の眼にする光景は、客観的事実としては提示されず、あくまで彼の心的状況によって歪曲したイメージとして読者に提示される。そしてそのイメージの歪みはジョヴァンニの持つ二面的性質によって生み出される。彼は元来「南国風の情熱的な気質」をもった青年として描かれている(105)。しかしながらそれと同時に、「合理的な思考をする傾向にある」人物としても描かれ、彼の二面性が一貫して強調されている(98)。彼の持つこの性質こそが、ホーソーンの語りの曖昧性という創作的装置が機能する素地となっているのである。

下宿先に着いたジョヴァンニが初めてラパチーニ親子を目にした翌朝の場面で、いまは姿の見えない彼らに思いを巡らせながら、「この二人が風変わりであると考えたのも、どれだけ彼らが備えた特性のせいなのか、そしてまた、どれだけ奇跡を生み出すおのれの想像力のせいなのか、ジョヴァンニにははっきりと判断しかねた」と語られ、作中で語られる出来事の確からしさが、保証されていないことが暗示されている（98）。そしてその後のバリオーニとの面会の直後、彼はベアトリーチェの毒性を初めて目の当りにする。その時彼の前に姿を見せた彼女は、「記憶の中の彼女より遥かに美しいことに驚く」ほどのものであり、「庭の小径の暗いところに鮮やかな明かりを投げかけて」いるようにジョヴァンニの眼に映る（102）。そして彼女の様子を部屋から見下ろしていると例の彼女の毒性を目にする。この場面の描かれ方は以下の通りである。

> トカゲかカメレオンの類の、小さなオレンジ色の爬虫類が一匹、偶然、ちょうどベアトリーチェの足もとを這っていた。ジョヴァンニには――しかしそんな細かな出来事が、ジョヴァンニの眺めている距離から見えるはずなかったのに――手折った花の茎から雫が一滴か二滴、トカゲの頭の上に落ちたように思われた。一瞬トカゲは激しく悶え、次にはもう身じろぎひとつせず日溜まりの中に横たわっていた。（102–03 傍点筆者）

ここにおいても他の箇所と同様に、ベアトリーチェの毒性の有無という決定的真実に関しての描写が、ジョヴァンニの視線を介して語られ、徹底して低い蓋然性を持って述べられている。この読者が信じるべきか否かを容易には決定させないという精妙な語りこそが、本作により強い社会批判の性質を与えている。近代的科学のもたらす客観的とされる事実への過度な依存により、本作において、まさにジョヴァンニが「ベアトリーチェの純白な姿を汚してしまった」ように、人間性がないがしろにされる危険があることを示し、それに警鐘を鳴らしているのである（120）。つまり提示され、なかば押し付けられる客観的描写によってではなく、語りの曖昧性というロマンス的創作技法を用いることで、揺れ動き、葛藤するジョヴァンニの心理を通して読者自身がジョヴァンニと同様に自身の持つ科学技術やそれに象徴される合理的思考の存在に対峙させられるというわけである。そのことからも物語の最後でベアトリーチェがする非難は、そのままホーソーンのそれとして読み取るべきであり、またジョヴァンニのみならず、当時の読者にも多大な衝撃を与えたと考えられるのである。

リチャード・H・ミリントンも指摘するように、ホーソーンは彼の初期の短編作品において「不安定化された作中の語り」を用いている（Millington 43）。ここでミリントンは、「若いグッドマン・ブラウン」（一八三五年）の終盤におけるような、読者を解釈の多様性という混沌に突き放しているかのような印象さえ与える語りを念頭において論じているように思われるが、中期作品である本作「ラパチーニの娘」においては、より不鮮明かつ、相反する立場において読者を惑わす精妙な語りにまで発展させられている。

上記のように、語りの曖昧さを用いジョヴァンニの心的な動きを、理性偏重的思考という問題に対峙させることで、ホーソーンは当時のアメリカで起こっていた近代科学技術への盲信を見事に浮き彫りにしている。さらに人間性を軽視することの危険性を教え説くのではなく、ヒロインからの非難という衝撃を通して、読者自身の内にあるその危険性を認識させることに成功しているのである。一見してゴシック創作になってしまいそうな作品が語りの曖昧さというロマンス的技法を用いることにより、近代アメリカ社会の抱える病理を照らし出すという意義を獲得しているのである。

二　ロマンス思想――オコーナー的展開の諸相

前節においてはホーソーンの「ラパチーニの娘」に焦点を当て、作中で効果的に用いられるロマンスの一要素である、語りの曖昧性の機能について論じた。本論の序文においても言及したように二十世紀の南部作家フラナリー・オコーナーは、ロマンス作家としてのホーソーンを評価し、自身との近似性を表明している。しかしながら、彼女がホーソーン作品のどの側面に、ホーソーンが主張するところのロマンスの性質を見出しているのかは表明されていない。本節では、オコーナーの代表的作品である、「善人はなかなかいない」に焦点を当て、前節で触れたホーソーンの、現実に起こりえないことをほのめかす語りというロマンス的性質がどのようにオコーナー作品に影響を与えているかを探りたい。

「善人はなかなかいない」は一九五五年に、オコーナーにとって第一作目となる同名の短編集に収録された作品である。短編集の出版当初その作風は、「まったく南部の淑女らしからぬ」ものであり、「容赦のない皮肉、どたばたなユーモア、そして死刑宣告を思わせるような気味の悪いほど直接的な作風」を有したものであると評されるほどであった（“Such Nice People” 114）。事実、本短編を形作る要素は、ユーモアに溢れる朗らかな家族旅行の風景と、殺人事件のもつサスペンス的要素、そしてそれを貫く宗教的主題であり、それぞれの有機的な連関は容易には浮かび上がらない。まず初めに本作の概観を追いたい。

本作はジョージア州アトランタから東テネシーへの車での旅行に出る家族の会話で幕を開ける。口数の多い祖母は閉口する家族をよそに、好き勝手な発言を続ける。ひょんな思い付きから、彼女はむかし耳にした隠し扉のある家への寄り道を提案する。子どもたちの興味をかきたてその家に向かうことになったのはいいものの、息子のベイリーが運転する車が人里離れた道を進むにつれて祖母の確信は揺らぎ始め、件の隠し扉の家は近くなどではなくテネシーにあることを思い出す。彼女が恥ずかしさとばつの悪さのあまりに飛び上がったと同時に、後部座席の飼い猫が運転手ベイリーの肩に飛びつき、その拍子に家族はそのまま全員車ごと土手に転げ落ちる。

そしてそこを通りかかったのが、新聞をにぎわせていた逃亡犯ミスフィットの一味であった。彼の厳然とした態度に気圧されながらも、一家は指示されるがままに振る舞う。彼らは順番に口を開けたように待つ森に連れて行かれ、順番に銃殺される。祖母はあの手この手で命を乞う。「良い人に違いない、南部の淑女を撃つわけがない」という言葉をかけ、最後には金銭の力にもすがろうとする（“Good Man” 131–32）。そのような祖母に向かいミスフィットが示すのは、彼がイエス・キリストを信じることができない理由の吐露であった。彼がいまにいたるまでに数々の悪事を働いてきた理由も、イエスの業を目の当たりにすることができなかったことにあり、その業を自身の目で見届けてさえいれば、イエスに付き従うほかはないのだと語る。そう言いながら彼は声を震わせ、顔を歪める。そしてそれを見ながら祖母は、動転する意識の中、「あなたも自分の子どもなんだ」と意味深長な言葉をかけながらミスフィットに触れようと手を伸ばすが、それから身を離した彼にあっけなく殺される（132）。彼女を殺したミスフィットは、彼の仲間に、銃で撃とうとする人が常にいれば、彼女は良い人であったかもしれない、という言葉を残し物語は終わる。

朗らかな家族旅行は急遽、ほとんど読者を置き去りにするほどの急展開で、一家皆殺しのサスペンスに変貌する。車の事故、そこに突如現れる犯罪者の一味、それに伴い一家を襲う死の恐怖、さらには異様な説得性を帯びて語られるミスフィットの、社会性、道徳性から完全に乖離した信仰姿勢や作品の終盤に訪れる不可解な展開を通してオコーナーが企図した本作の主題とはどのようなものだったのであろうか。

ホーソーンのロマンスがもつ、精妙な語りの曖昧性といった性質はオコーナーの作品では多くは見受けられない。しかしながら、人物描写、それに伴う作品の展開、特に作品終盤で主人公を襲う神の啓示を思わせる幻視にはオコーナー作品特有の非現実性があり、オコーナーはその要素を効果的に用いている。

本作の終盤、ミスフィットの語るキリストの正当性を信頼できない理由と、それに対して意味深な言動で応じる祖母との描写は以下のようになっている。少々長くなるが、対話の特異性を示すためそのまま引く。


「死者を蘇らせたのはイエス・キリストだけだ。そんなことはしないほうがよかったんだ。イエスはあらゆるものの釣り合いを取り払ってしまった。イエスが言ったとおりのことを本当にやっていたのなら、全てを投げ出し彼に付き従うほかないんだ。もし、イエスが言ったとおりのことをやらなかったとすれば、おれたちとしては、残された僅かばかりの時間を、せいぜいしたいほうだいやって楽しむしかないだろう――殺しや、放火、その他の悪事を。悪事だけが楽しみさ」話すうちにだんだん声が大きくなる。

「もしかすると、イエス様は死者を蘇らせなかったかも」何を言っているのかよくわからないまま、祖母はつぶやいた。めまいがして、堀の中に膝を折って座りこんだ。

「おれはそこにいたわけじゃないから、イエスが死者を蘇らせなかったとは言い切れない」ミスフィットが言う。「おれはその場にいたかった」彼はこぶしで地面を打った。「いられなくて残念だよ。もしいたら、はっきりわかったのに。そうだろうが」声が高くなった。「もしその場にいたら、はっきりわかったのに。そうすれば、おれはこういう人間にならずにすんだんだ」泣きわめく声に変わる寸前だった。祖母はその一瞬、頭が澄み渡った。目の前に泣き出さんばかりの男の顔がある。男に向かって祖母はつぶやいた。「まあ、あんたは私の赤ちゃんだよ。私の実の子どもだよ！」祖母は手を伸ばして男の肩に触れた。ミスフィットは蛇にかまれたかのように後ろに飛びのいて、胸に三発撃ち込んだ。（132）

この本作のクライマックスの場面において、オコーナー作品のもっとも顕著な特徴である、神の恩寵の働きが描かれる。祖母が実際に見た光景は具体的には語られず、「頭が澄み渡る」という内面における意識の変化のみが示唆され、その直後の意味深長な発言を導く。ここにこそ、しばしばオコーナーの作品がグロテスクと言われる所以がある。人物の心的な状態を、大幅に高次へと引き上げ、現実という文脈から遊離させる、つまり蓋然性の規範から逸脱させることで、従来の思考的枠組み以外における神のもたらす恩寵の存在を認識させることを企図したのである。そもそも本作の祖母という人物が体現するのは、「偽善的老人」と呼ばれている通り、形骸化した信仰姿勢を持つ、アメリカ南部のキリスト教原理主義者である（"On Her" 111）。そしてオコーナーは作品の持つ暴力性には、非現実的空間において登場人物を、「神のもたらす恩寵の瞬間を受け入れるために備えさせる」機能を持っていることを認めている（"On Her" 112）。ミスフィットにより殺されたあとの祖母の描写は、「血だまりの中に、子どもがするように足を交差し、座るとも横たわるともつかない格好で、その顔は雲ひとつない空を見上げて微笑んでいる」とある（132）。つまりそこには彼女が救済を得たことを暗示する語り手の認識が差し挟まれているのである。

南部社会に瀰漫する、信仰姿勢の形骸化という作家の問題意識は、確かに祖母を通して表出されている。

しかしながら、本作においてオコーナーのより強い問題意識を体現するのはむしろミスフィットだと考えられる。先の引用にあるように、彼の性質の根幹を成すのは、理性偏重の精神である。彼は、自身がイエスを信じることができない理由は、イエスが行ったとされる業の真偽を自分の目で見ていないからであると語る。つまりそれが立証され得ないものであるから信じることができず、むしろそのことによって苦悩しているという人物である。ミスフィットのもつ理性偏重的な精神は、第一節で論じた「ラパチーニの娘」において、我が目でベアトリーチェの毒性を確かめたいジョヴァンニが、花を用いた実験という科学的検証の正当性をつい過信してしまうという精神性と通底する。このミスフィットの苦悩には、信仰における種の真摯ささえ感じられる。事実、当時の読者にはミスフィットの思想に強い共感を示す読者もいたという（"On Her" 110）。しかしながらやはり本作においては、理性・合理性偏重という思考の存在が、信仰への歩みを阻むという強い皮肉が描きこまれており、作者の示す、理性・合理性偏重という時代精神への抵抗を感じさせる。そのことを明示するかのように本作は、祖母を殺害した後のミスフィットが取り巻きたちに対し、祖母の殺害など「『人生の本当の楽しみなんかじゃない』」と不満を吐露する描写で幕を閉じる（133）。

オコーナーの生きた、二十世紀中葉のアメリカ南部には、彼女の合理主義偏重的な姿勢への問題意識を強めたと考えられる背景がある。それには、井上一郎が指摘するように、二十世紀初頭に「工業化の波に洗われて荒廃しつつあった人間精神は、大戦後、欺瞞的なヒューマニズムに姿を変えてオコーナーの前に立ち現れた」という事実が深く関係するように思われる（12）。ここで欺瞞的なヒューマニズムとしてあげられているのが、「神の死」を代表とするニーチェ的ニヒリズムの問題であろう。ニヒリズムに対するオコーナーの積極的抵抗について論じたヘンリー・T・エドモンドソンは、ニヒリズムの問題を無神論と比較しながら以下のように指摘する。「ある意味でニヒリズムは無神論よりも悪である。なぜなら、無神論者がその［神の］存在を疑うことで満足する一方で、ニヒリストは神を殺し、彼の記憶のあらゆる痕跡をも打ち壊さねばならないのだから」（20）。敬虔なキリスト教徒であったオコーナーにとって、合理性の名のもと神の存在が否定され、あるいは見過ごされていくという状況は看過すべからざるものであり、作家として対処すべき最重要課題であった。当時の時代精神がオコーナーの作品に批判的原動力を与えていたということは明確である。また当時の合理主義偏重的時代精神の中、神の正当性を主張することの困難を彼女は次のようにも語っている。

神との対面について書きたいと願う小説家にとっての問題は、どのようにその経験を——自然であれ、超自然的であれ——理解可能で、信頼性に足るものとするかである。どのような世代にとってもこのことは難題であるが、私たちの時代にとってはほとんど克服できない問題である。
（"Novelist" 161）

そのような背景的理由から、彼女の創作世界には神の存在をただ教え説くのではなく、暴力的な描写を用い、見せつける必要があったのだ。彼女はそのことについて以下のようにも述べている。「小説を書くことが何かを語ることであることはめったにない。そうではなく物事を見せつけることなのだ」（"Writing" 93）。そのために彼女は、小説作品がある程度は担保しなくてはならない現実性という要素を、極度に押し下げた設定を通して、読者の眼前に神の存在を描き出そうとしたのである。この創作的姿勢は、ベアトリーチェからの辛辣な非難により、読者自身に、自己の有する人間性軽視の危険性を認識させようと企図するホーソーンの姿勢と結びつく。また興味深いことに、オコーナーは、自らの経験している時代性と作家の問題についても、以下のようにホーソーンと彼のロマンス思想をつなげて捉えている。「ホーソーンがノヴェルではなく、ロマンスを描くといったとき、彼はきっと、彼自身の直面する問題と、もしかすると私たちの問題も予測していた」（“Some Aspects” 38）。この発言には、オコーナーが作中における蓋然性を失してまで、グロテスクな語りで批判した合理性偏重主義的な時代精神と、ホーソーンが語りの曖昧性というロマンス的技法を通して警鐘を鳴らした、科学技術盲信の精神とは本質的に通底するものであると捉えようとするオコーナーの意識を垣間見ることができる。

ロバート・ペン・ウォレンは、南北戦争前のニューイングランドと、第一次世界大戦後の南部社会にはそのどちらにも、「閉ざされた、不活発な社会に対する文化的衝撃」があり、類似性があることを述べている（Warren 29）。ここでウォレンは具体的な社会的変化について述べてはいないものの、閉鎖的社会に衝撃を与える文化的衝撃とは、まさにホーソーンが危惧した人間性軽視の危機をもたらす科学技術盲信の精神や、オコーナーが抵抗した、神の存在を否定する欺瞞的ヒューマニズムを指し示すものであると考えられる。

ホーソーンは、科学技術の盲信により、人間性がないがしろにされることへの警鐘を、曖昧な語りにより読者に認識させようとした。合理性の偏重により、神の正当性が見過ごされることへの抵抗として、非現実的でグロテスクな語りを用い読者に神の存在を見させようとしたオコーナーは、ホーソーンの抱いていた問題意識と自身のそれとの近似性を感じながら、ホーソーンのロマンス思想を自身の創作世界へと取り入れていったのである。

終わりに

本論では、オコーナーが試みたホーソーン的なロマンスを踏襲した創作について論じた。しかしながら、オコーナーがつとに感じていた彼との近似性は小説執筆における方法論だけにとどまらないことを指摘して本論の結びとしたい。

一九六〇年、オコーナーのもとに「永遠の救いなる聖母マリア無料癌療養所」の尼僧から手紙が届く。その手紙には、十一年前療養所にやって来たメアリー＝アンという少女が最近亡くなったことが綴られ、オコーナーは彼女の死についての小説を書くことを依頼される。その少女は亡くなるまでの九年のあいだ、療養所において、「美しく勇気ある精神」を示し、彼女との出会いは人々に喜びを与えるものであったことが記されていた（"Introduction" 214）。しかしながら彼女は「メアリー＝アンの死における追想録の序」としてその小説の序文を書き上げることになる。結果的にオコーナーは依頼を断り、小説は尼僧たち自身が書き上げることとなる、同件に関する彼女の一連の考えを書き上げる。その序文にも彼女の抱くホーソーンへの敬愛の念が垣間見られる。

オコーナーはメアリー＝アンの生涯について記された尼僧からの手紙に同封されたメアリー＝アン自身の写真を見る。すると彼女は自室の書棚に手を伸ばし、ホーソーンの「痣」を読みはじめたのである。メアリー＝アンの顔は癌性のものと思われる腫瘍があり、鼻と口の位置もわずかにずれており、オコーナーに「痣」に登場するジョージアナを想起させたのであった。ところが彼女の想像力の飛躍は、ホーソーン作品との関連にはとどまらなかった。彼女は尼僧が所属するドミニコ会修道院の前身である「修道女ローズの自由の家」が、ホーソーンの娘ローズの創設したものであったことを指摘する。そして、この点についてはあとで詳しく見るところだが、のちに重篤な癌患者として来院することとなるメアリー＝アンを看護する尼僧らの起源に、ローズの存在を見、それぱかりか彼女の精神の根幹にホーソーンのそれがあることを指摘するに至るのだ。

オコーナーは、ホーソーンの『われらが故国』（一八六三年）の中で描かれる、リヴァプールの救貧院を訪れた気難しいイギリス人紳士のエピソードを取り上げる。彼女はその中の、病を患った少年か少女かも判別できない子どもが示す、抱き上げて欲しいという無言の訴えに応じるイギリス人紳士の一連の描写には「抜け落ちているもの」があることを指摘する（"Introduction" 218）。そしてそれは、そのイギリス人紳士の行為が他ならぬホーソーン自身のものであったという事実であると語るのである。オコーナーは、ホーソーンの妻ソファイアが夫の死後世に問うこととなる彼のノートブックに、このスケッチの基となる書き込みを見たのだ。

オコーナーがホーソーンの小説のみならず、スケッチやノートに至るまで広範に著作を読んでいた事実には感嘆を禁じ得ないが、確かにホーソーンの『イングリッシュ・ノートブックス』一八五六年二月二十八日付の書き込みには、『われらが故国』において、イギリス人紳士が経験したものとして描かれる救貧院における孤児とのふれあいに関する描写をホーソーン自身が経験したという記載が残されている（*English Notebooks* 413）。そこには、愛情を望むような目で見つめる孤児を前に「その形の崩れた口のまわりの、吐き気を誘うような笑い、その赤く曇った目……近づいてくる子どもを払い除けたなら、私は絶対に自分を許さなかったろう」とあり、ホーソーンがこの孤児からの要望に応えたことが記されている。ホーソーンは、『われらが故国』のイギリス人紳士に関して、「影響を受けない安全な場所に身を置いてものを見る習慣」がついており、この習慣には「血に氷を投じ冷たくする傾向」があると語る（*Our* 301）。

そしてその紳士が彼の「内面の葛藤」を経験したのち、「そのぞっとするほど汚い子を抱き上げて、父親のように優しく愛撫したとき、真に人間離れした行いをしたのであり、自分で望んだよりもずっと決定的な救済に近づいたのだ」と述べている（301）。

この点は、ラリー・J・レノルズの論考においても指摘されており、「他者の人生から断絶したままでいることを試みながらも、自身の社会的責任を認識し、彼なりの方法でいやいやながら行動にでる」という解釈が示されている（Reynolds 242）。しかしながらオコーナーは、レノルズの指摘する他者に対するホーソーンの消極的姿勢を読み取る解釈とはかけ離れた理解を示している。彼女はこのイギリス人紳士にホーソーン自身の姿を読み込み、さらに娘ローズの献身的性質を重ね合わせながらこう語る。「彼が恐れ、恐れたが故に避け得た、血を冷やす氷を、彼女は行動を起こす暖かさに変えた」（"Introduction" 219）。つまり、ホーソーンの悪に対する恐れから行った慈悲深い行為は、娘のローズにより、より積極的な慈善行為として変容させられ、受け継がれていったということを主張しているのである。そして本序文の最後をオコーナーは、メアリー＝アンとの関係も交えながら以下のように締めくくる。

リヴァプールの救貧院での出来事、ホーソーンの娘の仕事、それからメアリー＝アン、この三つは、まっすぐつながるものである……彼女たち［ローズ・ホーソーンの修道会の尼僧］の仕事は、ホーソーンの行ったキリストのような小さな行為から出てきた木であり、メアリー＝アンはその花なのだ。（"Introduction" 227–28）

本論で論じたように、フラナリー・オコーナーはホーソーンの創作における姿勢に強く共鳴している。

しかしながら、彼女の表明するホーソーンへの敬愛の念は、もはや創作技法の範疇を超え、彼のキリスト教徒としての性質にまで及ぶ。ホーソーンの遺した広範な作品から、彼との間に数多の近似性を見い出した南部女性作家フラナリー・オコーナー。彼女の創作世界を探り、その問題意識を再検討することで、本論で扱った以外のホーソーン作品の諸側面にも新たな角度から光を当てることができることはまず間違いない。

注

（1）「ラパチーニの娘」の翻訳は國重純二訳に依拠したが、議論に合わせて適宜手を加えた。

引用文献

Chase, Richard. *The American Novel and Its Tradition*. Baltimore: Johns Hopkins UP, 1957.
Edmondson, Henry T., III. *Return to Good and Evil: Flannery O'Connor's Response to Nihilism*. Lanham: Lexington Books, 2002.
Hawthorne, Nathaniel. "Birth-mark." Hawthorne, *Mosses*. 36–56.
———. *Mosses from an Old Manse*. 1854. Vol. 10 of *CE*. 1974.
———. *The English Notebooks, 1853–1856*. Vol. 21 of *CE*. 1997.
———. *The House of the Seven Gables*. 1851. Vol. 2 of *CE*. 1965
———. *Our Old Home*. 1863. Vol. 5 of *CE* .1970.
———. "Rappaccini's Daughter." Hawthorne, *Mosses*. 91–128.（「ラパチーニの娘」『ナサニエル・ホーソーン短編全集Ⅲ』國重純二訳、南雲堂、二〇一五年、三六二—四〇四頁。）
———. *The Scarlet Letter*. 1850. Vol. 1 of *CE*. 1962.

Millington, Richard H. *Practicing Romance: Narrative Form and Cultural Engagement in Hawthorne's Fiction*. Princeton: Princeton UP, 1992.

O'Connor, Flannery. "Good Man Is Hard to Find." *The Complete Stories*. New York: Farrar, 1971.

———. *The Habit of Being*. Ed. Sally Fitzgerald. New York: Farrar, 1979.

———. "Introduction to A Memoir of Mary Ann." O'Connor, *Mystery* 213–28.

———. *Mystery and Manners: Occasional Prose*. Ed. Sally Fitzgerald and Robert Fitzgerald. New York: Farrar, 1969.

———. "Novelist and Believer." O'Connor, *Mystery* 154–68.

———. "On Her Own Work." O'Connor, *Mystery* 107–18.

———. "Some Aspects of the Grotesque in Southern Fiction." O'Connor, *Mystery* 36–50.

———. "Writing Short Stories." O'Connor, *Mystery* 87–106.

Reynolds, Larry J. *Devils and Rebels: The Making of Hawthorne's Damned Politics*. Ann Arbor: U of Michigan P, 2008.

"Such Nice People." *Time* 6 (June 1955): 114.

Warren, Robert Penn. *Talking with Robert Penn Warren*. Ed. Floyd C. Watkins et al. Athens: U of Georgia P, 1990.

井上一郎『アメリカ南部小説論——フォークナーからオコーナーへ』彩流社、二〇一二年。

成田雅彦『ホーソーンと孤児の時代——アメリカン・ルネサンスの精神史をめぐって』ミネルヴァ書房、二〇一二年。

アダプテーションとしてのA
――『緋文字』受容の変遷

城戸光世

はじめに

人種やジェンダーから地政学やジャンルまで、様々な方面からアメリカ文学キャノンに見直しと再定義が迫られ続けている現在にあって、「一度も過小評価されたことのない唯一のメジャー作家」(Brodhead 51) としての地位を占め続けているのが、ナサニエル・ホーソーンだと言えるだろう。とりわけ彼が一八五〇年に発表した初めての長編『緋文字』は、「アメリカの教室でもっともよく教えられている文学テクスト」(Barlowe 2) とも言われ、その誕生から百六十年以上の間、常にアメリカ文学の傑作と見なされ続けてきた。キャノン形成における男性中心主義を指摘したジェイン・トンプキンズが、「『緋文字』は一八五〇年、一八七六年、一九〇四年、一九四二年、一九六六年において偉大な小説であったが、それぞれの時代で異なる理由から偉大であった」(Tompkins 35) と述べて数十年が経つが、『緋文字』への批評的反応』の編者ゲイリー・シャーンホーストによれば、いまだ「そのキャノンにおける地位は一度も真剣に疑われたことがなく、アメリカのフィクションの中でももっとも頻繁に再版される作品の一つ」(Scharnhorst xxi) であり続けている。『緋文字』という作品がもつその幅広い文化的影響力は、出版後比較的早くに登場した芝居やオペラから映画やテレビドラマ、あるいは多様な作家たちによる翻案小説まで、『緋文字』の物語や登場人物のアダプテーションが次々と試みられ、いわば文化遺産としてそのイメージが広く活用されてきた事実にも反映されていよう。トンプキンズが示唆したように、『緋文字』はそれぞれの時代や社会情勢にうまく適応《アダプト》しながら、古典としての地位を確立してきた。一世紀半以上もの間、時代や文化や国境を越えて様々な創造者たちの想像力を刺激してきたその文化的資産としての利用価値の高さこそ、ホーソーンの『緋文字』が後世にもたらした大きな遺産の一つだとも考えられる。そこで本稿では、様々な時代における『緋文字』評価の変遷や、舞台や映像や小説など、『緋文字』の様々なアダプテーションを概観することによって、ホーソーンが遺したこのロマンスが、多くの読者や観客に訴え続けてきた理由、さらにはそれぞれの時代がこの作品に付与してきた価値について改めて検討してみたい。

一　『緋文字』評価の確立へ――時代への適応《アダプテーション》

『緋文字』出版に際し、ホーソーンは友人に宛てた手紙で、「妻と出版者に対する効果から判断すると、僕はボーリングを行う人がストライクと呼ぶようなものを当てにできるかもしれない。でもそのような予測は何もしていない。この本のある部分は力強く書けているが、僕の書くものは共感をもった幅広い層には受けないし、これからも受けないだろうから、広く人気を得るということはないだろう」(Hawthorne,

Letters 311）と語った。しかしホーソーンの予測は外れ、『緋文字』初版は十日で売り切れ、即座に再版がかかることとなった。最初に出た書評は、当時ニューヨーク文学界を牽引する編集者であり批評家だったエヴァート・ダイキンクによるもので、一八五〇年三月三十日に『リテラリー・ワールド』に掲載されたその書評では、のちに様々な批評家たちがくり返し言及することになるいくつかのホーソーン作品の特徴がすでに指摘されている。『緋文字』以前からの読者にとって馴染み深い優美な文体や絵画的な描写力、あるいは観察眼の鋭さを、序文にあたる「税関」に認め、『緋文字』を「心理的ロマンス」（Duyckinck 231）と最初に評したのもダイキンクであり、彼はまた、ピューリタン先祖の精神がホーソーンの中には生きていると指摘した。

ダイキンクの書評が出たその二日後には、ホーソーンも参加していたブルック・ファームの創設者であったジョージ・リプリーが、『ニューヨーク・デイリー・トリビューン』の文学欄で『緋文字』を取り上げ、それを「作者の最高傑作」（Ripley 235）と評し、また『グレアムズ・マガジン』でもホーソーンの友人エドウィン・パーシー・ウィップルが、この「美しく感動的な」作品は、陰鬱ではあるものの、喚起される悲痛な感情には道徳的な効果があると述べた（Whipple 237）。この三つの書評は、『緋文字』初期の評価を代表するものであるが、罪意識と改悛を扱ったホーソーンのこの物語を、このように道徳的でピューリタン的精神を備えているとみなす評価がある一方で、読者を堕落させる不道徳な作品として激しく非難する書評もあった。聖公会系の雑誌『チャーチ・レビュー』に一八五一年一月に掲載された、自身詩人でもあったアーサー・クリーヴランド・コックスの書評では、なぜホーソーンがその最初の長編でこのような題材を選んだのか理解できないと述べられ、このような「汚らわしい物語」（Coxe 288）を若い女性たちが好んで読む現状が嘆かれている。ホーソーンの同時代評価を研究したバーサ・ファウストは、当時の批評に蔓延していたナショナリズムを指摘しているが、とりわけコックスのこの書評には、アメリカ人作家に対して高い道徳的基準を求める当時の文学的傾向が反映されていると言えよう。道徳的に疑わしい題材でも自由に扱えるヨーロッパの作家と違って、アメリカ人作家の作品は文句ない道徳性を示す必要があるという当時の「国民文学の基準」にもかかわらず、あるいはそれが一因で、『緋文字』の成功があったとファウストは指摘している（Faust 83）。

一方イギリスでも『緋文字』出版後数ヶ月で最初の書評が登場するが、『アセニーアム』に掲載されたヘンリー・チョーリーの書評では、「彼の作品には、ピューリタン的抑制と大胆な想像力の、情熱と観察描写の、アレゴリー的なものと現実的なものとの混淆があり、人によってはそれらを理解できなかったり拒絶したりするだろうが、私たち自身にとっては魅力的なものだ」（Chorley 239）と評された。この『緋文字』に対する最初のイギリスの書評には、ホーソーンのいう想像と現実の「中間領域」に立ち現れるロマンス論や、その二面性に対する洞察があり、そのような現実と空想との混淆から生まれるロマンス性もまた、当時の英米読者にとって魅力の一つであったことが窺える。

しかし南北戦争へと向かう時代の中でロマンスの創作に困難を覚えるようになったホーソーン自身も気づいていたように、とりわけ南北戦争後のアメリカで文学に対する好みがリアリズムに傾くようになると、当時も言及されていたホーソーンのロマンスのこの空想的側面、あるいはその曖昧性や象徴性の高さが、作品の瑕瑾と見なされるようになる。『緋文字』の「現実性の欠如と空想的要素の乱用」が作品の欠点と述べたヘンリー・ジェイムズの評価は有名な一例であるが、しかしジェイムズ自身、『緋文字』を作者の傑作と呼び、自分たちよりも後の世代においてもずっとその名声に値し続ける作品であろうと予言した（James 90, 87）。実際ホーソーンのアメリカを代表する作家としての地位は、むしろ十九世紀後半にリアリズムが大きな文学思潮となった時代に確立したのである。ホーソーンの後世への影響を、リアリズムやモダニズムの代表的作家たちの中に探ったリチャード・ブロッドヘッドは、一部例外はあるにしても、「ホーソーンは十九世紀後半のアメリカにおける散文小説に君臨していたと言っても過言ではない」と述べ、当時の作家たちがアメリカの文学的過去を振り返る時、「彼らが目を向けるのは他の誰よりもホーソーンだった」と断じる。(Brodhead 51)。時代思潮を超えて高く評価され続ける『緋文字』の、こうしたいわば適応力の高さは、批評家たちによる物語や登場人物の様々な解釈だけでなく、多様なメディアによる翻案をも促してきた大きな要因でもあった。

二　月光《ムーンライト》から照明《スポットライト》へ——パフォーマンスとしての『緋文字』

十九世紀半ば以降に大西洋両岸でホーソーンの作品が高く評価された理由の一つには、その深い心理描写や道徳的側面とともに、その顕著なアメリカ性もあった。アメリカにおいては優れた国民文学の登場と評された『緋文字』のアメリカ性が、イギリスにおいては異国情緒としてホーソーンのロマンスの人気を支える一つの要因でもあった。実際当時人気のある小説を一巻一シリングで売る「鉄道ライブラリー」の一巻として『七破風の屋敷』とともに『緋文字』の廉価な海賊版がイギリスで普及しており、本国アメリカよりもイギリスの方が彼の作品が売れていると指摘するイギリスの書評もあったほどである。

ホーソーンの『緋文字』は、批評家による高い評価だけでなく、国内外で大衆にもこのように広くアピールした作品の一つであり、彼の生存中に劇化された唯一の作品でもあった。最も初期の舞台は、一八五八年二月にP・T・バーナムのアメリカン・ミュージアムで制作されたものだと言われている（Scharnhorst xxv）。バーナムのアメリカン・ミュージアムは、一八四一年の開業から一八六五年の火災による閉鎖までの間、マンハッタンのブロードウェイに位置し、フリーク・ショーや異国の動物たちの展示や水族館以外にも、シェイクスピアや『アンクル・トムの小屋』など当時人気のあった芝居をレクチャー・ルームと呼ばれる劇場で上演していた。ホーソーンの『緋文字』もまた、出版から十年も経ないうちに、労働者から上流階級まで様々なミュージアムの訪問者の関心を引く高い物語性や演劇性をもった作品と見なされ、舞台化が試みられたのである。また『緋文字』はホーソーンの生存中にオペラにもなっており、イギリス滞在中の一八五五年にそのオペラ化の話を新聞で読んだホーソーンは、「私は昨日アメリカの新聞で、未完ながら『緋文字』の物語に基づいたオペラが書かれており、そのうちのいくつかの場面がニューヨークで見事に上演されたという記事を見つけた。それはオペラとしては成功するかもしれない。もっともお芝居としては確実に失敗するであろうが」（*English Notebooks* 346）と書き記している。

『緋文字』はお芝居としてはうまくいかないだろうというホーソーン自身の予想にもかかわらず、『緋文字』はその後も十九世紀から二十一世紀の現在まで、何度も舞台化が試みられてきた。ホーソーンが『緋文字』の演劇化について懸念した一つの理由としては、このロマンスがおもに罪と罰をめぐる登場人物たちの緊迫した内面的ドラマであって、派手なアクションや展開に満ちた、観客に深い共感を喚起する演劇作品にはなりにくいと考えていたからなのかもしれない。しかし『緋文字』がアメリカ文学の傑作と広く認識されるようになっていた一八七〇年代には、人々はその舞台化にも大きな関心を寄せていた。『緋文字』の新しい普及版が登場したすぐのち、一八七七年には二つの異なる戯曲版が登場するが、そのうちの一つはボストンで舞台にかかり、一月一日の開幕上演にはハウエルズやロングフェロー、ローウェルといった当時の文壇を代表する文人たちも数多く詰めかけたという（Scharnhorst xxv）。『ボストン・トランスクリプト』に掲載された劇評は、「分別のある人間なら誰しも、ホーソーンの傑作の比類なき豊かさをすべて舞台上で目にできるとは期待しないだろう。その芸術的な動機や美や力はあまりに深くに存在しており、あまりに純粋に霊的かつ知的なものなので、読者それぞれの空想による共感的な創造をのぞけば、どんな話し言葉によってもふさわしく表現できないし、どんな俳優によってもうまく演じられることはない」と考えるにちがいないが、『緋文字』の劇作家たちはその仕事をうまくやってのけたと評価し、その舞台はゲーテの『ファウスト』やシェイクスピアの『ハムレット』のような悲劇の古典として位置づけられるとすら述べた（"Amusements" 233）。

一方同じ一八七七年に書かれたもう一つの『緋文字』の戯曲は、劇場支配人でもあったゲイブリエル・ハリソンが書いたもので、結局舞台にはかからなかったようであるが、戯曲そのものは印刷出版され、同年一月七日『ブルックリン・イーグル』にその書評が掲載された。その書評では、アーヴィングやホーソーンのような作家たちの作品を劇作家たちが大衆化させる努力をしてこなかったのは不思議だと述べられ、そのような試みの一つとしてハリソンの戯曲が紹介されている（"Hawthorne" 235）。戯曲の場合、登場人物の会話とト書きのみで場面が展開するため、いわゆる地の文というものはない。そのため小説を舞台化する際には、時間的空間的制約のため大幅な省略が行われるのが通例であろう。数多い『緋文字』の舞台版の多くはそのような省略を行うとともに、原作にはない要素を追加することも行われた。たとえばこのハリソンの戯曲では、シェイクスピアの『マクベス』の魔女たちさながら大釜を囲んでヒビンス夫人や先住民たちの集団が踊りながら薬草を作っている場面が挿入されていたという（239）。また一八八八年にロンドンで上演された別の舞台では、結末がまったく変えられ、牧師の告白はなく、チリングワースがパールの父親とされ暴徒に殺される。また主要人物たちが新世界に来る前のプロローグを挿入し、ヘスターとディムズデイルの最初の恋愛を示すことで、二人の愛情を正当化し、ヴィクトリア朝の観客にとってより煽情性の低いものとした舞台もあった（Scharnhorst xxvi）。これら数多くの演劇版のなかで、十九世紀の『緋文字』の舞台化としてもっとも商業的に成功した作品は、シャーンホーストによれば、ジョゼフ・ハットンによる戯曲であり、一八七六年にイギリスで制作され、ニューヨークでも一八九二年に上演されたものだという。しかしその作品においても、低俗な喜劇的場面が追加され、新しい登場人物も多数登場していたといわれる。ある劇評は、「良い芝居にはアクションが最重要であるが、『緋文字』には語るべきアクションは何もない」と述べ、このような『緋文字』の舞台化の試みは「せいぜい素晴らしい失敗作だ」（"Hawthorne's Romance" 244）と評するものもあった。

それでも『緋文字』は繰り返し戯曲化され、舞台化が試みられてきた。今世紀に入っても、たとえば二〇〇二年には、シェイクスピア・カンパニーの委嘱を受けたニューヨーク大学教授キャロル・ギリガンによる『緋文字』の戯曲が上演されている。ホーソーンの生誕二百周年を記念する論集に寄せたエッセイ「月光の視覚性――『緋文字』を舞台化する」の中でギリガンは、「道徳劇が心理ドラマへと道を譲った。そしてこのようなドラマこそ、シェイクスピア・カンパニーのティナ・パッカーがホーソーンのロマンスを舞台化しないかと私を誘ったときに、私が行おうとしたことだった」（Giligan 85）と述べている。しかしホーソーンが生きていた十九世紀英米における演劇の主要な形態は、ジョージ・エイキンの翻案した『アンクル・トムの小屋』を代表とするような、感傷的なメロドラマであった。ホーソーンは自身の暗い心理ロマンスが、そのような大衆向けのお芝居には向いていないと思ったのであろう。演劇としては失敗してもオペラなら成功するかもしれないとの当時の彼自身の感想には、労働者階級も詰めかける当時の煽情的かつ感傷的な芝居と、裕福で教養のある上流階級向けのオペラという、階級差についての意識が働いているとも考えられる。しかし南北戦争後の十九世紀後半に演劇でもリアリズムが重視され、よりシリアスな内容を扱った心理劇が登場するようになると、ホーソーンの『緋文字』における登場人物たちの苦悩の心理ドラマが格好の題材とされたのであろう。

『緋文字』の様々な場面における印象的な視覚効果もまた、十九世紀後半に『緋文字』の数々の舞台化を促した一因と考えられる。たとえば一八七八年にジェイムズ・R・オズグッド社が出版した挿絵付『緋文字』版では、さらし台の上でパールを胸に抱いて立つヘスターの姿をはじめ、様々な場面の挿絵が物語を彩り、読者の視覚に訴えかけていた。実際ヘンリー・ジェイムズもホーソーンの評伝で、まだ作品を自分では読めない子ども時代に、ヘスターとパールの絵を目にした記憶について、「その絵は私の心に鮮明に残り続けた。私はかすかに恐怖を覚え、不安にさせられたのであった。それから何年もたって、最初に物語を読んだとき、私はそれを以前に読んだものであるかのように、その二人の奇妙なヒロインたちに馴染みがあるように思えた」(James 88) と語り、物語とその登場人物がもつ豊かな絵画性と視覚効果について証言している。

メアリー・ハロック・フットによる1878年版『緋文字』の挿絵

そのような『緋文字』のもつ絵画性と視覚効果は、演劇だけでなく、音楽を伴う総合舞台芸術であるオペラ化も促したのであろう。芝居ではなくオペラなら成功するだろうというホーソーン自身の言葉を証明するかのように、この百五十年以上の間に何度も『緋文字』のオペラ化が試みられてきた。一九九二年十月二日付の『ニューヨーク・ブックレビュー』で批評家アルフレッド・ケイジンは、「なぜ『緋文字』のオペラはないのだろうか。小説は「監獄の扉」の場面で始まるが、それはあまりに完璧にドラマティックなので、観客がどっと拍手をするのが聞こえることを半ば期待してしまう」と述べ、ヘスターが登場する場面についても、「衣装、色彩、人物像がこれ以上に劇的に対比された場面で始められるオペラはないだろう」（Kazin 53）と述べたが、実際には前述のようにホーソーン生存中からオペラ化は試みられていた。初期のオペラ作品としてもっとも有名なものとしては、十九世紀末に製作されたウォルター・ダムロッシュ作曲による三幕物のワーグナー風オペラがあり、一八九五年一月にカーネギー・ホールで初演された。その台本はホーソーンの娘婿ジョージ・パーソンズ・ラスロップが書いたが、オペラに登場させるのは不可能だという理由からパールの存在はカットされた。物語を改変した台本に対する批判以外にも、批評家の間でこのオペラは、『緋文字』の緊迫した静的ドラマと華々しく壮大なワーグナー風音楽とのミスマッチもあってか、芸術的には失敗作だと見なされたようであるが、この有名なダムロッシュ版オペラ以外にも、十九世紀から二十一世紀まで様々な作曲家によって少なくとも六回以上『緋文字』のオペラ化が試みられている。

もっとも新しいオペラ版は、アメリカ人歌劇作曲家ロリ・ライトマンが作曲し、詩人デイヴィッド・メイソンが台本を書いたもので、二〇〇八年にオペラ・コロラドによって初演されたものであろう。『緋色の台本《スカーレット・リブレット》』というタイトルでその台本を書籍出版したメイソンはその序文で、作曲家ライトマンと二人でオペラ化にふさわしい近代小説を数多く検討したうえで『緋文字』を選んだ理由として、版権がいらないこと以外に、「物語の筋がシンプルで明確であり、感情的な力と、物語を私たちの時代に結びつけ続ける重要な文化的含蓄に満ちていた」（Mason vii）からだと述べている。

一方、『緋文字』はその登場以来くり返し舞台で演じられてきただけでなく、「『緋文字』が映画的な小説であるというテーゼ」(西谷 一四五)を例証するかのように、新しいメディアの登場とともに、他のどのアメリカ文学の古典よりも頻繁に映像化されてきたと言われる作品でもある。一九〇八年のサイレント映画を皮切りに、一九三四年には初期のトーキー映画としても映画化され、一九七二年にはドイツ人監督ヴィム・ベンダースによるドイツ語版『緋文字』(*Der Scarlachrote Buchstabe*)も公開されている。もっとも有名な一九九五年のローランド・ジョフィ監督版『スカーレット・レター』は、デミ・ムーアが迫害の中でも愛を貫こうとする力強く官能的なヘスターを演じ、先住民と植民地との戦いのさなかディムズデイルとパールの三人で村を去っていくという、全く異なる結末が用意されたアレンジ色の強い翻案である。同作は公開当時から賛否両論を巻き起こしたものの、古典作品の映像化が商業的に成功する可能性を示したと言うこともできよう。様々に酷評する映画評や研究が多く存在するなか、たとえばジェイミー・バーロウは、ヘスター・プリンがいかにアメリカ文化のなかで複層的な深い影響力を及ぼしてきたかを論じた著書の中で、この映画を『(新)緋文字』と呼び、ヘスター像を刷新する試みとして高く評価している(Barlowe 82)。

二十一世紀に入っても、『緋文字』は様々な映画やテレビドラマなどで言及され続けているが、とりわけ近年には、原作の『緋文字』のテーマや登場人物、物語の筋をより大胆に変更した作品や、自由に改変した作品が数多く登場しているように思われる。たとえば二〇〇四年十月に韓国で公開されたピョン・ヒョク監督の『スカーレット・レター』は、主人公の若い刑事とその妻と愛人の三角関係が、主人公の捜査する殺人事件を軸に悲劇へと展開する現代サスペンス・ドラマであり、植民地時代のボストンという原作の設定からは時代的にも空間的にも遠く隔たった作品である。しかしクライマックスの場面では、主人公の愛人である歌手が、原作の『緋文字』のヘスター同様、娘に真珠《チンジュ》と名付け、アメリカに渡って母親一人で力強く子どもを育てるという見果てぬ夢を語る場面が挿入されている。ヒョク監督は、この映画のDVD版に収録されたメイキングの中で、この映画の狙いは、誘惑の美しさを忠実に表現すること、そしてその代償がいかに高くつくかを描くことだったと述べており、全体を通して、日常生活や法や道徳など、様々なものからの逸脱こそが作品のテーマとなっている。この現代韓国映画の例には、アメリカ植民地時代のピューリタン社会を舞台に、罪が社会や個人に与える影響が探究されたホーソーンの『緋文字』の物語が、いかに人種や国や文化を超えて広く人々の想像力に訴え、普遍的な象徴性を担うようになっているかを如実に示していると言えるだろう。

一方、現代のアメリカにおいても文化的遺産としての『緋文字』の有効性はますます広く活用されている。たとえば『小悪魔はなぜモテる!?』と邦題のつけられた二〇一〇年全米公開の『イージーA』(*Easy A*) という作品は、コメディタッチの現代青春映画であるが、原題が暗示するように、ホーソーンの『緋文字』が物語の元となっている。エマ・ストーン演じる主人公の女子高生は、ゲイの友人が学校で友達からバカにされないよう、彼と関係をもったという偽の噂を流すことに協力するが、その友情行為が学校中のモテない男の子たちに密かに広まったことで、彼らとも関係を持ったという虚偽の情報を広める協力をすることになる。その結果主人公は、複数の男の子と関係をもつクールな(しかし排他的なキリスト教クラブのメンバーからは堕落した)女の子だとの噂が学校中で広がってしまう。実際には友達思いで真面目なヒロインは、平凡で目立たなかったはずの自分が、性に積極的な女性として皆から異端視されるようになった現在の状況を、国語の授業中に習っている『緋文字』のヘスターになぞらえ、あえて胸に大きな赤いAの緋文字をつけた大胆な服を着て登校し、校内を堂々と歩く。現代のアメリカにおいて固定化したヘスター像に対する一種の皮肉も込められた、ユニークなアダプテーションの一例だと言えよう。

このように、二十一世紀に入った現在、世界的にアメリカ文学の古典として知られる『緋文字』の文化的遺産としての重要性は、ますます高まっていると言える。十九世紀の芝居やオペラから二十一世紀の映画やテレビドラマまで、『緋文字』の物語はジャンルも時代も国境も超えて様々な形で再現され、観客・視聴者の前に提示され続けている。しかしこのような原作の物語に対する様々なメディアによる翻案は、作品の中でも複雑な象徴性を付与されているAの解釈という点では、時間的制限や物語の単純化といった制約により、一義的になるか、あるいは探究の余地をあまり見せていないように思われる。しかし現代の作家や戯曲家たちによるアダプテーションでは、様々なヘスター像が提示されるとともに、Aの象徴についても多様な解釈が行われている。作家たちにとって古典としての『緋文字』が持つ魅力とはどのようなものなのか、またどのような意味をAに付与しているのか、その点を検討するために、次に『緋文字』の現代版アダプテーションの例として戯曲と小説をそれぞれ取り上げ、具体的にどのような翻案がなされ、そこにどのような効果や意味が生み出されているのかを考察してみたい。

三　閉塞と自由の象徴としてのヘスター

一世紀半にわたって、読者や観客はもとより、作家や詩人、舞台映像関係者たちの想像力に訴えかけてきた印象的な物語と人物造形を備えた『緋文字』のなかでも、もっとも後世の創造者たちに様々な解釈や翻案を促してきたのは、やはりヒロインのヘスターであろう。『緋文字』の現代版アダプテーションの小説としてよく知られているのは、ジョン・アップダイクが一九七〇年代から八〇年代に発表した『緋文字』三部作である。第一作『日曜日だけの一ヶ月』（*A Month of Sundays*）（一九七五年）では主人公トマス牧師を通してディムズデイルの、第二作『ロジャーの話』（*Roger's Version*）（一九八六年）では主人公である神学教授を通してチリングワース視点の、現代における姦通の意味がそれぞれ探られているが、三作目の『S』（*S*）（一九八八年）では、アップダイクが自作の女性たちの描写を批判されてきたことを受けて、移動する女性の視点に挑戦した現代版ヘスターの『緋文字』語り直しが行われている。一方原作と同じ十七世紀を舞台にした『緋文字』語り直し小説には、アフリカ系作家の研究者でもあったチャールズ・ラーソンの『アーサー・ディムズデイル』（*Arthur Dimmesdale*）（一九八三年）や、同じく大学教授でアメリカ研究者であるイギリス人クリストファー・ビグズビーの『ヘスター』（*Hester*）（一九九四年）と『パール』（*Pearl*）（一九九五）などがある。この三作を取り上げ紹介した柴田元幸によれば、原作の『緋文字』との最大の違いは、「『緋文字』が輪郭だけ描いて細部の想像は読者に委ねがちであるのに対し、これら三冊は細部を書き込みがちだという点」（柴田　一三一）にあるという。これらの作品も語り直し小説としてそれぞれ魅力を持っていると言えようが、学界に属する現代白人男性作家による古典白人男性作家へのオマージュのようにも受け取れよう。一方、近年より大胆で批評的にも注目を浴びている『緋文字』のアダプテーションは、作家ホーソーンとは人種や文化、性別など様々な点で大きく異なる背景をもった女性作家たちによって発表されている。

たとえば二〇〇二年にピュリッツァー賞を受賞したアフリカ系アメリカ人劇作家スーザン＝ロリ・パークスは、一九九九年に『血だまりのなかで』（*In the Blood*）、二〇〇〇年に『ファッキングA』（*Fucking A*）を発表し、人種的にも経済的にもより他者化されたヒロインを創造し、新たな現代版のヘスター像を呈示している。のちに二つの戯曲を合わせて『レッド・レター・プレイズ』（*Red Letter Plays*）（二〇〇一年）と題して出版されることになる第一作『血だまりのなかで』の主人公ヘスター・ラ・ネグリタは、二歳児からティーンエイジャーまで五人の子どもを持つ貧しい黒人のシングルマザーである。五人の子どもたちのうち三人の男の子は、長男がヘスターの元夫チリ（Chilli）、次男が彼女の卵巣摘出手術を勧める「医者」（The Doctor）、三男は牧師D（Reverend D）をそれぞれ父親とし、長男次男の父親は原作『緋文字』のチリングワースに、三男の父牧師Dはディムズデイル牧師に、それぞれ基づいて造形されている。この三人の男たちは皆ヘスターを性的に搾取しながら、彼女をより孤立した絶望的閉塞状況へと追い込む存在となっている。物語冒頭では、貧しいなかでも五人の子どもを「私の五つの宝。私の五つの喜び」（Parks 21）と呼び、友人に子どもたちのうち何人かは手放すべきだと勧められた際も、「私の子どもたちは私のもの。手放したら何を得られるんだい？　何もないよ。今でも何も持っていないのに、彼らを失ったらもっと何もなくなってしまう」（28）と語る。その子どもたちを慈しんで育てている様子に、ヘスターが娘パールを「持てるすべてで購った母の唯一の宝」（*Scarlet Letter* 89）と呼んでけっして手放そうとしなかったことを連想する観客／読者も多いだろう。しかし本作のヘスターは、A以外の文字がわからず、原作のヘスターのように自らの腕で自立することもできないという点で、一層社会との接点を失っており、より無力で疎外された状況にある。彼女は子どもの父親たちからくり返し拒絶されることで一層精神的に追い詰められ、自分たちの家に繰り返し書かれる「売春婦」という落書きの文字を長男に何度も面と向かって読まれることで限界に達し、もっていた棍棒で発作的にその息子を殴りつけ殺してしまう。原作ではヘスターが監獄から出てくる場面で物語が始まるのに対し、本作のヘスターは最後に子殺しの罪で監獄に入れられ、「医者」から避妊手術をされたと暗示される場面で物語が終わる。佐藤里野は、『緋文字』のこのような大胆な書き換えは、記憶から葬られてきた黒人や女性たち周縁化された人々の歴史に、あるいはそのような歴史の恣意性そのものに焦点を当てる試みだと指摘している（佐藤 二〇）。パークスはアメリカの古典作品を素材としながら、ホーソーンのヒロインとの違いを観客に否応なく意識させることで、より一層絶望的な状況に追い込まれている貧しい黒人女性の苦境を印象付けることに成功していると言えよう。

一方二作目の『ファッキングA』でも、パークスは再びホーソーンのこの古典に戻り、主人公ヘスター・スミスを、「堕胎施術者《アボーショニスト》」として秘密裏に堕胎手術を行うことで生計を立てながら、二十年会っていない刑務所に収監中の息子に送金している文盲のシングルマザーとして設定している。その設定もまた、現代社会の底辺で生きる貧しい黒人女性の何重にも疎外された状況と、父権的な十七世紀植民地社会のなかで疎外されて孤独に生きるヘスター・プリンの境遇とを接続させ、従来の白人中心的なヘスター像に新たな可能性を付与する試みとなっている。この二作目のヘスターは胸にAの焼印を入れられており、物語の最後では、刑務所から逃げ出した息子が追っ手に捕まって残酷な拷問によって殺されるよりはと、親子共々奴隷制のもとに連れ戻されることを拒否して我が子に手をかけた『ビラヴド』(*Beloved*)（一九八七年）のセサ同様に、息子の首を自らナイフで切りつけて死亡させる。しかし性的に搾取され続ける弱者としての黒人女性の無力感や絶望感が支配する前作と異なり、「復讐劇」とパークスが呼ぶこの二作目では、ヒロインはホーソーン版ヘスター同様いわば社会の必要悪のような技によって自立しており、運命に流されるだけでなく、子どものためにと行動する母親の強さもまた際立っている。

このように父権的社会に抑圧され性的・経済的に搾取される他者としての女性たちの悲劇の象徴としてのヘスター像があるとしたら、そのような社会の枠組みの中で葛藤しつつも閉塞からの自由を求める精神的強さの象徴としてのヘスター像もある。パークスの作品が前者の側面をより前景化しているとしたら、後者の「越境者」としてのヘスターの、異質な要素を混淆させ、新たな意味を生み出す創造者としての側面を推し進めた一例が、インド出身の現代アメリカ女性作家バーラティ・ムカジーが一九九三年に発表した『世界の保持者』(*The Holder of the World*)だと言えるだろう。この小説では、十七世紀新大陸のニューイングランド植民地と先住民、宗主国イギリス、そしてアジア、すなわち作者の文化的背景であるインドを結ぶ、グローバルな人とモノ、文化と経済のつながりが提示されており、歴史に埋もれてきたそのネットワークを、アメリカ史の中に逆照射するような物語となっている。

『世界の保持者』は次のような複雑なプロットを持っている。古美術調査員として顧客の代わりに骨董探しを行う語り手ベイ・マスターズが、「皇帝の涙」と呼ばれる貴重なダイヤモンドを探す過程で、自分の先祖にハンナ・イーストンと呼ばれる女性がいることを知り、この女性がダイヤモンドと深いかかわりがあること、そして世界各地に現存する様々な資料から、この女性が約三百年前にアメリカとイギリスとインドで波乱万丈の人生を送ったことを突き止める。そして物語のクライマックスでは、マサチューセッツ工科大学でコンピューターサイエンスを研究するインド人の恋人ヴェンの助けを借りて、ヴァーチャル・リアリティを通して時間と場所を越え、インドで動乱に巻き込まれていた若きハンナと一瞬の邂逅を果たし、ダイヤモンドの行方も判明する。このように自身の調査で分かった祖先ハンナの物語を語り手ベイは再構築し、『緋文字』と同じく物語内物語としてハンナの越境の物語を提示するのである。ハンナは原作のヘスターと違って、もともと植民地アメリカで生まれ、結婚後に夫の故郷であるイギリスで数年過ごした後、夫の仕事の関係でインドに渡り、夫の死後にムガール帝国インドのラジャの愛人となるが、帝国内の政治的動乱に巻き込まれ、結果ラジャとの間にできた娘を連れて再びアメリカに戻り、母と娘の三人で残りの人生を過ごすという、まさに波乱万丈な人生を送る人物である。彼女はアルファベットを教える母親から、Aは行動(action)のA、Bは勇敢さ(baldness)のB、Iは独立(independence)の

Iだと習う。そのようなハンナのことを語り手ベイは、現代的な意味での「旅行者」であると述べ、世界の多様性の認識とその称揚こそ、ハンナが現代人と共通する感性であると主張する（Mukherjee 134）。ブルース・サイモンが、「（十九世紀的な人種混淆（amalgamation）や混血（miscegenation）という意味での）ハイブリッド性」は、「ムカジーにとっては常に欲望と多義性と境界の曖昧化や越境を意味する」（Simon 424, 423）と指摘しているように、ムカジーの『世界の保持者』は、アメリカのヒロインに様々な境界を突き抜けるハイブリッド性を付与する試みであり、同作はポストコロニアル版『緋文字』の語り直しとして、批評的にも大きな注目を集めている。

ムカジーはまた、二〇〇九年に刊行された『新アメリカ文学史』のなかでホーソーンの『緋文字』の項目を執筆した際に、彼女自身インドから移民したトランスナショナルなアメリカ人として、『緋文字』がアメリカ人のアイデンティティをより間大陸的なものとして提示していないことに対し不満を覚えたと述べている。その不満から、彼女は自身のヘスターに世界中を移動させることで流動的アイデンティティを与え、特定の社会の中でルールにのっとった伝統的な生き方だけでなく、複層的なアイデンティティを可能にするオルタナティヴな道が可能であることを示そうとしたのであろう。ムカジーは、自分はホーソーンとは人種も宗教も母語も共有していないと断った上で、しかし『緋文字』は、アメリカの国民アイデンティティがつねに破壊と再生を繰り返してきたことを教えてくれたと述べ、この大量移動の時代にあって、『緋文字』は新しい緊迫性を得ており、私たちそれぞれが、アメリカの物語を再想像し、再定義することを促している」（“Scarlet Letter” 272–73）と結んでいる。

おわりに

本論で示してきたように、『緋文字』という作品がもつ姦通という男女の普遍的テーマや、緋色に輝く罪の印としてのAという印象的なモチーフ、共同体の中で孤独と疎外に耐えながら自身を貫こうとするヒロインの物語は、作品発表直後から国を超えて人々の想像力を刺激し、受容される時代や場所へ様々に適応しながら、無数の翻案を生み出してきた。「アダプテーションはあらゆる文化を超えて人間の想像力の中心をなす（つねにそうありつづけてきた）」（ハッチオン iv）というリンダ・ハッチオンの言を俟つまでもなく、現代において古典は創作者たちの想像のなかで、新たな視点による重層的な意味を与えられ、その翻案に触れる観客／読者の心に深い反響を引き起こしている。ポストコロニアル批評や環境批評などアメリカ文学研究における最新の研究動向を牽引してきたローレンス・ビュエルは、二〇一四年に刊行した浩瀚な『偉大なるアメリカ小説の夢』で、十九世紀に誕生した「偉大なるアメリカ小説」という時代がかった概念を再検討するなかで、キャノン再考を潜り抜けたホーソーンの古典作家としての地位に言及し、『緋文字』ルネサンスとも呼ぶべきこのような近年の『緋文字』アダプテーションの百花繚乱ぶりを紹介している。その上でビュエルは、『緋文字』がつねに創作者の想像／創造を刺激し続ける力を、スーザン＝ロリ・パークスの言葉を借りて、「挑発と参照点としての継続的な生成力」（Buell 73）にあるとした。実際、これまでに生み出されてきた無数のアメリカ文学、あるいは世界文学のなかでも、『緋文字』のAの文字とそれを身に着けたヘスターの物語ほど、読者の想像力に取り憑き、様々な感情を喚起し、再創造という行為を促すものはないと言えるのではないだろうか。こうして様々な人に取り憑いたAの物語は、それぞれの環境に適応《アダプト》しながら、今後も様々な翻案《アダプテーション》を生みだしていくだろう。百五十年以上もの間人々の想像力を刺激し様々な意味を付加され再生されてきた文化的遺産としての『緋文字』の喚起力や生成力もまた、ホーソーンが後世に遺した大きな遺産なのである。

引用文献

"Amusements." 1877. Scharnhorst 233–35.

Barlowe, Jamie. *The Scarlet Mob of Scribblers: Rereading Hester Prynne*. Carbondale: Southern Illinois UP, 2000.

Broadhead, Richard H. *The School of Hawthorne*. New York: Oxford UP, 1986.

Buell, Lawrence. *The Dream of the Great American Novel*. Cambridge: Belknap, 2014.

[Chorley, Henry E.] Rev. of *The Scarlet Letter: A Romance*. 1850. Harding 239–40.

[Coxe, Arthur C.] "The Writings of Hawthorne." 1851. Harding 271–90.

Duyckinck, Evert A. Rev. of *The Scarlet Letter: A Romance*. 1850. Harding 231–33.

Faust, Bertha. *Hawthorne's Contemporaneous Reputation: A Study of Literary Opinion in America and England, 1828–1864*. New York: Octagon, 1968.

Gilligan, Carol. "A Moonlight Visibility: Turning *The Scarlet Letter* into a Play." *Hawthorne Revisited: Honoring the Bicentennial of the Author's Birth*. Ed. David Scribner. Lenox, MA: Lenox Library Association, 2004. 83–97.

Harding, Brian, ed. *Nathaniel Hawthorne: Critical Assessments*. Vol. 1. Mountfield, East Sussex: Helm Information, n.d.

Hawthorne, Nathaniel. *The Scarlet Letter*. 1850. Vol. 1 of *CE*. 1962.

———. *The Letters 1843–1853*. Vol. 14 of *CE*. 1985.

———. *The English Notebooks 1853–1856*. Vol. 21 of *CE*. 1997.

"Hawthorne / His 'Scarlet Letter' Dramatized / How Gabriel Harrison Has Done the Work / The Romance and the Play Compared / A Worthy Work Fairly Performed." 1877. Scharnhorst 235–39.

"Hawthorne's Romance 'The Scarlet Letter' in Dramatic Shape / Mr. Joseph Hatton's Version in Not an Ideal Play, but It Serves Theatrical Purposes and Deeply Interests an Audience / Mr. Richard Mansfield's Dimmesdale / Some Curious Blunders of Costuming and Stage

Management Which Go Far to Mar the Puritan Picture/ A Stageworn Trick That Ought to Go." 1892. Scharnhorst 241–246.
James, Henry. *Hawthorne*. 1879. Ithaca: Cornell UP, 1997.
Kazin, Alfred. "The Opera of 'The Scarlet Letter.'" *The New York Review of Books* 39.16 (October 8, 1992): 53.
Mason, David. *The Scarlet Libretto*. Pasadena, CA: Red Hen P, 2012.
Mukherjee, Bharati. *The Holder of the World: A Novel*. New York: Fawcett, 1993.
———. "The Scarlet Letter." *A New Literary History of America*. Ed. Greil Marcus and Werner Sollors. Cambridge: Belknap, 2009. 268–73.
Parks, Suzan-Lori. *The Red Letter Plays*. New York: Theatre Communications Group, 2001.
Ripley, George. Rev. of *The Scarlet Letter*. 1850. Harding 234–35.
Scharnhorst, Gary, ed. *The Critical Response to Nathaniel Hawthorne's* The Scarlet Letter. Westport, CT: Greenwood, 1992.
Simon, Bruce. "Hybridity in the Americas: Reading Conde, Mukherjee, and Hawthorne." *Postcolonial Theory and the United States: Race, Ethnicity, and Literature*. Ed. Amritjit Singh and Peter Schmidt. Jackson: UP of Mississippi, 2000. 412–44.
Tompkins, Jane. *Sensational Designs: The Cultural Work of American Fiction, 1790–1860*. New York: Oxford UP, 1985.
Whipple, Edwin P. Rev. of *The Scarlet Letter*. 1850. Harding 236–38.
斎藤忠利編『緋文字の断層』開文社、二〇〇一年。
佐藤里野「読むことのできない文字——スーザン＝ロリ・パークスの *In the Blood* 考」*Journal of the Ochanomizu University English Society* 第三号、二〇一二年、一八—二六頁。
柴田元幸「二〇世紀のディムズデイル、ヘスター、パール——三冊の『緋文字』の語り直し小説について」、斎藤、一一九—四三頁。
西谷拓哉「『緋文字』の映像性」、斎藤、一四五—六一頁。
リンダ・ハッチオン『アダプテーションの理論』片渕悦久・鴨川啓信・武田雅史訳、晃洋書房、二〇一二年。
ピョン・ヒョク監督・脚本『スカーレット・レター』（DVD）アミューズソフトエンタテインメント、二〇〇四年。

アメリカン・ルネサンス的主人公の不滅

——ファンショー、デュパン、オースター

伊藤詔子

ローレンス・ビュエルの『偉大なアメリカ小説の夢』(二〇一四年)では、GAN (Great American Novel) の筆頭として、ホーソーン『緋文字』の偉大なレガシーが詳細に論じられているが、一方でポーは極めて周辺的に言及されるのみで、マシーセンの『アメリカン・ルネサンス』(一九四一年)以上に冷淡な扱いをうけている。しかしポー文学を、モダン、ポストモダン、ポスト・ポストモダンの世界文学の豊かな源流として位置づけることは、アメリカン・ルネサンス研究としてはかなり一般的となってきた。この点は拙論「巻頭言——日本ポー学会創立5年目を迎えて」でも述べたように、ポー生誕二百年(二〇〇九年)の世界的ポー評価のうねりと、その後のボストンを中心とするアメリカ主流文化での、ポー完全復活によって確実なものとなった。(1) ポール・オースターが、ホーソーンとポーの主人公を融合して現代小説によみがえらせていることは、『ユリイカ』オースター特集の拙論「デュパン、クィン、ファ

ンショー――ポール・オースターとアメリカン・ルネサンスの作家達」でも述べたが、特集以降十六年この傾向はますます顕著である。

この動きに一役買っているのは、世紀末から二十一世紀のポップカルチャーを担う二大スター、ロック世界のポーといわれるブルックリン出身のルー・リード（二〇一三年没）と、ポストモダン小説の旗手、ポール・オースターによる、ポー作品の多様なアダプテーションやイヴェントのカルチュラル・パワーによるところも大きい。イヴェントの一例をあげると、ポー・コレクションで名高いニューヨークのモーガン・ライブラリー・ミュージアムで、ポーが物語の神髄とした「魂の恐れ」（"Terror of the Soul"）と題して、二〇一三年十月から翌一月まで、新たに収集された『タマレーン』（一八二七年）の初版本等と共に〈ポーの棺の木片〉等の珍しい展示があり、記念行事として、リードのライヴも予定されていたがこれはかなわず、オースターとニューヨーク・パブリック・ライブラリーのキュラター、アイザック・ゲヴァートとの対談が組まれ、ユーチューブで配信された。そこでオースターはポーやピンチョンを"boy writer"、ホーソーンやディッケンズを"grown-up writer"と呼び、さらにポーの文体を"rowing narrative"自らの文体を"rolling narrative"と呼び、ポーの手稿文字の美しさについて何度も言及する（Auster, "Paul Auster"）。

オースターの小説ではたえず作家の手稿とノートのアナログ的重要性が二〇〇三年の『オラクル・ナイト』や二〇〇七年の『写字室の旅』等でも中心的テーマとなってきた。周知のように二〇〇五年の傑作『ブルックリン・フォーリーズ』では、未発見のホーソーンの『緋文字』の手稿を捏造して、資金を稼ぎユートピアを実現しようとし失敗する。(2) 本論では拙論を発展させて、オースターの中で深く息づく、ポーとホーソーンの生み出した主人公の根跡とテーマの継続性を検討し、二大作家に代表されるアメリカン・ルネサンス的主人公の、ポストモダンにいたる不滅性について考察したい。

一　様式的前衛の作家ポーとオースター

オースターは一九七二年四月パリで修行中、第一詩集『発掘』を出し、以降五冊の詩集を出版した。当初より詩人としてだけでなく書評家として又編集者として優れた才能を花開かせたのみならず、映画のシナリオ作家あるいは監督として、さらに絵画集の編集でも活躍していることから、様々な表象文化ジャンルすべてを総合的にアートと捉え、自らアーティストとして仕事をしているのだといえる。この点詩人として出発し、絵画や音楽等多様なジャンルの芸術の源泉として影響を与え続けているポーと、非常に似ているといえよう。ポーが一八四五年オーナーとなった『ブロードウエイ・ジャーナル』の編集でも、新しいメディアであったダゲレオタイプやイラストを積極的に使っていった。一九八二年のオースター書評集『飢えという芸術』に掲げたベケットの言葉「私がいっているのは芸術にはフォームがなくなるということではなく、混沌を受け入れる様な新しいフォームとなるということで、そうした混乱を入れ込むフォームを探すことが現代の芸術家の仕事だ」(*Art of Hunger* xix) は、オースターの芸術観であるとともに、ダゲレオについての拙論(二〇一二年)でも論じたように、十九世紀初頭から中葉にかけて、「文学の新しい国 (new literary nation)」を樹立しようとしたポーのものでもある。

オースターの様々な芸術ジャンルの横断は、恐らく小説がやっと文学市場を確立した十九世紀半ばのアメリカで、ポーが様々な文学ジャンルを都市の読者の感性を狙って開発し、様式的前衛に立った時の事情とよく似たものがある。又ホーソーンがロマンスとノヴェルの特徴を意識して、アメリカには英文学の小説にはないロマンスの空間があると考えて、独自のロマンスを構築していった事情とももちろん無縁ではない。オースターの生きる二十一世紀、小説や映画、詩集や絵画の読者達はそれぞれの芸術様式固有のテキスト領域に分かれて住んでいるのではなく、ジャンルを支えるポストモダンの消費文化というテキストをまず共有しているのである。人々は小説を見ながら映画を読み、絵画を観ながら詩集や音楽を楽しむが、各芸術ジャンルの様式の差異は、パスティーシュとパロディを旨とするポストモダン文化という、前提となる文化テキストの上に載っているところもある。

様々なテーマを万華鏡のように展開するオースターの小説も、そうした芸術観から生まれ、特にヨーロッパ文学の体験をアメリカ的主題と結合しようとする独特の風合いを持つ。上記の対談でもオースターはポーが環太西洋的作家である点を強調しているが、ユダヤ系二世の父との確執を「みえない男の肖像」と題してラルフ・エリソンの『見えない男』（一九五二年）とジェイムズ・ジョイス『若き芸術家の肖像』（一九一六年）と混合交錯させ、更に自己形成の糧となったマラルメ、フロベール、ヘルダーリン、フロイト、ゴッホ、トルストイ等々の読書体験を書いた「記憶の書」から成る『孤独の発明』（一九八二年）以下十作の前期小説は、アポロの月面着陸やコロンブスやフロンティアをテーマとする『月の宮殿』（一九八六年）、マーク・トウェインの『コネティカット・ヤンキー』ばりに自由の女神像爆破を描く『リヴァイアサン』（一九九二年）を経て、人種と家族の問題を正面から取り上げる『ヴァーティゴー氏』（一九九四年）まで、描く世界は多様きわまりない。その多産な制作は、今世紀になっても『幻影の書』（二〇〇二年）、『ブルックリン・フォリーズ』、『闇の中の男』（二〇〇八年）、『不可視』（二〇〇九年）、『サンセット・パーク』（二〇一〇年）等限りなく続いている。柴田元幸の全作的翻訳によって、ほとんどの作品を日本語で読むことができて、オースター・ワールドは日本にも深く浸透している。(3)

こうしたオースター小説の手触りにある紛れもないグローバルなポストモダンの特質にもかかわらず、

よく読むとどの作品にもアメリカの起源追跡と探求精神、アメリカの繁栄のアウトサイダーとしての作家像が通底している。それは一見してわかるようにオースターをアメリカン・ルネサンスの古典的作家の主題と結びつけている要素であり、タイトルからするとニューヨークを描ききったかに見える『ニューヨーク三部作』（一九八七年）は、しばしば叙事詩的三部作様式をとってきたスティーヴン・クレイン、ドライサー、ドス・パソス、あるいはフィッツジェラルド等陸続と書かれ一大ジャンルとなった二十世紀ニューヨーク小説の、実はどの伝統にも当てはまらず、巨大メガポリスの環境に翻弄される自然主義的主人公や、地方から上京し次第に成り上がっていく夢の体現者も出現しない。第一『ニューヨーク三部作』には都市小説につきものの地下鉄や車が出てこないだけでなく、アメリカ都市小説の主人公三類型――肖像画型、総覧・群像型、エコロジカル型――のいずれの類型にもあてはまらない。むしろそこには十九世紀中葉のかなり古めかしい都市文学はしりの時代を想起させるボードレール的フラヌールやポー的な病み上がりの語り手が登場し、主人公の歩行の磁場はカフカやリルケの殉教と迫害のヨーロッパ文学の系譜と、アメリカ文学確立期の作家と絡み合う間テキスト性により形成されていく。書評や詩集を除けば、この作品は『孤独の発明』に次ぐほとんど最初の書で以後多くの作品のモチーフが窺える。オースターにとってはアメリカン・ルネサンスの作家がヨーロッパ体験と切り結びつつ苦闘したアメリカの都市の意味追跡が、今意外にも「使える過去（"usable past"）」としてよみがえり、彼らが未解決のままにしていった多くの主題の、ポストモダン的有効性を再主張しているようにみえる。

二　アメリカン・ルネサンスの亡霊の街

『ガラスの街』に先導され、『幽霊たち』、『鍵のかかった部屋』から成る『ニューヨーク三部作』は、多くのアメリカン・ルネサンス作家との関係を広範に繰り広げながら、特にメルヴィル、ホーソーン、ポー、ソロー、ホイットマンらが生み出した主人公の名前を絡み合わせて登場させる。それらフィクションの名前たちがそれぞれの作家の伝記的足跡と同一平面に織り込まれるのみならず絡み合う中でパロディ化され、フィクションがリアリティを限りなく浸潤していくことで新たなリアリティを生み、現実の二十世紀末ニューヨークを、ある意味では古めかしい魅力的なテキストとして浮かび上がらせる。

例えば『ガラスの街』の語り手クィンがスティルマンと三度目の出会いを果たすリバーサイドパークで「一八四三年と一八四四年の夏、エドガー・アラン・ポーはハドソン川を眺めながらながい時を過ごした」(100)と感慨にふけり、「クィンはそれを仕事として調べたことがあって知っていた」(100)と念を押すが、四三年にはポーはフィラデルフィアに住んでいた。その夏ボストンにいるJ・R・ローウェル宛に雑誌『スタイラス』の計画について何度も出した手紙が残っている。ポーが病身のヴァージニアをつれて雨の朝ニューヨークについたのは四四年四月七日日曜日であった。二十五セントの傘を買い下宿を探し、グリニッチ街ですぐ見つけ、家主モリソン家での「ベーコンエッグや白いパン」の朝食の感激を、フィラデルフィアに待機していた義母クレムにその日に書き送っている。しかし興味深いことにニューヨークの情報を細大漏らさず記した七〇〇ページの『WPAニューヨーク市ガイド』(初版一九三九年)一九九二年版二八六ページには、この『ガラスの街』と全く同じ文章が「リバーサイド・ドライヴと八四番街には現在木や茂みで覆われたマウント・トムとして知られる小山があり」の次に続いている。八十四番街には現在ポー・ストリートと呼ばれる通りがあるが、恐らくオースターが「調べた」のはこのガイドブックで、詳細な地図と写真が、実際にオースターの熟知していたマンハッタンの過去についての想像力を刺激したに違いない（図1）。これらすべてはオースターの主人公クィンが、マルコ・ポーロの『見聞録』一ページから引用するように、「書かれたものすべてが真実」でリアリティを主張する。この三部作に浮かんでは消える名前やエピソードは、現実であれ虚構であれ多くの解釈と豊かな連想により不滅のアメリカ文学シーンとして、アメリカ文化の過去の水脈にたどり着く確実な方法論ともなっている。

（図1）ニューヨーク84番街エドガー・アラン・ポー通り。出典は http://ephemeralnewyork.files.wordpress.com/2011/04/edgarallanpoestreet.jpg

しかし急いで付け加えたいのは、オースターは二十世紀末のアメリカ人のアイデンティティが、いわば国民の集合的無意識の一部となっているアメリカン・ルネサンスの生み出した主人公名をいくつかよみがえらせることで追求できる等と、楽観的に考えているのではないことだ。オースターが呼び出しているのは、アメリカン・ルネサンスの作家がそれぞれ個性的に提示したままペンディングにした、他者への執拗な眼差しや追跡、プライヴェート・アイ（私立探偵又は私という目）の出現や窃視の問題、さらにアメリカへの深い懐疑が自己存立への懐疑と危機へ変質するポー、ホーソーン、メルヴィルに共有されている、ハリー・レヴィンの書名ともなった〈闇の力（power of blackness）〉という深刻な傾向であり、多くの名前とエピソードの連鎖のうちにそれらを読みとることができる。ただ三人の作家を決定づけた〈闇の力〉は、オースターの語りでは、名前の堂々巡りの内に漂って、オースター中期の新しいテーマ群へと流れ込んでいるのも観察できる。

この三部作では、主人公である語り手が何れも無名又は仮の名しか持たないという意味で語りの主体性は薄弱で、既に度々指摘されてきたように主人公が登場人物を追跡し始めると直ちに二人は分身関係を形成し、分身は又分身を増殖して行くという仕組みになっている。『ガラスの街』では無名の語り手がダニエル・クィンというペンネームをもつミステリー作家として登場し、その作家はさらにウィリアム・ウィルソンという別のペンネームを持ち、彼はさらにマックス・ワークという働く分身名を持つ。この三者をクィンは「自我の三角関係」と呼び、「ウィリアム・ウィルソンは彼にとって抽象的人物であり続けたが、ワークは次第に生き生きしてきた。……少しずつクィンの内なる兄弟、孤独の仲間になっていった」（*New York Trilogy* 6–7）とする。

クィンは探偵オースターと間違えられてピーター・スティルマンJr.と会うことになり、ポーの妻と同じヴァージニアという名のスティルマンの妻と仕事の契約をし、同姓同名の父ピーター・スティルマンの見張りにつき追跡することになる。スティルマンにはミルトンの秘書と同姓でヘンリー・ダークというペンネームがあり、このダークはファンショーのペンネームとして『鍵のかかった部屋』に再出する。『ガラスの街』で殆ど餓死したはずのクィンはこの小説では私立探偵として再出し行方不明の天才作家ファンショーを追う。ファンショーの妻の名はホーソーンの妻の名に似たソフィ、妹はホーソーン作『ファンショー』の恋人の名、エレンである。ファンショーを追ってパリに渡った無名の語り手はハーマン・メルヴィルと名のり、自殺したはずのピーター・スティルマンと名のる男をファンショーと考えて、ポーの二人のウィリアム・ウィルソンのように格闘する。

又ホーソーンの「ウェークフィールド」で、ある日突然消え露路の向かい側から妻を観察する夫のように、ファンショーも再婚した妻を見張る。気になる相手を通りを隔てたアパートから窃視し見張るテーマは他の二作同様『幽霊たち』のモチーフでもある。この作品では地名も人物名もすべて色で統一され、ブルーがブラックを見張り追うプロットが、ホイットマンが『草の葉』出版当時住んでいたオレンジ・ストリートという名前の街を舞台に展開する。ブラックはブラック社出版の『ウォールデン』を愛読し、オルコットとソローがホイットマンを訪ねたときの実際のエピソードが、皮肉って織り込まれている。

このような名前のつくりと三作の最も重要なモチーフである見張りと追跡の緊密な関係は、語り手がアメリカン・ルネサンス作家を総体として自己の分身と捉え、追跡し、分身は次々と分身を生みだし追跡する。しかし実ははじめからその分身そのものが、作家オースターが自己投影する観念にすぎず、語り手にとって完全な他者は存在しないということもいえる。この三部作は二十世紀末を徘徊する古典作家たちの亡霊の蠢く小説であり、アメリカ十九世紀半ば、書くことと在ることの深い相関に囚われた、巨人的作家たちの運命の継続そのものを、追跡し表象しているのだ。

三　書くことと飢えることとニューヨーク

このようなアメリカン・ルネサンス作家とオースターの繋がりは、現実のニューヨークという迷宮を、書くという行為が持つ自己言及性の表象として機能させる。書くことを、自己を追跡しやがては宿命的に見失う通路としての迷宮、及び歴史的宗教的問題系を孕むバベルの都としてのニューヨークでの、主体の消滅の問題と結合している点にあると思われる。オースターは雑誌『CAT: Cross and Talk』の対談でニューヨークは、「矛盾だらけの街です。すごくエキサイティングな反面住む場所としては最悪で、美しくもあり醜くもあり、素晴らしくもあり、危険でもあります」（オースター 九）とし、この矛盾の『ガラスの街』を「ニューヨークは果てしのない空間、終わりのない階段からなる迷宮だった。どんなに遠くまで歩こうと、どんなによく近隣や街路を知るようになろうと、彼はいつも自分が迷子になったような気がした。……ニューヨークは、彼が自分の周りに作り上げた非在の場所だった。しかも彼は二度とニューヨークからは離れられないと思った」（*New York Trilogy* 4）と始める。

都市の迷宮感覚自体は珍しくないし、むしろ陳腐とさえいえるが、自分がどこにも存在しないという感覚、しかも二度とそこから離れられないという感覚、つまり宿命的な自己の無名性と結びつき、しかもこの感覚は次行の「彼は書くことが自分にできる唯一の仕事だと思って書き続けた」としている点に注目したい。街の迷宮感覚は、どこまでも自己の表象として内向し、自己内部で、そこに住む他者として書く自己が、自己を追跡する動きと連動する。ラリー・マキャファリとの対談で、自伝として読まれるのを防ごうとしているのは何故かとの質問に対し、書くことの意味に言及し、「それは本という機構のなかに自身を巻き込みたいという欲求から生じていると思う。自伝的な自己ではなく、作家という自己、私の中に住み本の表紙に私の名前を書かせるあの不可思議な他者のことです。私の望んでいるのは私の名前をその表紙から剥がしストーリーのなかに埋め込むことです」と答えている（*Red Notebook* 137）。

これは二十世紀末の作家としては古めかしくも思えるテーマであるが、そもそもメルヴィルは「書記バートルビー」で大都会の書く人そのものをテーマとし、ポーの場合はパリをニューヨークの未来像とみたてて、自我探求の新しいシステムとしての探偵小説様式を生み出した。ウエストブルックは、一八三〇年代発生したニューヨークを巡る言説を特に「ニューヨーク・ディスコース」と呼び、「ウォール街の金融世界の設定がメルヴィルの形而上的な人生とバートルビーの死の探求に完全な雰囲気を提供した」

(Westbrook 14) とする。「壁の中の壁の街の迷宮は、バートルビーを取り巻き閉じこめる」(同) として、疎外、孤独、空虚が新しい時代の完全な自我表象として立ち現れてきたことに注目する。アーウィンもポーについて「デユパンものの隠れた意図は人間を差異化する巨大な企画のなかでの自意識の分析である。しかしポーは自意識が無限に反射的構造を持ち、いかなる自己イメージも絶対的様相には至らないと心得ていたので、自意識の諸形状が、自らが置かれている状況をおのずから顕わすやり方に興味を抱いた」(Irwin xvii) と指摘する。

彼らは一般に信じられているロマン派の都会忌避とは逆に、既に一八三〇年代よりアメリカのアーバンな空間を文学化する事に大いに心惹かれた「未来の大通り小説家 (would-be-boulevardiers)」であったとペリー・ミラーも指摘する (Miller 29)。ニューヨークで書くことと自我追跡の動作がもたらす迷宮入りの感じは、『ガラスの街』のグラフィック版がうまく視覚化している。無限に続く街路から成るニューヨークは、まさに意識の脳内構造や指紋の渦巻きを辿ることに似ており、そこを歩くことは自分も知らない自分を捜すことなのだ。つまり書くことへの強迫は、自我を増殖するだけでなく多層化し、フィクションはリアリティを侵食し、この場合生身の作家を支配しついには自己を限りなく無化するに至る。オースターはカフカの「断食芸人」の顰に倣い飢えを芸術の一フォームとし、『ガラスの街』最終シーンで、クィンが衰弱し行動力も思考力も失いながらも「執拗に自分の運命を支配」させようとする。飢えというモチーフはバートルビーに直結し、モデル説の一人ソローも「大食漢は幼虫であり、想像力を失った状態だ」とし、限りない小食を美徳と考えた。彼らにはともにアメリカのマモン崇拝と飽食文化へのアンチテーゼがあり、ここでパラドックスに陥った。つまり書くための時間を得るために仕事をするが、それが時間を奪うので、次第に食べないことが書く要件となり、飢える人こそ書く人になっていく。こうしてクィンの

『ガラスの街』最後の、書きながらの身体消滅が起こり、その意味でも三部作は、アメリカで書くことと在ることとの深い相関に囚われたアメリカン・ルネサンス作家の運命の継続そのものを、生きているといえる。

四　不可視の父と息子の関係

クィンという名はドン・キホーテ（Don Quixote）のイニシャルとともに、ポー学者として名高い二人のクィン、ポーの近代への本質的影響を明らかにし画期的にポーの意味を拡大した『ポーのフランス性』の作者パトリック・F・クィンと、ポーの詩集の決定版の編者で『ポー、批評的伝記』の著者アーサー・H・クィンを思い起こさせる。批評的ポーと伝記の中のポーとは、ポーをめぐる二十世紀の言説の多面性を切り取る分身的関係を形成し、オースターとポーの関係自身、文学史的父子関係の分身を生きるものである。

三部作にはオースターが『孤独の発明』以来こだわる多くの父―息子の分身関係が描かれる。『ガラスの街』の別れた息子ダニエルは、オースターが執着する名前で、作品中の父と息子の分身関係というテーマを提示する。ダニエルとクィン、私立探偵ポール・オースターと息子ダニエル、ピーター・スティルマン父子、ファンショー父子、『鍵のかかった部屋』の語り手と養子のベン等々。それらに加えて象徴的父と息子の分身関係は第一作目と三作目に、クィンとスティルマンJr、スティルマンSrとクィン、そして後で触れるように語り手とファンショーにも繰り返される。象徴的父子関係は、不可視の人として見えない又は失われた現実の父との関係を、語り手が象徴的に回復しようとして起こると見ることができる。以下は『ガラスの街』でスティルマンとクィンの間で交わされる。


「父親というものは、いつも自分が学んだことを息子につたえなくてはいけない。そうやって知識は世代から世代へ受け継がれ、皆賢明になっていく」

「聞いたことは忘れません」

「これでわしも安心して死ねるよ、ピーター」

「うれしいです」

「しかし忘れてはならんぞ」

「忘れません、お父さん。約束します」(103–04)

ここで繰り返される「忘れません」はユダヤ系作家の場合特別な意味をもつ。父の義を認識するこの表現は、「約束」の言葉とともに神と選ばれた民の契約の継承に由来する。しかしこのシーンはさきにふれたリバーサイドパークで起こることもあり、ポーの「群衆の人」の続編的意義をもって読むことも可能だ。「群衆の人」(一八四〇年)の無名の語り手は老人を尾行した果てに彼の前に立ちはだかるが、老人は語り手を客体としては全く認識せず、ポーの老人は語り手の鏡像である可能性が高く、その実相はついに未確認に終わる。がクィンは、スティルマンに語りかけることに成功し、父・息子関係が成立する。そしてこの続編的意義はクィンがグランドセントラル駅でスティルマンを見つけだすとき「盗まれた手紙」の一節──推理者の知性と敵対者のそれを一致させること──を思い出したり、スティルマンの足跡を大地に印された文字であると発見する際『アーサー・ゴードン・ピムの物語』(一八三八年)の象形文字のからくりを応用したり、殆どポーの「群衆の人」の引き写しかとおもえるほどの、大道芸人や物乞いの微細な差異から成る階層下位区分の描写等からも確認できる。

スティルマンとクィンの父子関係には言語観と世界観の交代も内包されていて、それを推測させるのは『新バベルの塔』のエピソードだ。スティルマンによるヘンリー・ダーク作『新バベルの塔』の概説によると、一般にはこの塔が、神が塔の高さに表れた人間の傲慢を罰するために様々な言語に分裂させた言語混乱の都を表象するとされているが、逆に一言語に統一し神に挑戦する力を得たプロメテウス的人間への神の怒りで、言語が分裂させられたという解釈もあること等が書いてある。聳え立つ摩天楼と多言語空間と悪徳と犯罪により、しばしばニューヨークは人類の究極の姿であるバベルの塔に喩えられてきた。ニューヨークでの新バベルの塔の建設の夢にとりつかれ、それをメイフラワー号到着から三百四十年（大洪水からバベルの塔建設までと同じ）後と考えるスティルマンの言語観は、「人類の堕落は言語の堕落」と考え無数のゴミに新たな命名を試みる彼の奇行に文字通り又象徴的に示されている。それはシニフィエとシニフィアンの、意味と物の一対一対応から絶対的真理の存在を仮定するが、もはや無効のロゴス中心主義の復活企画であった。

一方オースターの言語観は、『孤独の発明』『偶然の音楽』（一九九〇年）に示されているように、デリダ以降の「言語は個々の事物のリストではなく……無限に複雑な有機体であって、真理ではなく我々が世界において存在するあり方である」とし、世界は「無限に錯綜した結びつきの網の目の総体」（*Invention of Solitude* 60）に他ならないと考えた。こうした言語観はアメリカン・ルネサンスの作家にこそ胚胎していたものでもあり、ホーソーンはA=Adulteress の意味の固定をふりほどき無限に変容させ、ソローは言語の有機性を自然の網の目的生態と結びつけ、メルヴィルも又シニフィエとシニフィアンの無限の差異を

『詐欺師』や『白鯨』で追求した。クィンがグランドセントラル駅の雑踏に立つとき、世界を正にこのような言葉で捉え、時空を自由に泳ぐ連想の海の中でしなやかに織られていく「無限に複雑な有機体」としてのテキストが展開する。

道を隔てて、駅の東側の壁面の大部分は、コダックのギラギラした不気味な色の広告写真で占められていた。今月の写真はニューイングランドの漁村、たぶんナンタケットの道の風景写真だった。……クィンは遠い昔、妻が妊娠して一か月、お腹の息子がまだアーモンドほどの大きさだったころ、一緒にナンタケットへ行ったことを思い出した。今その時のことを思うと胸が痛んだ。彼は頭に浮かびつつあった映像を押し戻そうとした。……気づくと自分が鯨のことを考えているのに気づいてほっとした。十九世紀にナンタケットから出発した探検隊のこと、メルヴィル、そして『モービー・ディック』の書き出しのページ。それから思いは、昔読んだことのあるメルヴィルの晩年――ニューヨークの税関で働く無口な老人、読者もなく、みんなに忘れ去られた男――に関する記事に移っていった。それから突然、目前にバートルビーの窓とすぐ向かい側のレンガ壁がくっきりと浮かび上がった。誰かが彼の腕を突然叩いた。振り向くと、背の低い男が黙って緑と赤の二色ボールペンを突き出した。ボールペンには小さな旗がついていて、その片面に「これは聾唖者協会の認定品です。いくらでも構いません。ご協力に感謝します」と書いてあった。もう片方には、聾者用の手話文字表――あなたの友達に話しかけましょう［LEARN TO SPEAK TO YOUR FRIENDS］――があり、二十一文字の指の形が図示されていた。クィンはポケットから一ドルとりだして、男に渡した。聾唖者は短くうなずくと、ペンを手にしたクィンを残して去っていった。（62–63）

この連想のプロセス――伝説的ナンタケット、クィンの家族の追憶、イシュメール（の孤独）、読者を失ったメルヴィル、バートルビー、（沈黙）聾唖者のペン、『詐欺師』の慈善と偽善――は、時空を自由にネットする、デュパンのインターネット的想像力に通ずるものである。デュパンは街の鋪道の鋪石のひとつずつが、文学・歴史・神話等文化のあらゆる領域の言語のネットワークの表象可能性を帯びた、巨大な深淵としてのパリを連想の網の目から紡ぎ出し、その鋪石の一つに躓いた無名の語り手がふと思い浮かべる役者シャンティリィを言い当てるプロセスを、鋪道の最新工法ステレオトミー、エピクロス、（オリオン星座に詳しい）ニコル博士、オリオン星座とシャンティリィへと、ギリシャ哲学から工学、パリの新聞記事まで自在に縦断・横断する。ローゼンハイムがインターネット的あるいは暗号的想像力と呼ぶもので、「世界を読みたいという願望と世界に住みたいという欲求のあいだの緊張を孕み、二次元的世界を三次元的肉体で」（Rosenheim 67）体験する。

もちろんしばしば指摘されるように、『三部作』はターニの、謎の呈示は読者の解決への期待を常に挫折させる反探偵小説（"anti-detective novel"）の概念にあてはまる特質を持つ。つまり反探偵小説の特質は既に「モルグ街」という探偵小説の始まりに刻印されていた。ターニによると「リアリティはあまりに敏感な触毛と謎を解く手がかりに満ちていて、探偵は解決を見いだそうとすると正気を失う危険を犯す。ポーの場合のように対決はもはや探偵対殺人者ではなく、探偵対リアリティ、あるいは彼の精神対崩壊しつつあるアイデンティティの感覚、探偵と彼の魂のなかの殺人者の間で展開する」（Tani 76）。

しかしクィンの連想が赤いノートブックとならびクィンのアイデンティティを最後まで保証する唯一の物証となる〈聾唖者のペン〉で終わることは重要だ。この形容詞は最後のページまで執拗に繰り返され外れることがない。"deaf and mute"は『詐欺師』第一章の詐欺師の登場と第四十五章の"Take heed of thy friend"(Melville 209)を結合し、慈善の偽善へのたえざる警戒を説くメルヴィルのテキストを下敷きとし、作家としての厳しい自己検証を提唱している。オースターにとって父性の存在は、大切にされながらも最終的な救済とは程遠い失われた聾唖の状態にあり、ここで〈ホーソーンと父〉というテーマが再度想起される。成田雅彦の『ホーソーンと孤児の時代』は、「ホーソーンの魂の中には、やはり、父親を求める孤児がいるのだ」(一四)とし、その孤児意識の所以を伝記的なものよりも、アメリカン・ルネサンスの時代精神として論じ、「ホーソーンの文学世界は、父親を失った『孤児』的登場人物で満ちている」(一九)とする。

五　ファンショーの墓穴とホーソーン

ポーとオースターとの関係は、ポーが探偵という主人公を構築したと同時にそれを解体する契機を内在させた点で、もっぱら書くという仕事とのかかわり方において鮮明な一方で、オースターとホーソーンとの関係は、ホーソーンが残した、男性主人公と妻との曖昧な関係、あるいは父と息子というテーマにかかわるさらに本質的で深いところに根差しているように思われる。とりわけオースターのオブセッションともいえるホーソーン的主人公は、ファンショーという名前を得て妻や語り手を苦悶させる人物となる、一種の〈ファンショー・オブセッション〉を形成している。

〈ファンショー・オブセッション〉は、妻のもとを確たる理由もなく忽然と去り、通り一つを隔てた部屋から妻を窃視し二十年後帰宅するホーソーンの「ウェークフィールド」プロットを内包し、オースターの多くの作品に揺曳する。このプロットは、スティルマンの二十年の服役他三作すべてのプロットにその痕跡をとどめており、忽然と消え妻をひそかに窃視し、亡霊のように戻るファンショーを、無名の語り手が追う『鍵のかかった部屋』は、まさに「ウェークフィールド」の主人公を作家に仕立てて書き直したといった趣がある。ファンショーのセカンドセルフとして登場する無名の語り手は、ホーソーンの妻の名に似た元ファンショーの妻ソフィと結婚し、ファンショーの息子ベンを養子とし、ファンショーの文学的遺産を管理し伝記作家となり、かりそめの成功を収める。

周知のように一八二〇年代のボードン時代の経験に基づく『ファンショー』は、作家最初の匿名ででた作品であるが、国内の研究書で最も詳しく触れている山本雅『ホーソーンと社会進歩思想』によると、ホーソーンは自費出版し、出版後若書きを恥じて残部を全て焼き払い、以後忘却の箱の中に打ち捨てた作品で、たった一冊残っていたものから死後十二年経ち再版されたが、「ソフィアはこれは夫の書いたものではないと言いはった」（山本　一一五）。しかし当然ながらこの作品には若きホーソーンの抱えていた多くのテーマ、ゴシック的筋立て、つまり美女と悪漢の追跡物語、引きこもりの文学青年、開拓地と荒野を残す森の対比等々重要な要素が満載されており、以後の成功作品にはない生のホーソーンその人が窺える。山本はカール・ボードの「ファンショーはホーソーンである」との評言を引用する。オースターにとっても、『ファンショー』の失敗を運命づけられた作家、あるいは〈早逝する作家〉というモチーフが魅力的であったと推測される。

ホーソーンのファンショーは「二十歳で死ぬとわかっていたため、エレンとも結婚すまい」と決め、学友エドワーズにいわばエレンを譲り、彼らは結婚し幸せになったと書いてある。同時にその結婚には、子供のことは触れられず簡単な後日談で終わっている（Hawthorne 460）。『ファンショー』の一人の女性を巡る筋立ては、基本的にオースターの『鍵のかかった部屋』に引き継がれている。又ホーソーンの『ファンショー』の場所設定に潜む、「異質なものの出会う世界」について、西前孝は「ホーソーンの基調をなす中間領域のテーマが」萌芽的に出ており、ことにファンショーとバトラーの戦う崖には、「天国と地獄の中間に吊るされて生と死が背中合わせになる領域」(西前 二一七、二二四) だと指摘している。

ホーソーンのファンショーは死ぬが、作家的自己のダブルを追跡するプロットを極めた『鍵のかかった部屋』でのファンショーの生死は、依然曖昧なまま終わり、語り手の書く行為そのものの、犯罪性や虚偽性の問題がオースターの新たなテーマとなっている。このテーマを考慮する上で、ホーソーンとオースターのファンショーをつなぐ作品として、もう一作パトリシア・ハイスミスの一九五五年の小説『才能あるリプリー氏』がある。J・M・タイリーによる「ファンショーの幽霊」という興味深い論文によると、ファンショーという名前はアメリカ文学に三人おり、「この変わった名前は偶然でなく、明らかにホーソーンのエコーであり、調べるほどに間テキスト的冒険にこの三者は深く関係している」とする (Tyree)。ハイスミスのミステリーは、アメリカからヨーロッパへの船旅とイタリアが舞台に展開し、主人公トム・リプリーのダブルの役割となっている金持ちの放蕩息子、ディッキー・グリーンリーフを、トムは殺し、死体を海に沈め、グリーンリーフ・ディッキーに成りすます。ディッキーの荷物を主人公トムは、正体を隠すために何故か「ファンショー」という偽名でヴェニスのアメリカン・エキスプレス留めで送った。殺人の証拠隠滅を図り生き延びようとするのである。この小説では、死んだ金持ちの放蕩息子ディッキーに成りすます孤児で貧乏な出身のトムの正体不明性と、外見がそっくりの二人のダブルネスによって、本質的に実態不明となる人間の様態が、ファンショーという名前の使用に暗号的又象徴的に表象されているのだ。

『鍵のかかった部屋』で無名の主人公がファンショーの足取りをヨーロッパやアメリカ各地に追跡することは、語り手の失われた自己の探索に似ている。とりわけ精神障害のある妹のエレン（『ファンショー』では恋人の名）やファンショーと父の不可思議な関係、ファンショーと母との近親相姦的関係を、無名の語り手主人公が取り結ぶことは、要するにファンショーの失われた人生の追体験を意味し、限りなく自己を失いファンショーになりきることを意味した。オースターがホーソーンから受け継いだのは、ポーのデュパンが持つ純粋理性的ジャンルである探偵小説から引き出された、犯人追跡によって生まれる自己のダブルがもつ、転覆的な二重性であり、それはホーソーンの『ファンショー』にも元来内在しているものであった。

そしてこの転覆的で破壊的な自己の二重性の根源には、父の不在という問題があることを、オースターはストーリーの半ばで示している。オースターのファンショーが自己内部への沈潜癖をつのらせるきっかけは、奇妙な墓場体験のさなかそれと符合するように起きた父の死で、父の死を自ら墓穴へ降りることで体験しようとさえする。

この雪におおわれた、開いた墓穴でも、それと同じようなことが起きていた。ファンショーは一人下にいて、自分だけの思考にふけり、自分だけでその瞬間を生きていた。これが父親の死を想像するためのファンショーなりのやり方であることを僕は理解した。開いた墓穴がそこにあり、ファンショーはその墓穴が自分を呼んでいると感じたのだ。……その日の午後にファンショーの父親が亡くなったことを知った。（259–61）

このシーンは「優しい少年」冒頭で埋葬されたばかりの父の墓を「私の家はここです」と繰り返すイルブラヒムを思い出させるが、このとき以来ファンショーは「この世に対して死人になり」決定的に「内的亡命者」となっていく。つまりここではファンショーが虚構的に演じた父の死と、現実の父の死の奇妙な呼応があり、虚構が現実を侵食し現実に憑依するのである。ここでファンショーは二重に父を喪失したともいえる。語り手にとって、墓に降りしきる雪の向こうには大きな暗闇が潜んでいるように思え、「すべては雪の混沌となって頭上に降り注いだ("everything was a chaos of snow, rushing down on top of me")」(261)のである。『鍵のかかった部屋』の印象的なラストシーンは、駅で雨が降ってくるが、オースターほど雨や雪をこのように効果的に使う作家はいない。

ファンショー同様父を早く失ったホーソーンにとっても、父性は「繰り返し問い直さなければならない自己像の投影」(成田 一九)であり、絶えず求めるテーマであった。「若いグッドマン・ブラウン」「ぼくの親戚モーリノー少佐」「ロジャー・マルヴィンの埋葬」等いずれでも父性を顕わす人物に出会うが、それはアメリカの過去の罪業性を体現した超自我的な祖先であったり、曖昧な叱責で主人公を苦しめる。ここでオースターのファンショーがホーソーン作『ファンショー』の主人公像と重なる特質を持って登場することが改めて我々の目を引く。オースターのファンショーは「十三か十四のころには、いわば内的亡命者のようになっており、周囲からは離れて生きていた」が、ホーソーンのファンショーも以下のように登場する。

すぎた歳月を振り返れば――彼は早くから孤独な研究の生活、いわば死者との対話に費やし「生きている世界」と交わることも、その世俗の動機に動かされることも蔑んできたのだった。……死ねばそれで終わりになる動物の、夢見ることとてない眠りにつきたい、人間の最高の誇りとされる不滅性等よりその方がいいのだ、と。ファンショーは、これまで、自分は現実世界とは縁のない人間、何を追求するにしても世俗的感情には縁もなければ影響されることもない人間だと考えてきた。（350）

『鍵のかかった部屋』には『才能あるリプリー氏』同様トランク、箱、墓穴、密室等自我の異次元的幽閉表象が多く、二十歳で主人公が死ぬ『ファンショー』執筆後、社会と断絶したホーソーンの自宅での引き籠りと、ボストン、コロンブス街でのファンショーの密室立て籠もりは、奇妙に符合する。セイレムがボストン、コロンバス通りになったのは、オースターがアメリカの過去の運命を担う都市へと場所をシフトさせたということだろう。ファンショーの立て籠もる密室は、同時にファンショーの作家としての分身である語り手の、「頭蓋骨の内側にあるのだということを」我々は今や理解する。そこからのファンショーの解放は、建国後から南北戦争までの国家的危機を生きたアメリカン・ルネサンス作家の、父なき世界との対峙、書くことの孤独と自我の迷宮の後日談を、二十一世紀も物語り続ける以外にはありえないのだ。

注

（1）ポーの生誕の地ボストンでの、ポーの人気や評価の復活については、拙論「ポーと英米文学」（『エドガー・アラン・ポーの世紀』（研究社、二〇〇九年）でも詳述したが、今観光でも大変な人気スポットとなっている、ボストンコモン近くジェイムス通りの、ポー・スクエア、大ガラスをつれた「歩く像」のインスタグラム（図2）は、その好例である。

（2）この点については下條恵子「ホーソーンを捏造する――『ブルックリン・フォーリーズ』における『緋文字』手稿の捏

造について」（二〇一四年十二月六日ホーソーン協会九州支部例会）で多くの示唆を与えられた。

（3）オースターの作品発表は初出と以後の改版プロセスがかなり複雑である。発表年についてはすべてWilliam Drenttelによる *Paul Auster: A Comprehensive Bibliographic Checklist of Published Works 1968–1984*（New York: The Delos Press,1994）、1985年以降については柴田元幸訳『オラクルナイト』の巻末の作品表によった。『ニューヨーク三部作』については一冊としたペンギン版により、拙訳にて引用した。

引用文献

Auster, Paul. *The Art of Hunger and Other Essays*. London: Menard, 1982.

———. *Ground Work: Selected Poems and Essays 1970–79*. London: Faber, 1990.

———. *The Invention of Solitude*. New York: Sun, 1982.

———. *The New York Trilogy*. New York: Penguin, 1990.（以下の邦訳を参照した。『シティ・オヴ・グラス』山本楡美子・郷原宏訳、角川書店、一九八九年。『幽霊たち』柴田元幸訳、新潮社、一九八九年。『鍵のかかった部屋』柴田元幸訳、白水社、一九八九年）

———. "Paul Auster on Edgar Allan Poe." Web. March 24, 2014.

———. *The Red Notebook*. London: Faber, 1995.

Barone, Dennis, ed. *Beyond the Red Notebook: Essays on Paul Auster*. Philadelphia: U of Pennsylvania P, 1995.

Buell, Lawrence. *The Dream of the Great American Novel*. Cambridge: Belknap, 2014.

（図2）2014年10月5日に設置されたロックナック制作Poe Returning to Boston（「ボストンに帰ってきたポー」像）。©Edgar Allan Poe Foundation of Boston, Paul Lewis委員長のご提供による。

Hawthorne, Nathaniel. *The Blithedale Romance and Fanshawe.* Vol.3 of *CE*, 1965.（西前　孝訳『ファンショー――恋と冒険の軌跡』旺史社、一九九〇年）
Highsmith, Patricia. *The Talented Mr. Ripley.* New York: Random House, 1955.
Irwin, J. T. *The Mystery to a Solution.* Baltimore: Johns Hopkins UP, 1994.
Karasik, Paul. *City of Glass: The Graphic Novel.* New York: Neon Literature, 2004.
Mckee, Gabriel. "Edgar Allan Poe: Terror of the Soul. Exhibit at the Morgan Library and Museum." *The Edgar Allan Poe Review* 15.1 (2014): 82–86.
Melville, Herman. *The Confidence-Man: His Masquerade.* New York: Norton, 1971.
Miller, Perry. *The Raven and the Whale: The War of Words and Wits in the Era of Poe and Melville.* New York: Hartcourt, 1956.
Rosenheim, S. J. *Secret Writing from Edgar Allan Poe to the Internet: The Cryptographic Imagination.* Baltimore: Johns Hopkins UP, 1997.
Tani, Stephano. *The Doomed Detective: The Contribution of the Detective Novel to Postmodern American and Italian Fiction.* Carbondale: Southern Illinois UP, 1984.
Tyree, J. M. "Fanshawe's Ghost." *New England Review* 24.3 (2003). Web. October 1, 2015.
Westbrook, W. W. *Wall Street in the American Novel.* New York: Gotham Library, 1980.
伊藤詔子「デュパン、クィン、ファンショー――ポール・オースターとアメリカン・ルネサンスの作家達」『ユリイカ　特集 ポール・オースター』一月号、一九九九年、二一〇―二二〇頁。
――．「巻頭言――日本ポー学会創立5年目を迎えて」『ポー研究』2/3、二〇一一年、一―四頁。
――．「ポー、ホーソーン、ダゲレオタイプ」『ロマンスの迷宮――ホーソーンに迫る15のまなざし』（英宝社、二〇一三年）、一九三―二一五頁。
ポール・オースター「「ものを語り、書くことは世代と世代をつなぐ絆を作る」作家ポール・オースター」山川美千枝訳、『CAT: Cross and Talk』一九九〇年八月号、四―九頁。
成田雅彦『ホーソーンと孤児の時代――アメリカン・ルネサンスの精神史をめぐって』ミネルヴァ書房、二〇一二年。
山本　雅『ホーソーンと社会進歩思想』篠崎書林、一九八二年。

Ⅲ　ホーソーンと子どもたち

パールと子ども像の変遷

——失われた環を求めて

生田和也

一　失われた環

文学作品における子どもの表象というテーマは、決して目新しいものではない。特にフィリップ・アリエスが『〈子ども〉の誕生』（一九六〇年）において、現代的な〈子ども〉という概念自体が近世以降に誕生したものだと主張し、大きな議論を呼んだことを契機に、二十世紀後半には様々な学問領域において子ども表象の研究が進められてきた。

とりわけ十九世紀アメリカ文学における子ども像の変遷を扱う従来の研究の多くは、アメリカの文学作品に登場する子どもたちの起源を、ヨーロッパの思想的伝統に見出してきた。すなわち、十八世紀ヨーロッパの啓蒙思想において白紙状態や無垢と定義された子どものイメージは、ウィリアム・ブレイクやウィリアム・ワーズワースといったロマン派詩人たちに受け継がれ、それが大西洋を越えてアメリカのロマン派たる超絶主義者たちに影響し、さらにヘンリー・ジェイムズやマーク・トウェインといった十九世紀後半の作家たちの描くアメリカ文学の代表的な子どもたちに結実する。これが、従来の批評の基本的な共通見解である。

しかしアメリカ文学における子ども像の変遷を扱う従来の研究の多くは、ラルフ・ウォルドー・エマソンやヘンリー・ディヴィッド・ソローといった超絶主義者たちとほぼ同時代に位置し、その作中に多くの子どもたちを描いた作家であるナサニエル・ホーソーンの存在をことごとく黙殺してきた。英米文学における無垢の変遷を辿ったピーター・カヴニーの『子どものイメージ』（一九五七年）にせよ、アメリカ文学に備わるナイーヴな眼差しに着目したトニー・タナーの『驚異の支配』（一九六五年）にせよ、あるいは児童文学作品も考察の対象としながらアメリカの子ども像を分析した高田賢一の『アメリカ文学のなかの子どもたち』（二〇〇四年）にせよ、アメリカ文学の子ども像を扱う代表的論者たちにとって、ホーソーンの作品は考察の対象ではなかった。彼が描いた多くの子どもたちは、独立した作品論やキャラクター分析の対象とはなれども、アメリカの子ども像とその変遷をめぐる議論においては、むしろ軽視されてきたのだ。

そのような傾向に対して、アルフレッド・ケイジンはホーソーンの子ども像の後世への影響を指摘した稀有な批評家であった。ケイジンはアメリカ文学に登場する少年たちを概して「親愛なる小さな仲間、愛すべきいたずらっ子、プロフェッショナルなバッド・ボーイ」（Kazin 173）と呼ぶ。このケイジンの言葉は、レズリー・フィードラーが、トム・ソーヤーを例に挙げてアメリカ小説の少年像を類型化した「グッド・バッド・ボーイ」（Fiedler 270）を彷彿させる。しかしフィードラーとは異なり、アメリカ文学の子ども像の典型としてケイジンが取り上げたのは、ホーソーンの『七破風の屋敷』（一八五一年）に登場する少年ネッドであった。彼は早くから、アメリカの子ども表象における作家ホーソーンの重要性を見抜いていたことになろう。

また近年では、作家間の間テクスト性の議論においても、ホーソーンの子ども像が取り上げられてきた。例えば『ホーソーンと女性』（一九九九年）は、ホーソーンの同時代の女性たちに留まらず、その文学的伝統を後世の女性作家たちとも結びつける論文集である。そしてこの論文集には、エリザベス・N・グッドイナッフによるホーソーンとヴァージニア・ウルフの子ども観の考察や、エミリー・ディキンソンの用いたパール（pearl）という語をホーソーンの『緋文字』（一八五〇年）のパールと併せて読み解くカレン・キルカップの論が収録されている。

このようにホーソーンの子ども像については従来も言及されてきたが、そもそもアメリカの文学史上におけるホーソーンの子ども像の意義については、未だ充分な議論がなされてはいない。本論では、ホーソーンの書き残した最も有名な子ども像と想定される『緋文字』のパールに焦点を絞る。特にパールが『緋文字』の結末において〈人間化〉することに着目し、彼女がアメリカの子ども像の変遷をめぐる従来の批評で見落とされてきた失われた環《ミッシング・リンク》であったことを明らかにしたい。

二　「パールは人間の子どもだろうか」

かつてバーバラ・ガーリッツは、『緋文字』出版から約一世紀にわたるパールへの批評的関心を網羅した論文「パール――一八五〇―一九五五」において、パールが「文学作品において最も謎めいた子ども」

（Garlitz 689）であるという見解を示した。この見解は、実際に当該論文に収集されたパールに関する多種多様な議論によって裏打ちされる。

そもそもパールについては、彼女を〈子ども〉と定義すること自体も議論の対象となりうる。パールが作中で〇歳から七歳までの姿で登場する点から、少なくとも現代的な感覚において、彼女を〈子ども〉と呼ぶことは可能だろう。しかし、本論でも後述することになるが、作品名の『緋文字』やヘスターの緋文字と連動して「生きた緋文字」（Hawthorne, *Scarlet Letter* 102）と呼ばれる象徴性や、両親に対する不可解かつ時に預言者めいた言動、あるいは森の中での野生動物との交流などを考慮すると、たしかにアン・マリー・マクナマラが指摘するように、パールは「普通の遊び好きな七歳の子どもではない」（McNamara 539）ように思える。

ヘスターは感情の制御の利かない我が子について「パールは人間の子どもだろうか」（92）と問うが、『緋文字』の読者はパールの複雑な造形に対し、ヘスターと同様の問いを抱くかもしれない。この点について、子どもであるはずのパールが「早熟で聡明であり、戸惑うほど捉えがたく、驚くほど独立しており、鋭敏で賢い」（McNamara 539）というマクナマラの見解は、『緋文字』の読者の多くが抱く困惑を代弁するものだろう。

どうやらパールは、その過度な象徴性にせよ、あるいは作中での言動にせよ、読者の考える〈子ども〉の枠組みを時に逸脱しているようだ。パールの複雑かつ定義不能に思える造形は読者を困惑させるものであろうし、またそこから生じる〈パールとは何者か？〉という問いそのものが、彼女が多くの批評的関心を呼んできた要因であるとも言える。

たしかにパールは、普通の子どもではないのかもしれない。少なくとも従来の批評は、彼女をそのように認識してきた節がある。文学作品における子どもたちの発話に着目するメアリー・ジェーン・ハーストは、そもそもパールが、従来の批評において子どもとしては認識されていなかったことを指摘している。

いくつかの批評にとっては、パールを子どもの肖像と信じることは困難であった。それはおそらく、彼女があまりにも小さな女の子であったからだろう。文学作品に登場するほとんどの子どもたちのうち、とりわけ発話の役割を担う子どもたちは、三歳や七歳の子どもとして描かれるパールよりもっと年上なのだ。(Hurst 66)

ハーストは、パールが〈子ども〉として認識されない要因として年齢の問題を挙げる。また彼女はリチャード・フォーグル、F・O・マシーセン、ランダル・ステュアートといった二十世紀の主要な批評家たちを引き合いに出しながら、彼らがパールを人物像としてではなく、むしろ象徴やアレゴリーとして捉えていたことも述べている(Hurst 66–67)。

はたして『緋文字』のパールは、いわゆる〈子ども〉としてのリアリティを欠損しており、象徴やアレゴリーといった修辞的機能としてのみ存在するのだろうか。この問いへのひとつの返答は、ホーソーンの日記に見つかる。ホーソーンは『緋文字』執筆期に、娘ユーナの様子を日記に細かく記録している。それらの幼少期の娘の観察記録が、『緋文字』のパールの描写に投影されていることは周知の事実であろう。現実の娘を参考にパールが描かれている以上、彼女の存在を象徴やアレゴリーのみに集約することは辻褄が合わない。むしろ本論でも後に触れるように、パールとユーナ両者の描写に着目することで、我々はホーソーン独自の子ども観を探ることが可能となる。

またパールが普通の子どもではないという見解のもと、彼女を子ども像の変遷の議論から除外する以前に、我々は〈子ども〉という概念自体が、近年の文学批評を賑わせてきた〈ジェンダー〉や〈人種〉といった概念と同様に、文化的な構築物であることを認識する必要がある。スティーヴン・ミンツは、アメリカの子ども史を扱った『ハックの筏』（二〇〇四年）の冒頭部において、「現代的な子ども期を特徴づけることになる新たな態度」（Mintz 3）が十八世紀中盤のアメリカに出現したことを指摘している。

ますます多くの両親たちが、子どもを無垢で、影響されやすく、汚染から守るべき弱い存在と見なし始めた。子ども期は人生において区別される段階であり、それを守るためには特別な世話や施設を必要とすると、ますます見なされるようになった。（3）

ここでミンツは、アメリカの子ども観に関して、十八世紀中盤に生じた二つの大きな変化を指摘している。ひとつは、子どもが「無垢」な存在として認識され始めたこと。もうひとつは、人生の初期段階としての子ども期が、「特別な世話や施設」を、すなわち、家庭での養育や学校での教育を必要とする時期として社会的認識を得たことである。

このような現代にも通ずる〈子ども〉という概念の誕生は、国家の独立、産業の発展、領土の拡大と共に近代化するアメリカ合衆国において、キリスト教の世俗化、啓蒙思想やロマン主義の影響、中産階級とドメスティック・イデオロギーの興隆、公的空間たる職場と私的空間たる家庭の分離、公立学校制度の設立などと相互に関係しながら生じた、大規模な社会転換の一部であった。そしてパールは、十七世紀植民地期を舞台とした十九世紀小説に登場する子ども像であるため、この変革の前後に位置する二つの時代の異なる子ども観を併せ持つ。

『緋文字』の語り手によると、パールには「千変万化の呪文が吹き込まれて」（90）おり、彼女は物語の一瞬ごとに、そして彼女を目撃する登場人物、語り手、あるいは批評家たちの視線を介して、さながら万華鏡のように姿を変える。再度ハーストの言葉を借りれば、少女パールへの多種多様な意見そのものが、「アメリカの様々な子どもへの態度」（67）を示しているとも言えるだろう。本論では次節以降、『緋文字』に反映される二つの時代の子ども観や、作家ホーソーンの子どもへの眼差しを考察し、パールの造形を検証する。

三 「罪の子」／「無垢な生命」

前節では〈子ども〉という概念が文化的な構築物であることに言及したが、この事実はパールの造形に如実に反映されている。『緋文字』の舞台は植民地期の清教徒共同体であるが、全的堕落や原罪の思想を持つ清教徒たちは、「子ども期を感傷化することはなく、新生児さえも攻撃的でわがままな衝動を持ち、抑圧することが必要な、潜在的な罪人と見なした」（Mintz 10）。あろうことかパールは、その清教徒共同体に姦通の結果として生を受ける。よって作中の清教徒たちが、パールを「罪の子」（253）や「罪の象徴であり、罪の産物」（90）と見なすことは不思議ではない。また悪や罪と結びついた子どものイメージは、作中でパールだけではなく他の子どもたちにも表出しており、語り手は「植民地の子どもたち」（94）のクェーカー教徒への鞭打ち、インディアンの頭皮剥ぎ、あるいは魔女狩りなどを真似る暴力的な遊びにも言及している。

しかし、パールが作中の清教徒たちから「罪の子」や「罪の象徴」と定義される一方で、『緋文字』の語り手は彼女を「無垢な生命」（89）と呼び、さらにパールには「エデンに生まれる素質があった」（90）とまで述べる。本論の冒頭でも触れたように、十八世紀から十九世紀にかけてアメリカ社会に普及した無垢な子ども観が、ヨーロッパの啓蒙思想やロマン主義に由来することは、従来の子ども像の変遷を扱う研究の一致した見解である。そしてホーソーンの子ども表象や子ども向け小説についても、この無垢な子ども観が頻繁に強調されてきた（倉橋 一二七―三八、Brown 79–108）。

一見すると普通の子どもとは思えないパールの不可思議な言動も、ロマン主義や超絶主義の子ども像の影響から読み解くことができる。例えばパールは、「お母さんがどうしてこの文字を身に付けているか知っているの？」（178）というヘスターの問いに、「知っているわ。……牧師さんがいつも胸に手を当てているのと同じ理由でしょう」（178–79）と答える。この母子の会話は、物語の根幹である姦通と姦通者の発覚に関わるものであり、実際には無知であるはずのパールが、ヘスターとディムズデイルの関係性を示唆することは不可解に思える。よってマシーセンが言うように、「この不思議な子どもが、状況をどれだけ理解しているのかという疑問」（Matthiessen 279）を、読者は抱くことになるだろう。しかしワーズワースにとってみれば、子どもは「偉大なる預言者」や「祝福されたる予見者」（Wordsworth 282）であり、ソローの言葉を借りれば、「人生を遊ぶ子どもたちは、大人たちよりも鮮明に、その真の法則や関係性を見抜く」（Thoreau 96）とされる。「幼児は大人の父」（282）というワーズワースの有名な言葉が示すように、ロマン主義や超絶主義においては、無垢な子どもは、時に大人に優越する道徳や智慧を持つとされる。この文脈において、パールが誰も知り得ないはずの両親の秘密を示唆するという物語の構図は不思議ではない。

またパールのロマン派的な子ども像の性質としては、彼女の自然との関係も着目されてきた。ロマン派や超絶主義者たちが、文明と対峙する自然に神聖な意味を見出していたことは周知の事実であろう。エマソンの『自然』に、「森に入れば、大人は蛇が脱皮するように年月を脱ぎ捨て、常に子どもとなる」(Emerson 9)という一節があるように、ロマン主義や超絶主義において、自然との親近性は子どもの大きな特徴とされる。

パールはウィルソン牧師から「誰がお前を造ったのだ?」(111)と問われた際に、自分自身を「母によって摘まれた野生のバラ」(112)だと述べる。また物語後半において、ヘスターとディムズデイルが森の中で密かに会話を交わす間、ひとり残されたパールは、森の生き物たちと交流を結んだとされる。

> 大きな黒い森は……孤独な子どもには、できるだけのことをして遊び相手になってやった。もともと謹厳な性分であったが、森は彼女をできるだけ愛想よくもてなした。……実際のところどうやら、母なる森や、その森が養ってきた野生の動物たちはみな、この子どもの中に自分たちと同様の野性を見出したようだった。(204)

この引用部で、パールは「野生の動物たち」と「同様の野性」を持つ存在として描かれる。彼女はヘスターの娘でありながら、同時に「母なる森」の娘でもあるのだ。海辺で彼女が緑文字Aを身に付けるエピソードも、彼女と自然との親近性を強調する(大井 一四三)。同様にパールと自然との関係に注目するダレル・アベルは、ワーズワースの描いた自然児ルーシーを引き合いに出しながら、パールはロマン派的自然児をカルヴァン主義の世界に適応させた存在だと指摘している(Abel 66)。

しかし、ここで〈パールは人間の子か？〉という前節で挙げた問いに答えるならば、その解答は保留せざるをえない。たしかに彼女は、ロマン派的自然児ではある。ただし、ロマン派詩人や超絶主義者たちが書き残した子どもたちは極めて観念的であり、そもそも彼らの表現媒体は小説ではなかったため、作者の追憶、思索、幻想の中に登場する際に、それらの子どもたちは登場人物として具現化された性格を持つことは少ない。また無垢や自然との親近性が特徴であるロマン派の子ども像は、人間社会よりも天上や自然の中に描かれる傾向が見受けられる。それは『緋文字』のパールも同様であり、彼女は作中で人間の共同体ではなく森に親近性を持ち、「キリスト教の共同体は、パールが人間社会ではなく自然に属しているため、彼女を共同体の一員として認めても認識してもいない」(Eisinger 163)。彼女はあくまでロマン派的自然児であり、未だ人間社会の子どもとしては描かれていないのだ。

四　「彼女が私の人間の子どもだとは信じることができない」

前節では、アメリカ社会の子ども像の変遷の影響によって、パールに清教主義の子ども観と、ロマン派的子ども観が反映されていることに触れた。しかし原罪から無垢へという図式には、子ども像の変化を明白にする代償に、実際には多様であったはずの十九世紀中盤のアメリカの子どもへの視線を、過度に単純化する危険があることには留意したい。

例えば、十九世紀アメリカに社会的に浸透していたとされる無垢な子ども観は、ホーソーンの子ども像や子ども向け小説を分析する際に必ず言及されるものだが、この作家の日記における娘ユーナの描写は、そのような当時の子ども観からは逸脱しているように思える。

> 彼女は大胆にすべての物事に踏み込み、何に怯えることもなく、すべてのことに対して理解力を持ち、時には心配りがまったくないように思えるが、ほどなく最上の心配りを見せる。頑固になり、優しくなり、完全に聞き分けがなくなったかと思えば、すぐに賢くなる。手短に言うならば、私は時折、彼女が私の人間の子どもだとは信じることができないような姿を目にするのだ。むしろ彼女には、善と悪が奇妙に混じり合っており、私が住む屋敷に出没する妖精のようだ。（*American Notebooks* 430–31 傍点筆者）

ヘスターの「パールは人間の子どもだろうか」という問いに共鳴するこの箇所のホーソーンの記述は、パールの造形を考慮する上で非常に示唆的である。というのも、パールを描いた作家はここで自分の娘に対し、ロマン派のような無垢な子どもへの賛美ではなく、気分の移り変わりの激しい娘への戸惑いを吐露していたからである。

　原罪から無垢へと子ども像の変遷を単純化することは、ホーソーンが日記に書き残したような子どもへの困惑を、歴史から消去することに等しい。先に触れた無垢な子ども観の社会的浸透を念頭に置いてみると、十八世紀中盤のジョナサン・エドワーズの子どもへの見解は、興味深いものである。

> 我々には子どもたちが無垢に思えるが、もしも子どもたちがキリストの手を離れれば、神の目には若い蛇としか映らない――子どもたちは蛇以上に忌々しい存在となり、大人たち同様に最も惨めな状況に置かれる。（Edwards 420）

エドワーズによると、子どもたちは「無垢」と「若い蛇」のどちらにも転びうる。そして同時代に既に浸透しつつあった「無垢」な子ども観に言及しつつ、エドワーズは子どもたちの「無垢」を信仰が担保すると主張する。キャサリン・A・ブレカスは、十八世紀のカルヴァン主義における無垢な子ども観の受容の過程を追いながら、エドワーズは「〈啓蒙思想〉として知られる当時の思想について非常に曖昧な態度を取った」(Brekus 43) ことを指摘している。

またブレカスの論は、エドワーズの子どもの善悪への曖昧な態度の延長線上に、十九世紀中盤の『アンクル・トムの小屋』(一八五二年) と『広い広い世界』(一八五〇年) という二冊のベストセラー小説の少女像を捉える点で興味深い。特に『アンクル・トムの小屋』のエヴァが純粋無垢な少女とされることに対し、『広い広い世界』の少女エレン・モンゴメリは「罪深い心」(Warner 90) を持つ人物であり、キリストを愛することを知らない物語序盤の彼女は「罪で心が硬くなっている」(49) とされる。この例からも明らかなように、アメリカの子どものイメージは、十九世紀中盤に完全に無垢に染まっていたわけではない。『子どもと共和国』(一九六八年) においてバーナード・ウィシーは、アメリカの大衆文学に原罪意識が現れなくなるのは、南北戦争以後のことであったと指摘する (Wishy 22)。

パールがウィルソン牧師の「誰がお前を造ったのだ?」という問いに、自分は「母によって摘まれた野生のバラ」だと答えるのは、彼女のロマン派的自然児としての宣言である一方で、彼女がキリスト教信仰を持たない人物であること、すなわちエドワーズの言う「若い蛇」であり、『広い広い世界』のエレン同様に「罪で心が硬くなっている」人物と見なされることを意味する。しかし実際には、パールはヘスターの宗教教育によって、三歳で既に「誰が彼女を造ったのかを充分に理解していた」(111) と語り手は述べている。問題は、パールの信仰心ではない。適切な時に肝心なことを言おうとしない彼女の「つむじ曲がり」（112）な性格が問題なのだ。

子どもの強情さや暴力性といった大人が制御できない性格は、十七世紀の清教徒共同体においては原罪の表出とみなされた。『緋文字』には子どもへの鞭打ちが数度言及されるが、語り手によるとそれは「子どもの徳の養成と増進のための健全な訓育法であった」（62）とされる。しかし作中において、パールが「奔放で絶望的で反抗的な気分や、気まぐれ」でヘスターを困らせても、その母は「過度に厳格すぎる」（191）ことはない。ヘスターはパールの性格を無理に抑制することなく、自分には制御できない娘の言動に困惑し、我が子が本当に人間の子どもなのかと疑いながらも、彼女を見守り続ける。

先の引用部において、娘ユーナの〈人間の子ども〉としての資質を疑うホーソーンが困惑を覚えたのも、彼女の信仰心ではなく、その性格についてであった。特に移り気の早さはユーナの大きな特徴であり、彼の日記には娘の陽気な姿が描写される一方で、「やんちゃ」（407）、「しかめ面」（410）、「怠惰」（412）、「退屈」（422）といった気分の変化も克明に記録されている。そもそもホーソーンは、ユーナの心に「道徳が確立する以前には、一時的な気分の連続を除いては、性格《キャラクター》は存在しないのだ」（413）と書いている。この一節からは、ホーソーンにとって子ども期は、性格不在の時期を意味していたことが読み取れる。

ユーナの描写に見受けられる子ども期の性格不在という考えは、パールの造形にも如実に投影されている。彼がほぼ同時期に書き残したユーナとパールという二人の娘たちは、両者とも移り気で感情の波が激しく、ひとりの人物《キャラクター》として性格《キャラクター》が固定されているとは言えない。特にパールについて、語り手は作中で「この子どもの中には無数の子どもがおり」、「パールの容貌には千変万化の呪文が吹き込まれていた」（90）と述べている。

ヘスターとホーソーンの両者は、確固たる性格を確立していない娘たちに戸惑い、我が子を本当に人間の子どもかと疑う。カレン・サンチェス・エップラーは、ホーソーンによるユーナの描写に、「いかにして幼児が人間になり、道徳的かつ社会的な規律の中にいかに刻みこまれるかという問題」（Sánchez-Eppler 154–55）が描かれていると述べるが、この指摘はユーナをモデルとして生成されたパールにも同じことが言えるだろう。そして『緋文字』では最後に、パールがまさに人間となる様が描かれることになる。

五　「呪文は解かれた」

清教主義の原罪、ロマン派的自然児としての無垢、そしてホーソーン自身が娘ユーナに見出した性格の不在など、パールには複数の子ども観が重なる。これらの要素は複雑に絡み合いながら、パールを作中の清教徒共同体から疎外する。彼女は清教徒共同体内部の人々とはほとんど親交を持たず、悪魔崇拝者のヒビンズ夫人、インディアン、船乗りなど、清教徒共同体の境界上を出入りする人物たちとは易々と交流を結ぶことができる。これらの人物と同様に、パールは共同体の境界上に位置しており、彼女のアイデンティティは常に揺らぎの中にある。

パールのこのような状況を作中で維持するのは、他でもない彼女の両親である。作中でパールはヘスターに対し、「どうしてお母さんはその緋文字を付けているの？」（180）と尋ねる。またディムズデイルには、深夜の晒し台の上で、「明日の昼間に、私とお母さんと共にここに立ってくれますか？」（153）と問いかける。しかし、罪の発覚を恐れる彼女の両親は、娘の質問や願いに応えることができない。

パールは作中で、ヘスターの緋文字に異様な関心を示し続ける。この点に着目したフォーグルは、「彼女の使命はヘスターの姦通の罪を常にヘスターの目前に置くこと、またヘスターがその道徳的影響から逃れることを防ぐこと」(Fogle 142) にあると述べている。ただしこのフォーグルの見解は、あくまでヘスターを物語の主体として、パールの「罪の象徴」としての機能のみに注目したものである。

ヘスターやディムズデイルがパールの質問や願いに答えること、すなわちヘスターとディムズデイルの姦通が共同体に知られることは、両親の精神的苦痛と引き換えに、パールに母ヘスターと父ディムズデイルの娘としての地位を与えることと同意である。作中でヘスターはパールに、「天の父がおまえをここによこしたのよ」(98) と述べるが、宗教教育を充分に受けているはずのパールは、その場面でキリスト教徒としてのアイデンティティを受け入れない。それどころか彼女は「小さな人差し指で緋文字に触れて」、「私には天の父などいない」と述べ、自分が本当はどこから来たのかは「お母さんが私に教えてくれなきゃいけない」(98) と、実の父親の存在を明かすようヘスターに迫る。

パールは母の緋文字やディムズデイルとの関係を問うことで、常に自身の社会的アイデンティティを求めているのだ。よってパールは、昼間に共同体の人々の目の前で晒し台の上に共に立つようにディムズデイルに請うが、物語の後半において、人目につかない森の中でのみ家族として振舞おうとする両親については激しく拒絶する。自身の社会的な立場を知ろうとする彼女にとって、家族としての認知は、共同体内部の公的な領域でなされねばならない。

物語の終盤において、ディムズデイルは己の姦通への関与をついに告白し、大衆の目前で、パールを自分の娘として認知するに至る。そして、パールの「千変万化の呪文」が解かれることになる。

パールは彼の唇にキスをした。呪文は解かれた。この野生の幼児が一役を担ったこの大いなる悲しみの場面は、彼女の共感を発達させた。そして彼女の涙が父の頬に落ちた時、それは彼女が人間の喜びと悲しみの中で、これまでのように世界と争うのではなく、この世界の中で女性となる誓いであった。(256　傍点筆者)

父からの認知によって、「野生の幼児」であったパールは、今後は人間社会の喜怒哀楽を経て、「女性」として生きていくことになる。この時、罪の象徴、あるいはロマン派的自然児として表象されてきたパールは、作中で初めて〈人間の子ども〉となる。またこの箇所の描写は、これまでは移り気で確固たる性格《キャラクター》を持っていなかったパールが、先述した「千変万化の呪文」から解き放たれ、一人の人物《キャラクター》として成長していくことを示唆している。

このパールの人間化の過程は、彼女が従来ロマン派的自然児として定義されてきたことを考慮する際に、非常に劇的な場面となる。というのも読者はこの場面に、ロマン主義や超絶主義の無垢ながらも理想化された観念に過ぎなかった子ども像が、アメリカ小説において〈人間の子ども〉に変容する瞬間を目撃するのだ。そしてさらに興味深いことに、彼女の涙が「女性となる誓い」であったと語り手が述べているように、〈人間の子ども〉となった瞬間に、パールはジェンダーの糸に即座に絡めとられる。

十九世紀小説である『緋文字』においてパールが「女性となる誓い」を結ぶ以上、彼女はその後、『若草物語』(一八八〇年)の四姉妹のごとく〈小さな女性〉として養育されることが推測される。しかし、その後のパールの姿は、『緋文字』には現れない。ヘスターはパールと共にヨーロッパに渡り、長い年月を経て、ひとりでアメリカに戻る。そして語り手は、パールが「結婚し、幸福で、母を気遣っている」(262)ことをわずかに示唆し、物語を閉じる。

渡欧後のパールの行方も、また多くの読者の関心を集めてきた。マシーセンは『メイジーの知ったこと』（一八九七年）に登場する少女メイジーが両親の結婚生活に翻弄される様にパールの面影を見出し（279）、ヒューゴ・マクファーソンはヨーロッパに渡ったパールが「ヘンリー・ジェイムズの純潔な女主人公たちを連想させる最初のアメリカ娘」（McPherson 188）になったと推測する。また大橋健三郎は、『大理石の牧神』（一八六〇年）のヒルダやケニヨン、あるいはジェイムズのニューマン、イザベル、デイジーといったアメリカ小説の渡欧者たちに言及しながら、パールを「アメリカ文学におけるおそらく最初の、最も完全な国籍離脱者」（二三）と位置付ける。さらに近年では入子文子が『ホーソーン・《緋文字》・タペストリー』（二〇〇四年）において、パールを神聖ローマ帝国のハプスブルグ家と結びつける刺激的な論を展開している（三二三―五三）。

パールの行方は定かではないが、彼女はアメリカ文学の子ども像の変遷において特異かつ重要な役割を果たしている。かつて英米文学における子ども像の研究に先鞭をつけ、後の批評にも多大な影響を与えたカヴニーは、ロマン派的子ども像をイギリスのヴィクトリア朝小説に適応させた作家としてチャールズ・ディケンズを評価した（Coveney 110）。そしてカヴニーがジェイムズやトウェインといったアメリカ作家たちに触れながらも看過していたホーソーンについても、実は同様の指摘ができる。

従来の批評が指摘してきた十九世紀アメリカ文学における子ども像の変遷においては、ロマン主義や超絶主義の理想化された観念としての子ども像と、十九世紀後半の作家の作品に〈人間の子ども〉として当然のように登場する子どもたちの間に、たしかな断絶が見受けられる。そして『緋文字』のパールは、その断絶を繋ぐ環となりえる。ホーソーンは、清教主義の罪の象徴やロマン派の自然児としての子ども像をアメリカ小説に適応させ、さらに作中において〈人間の子ども〉に変容させた作家であったのだ。

＊本論文は、科学研究費補助金基盤研究（B）「大西洋交易の変容とアメリカン・ルネッサンス」主催ワークショップ（於：福岡大学、二〇一二年五月二〇日）にて口頭発表した論文 "Pearl and the Changing Opinions about Childhood" を大幅に加筆修正したものである。

引用文献

Abel, Darrel. "Hawthorne's Pearl: Symbol and Character." *ELH* 18 (1951): 50–66.

Brekus, Catherine A. "Remembering Jonathan Edwards's Ministry to Children." *Jonathan Edwards at Home and Abroad: Historical Memories, Cultural Movements, Globral Horizons*. Ed. David W. Kling and Douglas A. Sweeney. Columbia: U of South Carolina P, 2003. 40–60.

Brown, Gillian. "Hawthorne and Children in the Nineteenth Century: Daughters, Flowers, Stories." *A Historical Guide to Nathaniel Hawthorne*. Ed. Larry J. Reynolds. New York: Oxford UP, 2001. 79–108.

Coveney, Peter. *The Image of Childhood: The Individual and Society: A Study of the Theme in English Literature*. Baltimore: Penguin, 1967.

Edwards, Jonathan. *Jonathan Edwards: Writing from the Great Awakening*. Ed. Philip F. Gura. New York: Library of America, 2013.

Eisinger, Chester E. "Pearl and the Puritan Heritage." *The Critical Response to Nathaniel Hawthorne's* The Scarlet Letter. Ed. Gary Scharnhorst. New York: Greenwood, 1992. 158–66.

Emerson, Ralph Waldo. "Nature." *Nature: Addresses and Lectures*. Vol. I of *The Complete Works of Ralph Waldo Emerson*. New York: AMS, 1979. 1–77.

Fiedler, Leslie A. *Love and Death in the American Novel*. 1960. Normal: Dalkey Archive, 2008.

Fogle, Richard Harter. *Hawthorne's Fiction: Light and Dark*. Norman: U of Oklahoma P, 1964.

Garlitz, Barbara. "Pearl: 1850–1955." *PMLA* 72 (1957): 689–99.

Hawthorne, Nathaniel. *The American Notebooks*. Vol. 8 of *CE*. 1972.

———. *The Scarlet Letter*. Vol. 1 of *CE*. 1962.

Hurst, Mary Jane. *The Voice of the Child in American Literature: Linguistic Approaches to Fictional Child Language*. Lexington: UP of Kentucky, 1990.
Kazin, Alfred. "A Procession of Children." *The American Scholar* 33 (1964): 171–83.
Matthiessen, F. O. *American Renaissance: Art and Expression in the Age of Emerson and Whitman*. New York: Oxford UP, 1949.
McNamara, Anne Marie. "The Character of Flame: The Function of Pearl in *The Scarlet Letter*." *American Literature* 27 (1956): 537–53.
McPherson, Hugo. *Hawthorne as Myth Maker*. Toronto: U of Toronto P, 1969.
Mintz, Steven. *Huck's Raft: A History of American Childhood*. Cambridge: Harvard UP, 2004.
Sánchez-Eppler, Karen. "Hawthorne and the Writing of Childhood." *The Cambridge Companion to Nathaniel Hawthorne*. Ed. Richard H. Millington. Cambridge: Cambridge UP, 2004. 143–61.
Thoreau, Henry David. *Walden*. 1854. Ed. J. Lyndon Shanley. Princeton: Princeton UP, 1971.
Warner, Susan. *The Wide, Wide World*. 1850. N.p.: Biblio Bazaar, 2007.
Wishy, Bernard. *The Child and the Republic: The Dawn of Modern American Child Nurture*. Philadelphia: U of Pennsylvania P, 1968.
Wordsworth, William. *The Poetical Works of William Wordsworth*. Vol. 4. Ed. E. de Selincourt and Helen Darbishire. London: Oxford UP, 1970.
入子文子『ホーソーン・《緋文字》・タペストリー』南雲堂、二〇〇四年。
大井浩二『ナサニエル・ホーソーン論』南雲堂、一九七四年。
大橋健三郎「パールのゆくえ」『人間と世界——アメリカ文学論集』南雲堂、一九七一年、一八一—二六頁。
倉橋洋子「ホーソーンの子ども像と空想——『緋文字』と『ワンダー・ブック』を中心に」『テクストの内と外』東海英文学会編、成美堂、二〇〇六年、一一七—三八頁。

ロマンスの磁場、奇跡、子ども

――「雪人形」と『秘密の花園』の生命の庭

高橋利明

「童心こそ永遠の救世主であり、堕落した人間の腕のなかに身をゆだねて、どうか楽園へ帰ってと懇願する。」(Emerson, *Nature* 46)

一　ホーソーンと「子どもらしい奇跡」

ホーソーンの「雪人形」(一八五一年)の語り手は、無機質な雪人形に生命を吹き込むことによって、芸術家の創作過程と研ぎ澄まされた虚構空間のもつ審美的な意味を伝えている。そして、リンジー家の庭は、まさに「薄暮」の中でヴァイオレットとピオニの純真無垢な想像力によって作家のロマンスの起源としての「中間領域」(Hawthorne, *Scarlet Letter* 36)に変化し、さらにその雪人形がそこに注ぎ込まれた温かい生命、即ち、ホーソーン的な「共感（sympathy）」によって雪少女に変容した瞬間にロマンスの磁場を持ち得たのである。(1) その磁場とは、「現実」と「想像」の間の「中間領域」において、人間の生命、あるいは人間の共感する力を再確認するための場所であり、また、人間がより純真に人間らしくあり得るユートピアでもある。「雪人形」の生命の庭は、ホーソーンの共感的な想像力が雪少女の「美」に出会うことによって「頭」と「心」のバランスを取ることの意味を描く原型的な場所となるのだ。そして、ホーソーンのロマンスの磁場は、「子どもらしい奇跡」の可能性を信じようとする作家の平衡感覚を裏打ちするのである。ホーソーンのロマンス思想の本質は、彼の平衡感覚にあり、その感覚が子どもたちの「純真（simplicity）」がもたらす「奇跡」を大事にしている。本稿ではまず、「雪人形」における「奇跡」の意味を考察し、続いて、フランシス・ホジソン・バーネットの『秘密の花園』（一九一一年）の中にホーソーンの子ども観の反映を見出し、さらにはアメリカ児童文学におけるホーソーンの存在意義を見極めたい。

二　「雪人形」の「奇跡」

「雪人形」について最も初期に批評したエドウィン・パーシィ・ウィップルは、この作品を「霊妙さや具体性の点でホーソーンの想像力より劣るどんな想像力も表象しえない繊細な創作品のひとつ」だと捉えている（Whipple 189）。また、百年以上も後に、ハイアット・H・ワゴナーは、この作品の本質的な価値を「感受性の人」と自らを見なす一作家の「優しい空想、気まぐれな感情」に見出しているが、彼が危惧として指摘するこの作品の「感傷」は、その後の批評にあまり芳しくない影響を残している（Waggoner 3）。このワゴナーの不安を確認するかのように、ニーナ・ベイムは、作品中の母親と子どもたちの「感傷的で、型にはまった」描写に異議を唱え、さらにはこの作品の「繊細に表現された表面」の下に、「ぞんざいかつ不注意に表現された作品」を見出している(Baym 118)。

「雪人形」についての批評の少なさは、ワゴナーやベイムのもつ疑念や不満を裏打ちするように見える一方、注目に値する例外もある。即ち、ヘンリー・ジェイムズは『ホーソーン』で、これを「小さな傑作」と呼び(James, *Hawthorne* 51)、Q・D・リーヴィスは、芸術家物語の「最も見事な」例だと評価し、特に、これがジェイムズの作家についての物語と同等のものであると考えるゆえに、「おとぎ話」として取り扱われることに反発を示している(Leavis 61)。数多のホーソーンの名短篇に比べて影が薄いことは確かではあるが、リー・B・V・ニューマンが、「一見驚くほど単純な登場人物や直観的に確認できるピグマリオン的主題というものが、原型的な真実を表すファンタジーの媒体としてこの作品を特徴づけている」と指摘する時(Newman 295)、我々は、「原型的な真実を表すファンタジーの媒体」という表現が、『緋文字』の「税関」のロマンス論につながっていることに気づく。

月光が馴染みの部屋のカーペットの上に白い光を降り注ぎ、その織り模様をひとつ残らずはっきりと浮かび上がらせる時——あらゆるものを細部にいたるまではっきり見せながら、朝や昼とは見え方は大違いなのだが——月光はロマンス作家が彼の架空の客人たちと知り合いになるための最良の仲立ちである。ここに熟知の、ささやかな家庭の眺めがあるとしよう。……これらすべての物どもは、こんなにもはっきりと見えながら、常ならぬ光によって精神化され、その実体を失い、知性的なものとなる。どんなに小さく、どんなにつまらない物でも、この変化を経過して、威厳をそなえる。……だから、かくして、馴染みの部屋の床は、現実世界とおとぎの国とのどこか中間に位する

中間領域になり、そこでは現実と想像とがまざりあい、お互いに相手の性質で染まっているのかもしれない。(2)(35–36)

月光という「常ならぬ光」によって「馴染みの部屋」の中の事物は、精神化されその実体感を失い、「知性」及び「威厳」を帯びているように見えるのである。ホーソーンは、この月光に照らされた「馴染みの部屋」こそが、「中間領域」になっていると考える。そこは、「現実世界とおとぎの国」の間にあるどこかであり、「現実と想像」がまざりあう場所である。そして、この「中間領域」に現れるロマンス作家の「架空の客人たち」こそが、ホーソーンの描く登場人物たちと考えられるが、「税関」においては「雪人形」が人間の男女に変身するという無機物から有機物へという想像力の原型的パターンが提示されている。

いくらかほの暗い石炭の火が、私がこれから述べたいと思う効果をかもすのに大きく影響した。その火は部屋中につつましやかな彩りを放ち、壁と天井をかすかに赤く染め、つややかな家具からは光を反射させていた。このより暖かい光は月光の冷たい精神性とまざりあい、空想が呼び寄せる形象に、いわば、人間の心と人間の優しさの感情を伝達するのである。それはその形象を雪人形から人間の男女に変える。(36)

月光に照らされた室内が「中間領域」となった後、ロマンス作家には何が必要なのだろうか。それこそが、引用に言う「いくらかほの暗い石炭の火」の「より暖かい光」なのである。この光こそが、「人間の心と人間の優しさの感情」を象徴するのであり、それが「月光の冷たい精神性」とまざりあうことによって、ロマンスの磁場が発生するのだ。つまり、その光が「空想が呼び寄せる形象」の一例としての「雪人形」を「人間の男女」に変身させることになるのである。この「より暖かい光」とは、月光という自然の光とは異なり人為的なものである。ここには、「自然《ネイチャー》」と「人工《アート》」のコントラスト、あるいは「自然《ネイチャー》」と「人間《ヒューマニティ》」の関係性というものがある。暖かい暖炉の火は人間の愛情そのものの表象であると考えられるが、この火に対応するものこそが、「雪人形」の中のヴァイオレットとピオニの純真無垢な温かい愛情の火だと思われる。そこで、雪人形から雪少女を生もうとする子どもたちが起こす奇跡が実現されていく過程を、その自然描写の中に見てみよう。

まず、この奇跡の変身の兆しのシーンは、日没直前に母親によって垣間見られる。

> 母親は一瞬仕事の手を休め、窓の外を見やった。だがたまたまちょうど太陽が、一年中で最も短い日に当たっていたこともあり、ほとんど地面すれすれに沈まんとしていたので、その夕陽が斜めにその女性の目に差し込んでいたのだ。お察しの通り、それで彼女は目をくらまし、庭にあるものをあまりはっきりとは見ることができなかったのだ。しかしそれでも、太陽と新雪の、その煌めき目をつぶすような眩しい光を通して、彼女は庭に一つの小さな白い人影を見たのだ。それは不思議なほどの人間らしさを持つように見えたのである。（"Snow-Image" 12–13）

日脚が一年中で一番短く、太陽の高度も低い冬至の日没直前に、斜めに差し込む強烈な太陽光線が、窓の外を見る母親の眼を幻惑させた結果、彼女は庭にあるものをあまりはっきりとは認識できないのである。[3]

しかし、その眩惑的なまばゆさと新雪を通して、彼女は不思議なほどの「人間らしさ」を持つような「一つの小さな白い人影」を見たのだ。子どもたちの雪人形が、「人間らしさ」を持ち始めている兆しを母親は感じ取るのだが、その「一つの小さな白い人影」が、「一つの小さな少女の姿」に変身する瞬間のシーンは、「薄暮」を待たなければならない。

かくまで懇願された母親は、もはやぐずぐずと窓辺から外を見ることを延ばすことはできなかった。太陽はその時には空から消えていたが、冬の落日をかくも荘厳なものとする紫と金の雲の中に、その残照の豊かな自然の恵みを残していたのである。窓の辺りにも雪の上にも、ほんのわずかな輝きも眩しい光もなかったので、その優しい女性は庭中を見渡し、そこにある物でも人でもすべて見ることができた。それでそこに彼女は何を見たのだろうか。もちろん、ヴァイオレットとピオニの彼女の二人の愛しい子たち。ああ、その二人以外に彼女は誰を、何を見たのか。まあ、私の言うことを信じていただけるのであれば、そこには一人の少女の小さな姿があったのである。その子は、真白い服を着て、バラ色の頬をして、金髪の巻き毛をなびかせながら、二人の子らと庭中を遊び回っていたのだ。(15)

「太陽はその時には空から消えていたが、冬の落日をかくも荘厳なものとする紫と金の雲の中に、その残照の豊かな自然の恵みを残していた」という「薄暮」ならではの景観は、まさに荘厳かつ崇高であり、「雪少女」誕生の奇跡の舞台を用意している。また、「まあ、私の言うことを信じていただけるのであれば」という語り手の言葉は、「税関」の中でホーソーンが断言する「たった一人で座っている男が、不思議なことを夢見てそれを真実のように見せることができないならば、彼は決してロマンスを書こうとするには及ばない」(*Scarlet Letter* 36) という覚悟を想起させる。つまり、夢はまず信じることによってのみその真実性に到達し得る、とホーソーンは考えるのである。そして彼は、ロマンス作家が彼の「架空の客人たち」に通じるのに最適な媒体は、「常ならぬ光」をもつ「月光」であると言うが、引用の如く彼が深い愛着をもって描く日没後の「薄暮」もその最適な媒体となるのだ。なぜならば、その「薄暮」とはまさに昼と夜の間の「中間領域」にあるのであり、短い時間の推移の中で昼の現実の要素と夜の現実の要素がどちらとも言えずにたゆたっている夢のような領域であると考えられるからである。ボルヘスが、「彼が生きていた現実は、つねに幻想の息づく薄明りの黄昏、あるいは月明りの世界でした」(Borges 64) と言う通り、ホーソーンは夢の作家なのであり、月光の当たる部屋も日没後の薄明りの中のリンジー家の庭も、大変に夢幻的な雰囲気の中で「共感」を呼び込む「中間領域」になっており、ロマンスの磁場を内包している。そして、このロマンスの磁場においてヴァイオレットとピオニの手に成る雪人形は、雪少女に変身を遂げるのだが、その生命は儚い。なぜならばそれは夢のようなものだからである。しかし、その夢を純真無垢に信じる心は極めて重要である。

その対極には、現実に今見えていることだけしか信じることのできないリンジー氏がいる。彼は作品中で何度も「常識的な男」と呼ばれており、当時の、あるいは現代の父権制的社会通念の体現者でもある。子どもたちの「ナンセンス」とリンジー氏の「常識」の対立は、意味に捉われずにそこから自由な「非イデオロギー」と、意味に拘泥しそこに膠着する「イデオロギー」の対立であり、「無意味の意味」と「意味の無意味」の対立だと思われる。「ナンセンス」は、「常識」という意味に揺さぶりをかけることで人生の真実を明らかにするという意味をもつのだ。

ピオニは地団駄踏みながら、そして、言うのもぞっとするのだが、その常識的な男に向かい小さな拳を振り回しつつ、「いたずらっ子のパパ！　どうなっちゃうか僕たち言ったでしょ！　何のためにパパはあの子をお家に入れたの？」と叫んだ。(24–25)

ピオニは地団駄踏みながら、「常識的な男」である父親に向かい拳を振り回している。語り手もぞっとするようなこの激しい反抗的態度は、ひとりリンジー氏だけではなく、当時の社会全体が持つ父権制的常識に異議申し立てをしているのである。そして、「何のためにパパはあの子をお家に入れたの？」とピオニが言う時、その「何のため」という問い方は、常識で成り立つ日常生活に生きる我々人間に内省を促すものとなるのである。語り手が、「ある人間にとって善なる要素として認められたことが、別の人にとっては完全な害であるとわかることもある」(25)と言うように、我々は「甲の薬は乙の毒」という教訓的な真理を看過しがちなのである。リンジー氏は、その「頑なな物質主義」(24)によって、「極めて常識的なものの見方」(19)しかできないゆえに、子どもたちが雪少女を作ったという事実を「ナンセンス」であると言い切るのである。そして、常識的かつ即物的なリンジー氏の「まさに最高の善意」(22)こそが、雪少女の破滅をもたらしたのであるが、この教訓はまさに「教化」すべき対象である「善良なるリンジー氏タイプの賢者たち」には全く無効なのである。彼らは、済んでしまったこと、今現在のこと、そして将来に起こり得ることの「すべて」を自明のものとして捉えているのだ。その結果として、「自然あるいは神によるある現象というものが、彼らの秩序を万一超えてしまうものならば、彼らは、たとえそれが鼻の先で起こったとしても、どうしても認めようとしないのである」(25)。

奇跡のドラマが織り成す地球に生きる我々は、人知を超えた何かに包摂され守られているように思われる。聖書の中の奇跡と等価には語れないが、ヴァイオレットとピオニが共同で作り上げた雪少女は、「子どもらしい奇跡」の実現であったのである。それに対して、ニーナ・ベイムは、この作品でホーソーンは「世間とは汚い場所である」(Baym 119)と訴えて感傷的な現実逃避をしているだけだと言うが、現実と相渉り合うことよりもただただ夢を信じることの方がさらに一層困難であるように思われる。夢の作家ホーソーンの真骨頂は、「中間領域」での夢の実現にあるのであり、その実現のために必要なものは、一心不乱の「純真」なのであり、それが、二人の子ども、特にピオニが幼子らしく、あるいは強調のために三音節に区切って発声する“beau-ti-ful”という言葉の中の美学的な価値を裏打ちするのである。つまり、エドモンド・バークが、「美は単なる積極的な快にもとづいており魂の中に愛と呼ばれる感情を生み出す」(Burke 160)と述べるように、子どもたちの「純真」が生み出した「雪少女」の「美」は、魂の中に愛の感情を生み出し、母親の「[他者の幸せを]見る喜び」というアダム・スミスの言う「共感」(Smith 9)をも引き出すのである。そして、「空想が呼び寄せる形象」である子どもたちの「雪人形」に生命を吹き込んだのは、彼らの純真な共感、あるいは愛の想像力である。キーツが「美は真、真は美なり」と歌うように、我々は「美は愛に基づく心理的な真実、愛に基づく心理的な真実は美なり」と想定できるかもしれない。なぜならば、ホーソーンの創作上の強調は、常に、彼が『雪人形』の序文で言及する「心理的ロマンス」(4)というものに依拠しているからである。「心理的ロマンス」とは、彼が、「我ら人間の普通の性質の深い所」を探究するためにあるのであり、人間とは何か、即ち人間の真実を明らかにすることができるものなのだ。

また、「雪人形」におけるホーソーンの想像力は、サミュエル・T・コールリッジの「空想力」に対する「想像力」の考えのひとつの典型になっている。コールリッジは、次のように主張する。

> それ（第二の想像力）は溶解させ、拡散させ、消散させて、再創造します。あるいはこの過程が不可能な場合でも、なお常に理想化し、統一しようと努めます。すべての客体が（客体としては）本質的に固定され死んだものであるのに対し、第二の想像力は本質的に生きたものなのです。（Coleridge 304）

これに従えば、再創造のために対象物に溶け込む「生きた」愛の「想像力」というものが、「空想力」が生み出す無機的なものとしての雪人形を、有機的統一体としての雪少女に変容させ得たのである。「天上的」、「不滅的」と形容される「天使の子どもたち」（"Snow-Image" 11）の手助けを得て創造された雪少女は、人間の想像力が生み出す稀有で儚い「美」の化身なのである。そして、ヴァイオレットとピオニの「純真と確かな信念」こそが、「ある目に見えない天使」を呼び寄せて「彼の不滅の時間」の中で、「奇跡」（20）が起きたのだと、「子どものような純真、そして、水晶のように純粋で澄んだ信念」を持つ母親は夫に向かい言うのである。彼女はあらゆるものを「この透明な媒体」を通して見る時、「他人が無意味で馬鹿げたことだと笑い飛ばす位にとても深遠な真実」（20）を時々見出すのである。この表現は『ブライズデイル・ロマンス』（一八五二年）の中で、博愛主義者ホリングズワースに対峙したカヴァデイルの言葉を想起させる。彼が、「最も深遠なる知恵とは、十分の九のナンセンスと混じり合っているにちがいない」（*Blithedale* 129）と言う時、我々は、「意味」、あるいは「常識」だけを見つめていると、もっと大事で深遠な真実や知恵を見失うことに気付くのである。母親の摑んだ深遠な真実とは、世間の「常識」に囚われすぎると物事の本質を見失う可能性があるということである。「薄暮」の中、リンジー家の庭は、ヴァイオレットとピオニの「純真」によって「中間領域」に変容し、彼らの愛の「共感」という生命が雪人形に吹き込まれ、雪少女に変身した瞬間、ロマンスの磁場を持ったのであり、その磁場こそが、人間がより純真に人間らしくあるためのユートピアを形作るのだ。そして、その生命の庭は、ホーソーンの共感的な愛の想像力が雪少女の「美」に出会う時、ラーザー・ジフの言うように、「頭と心のバランスを取る必要性」(Ziff 140)(4)を生きいきと描く原型的な場所となるのである。ホーソーンのロマンスの磁場は、「子どもらしい奇跡」の可能性を信じようとする作家の平衡感覚を裏打ちしており、作家は、その「奇跡」の実現に与しているのだ。

三 『秘密の花園』の「奇跡」

「雪人形」の「子どもらしい奇跡」が、時代を経て共鳴し合っている作品が、舞台を英国ヨークシャーのムアに置いたF・H・バーネットの『秘密の花園』(初出は『アメリカン・マガジン』に連載)であると思われる。バーネットの伝記作者アン・スウェイトは、その伝記の中でバーネットが、『ブライズデイル・ロマンス』を読んでいたとし、その理由をゼノビア・フォーントルロイの姓の『リトル・ロード・フォーントルロイ(小公子)』(一八八六年)への借用に見ている(Thwaite 52)。また、バーネットの「最初のアメリカ小説」で、ピグマリオン的テーマをもつ『ルイジアナ』(一八八〇年)では、純朴な農夫の娘ルイジアナの「完全なる無知」が明かされる時、その冒頭には、「あなた、『緋文字』なんか全然読んでないんでしょ?」という問い掛けがある(65)。このように作家がホーソーンの文学に対して、十分に意識的であったことが伺われる。そして、「雪人形」と『秘密の花園』の共通点は、両作品とも「庭」を舞台に生命が「新生」、あるいは「再生」するロマンスであるということなのである。ホーソーンの言うロマンスとバーネットのロマンスを同じ位相で語ることはできないにしても、前者が「雪人形」の中で「現実」と「想像」がまざりあう「中間領域」としてリンジー家の「庭」を選び、そこにロマンスの磁場を発生させた作意は、後者の作意と軌を一にしているのだ。つまり、コマドリに導かれ、メアリによって発見された秘密の「庭」も、「現実」と「想像」のまざりあう「中間領域」に変容し、さらには、愛の共感的想像力によって再び生命を取り戻すことになるのである。「雪人形」の「庭」と同様に、ロマンスの磁場に満ちあふれている「秘密の花園」の「庭」は、共感という磁力によってメアリとコリンたちを引きつけるのだ。

メアリによる秘密の花園の発見が、コマドリによって導かれたことの意味は大きい。なぜならば、バーネットにとってコマドリは「魂を持つ小鳥」(a little Soul)(5)であり、自然の声に耳を傾けることがいかに重要であるかを伝えているからである。そして、このコマドリと同様の役割を担っているのが、「雪人形」の中のユキホオジロなのだ。群れで現れるこの小鳥たちは導き手としてではなく、雪少女の完成者として、その一匹は彼女の「胸」に優しく体を埋め、また別の一匹はその口ばしを彼女の「くちびる」にあてる(17)、という形で登場するのであるが、両者とも自然界の秘密の扉に通ずる霊的な使者なのである。そして、その秘密の「庭」の発見とその花園の再生の過程というものが、「つむじまがりのメアリ夫人」(Burnett, *Secret Garden* 10)(6)と呼ばれていたメアリに「奇跡」をもたらし、その後、従兄弟のコリンの心身にも大きな影響を与えていく。自力では立つことさえできないような衰弱体のコリンが、一度は本当に自分の足で立てた時、彼は、「世の中には魔法がいっぱいあるにきまっているんだ。ただみんなは、それがどういうものか、どうやっておこすのか、わかっていないんだ。いいことがおきるまで、いいことがおきるぞって、いいつづけることが、はじまりなのかもしれない。ぼく、実験をしてみようと思うんだ」(204)と述べている。さらに、誰も手に負えぬほどの「変わり者の」(201)コリンが、「魔法というものは、いつも押したり引いたりして、なにもないところからなにかをつくりだすのであります。すべてのものは魔法でできているのです。葉っぱも木も、花や小鳥やアナグマやキツネ、リスや人間もそうです」(205)と言うように、目に見えぬ魔法を認識し、それを信じ始めたことは、「奇跡」との邂逅の一歩であったのである。この作品では、「魔法」(Magic)という言葉が、子どもたちの合言葉のように何度も繰り返される。そして、その「魔法」を積極的に信じるという子どもたちの姿勢は、子どもながらも自主的に自分の頭で物事を思考する力を生み出すのであり、その力が「奇跡」を生み出すのだ。その「奇跡」と「思考」との因果関係をバーネットは次のように語る。

このまえの十九世紀に人びとが気づきはじめたことに、人間の思考、ただただ人が考えていることそのものが、電池のように力をもっている、ということがあった。思考というものは太陽の光のように、ためになることもあれば、毒薬のように悪い影響をおよぼすこともあるのである。(241)

ここでは、善い「思考」が善い結果を、悪い「思考」が悪い結果をもたらす、という単純な論理が語られるが、この論理はこの作品全体を貫く重要なテーマとなっている。そして、この作品で何が善い「思考」なのかと言えば、秘密の花園という「庭」に縮図的に象徴される「自然」との魂の位相での深い交流によって、植物や人間が生きている証「作中では「ウィック(wick)」という言葉で表現される」(90)を確認することなのである。その意味で、ヨークシャーのムア及び、そこに暮らす動植物と一心同体の自然児ディコンの存在は大きい。(7) 彼は、「(ほかのことばとはぜんぜんちがう、特別のことばである) コマドリ語」(224) が話せたというように、「自然」と意思疎通可能な言語を持っているのである。彼がいなければ、また彼の地母神のような母親スーザンとその娘マーサがいなければ、メアリ自身もコリンも、そして秘密の花園もその再生を達成できなかったのである。また、この再生を可能にしたメアリとコリンの「自然」との一体感は、バーネット自身の体験に根差しているように思われる。つまり、彼女の『自伝』に記されているように、バーネットは三歳で父親を亡くし、一八六五年に十五歳で家族と共に英国から伯父のいる米国テネシー州に移住した後、アメリカの「自然」の中で、自分の魂が「小鳥のように飛び去ろうとしている」(*One* 272) 感覚を持つのである。そしてバーネットは、その肉体から魂が乖離してゆくような「超自然的な体験」についてこう言うのだ。

> 幼いころの超自然的な体験はすべて病的だと言われていますが、もしそうだとしたら、この恍惚感は、ただの気分で片付けるにはやっかいなものだったので、いだいてはならないものだったのでしょう。けれども、それはうっとりするような喜びでした。非常に繊細で奇妙なものだったので、誰にも言わずに秘密にしていました。(*One* 273)

この体験がもたらした秘密の「恍惚感」こそが、『秘密の花園』という作品の全体を優しく覆っており、そこが得も言われぬ、作品のかけがえのない魅力になっているのである。そして、その「恍惚感」の極致の表現は、第二十一章「ベン・ウェザスタッフ」冒頭の、「この世に生きていることのふしぎの一つは、自分がほんとうにいつまでも、いつまでも、いつまでも生きるのだと感じるときというのは、たまにしかないということである」（184）という言葉から始まるのである。この感覚は、日の出や日没や夜空の星々がもたらす神秘的な静けさに包まれて、畏敬の念に打たれた人間に訪れるとバーネットは述べ、秘密の花園の中で「コリンが春というものをはじめて見て、聞いて、感じたときがそうだった」としている。

その日の午後は、たったひとりの男の子のために、世界全体が最高の姿で、かがやくようなうるわしさとやさしさを発揮しているかのようだった。もしかしたら、春がやってきて、秘密の花園そこ一つだけにありとあらゆるものをつめこめるだけつめこんでいったのは、ただただ天上の優しさからだったのかもしれない。ディコンが手を休めて、深まるばかりのふしぎな思いを目にたたえて、首をそっとふりながら、じっと立ちつくすことが、いちどならずあった。（184–85）

十三歳になろうとする自然児ディコンすらも見たことのないこの時の美しい「庭」には、「よろこび（delight）がみちあふれていた」（185）のである。そして、この天上的かつ奇跡的な「よろこび」に満ちた秘密の花園の「美」の魅力は、「雪人形」のものでもあるのだ。

「雪人形」では最終的に雪少女の悲劇が語られながらも、ヴァイオレットとピオニ、そして二人の母親も、「奇跡」を目の当たりにするという「超自然的な体験」を通して雪少女の「美」を、天使らのイメージと共に「恍惚感」を持って見ていたのであり、その作品は、自然界における目に見えないものの重要性を訴えていると言えよう。また、その目に見えないものとは、『秘密の花園』における子どもたちの合言葉である「魔法」に通底していると思われる。そして、秘密の花園を再生させるために二人の子どもが持った自立的かつ創造的な「思考」は、「雪人形」の子どもたち、特に、雪人形を作っている過程で「楽しい思考（a cheerful Thought）」（9）そのもののように母親からは見えたとされるヴァイオレットのその「思考」そのものに通底しており、科学技術による発明品であり、目には見えない電気エネルギーを蓄え、放出する「電池」と同様に、見えないものを見えるようにするというような「奇跡」的なものでもあったのである。人間の善い「思考」が「奇跡」をもたらすことを描く英米児童文学の傑作の中で、コリンの亡き母の母性を象徴する地霊的な主人公である魔法のかかった「庭」は、ロマンスの磁場を持ち「奇跡」を引き起こすのだ。「電池」の例えで言えば、メアリとコリンの陰極の「思考」は、陽極のそれに転換するのだが、その理由は、かつて変わり者であったコリンが父親に向かって言う、「『そうなんです。庭なんです。庭とメアリとディコンと生き物たちと、それに魔法のおかげなんです』と、コリンはいそいでつづけた」（253）という言葉に見られる。「庭」には、「電池」と同様に磁力があり、それが磁場を形成しているのであり、そこに子ども二人の「共感」という磁力が「思考」の形を取って注がれる時、「魔法」という目に見えない自然の力は、「庭」の磁極を陰から陽に変え、彼ら二人を変えるのだ。

このように磁極を転換させるほどの力が「思考」にはあるのだが、それを作動させたのは「庭」の「魔法」による「奇跡」なのである。そして、「『ほんものの魔法じゃないとしても、魔法だってふりをすればいいんだ。とにかく、あそこにはなにかがあるよ、ぜったい！』とコリンは言った。／『魔法よ。でも黒魔術じゃなくて、雪みたいに白い魔法なのよ』とメアリは答えた」（202）、という二人の会話に見られる雪の如く白い魔法とは、「雪少女」の「子どもらしい奇跡」を想起させ、「奇跡」を信じ続ける人間の「思考」の意味を感取させる。生まれ育った環境（両親の愛の欠如）から変わり者となった十歳のメアリもコリンも、コリンの母の死後十年間閉ざされていたその魔法のかかった「庭」及び、自然児ディコンと自然そのものとの生命力に満ちた魂の交流の中で再生するのである。そして、「秘密の花園が生きかえり、ふたりの子どもが花園といっしょに息をふきかえしているとき、ノルウェーのフィヨルドやスイスの山や谷などの、遠い、美しい場所をさまよい歩いている男がいた。十年ものあいだ、胸がはりさけるような暗い思いで心をいっぱいにしてきた男だった」(242)、と紹介されるコリンの父クレーベン氏は、子どもたちの再生の「奇跡」に共振かつ同期し、「花園といっしょに『生きかえって("coming alive")』いた」(245)のであり、愛する妻の死後の抜け殻状態を脱却し、生命力を回復するのだ。このことは、彼が、「雪人形」の「頑なな物質主義」の男であるリンジー氏には欠けていた愛の想像力をもっていたことの証左なのである。

結論として、姉弟が主役の「雪人形」では庭の雪が、従兄弟同士が主役の『秘密の花園』では庭の土が、人間の主体的な愛の共感によって生命力を帯びるという、ある意味で神話的な「奇跡」は、目に見えない「魔法」を純真無垢に信じる、ロマンスの磁場に置かれたそれぞれの子どもたちの「思考」にかかっているのである。そして、その「思考」は、十九世紀ヴィクトリア朝期の服従的な大人しい子ども観にも揺さぶりをかけていたのだ。

四　結び

神宮輝夫は、アメリカ児童文学の特徴として、「アメリカ的人物像」、「自己確認(探究)のテーマ」、「アメリカ的理想主義」、「簡明さ」をあげている(神宮 一)。そして、神宮は、アタベリの見解(166)を引きながら、「アメリカの子どものためのファンタジーは、長い間、wonder と significance が等量に混合している感覚をえがこうとしていなかったといえると思う。そのかわりに、それらは理想主義をつねに伝達しようとしてきた」（四）と述べ、さらには、その「ファンタジーには、たしかに、宇宙創造の神秘に触れる、奇蹟の一瞬をさとる、外見の背後に在る実体を見るといった numinous（超自然的）な感覚はうすいかもしれない」（四―五）と解説している。アメリカ児童文学の歴史の鼻祖とも言えるホーソーンの「雪人形」と後世のバーネットの『秘密の花園』には、"wonder" と "significance" がバランスよく息づいていて、その「超自然的」な感覚こそが、「奇跡」を捉えることを可能にしているのである。そして、「奇跡」と言えば、大人向けの神話的なファンタジーとも言える「雪人形」と地続きに発表された『ワンダー・ブック』（一八五一年）のギリシャ神話の「奇跡」にも注目すべきであろう。

パトリシア・D・ヴァレンティの指摘の通り、ホーソーン夫妻は親として、アメリカの十九世紀前半を支配していた「グッドリッチの退屈で教育的な著作の明白な教訓主義」や、「福音主義者たちによる敬虔な物語」を拒絶すると同時に、神話というものを子どもたちにとっての本質的に想像力に富んだ経験として心から受け入れたのである（Valenti 21）。また、バーネットも『自伝』の中で、自分が幼少の頃から『ためになる』（improving）本を全く読みたがらなかった」（114）ことを吐露していて、ホーソーン夫妻のように道徳的な読書には否定的であったことがわかる。また、そのようなホーソーン夫妻の考え方に反して、息子ジュリアンは、「子どもや大人のもつ直観や善の存在」を疑い、児童文学の実用主義的な価値により迎合していた、とモニカ・エルバートは言う（Elbert v）。そしてまさに「雪人形」と同様に、この反実用主義的とも言えるホーソーンの再話化されたギリシャ神話は、作家のよき理解者であったウィップルによって激賞され、「子どもたちの古典」（182）になるだろうと明言されていたのだ。

確かに、アタベリが言うように、「ホーソーンは非常に多くの十九世紀アメリカ児童文学作家たちを先導した」のであり、さらに、「主として彼の革新からは、完全な独創でもなく真にアメリカ的でもないが、全くの模倣でもないファンタジーの伝統が発展した」（Attebery 63）のである。しかし、その伝統の価値はゆるぎないにせよ、その後のアメリカ児童文学の展開上では、アメリカ的理想主義（実用主義）がその主導権を握ったのだ。なぜならば、楽天的で、人間中心的な魔法の世界を描く『オズの魔法使い』を引きながら、神宮が、「現実の世界でどのように生きるべきかという『アメリカの良識』を伝えるものがアメリカの子どもの文学のファンタジーだといえる」（五）と言うように、アメリカ特有のピューリタン的な良識が、アメリカのファンタジーを覆ってしまったからなのである。そのようなアメリカの児童文学の状況にあって、その「良識」を越えるような心の真実を超自然的な「奇跡」に見出そうとするホーソーンとバーネットは、「雪人形」と『秘密の花園』において、審美的で両義的なロマンスの磁場を堅持する道を選んだのである。ホーソーンと、英国人でありながら一九〇五年に米国に帰化したバーネットは、自国の人間の狭隘になりがちなピューリタン的な「アメリカの良識」(8)の実用主義に対抗しながらも、自らの実人生を子どもらしい「純真」な眼で直視し続けていたと思われる。そして、特にホーソーンについては、「純真」な共感的想像力が生み出すそのロマンスの磁場こそが、政治的にも、経済的にも、社会的にも、そして文学的にも超然としつつ、頭と心のバランスを取る「偉大なる保守」(9)としての彼独自の平衡感覚の文学を生み出したのである。そして、「雪人形」と『秘密の花園』の生命の庭は、後世の子どもたちのみならず大人たちにも、「奇跡」という最大の遺産を残したのである。

注

（1）ロイ・R・メールは、「長い間、磁力と同義で用いられていた共感という言葉は、それが「感じること」（即ち、生命）

のみならず、「共に感じる」(即ち、同質)を表わすという点で追加的な意味を持った」(Male 140)と述べ、さらに「ホーソーンは決まって共感《シンパシー》と磁力《マグネティズム》を同義語としてみなしていた」(142)と指摘する。共感《シンパシー》という磁力《マグネティズム》が生み出す空間というものをホーソーンの「ロマンスの磁場」と論者は定義する。

(2)『緋文字』の翻訳は八木敏雄訳に拠ったが、適宜修正を施した箇所もある。

(3)ホーソーンが、「雪少女」誕生の場面をまさに「冬至」に設定した理由は、この日を境に日が伸びていく太陽(生命)の復活のイメージを喚起したいためだと考えられる。また、姉弟の「雪人形」制作過程に見られる、母親の抱く天使のイメージは、イエス・キリストの生誕にもつながりを持つように思われる。

(4)ジフは、「頭の優位は、避けられ得るものだが、その頭は我々の歴史状況において、不純なる心が導きを必要とするゆえに、一つの役を担わねばならない。しかし、もし人が罪を犯せば、救いは、自己の存在を人間の共通の心の一つの分子として認識しつつ、自己を他者への愛に没入できれば手に入れることは可能なのだ」(Ziff 140–41)と論じ、愛を通して罪の呪いを免れた人物の例として、フィービー・ピンチョンとロデリック・エリストンを挙げている。「雪人形」のヴァイオレットとピオニにとって「救い」は無縁のように思われるが、雪人形という他者への愛に全身全霊を没入できることの意味は大きい。なぜならば、子どもたちの「原罪」からの救いは、雪という自然への没我的な愛から得られるからであり、超自然的な「奇跡」を信じる「心」こそが、人間の健全なる平衡感覚を保つことができるからである。

(5)バーネットは、エッセー『わたしのコマドリくん』の中で、「コマドリくんはまさに魂を持つ小鳥でした」(*My Robin* 40)と述べており、やがてその小鳥が『秘密の花園』創作のインスピレーションになっていったのである。

(6)『秘密の花園』の翻訳は茅野美ど里訳に拠ったが、適宜修正を施した箇所もある。

(7)ホーソーンは、『ワンダー・ブック』の「序文」で「子どもというものは、深遠または崇高なるものすべてに対して、はかり知れない感受性を持つものだ」(*Wonder Book* 4)と明言するが、ディコンこそは、その究極の典型だと考えられる。

(8)この良識とは、ロレンスが言う通り、「土地の霊」(Lawrence 12)に根差した「汝すべからずの自由」(11)から生まれるものと考えられる。

(9)ホーソーンが、『イングリッシュ・ノートブックス』で、「偉大なる保守とは、すべての時代において同じまま変わらない心のことである」(*English Notebooks* 67–68)と記していることを受けて、ジフは、「アメリカ人は、その理想主義、流動性、そして変化への熱愛にもかかわらず、進歩的な思想よりむしろ伝統的な感情によって形成されているという信念」（Ziff 123–24）をホーソーンが様々な作品の中で明示しているとする。十九世紀アメリカを席捲していた「頭」（知力）を受容しつつも、万古不易で普遍的な人間の共感的な「心」（感情）を信じ続けたホーソーンは、まさにアメリカを代表する「偉大なる保守」と言えるであろう。しかし、ジェイムズが、「彼はすべてのものの外側におり、どこにいても異邦人なのだ」（James, *Literary Criticism* 467）と述べる時、ホーソーン文学の超然とした「偉大なる保守」性の内面にある作家個人の孤独の深さに我々は直面するのである。

引用文献

Attebery, Brian. *The Fantasy Tradition in American Literature: From Irving to Le Guin*. Bloomington: Indiana UP, 1980.

Baym, Nina. *The Shape of Hawthorne's Career*. Ithaca: Cornell UP, 1976.

Borges, Jorge L. *Other Inquisitions 1937–1952*. Trans. R. L. C. Simms. Austin: U of Texas P. 1988.（『続審問』中村健二訳、岩波書店、二〇〇九年）

Burke, Edmund. *A Philosophical Enquiry into the Origin of our Ideas of the Sublime and Beautiful*. Ed. J. T. Boulton. Oxford: Blackwell, 1990.（『崇高と美の観念の起原』中野好之訳、みすず書房、二〇一一年）

Burnett, Frances Hodgson. *The Secret Garden*. New York: Penguin. 2002.（『秘密の花園　上下巻』茅野美ど里訳、偕成社、一九八九年）

——. *The One I Knew Best of All*. New York: Charles Scribner. 1903.（『バーネット自伝——わたしの一番よく知っている子ども』松下宏子・三宅興子編訳、翰林書房、二〇一三年）

——. *My Robin*. New York: Frederick A. Stokes Company P. 1912.（「わたしのコマドリくん」、『白い人びと——ほか短篇とエッセー』中村妙子訳、みすず書房、二〇一三年、一一五—四一頁）

Coleridge, Samuel. T. *Biographia Literaria or Biographical Sketches of My Literary Life and Opinions*. Ed. James Engell and Jackson Bate. Princeton: Princeton UP, 1983.（『文学的自叙伝——文学者としての我が人生と意見の伝記的素描』東京コウルリッジ研究会訳、法政大学出版局、二〇一三年）

Elbert, Monika. “From the Editor’s Gable.” *Nathaniel Hawthorne Review* 36.1 (Spring 2010): iii–viii.
Emerson, Ralph Waldo. *Essays and Lectures*. Ed. Joel Porte. New York: The Library of America, 1983.（『エマソン論文集　上巻』酒本雅之訳、岩波書店、一九八一年）
Hawthorne, Nathaniel. *The Scarlet Letter*. 1850. Vol. 1 of *CE*. 1962.（『緋文字』八木敏雄訳、岩波書店、一九九二年）
———. “The Snow-Image: A Childish Miracle.” *The Snow-Image and Uncollected Tales*. 1851. Vol. 11 of *CE*. 1974. 7–25.
———. *A Wonder Book and Tanglewood Tales*. Vol. 7 of *CE*. 1972.
———. *The Blithedale Romance and Fanshawe*. Vol. 3 of *CE*. 1964.
———. *The English Notebooks 1853–1856*. Vol. 21 of *CE*. 1997.
Idol, John L., Jr, and Buford Jones, eds. *Nathaniel Hawthorne: The Contemporary Review*. New York: Cambridge UP, 1994.
James, Henry. *Hawthorne*. Ithaca: Cornell UP, 1975.
———. “Nathaniel Hawthorne.” 1896. *Literary Criticism*. Vol. 1. Ed. Leon Edel. New York: Library of America, 1984. 458–68.
Lawremce, D. H. *Studies in Classic American Literature*. New York: Penguin, 1983.
Leavis, Q. D. “Hawthorne as Poet.” Rpt. in *Hawthorne: A Collection of Critical Essays*. Ed. A. N. Kaul. Englewood Cliffs, NJ: Prentice-Hall, 1966, 25–63.
Male, Roy R., Jr. “Hawthorne and the Concept of Sympathy.” *PMLA* 68 (1953): 138–49.
Newman, Lea B. V. *A Reader’s Guide to the Short Stories of Nathaniel Hawthorne*. Boston: G. K. Hall, 1979.
Smith, Adam. *The Theory of Moral Sentiments*. Ed. D. D. Raphael and A. L. Macfie. Indianapolis: Liberty P, 1982.（『道徳感情論　上巻』水田洋訳、岩波書店、二〇〇三年）
Thwaite, Ann. *Waiting for the Party: The Life of Frances Hodgson Burnett 1849–1924*. Boston: David R. Godine, 1991.
Valenti, Patricia D. “‘None but Imaginative Authority’: Nathaniel Hawthorne and the Progress of Nineteenth-Century (Juvenile) Literature in America.” *Nathaniel Hawthorne Review* 36.1 (Spring 2010): 1–27.
Waggoner, Hyatt. H. *Hawthorne: A Critical Study*. Cambridge: Harvard UP, 1955.
Whipple, Edwin Percy. “Review of New Books. (January 1852)” Idol and Jones 181–82.

——. "Review of New Books. (April 1852)" Idol and Jones 189.

Ziff, Larzer. *Literary Democracy: The Declaration of Cultural Independence in America.* New York: Penguin, 1982.

神宮輝夫「成功例に見るアメリカン・ファンタジーの特色」『アメリカ文学』四五号、冨山房、一九八五年、一―六頁。

ローズ・ホーソーン・ラスロップ

——父の面影を求めて

稲冨百合子

はじめに

ホーソーンの三人の子どもの中では、まず、『緋文字』のパールのモデルと言われている長女ユーナや、父親としての眼差しに溢れた「パパの書いたジュリアンとうさこちゃんとの二十日間」の中に記録された息子ジュリアンが思い起こされるだろう。『アメリカン・ノートブックス』には、ユーナとジュリアンの性格の比較や、幼い子どもたちの言動が詳細に書き留められていて、彼が子どもの精神の発達に大きな関心を寄せていたことが窺える。また、妻ソファイアの子育ての様子が『緋文字』のヘスターとパールの親子関係の描写に見てとれるように、ホーソーン家の子どもたちは彼の作品の子ども像に影響を与えた。

一方、末娘ローズに関しては、『フレンチ・アンド・イタリアン・ノートブックス』に、しばしば

「バラの蕾」という愛称で記されてはいるが、二人に比べるとこれまでローズはそれほど注目されてこなかったように思われる。ちなみにホーソーンの作品には、娘ローズの人生と類似する短編「エドワード・フェインの蕾のローズ」（"Edward Fane's Rosebud"）がある。これは彼がまだ独身時代に発表したものであるが、娘が父の作品に影響を受けたのだろうか、この物語のローズが看護師であるように、娘ローズも後に看護師として生きていくのである。

近年、ローズが注目されたのは、ポール・オースターの『闇の中の男』のためであろう。登場人物のミリアムは離婚を経験し、ローズ・ホーソーンの伝記を完成させたが、語り手はミリアムがローズに共感するその理由を、ローズが人生半ばで変身を遂げた女性であるからだと強調する（Auster 45）。さらに、作品中では「この奇妙な世界は回り続ける（"As the weird world rolls on"）」という言葉が繰り返し引用されるが、これはローズの詩集『岸辺にて』に収められている「最後の和音」（"Closing Chords"）からの一節、"As the weird earth rolls on"（R. Lathrop, *Along* 48）を思わせるように、オースターの作品中に詩人としてのローズが顔を覗かせる。闇の中に光を垣間見るというこのオースターの作品に、ローズが登場することの意味が暗示されているようである。

ミリアムが書いたというローズの伝記は当然架空のものであるが、実際の伝記はアメリカでは多数出版されている。なぜアメリカではローズの人生にこれほどの関心が寄せられてきたのだろうか。その理由の一つは、『闇の中の男』で説明されているように、彼女の「変身」が多くの人々の共感を呼んできたからだと推察される。ローズの伝記の多くから、彼女の修道女としての活動やその影響力の大きさを見て取ることができる。その代表的なものとして、セオドア・メイナード、パトリシア・ヴァレンティ、ダイアナ・カルバートソン、アルバータ・ヘイパニー、L・M・ピメンタらによるものが出版されている。いずれの伝記も、ローズが著した伝記『ホーソーンの思い出』、ローズの創作、ホーソーンのノートブックス、ホーソーン家の日記や書簡などに基づいて構成されている。なかでも、ヴァレンティが著した伝記は、幼い頃のローズの呼び名である「バラの蕾《ローズバッド》」から、最後にシスターそしてマザー・メアリー・アルフォンサ（Mother Mary Alphonsa）へと変化していった彼女のそのときどきの呼び名を章立てにしており、名前の変遷が一人の女性の成長や変貌を物語っている点でユニークである。また、作家、詩人としてのローズの側面にも光を当てている点で興味深い。

ローズが後世にも名を遺した女性として注目されるように、この論集のテーマでもある「ホーソーンの遺産」という意味では、彼女の足跡をたどることで新たな一面からホーソーンの実像にも迫ることができるのではないだろうか。本論では、ローズの創作、改宗、慈善という観点から、彼女の生涯に焦点を当てることによって、父ホーソーンから娘ローズへと受け継がれた思想的、道徳的、文学的遺産を考察していきたい。

一　ホーソーン家の幸福な日々

ローズは一八五一年五月二十日、マサチューセッツ州バークシャー郡レノックスで生まれた。この時、ホーソーン四十七歳、ソファイア四十二歳、ユーナ七歳、ジュリアン五歳、ホーソーンが作家としての成功をようやく手にした時期であり、前年の『緋文字』の出版を皮切りに、この年には『七破風の屋敷』、『雪人形』、またその翌年には『ブライズデイル・ロマンス』、『少年少女のためのワンダーブック』、『フランクリン・ピアスの生涯』と次々に長編を含む作品が誕生した。

一八五三年、友人フランクリン・ピアスの大統領就任に伴い、ホーソーンはリヴァプール領事に任命された。これは彼がピアスの依頼を受けて大統領選挙戦のために伝記を執筆したことへの返礼であった。それを機にホーソーンはしばらく主だった執筆活動から離れたが、一八五七年に領事職を辞職するまでの期間、安定した収入を得ていた。彼は文筆で生計を立てるには大変苦労したが、この期間に一家の家計は潤い、三万ドルほどの貯蓄ができたのである。

『ホーソーンの思い出』によると、幼い子どもたちはホーソーンの執筆中には邪魔をしないように教育されていたが、彼は子どもたちと過ごす時間を大切にした。ソファイアも三人の子どもの成長を見守り、子どもの微笑ましい言動や、夫が執筆に専念する様子などを日記に書き留め、彼が家族に本を読み聞かせる時の声やその抑揚を称賛している（R. Lathrop, *Memories* 144）。また、ヨーロッパ滞在中、子どもたちは学校に通わず、その代わりにソファイアからフランス語、算術、歴史、地理、芸術を、そしてホーソーンからラテン語などを教わり、詩を暗記し、まだ幼いローズも石板を使って読み書きを教わったという（Hapenney 14, Maynard 121–22）。

ローズは最初の記憶にあるイギリスの家での出来事を回顧しながら、ホーソーンが日光のように陽気な性格で、ソファイアも彼を「私たちの陽光」と呼び、彼の存在が家庭を明るく照らしていたと述べている。ローズは、家族を楽しませようとする父の姿を懐かしみながら、家族の仲睦まじい団欒の様子や（*Memories* 291–93）、彼がくつろぎながら笑うときの特徴など（299）、家族しか知りえない私人ホーソーンの姿を伝えている。また、ローズは父から贈られた一風変わったプレゼントについても言及している。三歳の頃、彼女は黒人の人形や、ある時には『アンクル・トムの小屋』のトムとエヴァの彫像をもらい喜んだという（286）。その当時ローズはまだ黒人を見たことがなく、その人形を抱きしめた時、父の表情がぱっと明るくなったことを覚えていた。ローズによると彼が家族にプレゼントを選ぶ時は、珍しいものや優れた細工など優雅な要素は欠かせないものであった（297–98, Hapenney 13）[1]。

ホーソーンの一箇所に留まることを好まない性質から、一家はヨーロッパに渡ってからも各地を転々とする生活を送っていた。イギリスでは、女中、子守、料理人、執事などを雇い、華やかな生活を送り、ソファイアが美しい服を身にまとい出かけていく優雅な姿は、ローズの記憶に鮮明に残っていた（Hapenney 16）。イタリアでは、ソファイアの念願を果たすべく一家は観光に勤しみ、芸術を心ゆくまで堪能した。ローズにとってイタリアでの荘厳なカトリックの世界に触れた幼少期の経験は、後の人生に大きな影響を与えたのである。

二　子どもの教育

ホーソーン一家に十九世紀の中産階級の家庭の理想を見るT・ウォルター・ハーバートによると、中産階級のこの理想的なモデルとされたホーソーン一家には、精神的、社会的、宗教的対立要素の衝突が内包されており、そのために狂女（ユーナ）、犯罪者（ジュリアン）[2]、そして聖人（ローズ）を生み出したのであり、またホーソーンの作品は、家庭の理想に特有の苦悩や歓びの複雑なかかわりを探究するものであるという（Herbert xvi）。そうした中産階級的イデオロギーの中で、ホーソーン夫妻の子どもの躾を含む教育観について確認したい。

ホーソーンがまだ幼いローズに宛てた手紙から、彼は子どもを叱る際、ユーモアを交えながら言葉で理解させようとしたことが分かる（*Memories* 294–97）。夫婦ともに体罰には反対の姿勢であり、子どもを叱る必要がある時でも、言葉や表情でたしなめた（Hapenney 14）。また、『ホーソーンの思い出』には、彼が子どもの悪戯に手を焼いていた様子を窺い知ることができる。三歳のジュリアンは、ホーソーンをある部屋——悪戯好きの子どもたちがお仕置きのために入られていた部屋——に連れて行き、「良い子にしているると約束するまではそこから出てはいけません」と父親の言葉を真似して閉じ込めたという（294）。このエピソードから、彼が思いがけず息子に閉じ込められ困惑する様子とともに、子育ての現実として、子どもが聞き分けのない時の躾の例が見て取れる。

ハーバートは、ホーソーン夫妻の教育上の罰の在り方と『緋文字』におけるヘスターの刑罰をめぐる見解に親和性を見ている（Herbert 185）。たとえば、群集がヘスターに鞭打ちや焼印など残忍な刑罰を与えるべきだと話す中、一人の男性が「絞首台を本気でこわがらないと、女は美徳を守れないというんですか?」（*Scarlet Letter* 52）と言い、また別の若い女性は「あの文字を刺繍したひと針ひと針が、あの人の胸に突き刺さったはずですわ」（54）と彼女の心の痛みを察している。この作品では年月を経てヘスターの改悛へ至る姿に重点が置かれ、それは身体的苦痛や屈辱を与えるのではなく、また見せしめとしての罰でもない。

また、『緋文字』には、十七世紀のピューリタン社会の教育と十九世紀の中産階級の教育の対立的構図が描き込まれている。それはヘスターが十九世紀的思想を体現した女性であり、父権制社会から切り離され、母親中心の子育てを実践していることからも見えてくる。たとえば、総督や牧師らは子どもに「きびしい躾をし、天上と地上の真理を教える」（100）ために、パールをヘスターから取り上げようとするのだが、ウィルソン牧師が三歳のパールに教義問答について尋ねると、彼女は母親から教わっていたにもかかわらず、子ども特有の気まぐれな性質から故意に間違って答えたり、拒絶したりする。実際、十七世紀のピューリタンの社会では、二歳頃から子どもにはアルファベットと教理問答を暗記させ、その意味でも教会と家庭の役割が重視されていたのである（藤本 五四—五五）。

さらに、父親不在の家庭におけるヘスターとパールの親子関係に、ソファイアの子育てに見られる密接な母子関係を時に心配するホーソーンの思いが反映されていると考えられる。藤本茂生は、十九世紀の家庭内の母子関係の強い紐帯について、この時代になると、神の力よりも母親の献身的育児や医学的知識に依るという考え方に移りつつあったことを挙げている（藤本 五〇—五二）。この頃、様々な育児書が世に出回り、H・ブッシュネルの『キリスト教的養育』（H. Bushnell, *Christian Nurture* 一八四七年）には、適切な養育法として、父親の権威主義的・抑圧的な手段ではなく、優しさと愛情に満ちた母親による育児法が勧められ、この育児書は子どもの自由意志論への転換を象徴するものであったというように（藤本 五四）、ホーソーンが子どもの自我の強さを危惧するような時でも、ソファイアは子どもの意志を尊重し、それを子どもの独立心として受け入れたという（Herbert 178）。また、ソファイアはできるだけいつも子どもを手の届くところに置き、自分に依存させようとしたが、姉エリザベス・ピーボディの目には、彼女が子どもに自立を促すというよりは過保護な母親として映り、姉から見た彼女の教育方針は、子どもを息苦しくさせるものであった（Herbert 171–73）。エリザベスと言えば、特に貧しい子どものための幼児教育に力を注いだことでも有名であるが、この時代は、移民の流入による貧富の差や宗教を含む社会の価値観の変化など、非常に複雑化した社会において、子どもの心身の発達や家庭の在り方などをめぐる新たな教育観が確立され、教育改革が進められていた。後にエリザベスが妹夫婦の子どもの教育に干渉するようになると、彼女は疎ましい存在となっていくが、この自立した伯母の存在はホーソーンの娘たちの人生にも影響を与えた。

三　苦悩するローズ

一家のヨーロッパでの幸福な日々は、ユーナがマラリアに罹ったことで一変してしまう。生死をさまよう娘の容体を案じたソファイアは、昼夜を問わず看病にかかりっきりとなった（Valenti 19）。この病が連鎖するかのようにホーソーンやソファイアの健康も蝕まれていった。帰国してもなおユーナは後遺症に苦しみ、精神病院に入院した時期があり、一家はそのことに心を痛めた。抗マラリア薬であるキニーネの過剰投与の副作用として病は悪化し（Valenti 26–27）、彼女の後遺症はそうした治療薬にも原因があったと言われている。ソファイアは怪我や病気の治療に、水銀、砒素などを使用したというが、ユーナの病にそれらの薬の効果は見られず、電気治療を受けさせたこともあった。(3) こうした治療薬は、ソファイア自身が若い頃に極度の偏頭痛に悩まされていたときに投与されたものであった。『ピーボディ姉妹』には、ソファイアの頭痛に、「緑ばん、砒素、キニーネなどの新しい威力を持つ薬剤が取り入れられたが、どれも役に立たなかった」（Marshall 192）と書かれている。

ホーソーンは子ども達がアメリカの遺産を知るべきだと考え、帰国することを決心したというが（Hapenney 25）、彼の健康状態は、イタリア滞在中から徐々に悪化の一途をたどっていき、帰国後、彼は何度か友人に連れられて療養に出るも快復しなかった。そして、『大理石の牧神』（一八六〇年）と『われらが故国』（一八六三年）が出版されて以降、作家としての創作意欲も衰え、いくつかの作品は未完のままであった。一八六四年五月十九日、ホーソーンはピアスと出かけたニューハンプシャー州プリマスでその生涯を終えた。その日はローズの十三歳の誕生日の前日であった。

ホーソーンの死はローズの青春時代に暗い影を落とした。一家は精神的支柱を失っただけでなく、生前ホーソーンが領事職で得た貯蓄を元手に投資するも失敗したため、経済的に困窮する生活を余儀なくされた。ピアスをはじめとする友人や親戚の援助がなければ、子どもたちは学校に通うこともできなかったので、ソファイアは彼らの将来を憂いた。

十代半ばのローズは、三度の転校や、寄宿学校での礼拝や厳しい規則や教師への不満など、思春期特有の悩みを抱え（Culbertson 11）、彼女は母に宛てた手紙の中で自分の境遇を嘆いた（Valenti 34–36）。ソファイアは手紙の中で、娘に「愛おしい野バラ」とよびかけ、美しい野バラにはたくさんの棘があるが、その棘に守られていること、そしてその棘は誰のことも傷つけないと諭し、また、日曜日には聖書を手に取り、ヨハネによる福音書を読むようにと助言し、娘の虚栄心をなだめ、謙虚さや忍耐の重要性を伝えようとする母の思いを綴った（Culbertson 11–15）。ローズは自分の未熟さを恥じたが、それまでの周囲とうまく適合できなかった苛立ちや悩み、母を困らせたことへの申し訳なさ、そうした諸々の苦しみが徐々に癒されていった。また、彼女は自分の心が救われたのは、心の在り方や道徳を教えてくれた父の作品のおかげだったと後に告白している（Valenti 39）。彼女は父の作品によって自分の心の弱さを知り、迷ったときには父に導かれるという確信を得たのだろう。彼女は本を開けば父親がいてくれるという安心感により、ようやく父の不在の悲しみを乗り越えたと思われる。

一方、ソファイアはホーソーンの作品の印税ではもはや家計をやりくりできなくなると、出版社に対して疑念を抱くようになり、その結果、ホーソーンを売れない作家からアメリカを代表する作家へと導いたジェイムズ・T・フィールズとの間に軋轢が生じた。その後、姉エリザベスの助言により、一八六八年、苦しい生活から脱するために、彼女は三人の子どもたちを連れてドイツのドレスデンで暮らすことを決心した。ローズは芸術を学ぶために寄宿学校に入ったが、ソファイアはユーナの健康状態が思わしくないことを理由に、さらに環境を変える必要があると信じて、一八七〇年の春、ローズとジュリアンをドイツに残し、ユーナとイギリスへ越した。この出来事はローズに疎外感を与えたと言われているが（Culbertson 16）、まもなく普仏戦争が勃発すると、その年の夏にローズもイギリスに渡り、再び一緒に暮らし始めた。しかし、この頃すでにソファイアには死の影が忍び寄っていた。

病床のソファイアを手厚く看病したのはユーナだったが、ヴァレンティは、ローズが母親に距離を置いていたことに着目し、二人の姉妹それぞれの母との関係を分析している。ヴァレンティは、ユーナの言葉が正しければと前置きをした上で、ユーナが看病を交代するのは、ローズではなく女中であり、ローズが母の部屋でヒステリックに取り乱して怯えたことなど、ソファイアがローズではなくユーナによる看病を望んだという逸話から、ローズとソファイアの間には、ユーナの長期にわたる病によって生じた溝があったと推察している（Valenti 46）。しかし、そこには、確執を残したまま母と死に別れることになるかもしれないことに対するローズの悲しみがあったのかもしれないと想像できる。一八七一年二月、ソファイアは二人の娘に見守られながら息を引き取った。ジュリアンは、この時アメリカで結婚生活を送っていて、母の葬儀に参列することはできなかった。ソファイアはイギリスのケンサル・グリーン墓地に埋葬されたが、現在コンコードのスリーピー・ホロー共同墓地で彼女が夫ホーソーンの傍らに眠るのは、二〇〇六年、長い年月を経て、はるばるイギリスからユーナの棺と共に移されたからである（當麻 八―九）。

母と姉に対するローズの屈折した微妙な関係は、彼女の結婚からも窺える。ローズはまだ母の喪に服すべき時期であったにもかかわらず、家族や周囲の反対を押し切り、その年の九月にドイツで出会ったジョージ・ラスロップ（一八五一―一八九八）と結婚して周囲を驚かせた。この時、ローズ二十歳、ジョージ十九歳、ほとんど参列者もいない中で二人は式を挙げ、ユーナをイギリスに残しアメリカに帰国するが、この結婚は姉と兄の双方にしこりを残すことになった。

四　ホーソーンの遺作をめぐって

三人の子どもたちは、それぞれが父の未完の作品や伝記を出版することに力を注いだ。ユーナは、ヨーロッパ滞在中に一家と親交のあった詩人ロバート・ブラウニングの力を借りて『セプティミアス・フェルトン』（一八七七年）を出版しており、ジュリアンは、序文と注釈を付けて編集した『グリムショー博士の秘密』（一八八三年）と、伝記『ナサニエル・ホーソーンとその妻』（一八八四年）を出版した。また、彼は次々に増える家族を養うために、作家として活動し、父の跡を継いだかに見えた。しかし、彼の創作をめぐる葛藤や複雑な心境について城戸光世が指摘しているように、彼は世間からホーソーンの息子として評価されることに苦しむ一方で、彼の息子であるが故に文学に関わることができたのも事実であった（城戸 二九四）。

ローズの場合、父の作品とどのように関わり、執筆するようになったのだろうか。彼女は幼い頃、気ままに思いついた物語を友人に話して聞かせていたところ、それを耳にしたホーソーンから、二度と物語を書いてはならないと固く禁じられた（*Memories* 422–23, Valenti 24）。ソファイアが結婚後に表立った創作とは無縁であることからも、ホーソーンが妻に対してもそれを望んだことが分かるだろう。ソファイアが療養地のキューバで書き記した手紙や日記が、『キューバ日記』として近年注目され、彼女の文才が評価されているように、結婚前の彼女にとって執筆は特別なことではなく、ホーソーン自身も彼女の文才を認めていたほどであった。しかし、当時の文学市場を席巻していたのは、女性作家による「家庭小説」や「感傷小説」であり、マイケル・T・ギルモアが指摘するように、ホーソーンは「人間の心の真実」を描こうとすれば売れない、つまり大衆受けする作品でなければ、この文学市場で成功する見込みはないという現状を批判し、文学作品が商品に成り下がることに異議を唱えた（Gilmore 6）。そして、彼はベストセラー小説を次々に生み出していく同時代の女性作家たちを「あの忌々しい物書き女ども」（*Letters* 304）と呼び、厳しい眼差しを向けずにはいられなかった。そのような彼の胸中をもっともよく理解していたのはソファイアで、その影響はローズにも及んだ。そのような理由からか、ローズは母から文学ではなく、美術や音楽を学ぶよう勧められたのだった。一八九四年三月、ローズは『レイディズ・ホーム・ジャーナル』に寄稿したエッセイ「私の父の文学流儀」の中で、ホーソーンの創作への姿勢について触れ、彼が家族に娯楽のために執筆を許さなかったのは、彼にとって文学が道徳的なテーマを扱う芸術であったからだと述べている（Valenti 124）。

しかし、彼女は結婚を機に、それまで封印していた執筆への思いに目覚め、夫ジョージの支えにより詩集や数編の小説を発表した。彼女は一時期、自己表現の場を詩作や小説の分野に求めて、出版社に作品を積極的に送ったが、採用されることは少なく、ホーソーンが懸念していたように、彼女はそれによって収入が得られることはほとんどなかった。一方、ジュリアンは、ローズの詩作の才能を認めており、父の衣鉢は息子の肩から滑り落ちていたが、娘の肩に継がれ、ホーソーン文学の奥義が娘の方に受け継がれたと述べている（Maynard 198, Valenti 71–72）。しかし、メイナードは、ローズの文才についてジュリアンが高く評価するのは、出版社に相手にされず、厳しい評価を受け続ける妹を励まそうとしたからであり、兄の立場から贔屓目に見た言葉だとしている（Maynard 198–99）。彼女の小説のなかで唯一出版された『ディレッタント譲』（*Miss Dilletanete*）は、他社では採用されず、当時『ボストン新報』（*Boston Courier*）の編集長を務めていたジョージによって、一八七九年四月から七月まで十六回にわたって掲載されたものだった。彼女が創作に打ち込んだ時期は、夫婦関係が良好な時期でもあった。

作家志望であったジョージもローズとの結婚により、義父ホーソーンの作品を編集するという願ってもない機会を手に入れ、ジュリアンに先駆けて伝記『ホーソーン研究』を出版し、文学の世界に深く関わるようになった。ところが、これがきっかけとなり、ラスロップ夫妻とジュリアンや親族側との間には不和が生じてしまう。しかし、その後も、ジョージは雑誌や新聞の編集者の仕事に就きながら、自身の詩集や旅行記などを発表したが、執筆により十分な収入を得ることは困難であった。さらに、彼はホーソーンの全集の編纂を手掛け、一八八三年には、序論を付けた『ナサニエル・ホーソーン全集』全十二巻を出版した。また、彼は『緋文字』を題材にしたオペラの台本を執筆し、このオペラは一八九五年にニューヨークのカーネギー・ホールで上演され、一八九六年にはボストンでも上演されるなど成功を収めた。今日でもなお、このオペラはアメリカで上演されている。また、ジョージの功績の一つとして、国際著作権法の制定に向けて貢献したことが挙げられる。ホーソーンは海外で多数の作品を出版したにもかかわらず、ほとんど印税を得られなかったように、アメリカ人作家は長年この制度に悩まされていた。アメリカの著作権連盟（American Copyright League）が結成され、ジョージは一時期事務局長を務め、著作権の問題を改善すべく取り組んだ（Valenti 72–73）。ラスロップ夫妻は何度か別居を繰り返すが、それでも互いの力を借りながらホーソーンの作品を後世に残したのである。

五　カトリックへの改宗

一八七六年十一月十日、ラスロップ夫妻のもとに息子フランシス・ホーソーン・ラスロップが誕生した。幸福な生活が始まろうとした矢先、ローズは産後精神病と診断され、数カ月間、精神病院に入院することになった。またこの時期、イギリスにいたユーナの元に婚約者の訃報が届くと、その後ユーナの健康状態は著しく悪化し、一八七七年、彼女は三十二歳という若さで亡くなった。

一八七九年の春、ラスロップ夫妻は以前ホーソーン一家が暮らした「ウェイサイド」を購入したが、この家での親子三人の生活は長くは続かなかった。一八八一年、四歳のフランシスがジフテリアに罹り、数日のうちに亡くなったのである。彼の小さな棺は、ホーソーンの墓の隣に埋葬された。悲嘆に暮れる二人は、それぞれに最愛の息子への思いを詩に詠んでいる。一八八三年、ジョージはウェイサイドを売却し、その翌年二人はニューヨークで暮らし始めた。この悲劇は二人に大きな変化をもたらした。一八九一年、夫婦そろってニューヨークの聖パウロ会員であるアルフレッド・ヤング神父から洗礼を受け、ローマ・カトリック教徒に改宗し、またしても周囲を驚かせた。

ホーソーン一家はユニテリアン派に属していたが、ローズはその合理主義的な教義に対して否定的な面があった（Culbertson 15）。教会に通わなかったホーソーン自身の宗教観も、もっと複雑なものであった。彼女は、幼少の頃にイタリアで体感した圧倒されるほどのルネサンス芸術により、カトリックの世界観に影響を受けていた。彼女は幼いながらも、カトリック教会での讃美歌や厳かな儀式に強く魅せられていた。彼女の記憶に鮮明に残っていたのは、母に連れられて行ったサンピエトロ大聖堂での教皇ピウス九世との出会いである。彼女はヴァチカンの庭で夢中で花を摘んでいたところ、教皇にぶつかってしまうが、そのとき教皇に頭をなでられた。その後、教皇の肖像が入ったコインを母から与えられると、彼女はそれをずっと大切にしたという（Hapenny 20）。この教皇との出会いは、後の彼女の改宗の序章のようにも思われる。また、ホーソーン家にはアイルランド系の女中たちがいて、結婚後ローズもネリー・サリヴァンという名前のアイルランド系の女中を雇った。ラスロップ夫妻は敬虔なカトリック教徒のネリーを友人のように扱ったというが、二人が彼女の信仰に影響を受けたとも考えられている（Hapenny 66）。

ホーソーン自身のカトリックへの接近は、『大理石の牧神』によく表れている。現世での苦しみに対して慰めを与える面をカトリックの賛美すべき点だというホーソーンの思いが、カトリックの世界に傾倒していく「ピューリタンの娘」ヒルダの姿に投影されている。また、語り手は、イタリアではこのカトリック特有の儀式から信者は大いなる慰めを得ていると述べる（*Marble* 346–47）。ローズは息子が生後一か月の時、カトリック教会で洗礼を受けさせることにこだわったのは、その教会での儀式を重要視したためだという（Hapenney 50）。これは彼女もまた儀式を含むカトリックの世界に、言葉に表せない慰めを感じていたことの証であろう。

カトリックへの改宗は、夫婦関係の修復を望んでのことであったとも言われるように、それは暗闇に差し込んだ一筋の光だったと考えられる。二人は教会のために執筆や慈善活動を行ない、一八九二年、ジョージは「カトリック・サマー・スクール・オヴ・アメリカ」を設立し、ローズは彼の秘書として働いた（Valenti 119）。しかし、彼女は夫の飲酒癖に悩み、もはや結婚生活に意味を見いだせず、四十三歳の時に離婚を決意すると、永遠に彼のもとを去った。一八九六年、二人の離婚が正式に成立したが、この時ローズは四十五歳になっていた。

六　生涯の仕事

ローズにはエマ・ラザラスという親友がいたが、彼女は癌のため三十八歳という若さで亡くなった。彼女はユダヤ系アメリカ人で、自由の女神の台座に刻まれているソネット「新しい巨像」("The New Colossus" 一八八三年）を書いたことで有名である。この詩の一部を確認しよう。

自由をもとめてあえいでいる、貧しく疲れ果て、ひしめきあっている人々を、
わたしのもとに送れ。その豊かな岸辺の、惨めな屑のような人々を。
故郷を失い、嵐にうたれた人々を、わたしのもとに送れ。
黄金の扉の前で、わたしはあかりをかかげよう。（Lazarus 58）

この詩は当時の移民を大変勇気づけたと言われるが（荒『西への衝動』九八―九九）、その後のローズの人生をも象徴しているかのように思われる。つまり、自由の女神が「疲れ果てた人々を、貧しい人々を、自由を求めて群がる人々を」受け入れようと希望の松明を掲げているように、ローズもまた、貧しく家族に見放された末期癌患者のために「聖ローズの家（St. Rose's Home）」に明かりを灯すことを決意するのである。

エマの闘病生活は、ローズにとって癌患者に施される治療が貧富の差によって不公平であること――エマは裕福な家族によって精神的にも金銭面でも支えられていたが――を知るきっかけとなった（Valenti 95–96）。当時、癌は感染病として認識されていたため、癌患者は隔離対象者として、病院からも家族からさえ

も見放されていた。癌患者が最も恐れたのは、ニューヨークのローズヴェルト島――当時ブラックウェル島と呼ばれていた――にある隔離病院に送られることであった。それは死を意味し、そこには癌患者の隔離病院だけでなく、精神病院や刑務所も存在した。

一八九六年、ローズは病院で看護師の研修を受けたのち、一軒の古いアパートを看護を施せる環境に整えた。彼女はそこを病院ではなく「ホーム」と呼び、人種、宗教に関係なく患者たちの看護に専念した。当初は包帯を変える時の悪臭など耐えなければならないことも多く、次々に対処すべき問題が生じた。ローズは患者と触れ合うなかで、その家族を含むスラム街の窮状を知り、また、彼らが尊厳をもって死を迎えるための解決策を見出そうと奔走し、彼らの埋葬のための資金も捻出した。そして、彼女は患者が使用するのと同じ食器を使用し、癌が感染病であるという人々の誤った認識を変えようと恐れずに行動した。そこには、恵まれない人々への共感の眼差しを忘れず、共に困難を乗り越えようとする彼女の強い意志があった。

ローズが患者のために奮闘する姿は、『緋文字』のヘスターの姿を想起させるだろう。この作品に改めて目を向けると、ホーソーンがヘスターに託したものを、娘が受け継いだかのように思われる。ヘスターの献身的な姿は、ついには彼女に対する世間の見方を変え、「彼女は貧しい者には親切で、病めるものを助け、苦しむ者を慰めるのです！」(162) と人々に称賛されていく。そうしたヘスターの看護師としての姿は次のように語られる。

> このような危機的なときにこそ、彼女はその温かく豊かな本性を発揮した。彼女はどんなに些細な要求も請け負い、どんなに大きい要求にも枯れることのない人間の温かさの源泉であった、恥のし

るしをつけたその胸は、頭を横たえる枕を必要としているものにとっては、何よりも柔らかい枕に他ならなかった。彼女は慈善修道女《シスター・オブ・マーシィ》を自認していた。いやむしろ世界も彼女自身もこのような結果を望んでいなかったのに、世界の過酷ななりゆきが彼女をそのような役割に任じてしまったと言ったほうがよいかもしれない。例の文字は彼女の天職の象徴であった。そのような頼りがいが彼女にはあったので――実行する力に富み、同情する力にも富んでいたので――多くの人は緋色のAの文字をその元来の意味に解釈するのを拒んだ。そういう人たちは、それを「有能な」(Able)のAであると言った。ヘスター・プリンは女性らしい能力を身につけた強い女だったからだ。(161)

ホーソーンはヘスターの罪の象徴であるAの文字が、病室では安らぎをもたらす灯となり、さらに、「緋文字が修道女の胸を飾る十字架のような効果」(163)を持ち、Aの解釈が変化していく様を巧みに示唆している。語り手は、宗教的な使命を持って社会を改良しようとするヘスターを人々が慕うようになった理由を、彼女が「利己的な目的を持たず、自分自身の利益と楽しみのために生きることがまったくなかった」(263)からであり、「彼女自身が大いなる困難を克服した人だった」(263)からだと語る。荒このみがサクヴァン・バーコヴィッチの『緋文字の役割』(一九九一年)をもとに、ヘスターがアメリカへ帰還した後、「緋文字の役割」を担うようになる姿に、個の尊厳を重視する新しいアメリカの社会の建設が託されていると解釈するように(荒『アフリカン・アメリカン』一八八一―九一)、多くの傷ついた人たちに必要とされるヘスターの変貌にローズの姿が重なる。

晩年のユーナはイギリス国教会に改宗し、セツルメント運動に関わったが、この姉妹の弱者への共感について考えるとき、『われらが故国』に詳述されているホーソーンのイギリスでの体験が思い出される。

彼が私設救貧院を訪問した際の、壊血病を患っていた幼い子どもとの出会いのエピソードは、娘たちのお気に入りであったという（Hapenney 15）。そのみすぼらしい身なりの子どもは、性別は判断できなかったが、彼の行く先をついて回り、彼のコートの裾を引っ張り、言葉を発することなく抱っこをしてほしいと手を伸ばしてせがんだ。ホーソーンは家族以外の人との身体的接触を好まなかったというが、戸惑いながらもしばらく抱っこすると、その子どもは大変満足したように見え、彼も父親のような優しさで抱擁した。その子どもはホーソーンがその部屋を出ていくまで、彼の人差し指を握りしめていた。この時、ホーソーンは人間同士の絆が希薄化していく社会において、この世のあらゆる不幸への責任が自分にもあることをこの孤児を通して気付かされたのである（*Our Old Home* 300–01）。孤児に触れたこの視察体験記には、産業革命がもたらした繁栄や都市化が進む中で取り残された弱者に対する彼の思いを読み取ることができる。ホーソーンの孤児への眼差しは、成田雅彦は、四歳の頃に父親を亡くし、ほとんど父親の記憶がなかった彼自身の幼い頃の境遇とも重なるように、ホーソーンの父なし子としての境遇が、彼の文学に大きな影響を与えていると指摘している（成田 二）。そうした彼の「孤児の眼差し」が、娘たちにも継承されているのではないだろうか。娘たちの記憶の中の父の姿には、貧しい人々に対する同朋意識に根差した共感の力があった。そして、二人の娘が弱者の側に寄り添い、救おうとする使命は、父から娘へと受け継がれたと考えられる。

ローズは地道に活動を続けるなかで、困難に遭遇すると神父に相談し、また資金を募るためにパンフレット『キリストの貧しい人々』に寄稿し、癌患者の現状を訴え続けると、彼女の情熱に賛同する者が徐々に増えていった（Hapenney 121）。執筆料は微々たるものだったが、執筆の目的は人々の関心を集めることであった。文豪ナサニエル・ホーソーンの娘であるということが功を奏したとも言われているが、彼女は強い信念が人の心を動かしていることを認識し始めた。ローズの記事に感銘を受けたというアリス・フーバーは、それが神から与えられた仕事だと確信し彼女の病院を訪れた（Hapenney 91–92）。アリスは死と隣り合わせの日々に滅入ることもあり、それでも二人は互いに協力し合った。「聖ローズの家」はホスピスの前身であり、孤独な患者にとっての「ホーム」になることを目指した（Hapenney 127）。息子を亡くし家庭を築くことのできなかったローズの思いは、このような形で実現し、ようやく一つの「ホーム」を築き上げたのである。

むすび

ローズの人生を振り返ると、彼女は別れや悲しみ、孤独、絶望を繰り返し経験したが、同時にその試練は、その名前が象徴する愛によって、彼女に逆境に打ち勝つ強さと、愛する喜びを与えた。カトリックに帰依し、自分に与えられた使命を悟った彼女の残りの人生は、信仰に根差した私心のない献身であった。貧しい患者の最期を看取るローズに、ホーソーンが託したヘスターの意志が継承され、「人類の磁力の鎖」(Hawthorne, “Ethan Brand” 99）で繋がる共同体という父が描いた理想を、娘が叶えようとしたかのようである。また、ホーソーン文学のテーマが魂の救済に根差しているように、ローズの人生もまた、慰めを求めている人々の魂の拠り所になろうと、そのテーマを追求したものだったと言えるだろう。ローズは若い頃、創作活動に取り組んだものの、結局、彼女は自身の作品としてではなく、現実の行動の中で、父ホーソーンが文学作品を通して読者に伝えようとしたことを実現し、継承しようとしたのではないだろうか。一九二六年七月九日、ローズは七十五歳の生涯を閉じたが、ロザリー・ヒル・ホームには、末期癌患者の最後の日々の尊厳を保証しようとする彼女の精神が現在でも受け継がれている。

注

（1）庄司宏子によると、この「黒人の人形」は、トプシー・ターヴィー人形――黒人の顔の人形と白人の顔の人形が胴体でつながったもので、長いスカートをひっくり返すとそれぞれの顔が現れるというもの――であり（庄司　一三）、この人形が「一九世紀半ばのアンテベラム期アメリカの人種をめぐる想像力の強い形象となっている」（庄司　一五）。また、ホーソーンのことを「ポンピーが天使に変わるという発想をする人だった」（R. Lathrop, *Memories* 298）というローズの言葉から、この人形が象徴する黒と白の反転は、ホーソーンが作品の中で「罪と恥の徴が崇敬と勝利の徴へ（『緋文字』）、あるいは美が醜へ（「痣」）と反転ないし転倒する世界を追求した」（庄司　一六）ことと関連していると庄司は分析している。

（2）ジュリアンは、一九一三年に詐欺事件で有罪判決を受け、服役した。

（3）電気治療法は、十九世紀のアメリカで広く浸透し、様々な電気治療の器具が開発されていた（庄司　二八九）。それは精神病患者の増加と関係があり、神経衰弱は、当時「アメリカの病」や「伝染病」と呼ばれ、また、文明病、都会病、白人中産階級の病と定義されていた（庄司　二六六―六七）。

引用文献

Auster, Paul. *Man in the Dark*. London: Faber, 2008.
Bercovitch, Sacvan. *The Office of The Scarlet Letter*. Baltimore: Johns Hopkins UP, 1991.
Culbertson, Diana. *Rose Hawthorne Lathrop*. New York: Paulist P, 1993.
Gilmore, Michael T. *American Romanticism and the Marketplace*. 1985. Chicago: U of Chicago P, 1988.（マイケル・T・ギルモア『アメリカのロマン派文学と市場社会』片岡厚・宮下雅年訳、松柏社、一九九五年）

Hapenney, Alberta. *A Legacy of Love: A Biography of Rose Hawthorne Lathrop in Three Parts*. Pittsburgh: Dorrance Publishing, 1999.

Hawthorne, Julian. *Nathaniel Hawthorne and His Wife: A Biography*. 2 vols. Boston: Houghton Miffin, 1884.

Hawthorne, Nathaniel. *The Blithedale Romance and Fanshawe*. Vol. 3 of *CE*. 1964.

———. *Doctor Grimshawe's Secret*. Ed. Edward H. Davidson. Cambridge: Harvard UP, 1954.

———. "Edward Fane's Rosebud." *Twice Told Tales*. Vol. 9 of *CE*. 1974. 463–71.

———. *The English Notebooks*. Vol. 21 of *CE*. 1980.

———. "Ethan Brand." *The Snow-Image and Uncollected Tales*. Vol. 11 of *CE*. 1974. 83–102.

———. *The French and Italian Notebooks*. Vol. 14 of *CE*. 1980.

———. *Grimshawe*. *The American Claimant Manuscripts*. Vol. 12 of *CE*. 1977. 343–471.

———. *The House of the Seven Gables*. Vol. 2 of *CE*. 1971.

———. *The Letters: 1853–1856*. Vol. 17 of *CE*. 1987.

———. *The Life of Franklin Pierce*. *Miscellaneous Prose and Verse*.Vol. 23 of *CE*. 1994. 273–376.

———. *The Marble Faun*. 1860. Vol. 4 of *CE*. 1968.

———. *Our Old Home*. 1863. Vol. 5 of *CE*. 1970.

———. *The Scarlet Letter*. 1850. Vol. 1 of *CE*. 1962.（『完訳緋文字』八木敏雄訳、岩波書店、一九九九年）

———. *Septimius Felton*. *Elixir of Life Manuscripts*. Vol. 13 of *CE*. 1977. 3–194.

———. "Twenty Days with Julian & Little Bunny by Papa." *The American Notebooks*. Vol. 8 of *CE*. 1980. 436–86.

———. *Wonderbook and Tanglewood Tales*. Vol. 7 of *CE*. 1972.

Hawthorne, Sophia Peabody. *The Cuba Journal, 1833–35*. Ed. Claire Badaracco. Ann Arbor, MI: UMI, 1981.

Herbert, Thomas Walter. *Dearest Beloved: The Hawthornes and the Making of the Middle-Class Family*. Berkeley: U of California P, 1993.

Lathrop, George Parsons. *A Study of Hawthorne*. Boston: Houghton Mifflin, 1876.

Lathrop, Rose Hawthorne. *Along the Shore*. Boston: Ticknor, 1888.

———. *Memories of Hawthorne*. Miami: Hardpress Publishing, 2013.

Lazarus, Emma. *Emma Lazarus: Selected Poems*. Ed. John Hollander. New York: The Library of America, 2005.（「新しい巨像」の訳は荒このみ著『西への衝動』から引用）
Marshall, Megan. *The Peabody Sisters: Three Women Who Ignited American Romanticism*. New York: Mariner Books, 2005.（メーガン・マーシャル『ピーボディ姉妹——アメリカ・ロマン主義に火をつけた三人の女性たち』大杉博昭・城戸光世・倉橋洋子・辻祥子訳、南雲堂、二〇一四年）
Maynard, Theodore. *A Fire Was Lighted: The Life of Rose Hawthorne Lathrop*. Milwaukee: Kessinger Publishing, 2011.
Pimenta, L. M. *Nathaniel Hawthorne's Daughter: Rose Hawthorne's Life Story*. Bloomminghton: Authorhouse, 2004.
Scharnhorst, Gary. *Julian Hawthorne: The Life of a Prodigal Son*. Urbana: U of Illinois P, 2014.
Valenti, Patricia Dunlavy. *To Myself a Stranger: A Biography of Rose Hawthorne Lathrop*. Baton Rouge: Louisiana State UP, 1991.
荒このみ『アフリカン・アメリカンの文学——「私には夢がある」考』平凡社、二〇〇〇年。
——『西への衝動——アメリカ風景文化論』ＮＴＴ出版、一九九六年。
城戸光世「ホーソーンの子孫たち——その文学的伝統」『ホーソーンの軌跡——生誕二百年記念論集』開文社、二〇〇五年、二八七—三一三頁。
庄司宏子『アメリカスの文学的想像力——カリブからアメリカへ』彩流社、二〇一五年。
當麻一太郎「ソファイアとユーナ、ホーソーンのふところへ」*NHSJ Newsletter* 第二十五号（二〇〇七年）八—一一頁。
成田雅彦『ホーソーンと孤児の時代——アメリカン・ルネサンスの精神史をめぐって』ミネルヴァ書房、二〇一二年。
藤本茂生『アメリカ史のなかの子ども』彩流社、二〇〇二年。

死者は語る

――ジュリアン・ホーソーンの「エドガー・アラン・ポーとの冒険」と「エセリンド・フィングアーラの墓」を読む

池末陽子

一　はじめに――「偉大」なる父を持つということ

一八八四年、自らの父についての伝記を出版した息子がいる。文豪ナサニエル・ホーソーンの息子、ジュリアン・ホーソーンである。小説、歴史、伝記、エッセイなど多彩な分野にわたって文学センスを父から受け継ぎながらも、彼の評価はさほど高くない。代表作と言えるほどの大作もなく、日本において翻訳もほとんどない。父ナサニエル・ホーソーン研究のサブジャンルとして、細々とその名を生き長らえさせている。『ホーソーンとその妻』（一八八四年）という題のこの伝記も、息子が書いた文豪像、あるいはその周辺における関係性という点がクローズアップされることに重きが置かれて、ナサニエル・ホーソーンという作家の研究のノンフィクション的根拠となりうる資料として読まれているにすぎないようだ。

しかしながら、ノンフィクションとフィクションの境というのは時に曖昧なものである。大井浩二は、『アメリカ伝記論』（一九九八年）の冒頭で「果たしてアメリカ伝記を単純にノンフィクションと片付けてしまってよいのだろうか」（五―六）と疑問を呈している。もちろんこの疑問は、『アメリカ伝記論』が、アメリカの小説からアメリカ性を論じるように、アメリカの伝記からアメリカ性を論じるという文化論が論旨の基盤となっていることから提起されているため、ジャンルとしての「伝記論」を考察する本稿にこれを援用してしまうのはいささかご都合主義のきらいはあるかもしれない。とはいえ、伝記もまた一つのフィクションとして読まれて然るべきであり、そこに描かれた事実に「真実」を読者が見出したとしても、それは読み手側の自由かつ妥当な解釈の結果なのだと見做すことは可能である。さらに一歩進めて、伝記というジャンルがジャーナリズム、トゥルーイズム、フィクショナリティなどが交錯する磁場としての性質を有するがゆえに、読者を惹きつけるとも考えられなくはない。例えば、マーク・ショーラーは小説家が伝記を書く場合について、次のように分析する。

フィクション作家が伝記を書こうとすると、すぐに違いというものに気づく。後で、同じように、似ているところにも気づくのであるが。フィクション作家であるときは彼は自由人であるが、伝記作家のときはいわば鎖に繋がれているようにして書いていく。フィクション作家としてなら、彼は題材を創案し、実在の出来事や人々をモデルにするときでさえ、自分の好むように自由に扱う。だが、伝記作家としてなら、題材は与えられていて、厳密には事実から離れてはならない。これはもちろん重荷である、だがしかし、ときにこれは担うのに喜ばしい重荷であることに気づく。（Shorer 222）

さらに彼は次のようにも述べる。

伝記作家が本人自身のテーマを幾つか抱えていると仮定すると、そのテンション、先入観、あるいは行動パターンはその人生全体で最も頻繁に生じるものであって、彼はそれに沿って細部を選択していくはずだ。小説家と同様、第二段階に直面する。すべてのテーマはどうにかして統一がとれていないといけない。つまり、伝記作家は小説家と同様、適切な強調と普遍的な意味を見出さなければならなくなるのだ。(235)

ショーラーは、伝記作家というものは、客観性という重荷を担いつつも、自分自身の人生に照らした主観性という名の下に、細部における事実選択の自由を同時に持ち合わせている点で、小説家と同じだと指摘する。この指摘はジュリアンの伯母エリザベスの言葉に通ずるものがある。彼女は妹マリア・マニングに宛てた一八七六年五月九日付けの手紙で、「あらゆる伝記は、真実を装ったり、事実を扱っているふりをする分だけ、間違っていると私は思います。小説こそが人となりを表象するのに適した分野なのです」(qtd. in Erlich 86) と語っている。

ならば、そもそも伝記を書くことが「主観的な作業」であるなら、自由である分だけ、小説の方が事実を伝達するのに適しているのではないだろうか。この点、ジュリアン・ホーソーンは『グリムショー博士の秘密』(一八八三年) の序文で次のように述べている。

序文というものは、一般に自明の理から始まる。だが、私は、偉大な作家の死後出版作品を世に出すのには、それが必ずしも得策というわけではないということを告白するところから始めようと思う。一般に、人は生きているうちになんとか首尾よく出版しようと試みる、それは大衆には読む時間があるからとか、読みたいと思ってもらうためだけではない。そして、生き永らえている友人たちは、本人自身忘れてしまったような未使用の成果を、思慮分別を示すどころか、躍起になってその閉ざされた秘密の机から引きずり出そうとするものだ。(J. Hawthorne, Preface iii)

すなわち、作家の伝記的解説は、特にそれが著名人のものであれば、「自明の理」である誰もが知りうるような一般的な事実を積み重ねて素顔を紹介するのはむしろ不適切であり、読者の関心はそんな表面的な部分に留まらず、作家のもっと内奥に存在する秘密の何かにあるとジュリアンは確信していたのではないだろうか。そして、その秘密を知るには選択可能な細部は多いほどよい。また伝記の場合、「自明」であることが、事実であり真実であるかどうかは不明だ。まさにエリザベスの言葉どおり、伝記作家の匙加減一つで真実の仮面を纏うからだ。ならば、作家の素顔を誰よりも知っている人物が、彼だけが知り得る秘密を「作家の素顔」というフィクションに仕立てるならば、もっとも鮮明に人物像を表象することができるのではないか。そして小説家である息子は父の伝記を書くのにふさわしい人物といえることになるのかもしれない。

本稿でとりあげる「エドガー・アラン・ポーとの冒険」(一八九一年)と題された短篇小説は、「もしもポーが生きていたら」という仮定のオカルト仕立てのフィクションであるが、長らくその素顔が誤解され続けた作家ポーの伝記的な一面が垣間見られる興味深い作品でもある。本作品は一八九一年に『リッピンコット・マンスリー・マガジン』誌に掲載されたが、注目度はお世辞にも高いものではなく、近年発刊の伝記であるゲイリー・シャーンホーストの『ジュリアン・ホーソーン――放蕩息子の人生』（二〇一四年）においても、この作品についての言及はない。しかし、ジュリアン・ホーソーンが父から継承した、オカルト、心理現象、死者の蘇り、あるいは死者との交信などのゴシック的要素が満載された佳作であり、興味深い点が幾つもある。本稿では、本作品を中心に、「伝記論」、「アメリカン・ヴァンパイア」、「息子のジレンマ」の三つのテーマについて考察してみたいと思う。

二　八十二歳のエドガー・アラン・ポー？――ジュリアンの描いたポーの素顔

ジェイムズ・タトルトンは『ポー・ログ』（一九八七年）の書評で、「百五十年もの間エドガー・アラン・ポーは、アメリカ文学界において物議を醸す、謎めいた人物でありつづけた。これほど誤解され続けた作家は他にいない」と評した。彼はその原因の一つを「センセーショナルで身の毛もよだつようなテーマの作品を書いてきたからだ」と分析し、「ヒステリー、強硬症《カタレプシー》、幻覚、早すぎる埋葬、不条理な衝動、異様なフェティシズム、二重人格、偏執狂的妄想、狂気の復讐、凶暴な殺人。しかし、更に重要なのは、ポーの一般的な評判が、事実と解釈の度重なる誤解から生じた不幸な帰結なのだということだ」（Tuttleton 17）と述べた。

このようにポーは、数々の創作的な伝記や作品イメージによって、その人となりが評価されてきたという不幸な目に遭った作家である。現在多種多様なポーの伝記が巷に流通しているが、多くが解釈論的あるいは虚構的なものであり、実証的なものは数少ない。A・H・クィンの『ポー伝』を経て、ジョン・オストラムの『書簡集』が一九六六年、メアリー・スタナードの『未発表書簡集』が一九七六年に刊行された。その後一九八七年に『ポー・ログ』が出版され、ポー像が実体を伴ったものとして見えてくるのはこのあたりからである。

ジュリアン・ホーソーンの「ポーとの冒険」は、『ポー・ログ』より百年ぐらい前のものだが、どのような資料からポーを描いたのだろうか。執筆当時のジュリアン・ホーソーンの伝記的資料は、おそらく一八五〇年のルーファス・W・グリズウォルドによる捏造に満ちた「回顧録」と、一八六〇年のジョン・イングラムの『エドガー・アラン・ポー』であったと推測される。ただし、前者グリズウォルドはポーの遺作管理人及び死後全集の編集人であるが、現在のポー研究においては悪意に満ちた根も葉もない逸話を書いたり、手紙を改竄・捏造したりしたことで名を留めており、後者のイングラムはグリズウォルドの描いたポー像を正すどころか、飲酒については更に誇張し非難する論を展開した。しかし興味深いことに、本作品でジュリアンが描いたポーは酒を嗜まない。勧めても断り、コーヒーを飲んでいる。つまりジュリアンの視点は、上記資料によって創造されたポー像には拘束されていない。不思議なことに、近年の研究成果である『ポー・ログ』に近いポー像を描いているように思えるのだ。

作品の舞台はフィラデルフィア。ドイツ人の寡婦が経営する会員制の小さなレストランでの出来事である。主人公「私」はいつもより遅れてレストランに到着したため、普段一緒にランチをとっている友人のジャーナリストたちの姿はもうなかった。それで女主人に奥の小さな部屋へと通された「私」は、見たことのある紳士が座っているのにふと気づく。その紳士はアンドルー・ラングの『亡き作家たちへの手紙』（一八八六年）を手にしていた。その書は「私」のお気に入りの本だったため、その紳士に関心を抱き、しばらくの間不躾にも彼を観察する。するとその視線に気づいた紳士は「私」の方に目を向ける。不思議な既視感に戸惑う「私」に、紳士は「私のことをご存知かな」と問い掛ける。そしてこの人物がポーだとわかった「私」は、しばらく口もきけないほど感激する。「エドガー・アラン・ポーが私の前に座っている」と（"My Adventure" 59）。

そしてしばらくの間、二人は会話に花を咲かせる。ポーが一八三三年に『サタデー・ヴィジター』誌の賞金を獲って審査員のケネディに見出されたこと、英国人であるラングはアメリカ人の感傷的な気質を誇張しすぎるきらいがあること、そして「モルグ街の殺人」の手稿を「私」の友人がコレクションとして所有していて、千ドル出しても手放したくないほどの値打ち物となっていることなど。そして「私」はポーにこう言う。「実際にですね、もし私があなたの代理人なら、あなたが何を書こうと一語一ドルお支払いしますよ」（62）。この世俗的ともいえるお金に纏わる話題は、著作権収入の問題へと移行する。

ポーが著作活動をおこなっていた一八三〇―四〇年代のアメリカでは、いわゆる国際著作権というものは確立していないも同然だった。法整備という側面においては、アメリカ国内では、イギリスで一七一〇年から施行されていたアン法を模した著作権法が一七九〇年に制定された。模範となったアン法はそもそも印刷業者、書籍業者の利益を保護する目的で導入されたものであり、著作物の価格を不当に押し下げ、文筆家に正当な見返りが受けられない結果を生じる、国家間にまたがる無断転載や海賊版の普及に歯止めをかけるには不十分だった。その後も一八三一年と一八七〇年の全面改定を経て、その保護範囲は拡大しつつあったが、著者が自国民の場合の国内流通のみを保護するに留まっていた。そうして、ポーの「アッシャー家の崩壊」（一八三九年）や「黄金虫」（一八四三年）も、イギリスやフランスなどで、複数雑誌に無断転載され、その正当な対価を彼が受けとることはなかった。そのことにポーは強い不満を持っており、法改正を強く望んでいた。同様に著作権に関心を持っていたディケンズとの会談の後、ポーは発刊を企画していた雑誌『スタイラス』の趣意書で、国際著作権について言及した。

しかし、ハーパー社を初め国内の出版社が、出版業界におけるグローバル経済という観点から、国際著作権法制定支持に回り、状況は一転する。そして一八八八年のマーク・トウェインの公聴会での証言など、出版社業界側と著者側とが利害関係を越えた様々な活動をおこなう中で、一八九一年、限定条件付きではあるものの外国人名義の著作権を認めた、通称チェイス法が制定される。アメリカにおける国際著作権の充実に向けた大きな第一歩であった。

本作品の中で、ポーは「私」に尋ねる。「今の作家というものはコミュニティの最富裕層に属しているのですか」と。「私」は「いいえ、とてもそうは言えませんね。国際著作権が整備されないと、名目価格のイギリスの海賊版に苦戦している始末……」と言い淀む。ポーは「まだないんですか、一八四二年以来変わっていないとは」とさらに聞き返す。そこで「私」は、「でもね、お話しできる喜ばしいことといえば、最近連邦議会が法案を可決したんですよ。議員の大方は欠席か、寝てるかでしたけど。来年七月から施行になります」(62)と答える。前述のチェイス法のことだ。すなわち、ここでジュリアンは、ポーという作家が国際著作権に高い関心を持っていたという伝記的事実と、当該法律の画期的な法改正というまさに旬の時事ニュースとを交差させることによって、時空を超えた虚構世界を作り出しているのである。

そして様々な話題を語り合いながら白熱する議論の中、終始ポーは穏やかな声音で会話を楽しんでいる。そして、別れ際にヴィンテージのワインでの乾杯を所望した「私」に対し、ポーはこう切り出すのだ。「申し訳ないが……私はあらゆる種類のアルコール飲料に克服し難い嫌悪感を抱いているのですよ。私はグラス一杯のワインで、気分が悪くなってしまうのでね。コーヒーでもよろしいかな」(65)、と。ポーは大酒飲みというより単に酒に弱かっただけだったという伝記的事実が明白に指摘されたのは、『ポー・ログ』の序文の中でであった。ジュリアン・ホーソーンが活躍した時代には、まだまだ大酒飲みで酔っ払いのポーのイメージが強かったはずである。しかしジュリアンは、ポーが単に酒に弱かったこと、そしておそらく、長らく断酒会の活動に関わっていたことをも知っていたに違いない。

ポーの「悪魔に首を賭けるな」(一八四一年)の中には奇しくも次のような一節がある。

「死者を恥ずかしむべからず」とは十二銅表の中の一箇条であり、「善きことにあらざれば死者について何事も語るなかれ」とは、すぐれた禁制である。——たとえ、その命を失ったのが生気の失せた薄ビールの場合でも。だから、今は亡き友トービー・ダミットを今更どやしつけるのは、私の本意ではない。(Poe, "Never Bet" 622)

事実の選択、真偽判断は伝記を書く者の手に委ねられている。伝記であるからして事実なのだろうという読み手の安易な信頼に基づいて、悪評は真実性を伴って流布されていく。そして残念なことに、死者について語る場合、死者に弁明の機会は与えられていない。ならばエリザベス・マニングの指摘どおり、いっそ「小説の方が人となりを表象するのに適して」いるのではないか。ジュリアンはポーのことを次のように描く。「彼の言葉には説得力があった。彼の声は穏やかで、重みがあり、表情は真剣で、真っ直ぐな目をしていた。狂ってもいなければ、冗談めいたところもなかった。彼は紳士だった」(59)。ジュリアンが描いたポー像は、フィクションだからこそ、グリズウォルドやイングラムの伝記よりも伝記的事実に忠実であり、ポーの人となりを誇張なく自由な筆致で伝えているのかもしれない。

三　二度殺された作家——アメリカン・ヴァンパイアの誕生

一八四九年十月七日、作家エドガー・アラン・ポーは、ボルティモアの路上で不可解な死を遂げた。四十歳という若さだった。死ぬ直前の数日間の彼の足取りは謎に包まれ、その真相は未だ推測の域を出ない。自殺、殺人、病死、アルコールあるいは薬物中毒死、不正選挙《クーピング》の犠牲者など、現代においてもそうであるように、ポーの死はミステリーとして扱われてきた。例えば、二〇一二年に公開された映画『推理作家エドガー・アラン・ポー最後の五日間』では、ポー自身が主人公となり、自分の作品群をヒントに、まるでデュパンのように謎を解きながら、自身の死の真相に迫っていった。しかしジュリアンが着眼したのはポーがどのようにして死んだのかではなく、彼は大胆にもポーが一八四九年にこの世から消滅した事実自体を、得意の超自然的でオカルト的な手法で語り直そうとしたのである。

彼は頭を振った。「十分に奇妙なんだがね」彼は認めた。「私が死んだと一般的に考えられている年を、貴方は口にされましたね。私にはちっとも付け加えることなどないんですよ」微かに笑みを浮かべて、彼は続けた。「みんなの考えは間違っている。私は死んでませんよ、そして実体のない幽霊なんかじゃない。でもね、おそらく、私が自分のことを八十二歳と称するのは間違ってるんだと思いますよ。……真実はね——ここが問題なんだが、貴方が期待なさっているような理由で、私はお話しするのに慣れていなくて——私はとてもありえない経験をした被験者であって、さらには、私にはその予兆があったといいますか。「早まった埋葬」という私が書いたちょっとした空想話をお読みになられたことがおありでしょう——」(58)

「早まった埋葬」（一八四四年）は、半仮死状態に陥る持病を持つ主人公が埋葬された恐怖を描いた作品であるが、生死の分かれ目について次のような説明がある。

まだ生きているうちに埋葬されてしまう——これこそ疑いもなく、これまでただの人間に降りかかった極度の苦痛のうちでも、最も恐ろしいものにちがいない……生がどこで終わり、死がどこから始まるかということを、誰がよく知り得よう。病気の中には、生命のあらゆる外見的機能が完全に停止しながら、しかも、その停止は、単に適当にもそう呼ばれているところの、未決定の状態に過ぎないものがあるということは、われわれのよく知っているところである。それは、この不可解な生理のメカニズムが、一般的に中止するに過ぎない。一定の時が経てば、なにか目に見えぬ力が働いて、この魔法の歯車、妖術の車輪は再び廻転を開始する。白銀の紐は永久に解かれてしまったのではなく、黄金の鉢はこわれて修復がきかぬというわけではない。だが一体その間、霊魂はどこにいたのか？（"Premature Burial" 955）

主人公「私」が出会った八十二歳のポーは、時空を超えた存在として描かれる。「一八四六年に撮影されたダゲレオタイプそのもの」、「波打つ長めの黒髪」、「とても四十歳以上には見えない風貌」、まさに死んだときのままの姿だったのだ。そして彼は三ヶ月ぐらい前の話だと思うのだが、と前置きして、通常考えられない体験を語り始める。そうだとすると、彼は四十二年もの間、腐敗することもなく、「早まった埋葬」のように、棺の中で生理機能を一時的に停止していたことになる。このありえない話について「他の誰にとってもそうだろうけど、自分が蘇るなんて全く想定外のことだったよ」（59）とポーはいい、次のように語っていく。

正直なところ、私の蘇った詳細についてはね、よくわからない感じなのだよ。お気づきのように、私もつい最近にまでよくわからなかったものだから。私はボルティモアのウェストミンスター教会の墓地に埋葬されていた。埋葬場所はちゃんと記録されていなかったし、運のいいことに、棺は地下埋葬室に安置されていた。推測するに、なんらかの変容が起こったのではないかと思う。何をさておいても、最初の感覚は隙間風が寒いということだった。……棺はすっかり腐食していて、逃げ出すのにたいした苦労は要らなかった。……外に出たとき教会の時計が真夜中を打つのが聞こえた。教会の壁の下で丸まったコートとオーバーオールを見つけた、労働者のもので間違いないだろう。……そのポケットに入っていたパン屑を口にしたら少し元気になった。体は痩せ細っていたが、頭は冴えていた。夜だったので駅で過ごし、次の日病院へ行った。そこで二週間過ごし、徐々に身体機能は回復した。もちろん、時の経過はすぐには理解できなかった。（"Adventure" 59–60）

死者の蘇りの物語をポーは数々書いた。「ライジーア」（一八三八年）や「モレラ」（一八三五年）では、一旦肉体を離脱した魂は他者の肉体を借りて蘇る。しかし「ポーとの冒険」では、魂はどこに存在していたのかは不問とされ、肉体そのものが蘇る。

とはいえこの作品では、ポーは自らの体験を語った二週間後、死亡する。死因はいわゆるインフルエンザである。そして「私」は葬儀の夜、棺の中を覗き、そこにいるのがポーであることを確かめる。横たわっていたのは肉体的には若さを損なわないままの老人ポーであった。「精神は老い、心臓は涸れ果ててしまった」二度目の死はあまりにもあっけなかった。かくして「私」は自問する。「神はなぜ彼をこの世に戻されたのだろうか。彼の話の教訓とはなんだろうか」(66)と。

このように、人としての最初の生の終焉を「死」とするならば、ジュリアンは他にも死者が語る短篇小説を書いている。「ポーとの冒険」に先立つ一八八七年、『リッピンコット・マンスリー・マガジン』誌に掲載され、後に「ケンのミステリー」(“Ken’s Mystery”)と改題された「エセリンド・フィングアーラの墓」である。[1] 作品の舞台はニューヨークで、語り手ケニングゲールは、親しい友人である「私」に、二百年前にアイルランドの片田舎でヴァンパイアの犠牲となった女性の亡霊と出会い、恋に落ちた話を聞かせる。彼もまたポーと同様、時空を越えた存在であることが仄めかされる。「私」が一年前、旅行に出掛けるケニングゲールに預けたバンジョーがボロボロになって、「二百年以上前」の「骨董品」のように苔生し、虫食いだらけで、金属部の錆びた代物に変わっていたのである。

旅先でケニングゲールが出会った黒い布服を纏った女性は、彼との二度目の逢瀬で、熱烈にキスをねだる。彼女との恋に夢中になっていた彼は、乞われるまま彼女の唇に触れる。

> 本当に冷たかった――死の唇のようだった。しかし僕の唇の温かさが彼女の唇を蘇らせた。唇は今や微かな色味を帯び、頬にはほんのりとピンク色の影が現れた。彼女は胸一杯に息を吸い込んだ。まるで長い昏睡状態から蘇ったかのようだった。彼女に餌を与えるのが私の人生なのか? 彼女になら全てを与える心づもりはできている。(“Grave” 98)

だが夕食の席についた彼女は、不思議なことに食事もワインも断って、「私が糧にしたいのは貴方だけよ……このワインは薄くて冷たいの。貴方の血のように赤くて、温かいワインをいただきたいわ。ゴブレットに一滴も残さず飲み干してよ」（98–99）と囁くのだ。

そしてケンは全てを語り終わった後、次のようにつぶやく。

「そう、これで全部話したかな。体調を酷く崩してしまった。血を全部吸い取られてしまったような感じで、顔色も悪いし、やつれてしまって、凍えるようだ。ああ、寒い。」ケンゲールはブツブツつぶやきながら、暖炉に近づき、両手を広げて暖まろうとした。「良くなることはないんだよ。墓に入ってもね。」（100）

ヴァンパイアになるためには、吸血、身体の変容、不老不死などの様々な要件が必要とされるわけだが、ジュリアンの書いた二つの作品に登場するポーとケニングゲールは、これらの要件を完全には満たさないまでも、ヴァンパイア的な存在としては十分であろう。ブラム・ストーカーの『ドラキュラ』が登場するのは一八九七年だが、「エセリンド・フィングアーラの墓」はブラム・ストーカーに影響を与えた可能性のある作品として、ヴァンパイアものの先駆的な存在といっても過言ではない。

一方「ポーとの冒険」の方に目を向けてみると、こちらも「ポーはドラキュラか」という現代ポー研究においてお馴染みのテーマに素材を提供してくれていることに気づかされる。キム・ニューマンの『ドラキュラ戦記』（一九九六年）やセス・グレアム＝スミスの『ヴァンパイア・ハンター　リンカーン』（二〇一〇年）などのヴァンパイア譚に、ポーは名脇役として登場しているが、両作品ともポーがヴァンパイアに変身するわけではない。ヴァンパイア風であったり、ヴァンパイアに間違えられたりするだけだ。だが本作品では、ポーは死後に肉体の変容を経て、生者の世界に戻ってきたヴァンパイア的な存在として描かれている。この点において、ジュリアンの描いたポー像はやはり先駆的といってよいだろう。『ヴァンパイア・オムニバス』の編者ピーター・ヘイニングは、「エセリンド・フィングアーラの墓」は「最初のアメリカン・ヴァンパイア物語」であると指摘する(Haining 81)。つまり、ジュリアン・ホーソーンは現在まで脈々と続いているジャンルの創設者なのだ(2)。それに加えて、ヴァンパイア・ポーを誰よりも先に描いたという点も見逃すことのできない偉業であるように思える。

四　苦悩する息子たち――エドガーと二人のジュリアン

ジュリアン・ホーソーンが父についての伝記を出版した百年後、一九八四年「トゥー・レイト・フォー・グッバイ」(『ビルボード』誌第五位)というどこか馴染みのある声のポップソングが世界を席巻した。あるファンたちにとっては待ちに待った瞬間だった。ジョン・レノンの息子が、父の声と父の感性を纏ってその存在を世界に主張したのだ。父が一九七五年にカヴァーした「スタンド・バイ・ミー」を彷彿させる独特のリズム感とハスキーで語りかけるような声音に伝説の蘇生を感じた人も少なくなかっただろう。しかし残念ながら、この曲はマドンナやワム、マイケル・ジャクソンが首位争いを繰り広げていた音楽業界に一石投じるでもなく、父を懐かしんだ人々に支持されるだけに終わった。その後もジュリアン・レノンというミュージシャンは、多彩かつ潜在的な音楽的才能を持ちながらも、表舞台ではその力量を十分に発揮できないまま現在に至る。

一九八六年十月一六日、チャック・ベリーは、セントルイスで行われたライブステージに彼を招いた。ローリング・ストーンズのキース・リチャーズらをはじめ名だたるミュージシャンの前でマイクを握り「ジョニー・B・グッド」を歌い終えたジュリアンを抱き、チャック・ベリーは言った。「どうだい、パパそっくりだろう。」会場が盛り上がる中、控えめに曖昧な笑みを浮かべたジュリアンは何を思っただろうか。その後のミュージシャンとしてのオリジナリティを備えた自分の姿を果たして思い描くことができたのだろうか。ジョン・レノンの最初の妻シンシアが書いた著書『ジョン』（二〇〇五年）の序文で、彼は「ジョン・レノンの息子として生きてきたこれまで、ぼくの辿った道のりは、決して易しくはなかった。生まれてからずっと、人に会えば必ずといっていいほどいわれ続けてきた。『あなたのお父さんのことが大好きです』と。そういわれる度にとても複雑な気持ちになる」（Lennon ix）と胸の内を吐露した。

偶然の産物だろうか、多作でありながら、父より劣るとレッテルを貼られたジュリアン・ホーソーンについて、ポール・オースターは『ムーン・パレス』で、車椅子に乗った盲目の老人トマス・エフィングに、彼のことを次のように語らせる。

> 偉大なるアメリカ作家ナサニエル・ホーソーンの息子だよ。……当時は結構売れっ子の物書きだった。掛け値なしの三文文士で、オヤジがずばぬけた名作家だったように、息子はずばぬけた駄文家だった。情けないったらない。考えてもみたまえ、メルビルやらエマソンやらがしょっちゅうわが家に出入りしてるなかで育った末に、とびっきり安っぽい物書きになっちまうんだからな。著書は五十数冊、雑誌の記事となればそれこそ何百と書いた。一つ残らずがらくただよ。（Auster 140）

ジュリアンは父ナサニエルについて数種類の伝記を書き、死後出版作品に序文や注釈をつけた。しかし、その伝記は不正確、扇情的、虚構的として物議を醸し、注釈は未熟、散漫と評される。それでも自分だけが知る父の文筆家としての姿を世に出すことに、彼は固執した。そして「ポーとの冒険」というフィクションは、天才作家の素顔を知っているという「特別な関係」であることを前提としているという意味で、「偉大な作家である父―息子関係」と同じ論理で創作されている。すなわち、「自分だけが知る大作家の秘密／素顔」という虚構を語ることによって、現実世界における自らの葛藤を昇華させ、同時に自らの文学的存在意義を主張しようとしているように見えるのだ。作品の中で彼はポーにこう語らせる。「おそらく、あなたがこの出来事についてお話する最初の人ですよ」（"Adventure" 59）と。そして、「私」に全てを語った後、ポーはすぐに亡くなってしまうので、「私」はこの不思議なあらましを知る唯一の人物となる。

しかし、唯一無二の特別な自分を気取る「私」には、不可解な側面がある。小説家であると称した「私」にポーは「小説家ですと？　私はあなたの書いたものを読んだことがある、いやいや書評したことがありますよ。でもあれは五十年以上の前のものだったような、ではあなたのではなかったか。どうやらあなたはあまりにお若いようだ」（58）と告げるのだ。ポーは明らかに、ナサニエルとジュリアンを混同している。ポーは五十年前にナサニエル・ホーソーンとその作品についての書評を何度も書いているのだが、ここで言及されているのはその書評のことである。奇妙なことに、ポーの言葉に「私」は反論しない。「貴方ほど私が歳を取っていないとしても、驚きはしませんよ」、と四十二年前と同じ姿で佇むポーに、笑顔で返すだけである。もちろん「私」＝ジュリアンではないのはもちろんだが、小説家であると称する者なら独自性《オリジナリティ》の重要性は理解しているだろうし、人違いであれば訂正するのが普通であろう。それゆえ彼の態度は、有名であり、ポーに「比類なき独自性を持つ」と評価された父と同一視されることを自ら容認しているかのようにさえみえる。偉大な作家であった父への複雑な心の内が、見え隠れする場面だ。

ところで父との関係に苦悩していた息子は、なにも彼ら二人だけではない。ポーも──彼の場合、養父ジョン・アランであったが──との確執に悩んでいた。父の期待に答えることができず、長らく認められることもなく、最後には父の再婚によって彼は捨てられた。

ジュリアンの作品の中では、ポーは一度目の死後、自らをエドガー・アラン・アーノルド（Edgar Allan Arnold）と名乗る。「誰でもないもの」(59) になりたかったからだと、かつてあれほど作家としての名声を世に知らしめることを切望した彼はその理由を述べる。アーノルドは旅役者であった母方の姓である。つまり独立戦争時の貢献から奇しくも「ポー将軍」と称された父方の姓であり、同時に彼の作家としてのアイデンティティでもあった「ポー」の名を彼は自ら捨てたのである。だが奇妙なことに、養父と不仲になった後も、ずっと称し続けた「アラン」のミドルネームを、彼は消しはしなかった。「ポーとの冒険」の中では、彼はもはや作家ではない。銀行業務に関わる書類を作成する仕事、すなわち、裕福な経営者であった養父アランの業務アシスタントのようなことをしている。まさにそれは、かつてアランがポーをヴァージニア大学に送ったときに期待したものだった。

それゆえ、老人ポーは、もはや天才作家としての過去の栄光に関心はない。「大鴉」（一八四五年）も「ヘレンへ」（一八三一年）もくだらない、もう一度手を入れてもよいと思うのは、かの駄作として有名な未完の演劇『ポリシアン』（一八三五年）だと彼は言い放つ。「お笑いものこそが今の世の中にフィットしてるんだよ」(63) と。だが、「私」は執拗に彼に問いかける。「あなたの古きスタイルこそ大衆が待ち望んでいるもの。人気だって健在でしょう。そもそもあなたは『黄金虫』みたいな短篇小説シリーズから始めたじゃないですか」(63)と。その問いに対し、ポーは次のように答えるのである。

「短篇小説はフィクションにとって申し分ない形態とは言えないね。長いのがいい。『マーティン・チャズルウィット』とか『ポンペイ最後の日』とか。まあ、どんな形態であれ、フィクションにはもう魅力を感じないね。空想よりも人生の現実《リアリティ》の方に、私は心動かされるのだよ」(63)

かくして「私」は目の前のポーを、「超自然的な想像力の痕跡は彼からすっかり消え失せているようだった。彼は裕福な銀行家の書記という地位にすっかり満足していて、政治経済で頭が一杯なのだ」と評価する。

周知のとおり、ナサニエル・ホーソーンに対するポーの書評は、諸手をあげての好意的なものとは到底言えない。ジュリアンの心情として、偉大な父を貶されたことに対する幾分の嫌悪感もあっただろう。彼は最終的に、憧れの天才作家ポーを拝金主義の凡人へと貶めているのは、そのためかもしれない。それは養父から離れ、文筆業界に身を投じたポーを、その父の呪縛へと戻してしまうことでもあった。それにもかかわらず、時代の要請に合わせて、書き方どころか生き方さえ変えて、いわば父の呪縛に囚われることに満足そうなポーの姿は、父の影に対するジュリアンの複雑な胸のうちを、図らずも投影してしまっているのかもしれないとも思えるのだ。大学で工学技術を学び、ニューヨーク市の港湾局で一時的に働いていたジュリアン・ホーソーン。作家活動を始めたものの思うような評判を得られないどころか、父の影から逃れられなかった彼自身の思いが、死から蘇った第二の人生で自ら作家としての使命を捨てたポーを描かせたように思えてならないのだ。

サム・モスコウィッツは、ジュリアン・ホーソーンの作品の評価が冴えないことに関して、彼に想像力が欠けていたのではなく、スタイルがあまりに「普通」であり、時代に合わせて流儀を近代化していくことができなかったのではないかと指摘する（Moskowitz 54）。そうだとするならば、皮肉なことに、彼はまさに父の時代の古いゴシック様式の文学観を相続した「文学的遺産」としてのみ、生き長らえているということになってしまうだろう。しかしながら「エドガー・アラン・ポーとの冒険」と「エセリンド・フィングアーラの墓」の二作品のみに注目するならば、彼はただの三文文士ではなく、伝記作家としての力量を遺憾無く発揮しているといえるし、またアメリカン・ヴァンパイアという新ジャンルへ、画期的な一歩を踏み出したアメリカ作家であると評価してもよいのではないかと考えられるのである。

＊本稿は、二〇一五年三月二十二日、日本ナサニエル・ホーソーン協会関西支部研究会三月例会（於関西学院大学大阪梅田キャンパス）における口頭発表「エドガー・アラン・ポーとジュリアン・ホーソーン」を大幅に加筆修正したものである。

注

（1）ピーター・ヘイニング編集の『ヴァンパイア・オムニバス』は、『ヴァンパイア・コレクション』の題で、一九九九年に角川文庫から翻訳が出版されているが、現在は絶版となっている。本稿で取り上げた「エセリンド・フィングアーラの墓」は、「白い肩の女」（風間賢二訳）の訳題で収録されている。

（2）クィン・ラングストンの『時計仕掛けの軍隊』（Quinn Langston, *A Clockwork Army*, 2014）は、十九世紀のロンドンを舞台とするスチームパンク小説であるが、人類を大規模に自動操作することによって世界征服を企むジュリアン・ホーソーン大佐というヴァンパイアが登場する。ここにはジャンル創設者が自らヴァンパイアの起源として小説に登場するという興味深い現象がみられる。

引用文献

Auster, Paul. *Moon Palace*. London: Faber, 1989.（『ムーン・パレス』柴田元幸訳、新潮文庫、一九九四年）

Erlich, Gloria C. *Family Themes and Hawthorne's Fiction: The Tenacious Web*. New Brunswick: Rutgers UP, 1986.

Everton, Michel J. *The Grand Chorus of Complaint: Authors and the Business Ethics of American Publishing*. New York: Oxford UP, 2011.

Haining, Peter, ed. *The Vampire Omnibus*. New Jersey: Chartwell, 1995.

Hawthorne, Julian. "The Grave of Ethelind Fionguala." Haining 80–100.

———. "My Adventure with Edgar Allan Poe." Moskowitz 54–66.

———. Preface. *Doctor Grimshawe's Secret: A Romance*. By Nathaniel Hawthorne. Boston, 1883.

Lennon, Julian. Foreword. *John*. By Cynthia Lennon. New York: Three Rivers, 2005.

Moskowitz, Sam, ed. *The Man Who Called Himself Poe*. New York: Victor Gollancz, 1970.

Poe, Edgar Allan. *Essays and Reviews*. Ed. J. R. Thompson. New York: Library of America, 1984.

———. *The Letters of Edgar Allan Poe*. 2 vols. Ed. John Ward Ostrom. New York: Gordian, 1966.

———. "Never Bet the Devil Your Head." Poe, *Tales and Sketches* 1: 619–34.（「悪魔に首を賭けるな」『ポー小説全集3』野崎孝訳、東京創元社、一九七四年）

———. "Premature Burial." Poe, *Tales and Sketches* 2: 953–72.（「早まった埋葬」『ポー小説全集3』田中西二訳、東京創元社、一九七四年）

———. *Tales and Sketches*. 2 vols. Ed. Thomas Olive Mabbot. Urbana: U of Illinois P, 2000.

Quinn, A. H. *Edgar Allan Poe: A Critical Biography*. Baltimore: Johns Hopkins UP, 1997.

Scharnhorst, Gary. *Julian Hawthorne: The Life of a Prodigal Son*. Urbana: U of Illinois P, 2014.

Schorer, Mark. *The World We Imagine*. New York: Farrar, 1968.
Thomas, Dwight, and David K. Jackson. *The Poe Log: A Documentary Life of Edgar Allan Poe 1809–1849*. New York: G. K. Hall, 1987.
Tuttleton, James W. "The Trials of Edgar Allan Poe." *The New Criterion* 3 (1987): 17.
大井浩二『アメリカ伝記論』英潮社、一九九八年。

Ⅳ　ホーソーンと歴史・人種・環境

「いつわりのアルカディア」
——ホーソーンの自然観を再考する

野崎直之

近年の文化研究を特徴づけるひとつの動きとして、「ノンヒューマン・ターン」と総称されうる展開が挙げられる。ポスト構造主義、または社会構築主義に基づく文化理論はこれまで、人間の文化、特に言語と言説がわれわれの認識に及ぼす力を強調する一方で、物質的世界が文化に及ぼす力を軽視してきた。この展開はこうした問題意識に出発し、「文化」と「自然」が相互に影響、構成し合うプロセスに注視し、それによって両者の二項対立そのものを問い直す理論的枠組みを打ち立てることを主張する。アメリカ文化研究の領域においても、特に環境批評と呼ばれる理論と実践に、こうした傾向が顕著に表れている。ペリー・ミラーに始まりレオ・マークス、ヘンリー・ナッシュ・スミスらのいわゆる神話・象徴学派へと続くアメリカ文化研究の系譜において、アメリカの自然は「荒野」、「楽園」、または「処女地」として概念化され、国家的文化の同一性を担保するトポスとなる。それ以後の歴史主義的、政治的批評が、こうした文化的同一性がある種の人々の経験を排除してはじめて想定されうること、またアメリカ例外主義というイデオロギーの産物であったことを明らかにしてきたとすれば、環境批評は、「自然」というカテゴリの構築性を指摘しつつ、さらに一歩進んで、人間の、そして人間以外（nonhuman）の自然の物質性、自律性、作用力をも可視化することで人間中心主義（anthropocentrism）的世界観からの脱却を促す芸術的表象を、分析するのである。

ナサニエル・ホーソーンの作品はこれまで、批評的パラダイムの変化に応じて、またはそれを促すようにして読み直しがなされてきた。しかしながら、環境批評の領域においてホーソーンが占める位置は、極めて小さなものであるように思われる。たしかに、自然環境をその主題とするノンフィクション作品の積極的な読み直しが環境批評の中心的課題であったことに鑑みれば、ロマンス作家ホーソーンのこの分野における不可視性はそれほど不思議なことではないだろう。ただし、環境批評を代表する論者であるローレンス・ビュエルは、その記念碑的研究、『環境をめぐる想像力』（一九九五年）において、現代の文学理論が言語と現実とのあいだの距離を過度に強調する傾向に懐疑を示しつつも、「古典的リアリズム」の方法が「芸術、想像力、そして人間の生へと物質的世界を取り戻す」ための唯一かつ最良の方法ではないことをすでに指摘していた。ビュエルによれば、自然表象は「物質、そして言説の精神作用の両者に対する二元的な説明責任」を果たすべきなのであって、それは必ずしも事物の「客観的表象」と同義ではないのである（Buell 92）。そうであるとすると、ホーソーンが更新し代表するロマンスというジャンルそのものが環境批評と相入れないとするのは早計であることになる。いわゆる現実と想像力のあわいについて思索を尽くしたかれの文学表象は、環境批評のあらたな主潮とも調和する可能性を秘めているのであって、ホーソーン作品における自然にふたたび光をあてることは、ホーソーン研究、また環境批評の両者に寄与するところがあると考えられるのである。本論は、まず、環境批評の登場をもってしてもホーソーンの自然表象が焦点化されなかった一因を、作家の自然界に対する無関心にではなく、批評家たちがこれまで拠ってきたある種の前提に探ることからはじめる。そののち、作家の青年期の半自伝的旅行スケッチ、「運河船」と「私のナイアガラ探訪」、また後期のロマンス、『ブライズデイル・ロマンス』におけるさまざまな自然の位相を、環境批評的視点から解釈し直すことを試みる。あらたな批評的パラダイムが二十一世紀に至ってもなお掘りつくされないホーソーンの文学的遺産へとわれわれを導く一方で、その遺産はそのパラダイム自体を吟味、更新する契機をもわれわれに与えるように思われる。

一　マシーセン――「社会的作家」としてのホーソーン

エマソン、ソロー、メルヴィル、ホイットマンらが自然界への関心を直接的に反映する作品をもってそれぞれ文学史における位置を獲得してきたのとは対照的に、文学史上において、ホーソーンと自然とのあいだにありえた交渉は忘れ去られたままであるように思われる。その理由の一端を、まさにホーソーンのキャノン化を促した主要な著作の一つである、F・O・マシーセンの『アメリカン・ルネサンス』(一九四一年)に見出しうる。マシーセンは、ホーソーンが十六歳のときに記したエッセイ「孤独について」からの記述を引き合いに、作家の人生を規定するある性格をあぶり出す。

「人間は生まれもっての社会的存在である。……かれの精神の活力の全てが呼び覚まされるのは、社会においてのみである」。……終生変わらぬ内気さにもかかわらず、ホーソーンはこの信念を改めるいかなる理由も見出すことはなかった。ホーソーンは、自然を吟味することでかれ自身を見出すことができるだろうという、ソローのゆるぎのない確信を共有することはなかったし、実際、この点よりも根本的にかれと超絶主義の作家たちを隔てる違いはないのだ。ホーソーンが自然を訪ねるのは、生気を取り戻し、再び人の世へと戻っていくためだった。もちろん、かれはその世の支配者たろうと考えたわけではない。というのは、ウェークフィールドと同じく、ホーソーンはしばしば、かれが自らの意志、決定を超える種々の影響力にとらわれていることを感じ取ったからである。孤独な人間の問題よりも複雑に込み入った世界の奥底を計り知ろうとするとき、ホーソーンは、生がかれ自身よりも大きなものであることをより深く認識するに至ったのである。(Matthiessen 238)

作家の若年期の言葉に人間と社会を直視しようとする断固たる意志を見出すマシーセンの洞察は、のちの歴史主義批評の観点に照らしても、たしかに優れたものであった。しかしマシーセンは、自然と文化の二分法に沿って、ホーソーンの人間社会への関心と自然界へのそれとを二者択一のものとして規定してしまう。のちに続く批評家たちもまたこの二分法を踏襲し、マシーセンと同じく肯定的であるにしても、それとは対照的に否定的であるにしても、文化を自然よりも高次の作家的課題に据えるものとして、ホーソーンを理解してきたように思われる。(1) ホーソーンの自然表象がこれまで顧みられてこなかったとすれば、それは作家自身の無関心によってではなく、こうした思考様式と文化的前提によって説明されるべきなのである。

たしかにホーソーンは、自己の発見への方途として自然を見るという仕方を——それがソローの自然に対する態度を説明しつくすかどうかは別として——有してはいなかった。ホーソーンにとって、多くの場合、自然とは普遍の真実や価値の在り処として、人間存在を導くような超歴史的な場所ではありえず、他の政治的カテゴリと同様、歴史的な構築物として理解されていた。しかしもう一方では、ホーソーンは自然を文化のマトリクスにはおさまりきらない物質的な潜勢力として知覚してもいた。その意味で、ホーソーンの自然とは、エマソン言うところの「非自己（NOT ME）」（Emerson, *Nature* 8）とも異なるものであった。もしエマソンの自然が自己の理性の自律性を担保する構成的外部であったとしたら、ホーソーンのそれは、自己の自律性を内と外から問いただすのである。すなわち、マシーセンが喝破したように、ホーソーンが「自らの意志、決定を超える種々の影響力にとらわれている」という意識を持っていたとすれば、その「影響力」とは、同時代の文化的制度、言説であるのみならず、かれを取り囲みかつ構成する、物質的世界の全体でもあったはずである。ホーソーンの自然は、人間の文化と言語の産物、そしてテクスト外部にありうる不可知の領域の両者を同時に示す。したがってそれは明確な定義付けを拒むものの、その両極性こそが、ビュエルいうところのわれわれの自然表象が果たすべき「物質、そして言説の精神作用の両者に対する二元的な説明責任」として了解されうるのである。

二　「運河船」、「わたしのナイアガラ探訪」——自然の／への貫入

ホーソーンの自然環境への関心を再考するうえで重要なテクストのひとつとして、青年期に書かれた旅行スケッチが挙げられる。これらのスケッチは、一八三二年、二十八歳のホーソーンが実際に経験したニューイングランドからニューヨーク北部への旅を直接の題材とし、アメリカの都市、人々とならんで、その風景のつまびらかな描写を多く含む（Weber 2）。ホーソーンが当時の旅行記ジャンルの熱心な

読者であったことは、マリオン・L・ケッセルリングの研究が明らかにするところである（Kesselring 9）。一八二〇年代までに中流階級を中心に多大な人気を博すこととなるピクチャレスク・ツアーと旅行記ジャンル、また視覚文化におけるその担い手、トマス・コールによって完成を見るハドソンリバー派の風景画のすべては、新興国家のナショナリズムを支持するというよりもまさにその産物であった。ホーソーンもまた、アメリカの風景に直接その創造の材をとることで、アメリカの国家的文学の発展の一翼を担うという希望をもって旅に出発したのである。しかしながら、デニス・バーソルドが論じるように、それがいかなるものであれ、「世間一般に人気の運動に応じそれを推し進めるには、人間の動機のあいまいさに対して鋭敏にすぎ、また物質的な進歩に対しても懐疑的にすぎた」（Berthold 133）若い芸術家ホーソーンのスケッチは、結局のところ、アメリカのナショナリズムと楽観主義に対するアイロニカルな視線から紡ぎ出されることとなる。

こうした経緯を雄弁に語る一つの場面を、「運河船」に見いだすことが可能である。ホーソーンの語り手はニューヨーク州のエリー運河を進む船に乗り込む。幕開けの場面、かれは「私はこの大運河にふさわしく詩的な気分になった」（Hawthorne, "Canal-Boat" 429）として、この旅についてのロマンティックな期待をあおる。ところが、エリー運河を縫うように進む運河船は、暗闇のなか、陰鬱な湿地へと至る。語り手、そして読者のピクチャレスクへの期待は、このスケッチのクライマックス、死、荒廃、そして破壊のイメージに彩られる、ユーティカとシラキュースのあいだの朽ちゆく森林地帯の描写において、皮肉にも裏切られることとなる。

これより陰鬱な土地はほとんどありえないだろう。平地を覆う森林は……湿地の水を部分的に運河という巨大な溝へと流したことによって、いまや朽ち衰え、死にかけている……。われわれはしばしば、深林の巨人のひれ伏した姿を注視する機会を得た。巨人はくずおれて、その巨大な崩落の下により小さな木々を押しつぶしていた。破壊が激烈を極めた場所では、直立するか、半ば投げ出されるか、地面に沿って伸び広がるか、打ち砕かれた脚にもたれかかるか、そうでなければ暗黒へと無残にも投げ上げられるかした山ほどの木々の胴体を、カンテラが照らし出した……。

私の空想は新たな表徴を見出したのだ。アメリカの未開の自然は、文明化した人間の侵略によってこの不毛の地へと追いやられてしまった。そして、野蛮な女王がその帝国の廃墟の上に王位を戴くこの土地にさえ、われわれ、下品で世俗にまみれた群衆は、彼女の最後の静寂を侵し、突き進むのであった。古い大陸にあっては、荒廃は落ちた宮殿にその腰をおろすものである。しかしこの国においては、彼女の住処は森にあるのだ。(436–37)

ホーソーンのスケッチは、そのジャンル的要請として、テクノロジーと開発のテーマを自然の風景に溶け合わせ、そのイメージをもって神慮にもとづくアメリカの進歩を賛美するはずのアメリカン・ピクチャレスクを読者に予期させる。しかしながら、その予期に反して、引用の最後の一文、ヨーロッパ大陸とアメリカにおける「荒廃」の在り処についての対比が示唆するように、ホーソーンはアメリカン・ピクチャレスクをアメリカン・ゴシックによって置き換えてしまう。ただしここでは、アメリカのゴシック文学におけるトポス、人間心理が投影されるスクリーンとしての「未開の自然」は、人間のテクノロジーと開発の直接の結果としての荒廃した風景に、とって代わられているのである。それが、ホーソーンがいう、アメリカの風景の「新たな表徴」なのである。

この表徴を手掛かりに、ホーソーンはここで、芸術的に、かつ、環境的視点からも重要といえる試みを遂行している。ホーソーンは、当初の筆致の軽さとは対照的に、高度に比喩的な言葉を用いて荒廃した森林地帯のイメージを作り上げる。バーソルドは、ホーソーンのスケッチが「風景の美しさと、歴史と政治という現実との間の皮肉な対立を示唆する」ことによって、アメリカの現在と未来の約束に疑義を差し挟んでいると論じる（133）。しかしながら、この描写における自然は決して美しいものでないのみならず、バーソルドが想定する、人間の歴史の偶発性を際立たせるような、無言の背景でもない。ホーソーンがアメリカの風景に見出すのはいわば「人間以外の」歴史と現実であって、そうであってみれば、ここに対比されているのは自然と文化であるというよりも、別種の、ただし不断に影響関係にある、二つの現実なのである。

環境批評の分野において、比喩的な表象は、対象を特定の文化的意味へと抽象化し、それによってその物質性と他者性を捨象するものとして、しばしば批判される。「運河船」からの引用にも顕著な擬人法（anthropomorphism）もまた、他者の視点を人間の視点で先取りする「感傷的虚偽」として、人間中心主義の表れとして、敬遠される傾向にある。ただし、擬人化への衝動はその一方で、他者への注視とその視点への想像力の表れとしても理解されるべきだろう。ジェーン・ベネットは擬人法の倫理的可能性について、以下のように論じる。

> 擬人法は……、存在論的に隔たった存在のカテゴリ（主体と客体）でなく、連合体を形成する、様々に組成された物質性に満ちた世界を見出す感受性を媒介する。各種のカテゴリのあいだの分断を横断する類似性を明らかにし、そして「自然」における物質的形態の数々と「文化」におけるそ

れらのあいだの対応を照らし出すという点において、擬人法は異種同型（isomorphism）を指し示しうるのである。（Bennett 99）

ホーソーンはすなわち、「運河船」において、擬人法という文化的レンズを通して、文化と自然との間に想定される存在論的な隔たりに架橋を試みているということができる。この方法は、ホーソーンの自然の理解と表象と同時代に支配的であったそれの違いを明白に示すものである。近代化が推し進められる十九世紀中葉のアメリカは、自然の表象が特定の文化的目的に奉仕したという意味で、冷戦期のアメリカ研究を予期するものであったといえる。たとえば、ロシェル・L・ジョンソンが論じるように、エマソンにとって「自然」とは究極的には「理性」の隠喩であった。エマソンの自然観は、したがって、その人間中心主義において、自然を「進歩」の隠喩であるとするトマス・コールの絵画とならび、資本主義と産業の発展という歴史的状況によって生み出され、かつ、それが要請する自然資源の採取の、イデオロギー的後ろ盾として機能したと理解することができる（Johnson 185）。ホーソーンは対照的に、侵犯と搾取の果てに森の奥地へと追いやられる女王とその帝国として風景を描出することで、朽ち果てつつある森の木々にかろうじて生命を取り戻す。そうして、文化とテクノロジーによる刻印を待つ空虚な「処女地」として構築されてきたアメリカの風景がじつのところ土着の存在物に覆われていたこと、そしてその存在物が、人間の社会構造にも似た、生態系を打ち立てていたのであるという物語を、あらたに投影するのである。

ホーソーンはその旅行スケッチにおいて、文彩を用いて自然の事物に人間の文化を問い直す言葉を想像的に与えることを試みる一方で、自然の圧倒的な物質的力をも記録する。その顕著な例を「わたしのナイアガラ探訪」に見ることができる。ホーソーンの旅行スケッチはしばしば同時代の旅行記へのジャンル的な期待とそれを条件付ける国家賛美的感情を裏切るが、「わたしのナイアガラ探訪」においても、その語りの様式は保持されているように思われる。冒頭、語り手は「熱い期待に燃え」る「巡礼」として、ナイアガラへの旅路をたどる。かれが実のところ、このアメリカ的サブライムのイコンへの旅を先延ばしにしていたのは、「期待する喜びと記憶する喜びをあまりに早々に交換することを嫌った」（"My Visit" 281）からであった。欲望の成就をいよいよ目前にして経験される奇妙な「無感覚」状態を経て、語り手はついに瀑布を目にする。しかし、語り手の「期待する喜び」は実現されることがない。「ああ、ナイアガラをその噂を聞く前に見ることができていれば！　森の木立ちをぬって響いてくる深い轟を未知の驚異への呼び声として聞き、ありのままの感情のみずみずしさのうちに畏敬すべき崖の縁へと近づいた、いにしえのさまよいびとはさぞ幸福であっただろう」。語り手は「まがいものの観念」を「現実」の光景と置き換えることにやっきになる自らに気付き、幻滅することとなる（284）。旅行記と風景画が新世界の潜勢力の象徴としてナイアガラを隠喩化するとき、それは見るものの認識の枠組みを固定してしまう。ナイアガラの自然は、周囲の商業化され世俗化した人々の生活と同じく、使い古された言葉とイメージによって骨抜きにされてしまったように映るのだった。

しかし、ホーソーンは自然を、究極的には、人間の認識論的枠組みを超えて切迫してくるものとして描き出しているように思われる。ナイアガラに失望を覚えたその晩、語り手は滝の圧倒的な感覚的刺激によって呼び覚まされる。

　その夜一晩中、これまで過去何万年もそうであり、かつこれからもそうであるように、巨大なあらしが吹きあれているかのような激しい轟音が響いていた。……激しい轟音は急流から発し、窓枠の揺れは、瀑布のとどろきに揺らされる家全体の震えによる、ひとつの効果に過ぎなかったのだ。急流のとどろきは、崖のあいだにこだまする低くぐもった、ナイアガラのありのままの声からわたしの注意をそらす。真夜中、わたしはそのこだまを聞き分けるのに眠れぬままのときを過ごし、そして、以前の畏怖と熱狂がよみがえってくるのに喜びを覚えたのだった。(285)

ホーソーンはここで、国家賛美のイデオロギーのスクリーンとして語り手に感得されたナイアガラの自然が、自ら「その印象を刻み付けてくる」新たな経路の発見の瞬間を劇化している。滝からの轟音とは対照的に、宿の窓からのぞく星々は輝き、そして庭の葉の一枚も「微動だにしない」この夜を、語り手は「見た目にこれほど穏やかな夏の夜はなく、聞く耳にこれほど凄まじい秋の夜はない」と表現する(285)。ナイアガラの自然とのより直接的な交感は、ここで、対象との距離を前提とし、観念化作用と結びつく視覚を通じてではなく、肉体そのものの振動が可能にする聴覚を通じて果たされる。ポスト構造主義は、われわれ人間が言語的枠組みの外側へと逃れ出ること、また言語をのがれる知識と経験の、不可能性を主張してきた。瀑布を眼前にしても――またはそれゆえに――表象から逃れられない語り手の失望を描くとき、ホーソーンはわれわれの経験、そしてアメリカの風景の構築性について十分に意識的であったと考えられる。しかしその一方、かれは、われわれの肉体という物質的界面に、言語と概念化の外側、もしくはそれに先立つ感覚的、物質的経験の痕跡が記録される可能性を見出してもいるようだ。滝の轟音に振動する語り手の宿とは、語り手の内面性、主体性の謂に他ならない。すなわち、「運河船」において人間のテクノロジーが「アメリカの未開の自然」を「侵し」「突き進む」のとは対照的に、ここでは肉体的存在としての「わたし」こそが自然の感覚的刺激によって貫かれ、恐れと快楽に「震える」のだ。「わたしのナイアガラ探訪」は、その意味で、「ナイアガラの〈わたし〉への訪れ」として理解されるべきであるかもしれない。見るものとしての特権的位置を奪われたそのとき――すなわち主体と客体の存在論的な距離が無効化されるとき――、ホーソーンの語り手は自然との畏怖と快楽に満ちた融合を、身体的な仕方で感得するのである。

三　『ブライズデイル・ロマンス』――「いつわりのアルカディア」

『ブライズデイル・ロマンス』は、都市から離れた自然環境の中に社会制度を刷新する、いわば「現代のアルカディア」を建設することを夢想する改革者たちを描く。かれらは「社会のさびついた鉄の枠組み」、「既存の社会体制というううんざりさせる踏み車」を振り捨て、「いまだ一度たりとも呼吸されてはいない空気」「薄汚れた都会のそれのように、虚偽、うわべの形式、そして過ちの言葉へと変えられてしまってはいない空気」を求めて、ブライズデイルの農園へと赴くのである（*Blithedale* 19, 12）。ただし、かれらが生活の糧を得るために「ボストン周辺の菜園の経営者たち」と競い合わなければならないように（20）、都市からの物理的な距離は必ずしも文化的制度からの解放を意味しない。より決定的なことに、資本主義社会の論理、階級と性差のイデオロギーを内面化する一人称の語り手カヴァデイルの語りこそが、かれが改良することを企図するように見える社会的慣習を強化してしまうのである。マシーセンのいう「自らの意志、決定を超える種々の影響力にとらわれている」というホーソーンの意識は、こうしてこの物語を不可避的に息苦しいものにする。しかしながらその一方で、この意識こそがまた、独我論的で堅牢な主観的世界に、風穴を開ける論理をかろうじて呼び込む。その論理とは、たとえもし現代的な意味で環境主義的であるとはいえないとしても、人間中心主義を相対化する、自然的世界のそれである。

カヴァデイルの自然への衝動は、かつてマークスがそこにアメリカの文化的同一性を見出したパストラリズムであるが、そのロマンティックな自然の理解と表象それ自体の矛盾に、ブライズデイルの共同体の不可避的破局が説明されうるかもしれない。マークスの古典的研究が「機械」と真の「自然」との対比において描いたように、「パストラルの意匠のアメリカ的原型における対抗勢力」を提供したのは、「機械工学のイメージによって表象される産業化」であった（Marx 26）。十九世紀中葉のアメリカに再生されるパストラリズムにおける神聖な空間、そして心身を再活性化させる避難所としての自然は、産業資本主義の発展から都市化の時代に特有の構築物であったのである。この経緯は、「荒野」の崇拝という歴史的現象にたどることができる。歴史家ウィリアム・クロノンによれば、崇拝が生んだツーリズムと、その逆説的結果としての世俗化により、もともとは秩序と善の対立概念であった——すなわち、「庭園の外壁から遠く隔たった暗黒」であったはずの「荒野」が、十九世紀中ごろには、しばしば「エデンそのもの」になぞらえられるようになる（Cronon 72）。その発明の歴史にもかかわらず、「荒野」は原初の庭として、堕落以後の人間の歴史の外側にある空間とみなされたのである。クロノンいわく、「荒野は歴史からの逃走を表象する」（79）。しかしながら、この歴史の消去こそが、「荒野」という概念の、ひいては自然のパストラル化の本質的な矛盾を生む（マークスもまた、パストラルの対立概念を端的に「歴史」として定義する［21］）。すなわち、もし自然が真に原初的でなければならないとすれば、自然空間における人間の存在は、その堕落を意味する。このことが導くのは、われわれが文化を審判する手段として自然を賛美するとき、われわれは「自然における、倫理的で維持可能な、誇るべき人間の位置がどのようなものであるかを見出す」ことができないし、それは翻って、われわれがこれまで作り上げてきた文明に対する責任に直面することも不可能にする、という逆説なのだった（Cronon 81）。クロノンによれば、いまだに自然をその想定される原初性をもって賛美する一部の現代的環境主義を十九世紀的、ロマンティックな自然観の「子孫」と呼びうるとすれば、それは、その思想がいまだに「人間と自然を対極に置く二元論」を引き継いでいるように見えるからである（81）。

カヴァデイルのパストラリズムは、クロノンが説明するロマンティックな自然賛美の矛盾をほぼそのまま反映している。結局のところ、カヴァデイルのパストラリズム——すなわち、歴史からの逃走を自然賛美のうちに覆い隠すイデオロギー装置——は、ブライズデイルという物質的世界を堕落前の庭園として隠喩化してしまう。同時にそれにより、カヴァデイルはむしろ、自らのふさわしい位置をブライズデイルに見いだすことができないのである。ストローブ松の生い茂った葉が形作る「ほら穴」にかれが見いだす「隠れ家」は、自然にも人間社会にも行き場を失ったかれがかろうじて作り出す逃避の空間である。[2] カヴァデイルは一方で、この空間の感覚的刺激を正しく知覚して、それが「葡萄の葉を頻繁にざわめかせて通り過ぎるそよ風のシンフォニーに調子を合わせて詩作をする」のにうってつけの場所であるとする。しかし結局かれが採るのは、「『ダイアル』誌に寄稿するエッセイを物する」というもう一方の選択肢であった。カヴァデイルいわく、『ダイアル』誌上では「〈自然〉が様々な言葉でその神秘をささやいており、また、〈自然〉がその謎の答えを口にするには、もう少しだけ強い息吹を求めているように思われた」（99）。エマソンの『自然』が自然の——もちろん人間にとっての——価値と意味の追求のうちにその自律性と物質性を忘れ去るのにも似て、二流の詩人としてのかれは、自然の事物そのものに自らを調和させることができずに、逆に自らの「息吹」をもってそれに意味を吹き込もうとする。純粋に見るものとしての主体の位置を自然に担保させるために、カヴァデイルは「造作もなく」その「内部を押しひろげ新緑で覆われた内壁にのぞき穴を開け」る。しかし、そうしてかれの「個人性を象徴」し、それを「侵されないままに保つのを助け」るよう自然を道具化するカヴァデイルの姿はまさに（性的な）侵入者のそれであるように(99)、かれは皮肉にも、自らが措定する自然の神聖性を自ら侵しているのである。

中空の隠れ家からホリングズワースの肉体労働、プリシラの家庭内労働を窃視するかれが「大声を上げて笑う」ように（101）、カヴァデイルはブライズデイルの自然空間に共同体の生活の基礎を築こうとする人間の労働を侮蔑する。こうして自然とも共同体の参加者たちとも望みうる関係を結ぶことができないカヴァデイルは、世界を放浪するという「一時的な新しい経験」に、かれのパストラリズムを生きながらえさせることを目論む（140）。そんなかれがブライズデイルを発つ直前、サイラス・フォスターの豚小屋を訪れるのは偶然ではない。カヴァデイルにとって豚は「無精な安楽と肉体的快楽のまさに象徴」であって、「その生きた機械としての体をのろのろと動かすに足りるだけの空気を与えられたこれら脂じみた市民たちは、それだけいっそういまの生活の鈍重で脂ぎった満足を感じているようだった」。しかしながら、豚に仮託された文明生活の想定上の醜悪な物質主義を背景にして新たな原初の楽園へと旅立とうというカヴァデイルの目論見は、「スペアリブを食べる時期には必ず帰ってくるんだぞ！」というサイラスの声によって、挫折させられる。カヴァデイルの「ああ、残酷なサイラス、なんてひどい考えなんだ」という反応は、屠殺への嫌悪からというよりも、露わとなったかれの夢想の脆さから生じている（143–44）。共同体の農業労働を支えるサイラスは、最もあからさまな侮蔑の対象であるが、しかし、かれの「食べること、農業といった昇華されない活動」（Castronovo 140）への従事は、カヴァデイルが事物に付与する象徴的な意味合いを剥ぎ取ってしまう。カヴァデイルによって物質主義の象徴として隠喩化される豚は、実際のところ、ブライズデイルが生産と消費という経済的活動の外側にはありえないことの証左である。サイラスは、ブライズデイルの農園が、労働という物質的な活動を通じて人間と自然、そして人間同士をつなぎとめるネットワークの一部であること、さらに、かれ自身がそのネットワークの恩恵を受けずには存在しえないことを、カヴァデイルに知らしめるのである。

都会へと一時的に逃避したカヴァデイルがブライズデイルへと立ち戻るその小径は、自然と文明との間に想定されてきた境界線が無効化され、かれのパストラリズムの神秘性が剥ぎ取られるひとつの契機である。その「病的な気分」が「あたりの空気と運動によって生じる生き生きとした力」によって晴らされると、カヴァデイルは「平静な心の博物学者」として、共同体の人間関係から自然の事物に興味の対象を移し始める。「根や種もなくどのようにしてなぜ生えたのか誰もわからないまま成長する神秘的な植物」、小川の魚、「世捨て人のごとき蛙」に目を奪われた末に、カヴァデイルは、「肉体に、野生の爽快さが突き抜け」るのを感じるのだった（204–05）。ここでかれは、自然的世界が人間の意図と理解を超えて自律的に存在しつつも人間の文化との類似性を有することを、自らの肉体を通して感得する。さらにこの感覚は、労働という物質的活動の歴史をこの地に認めることをカヴァデイルに促す。かれは、数十年前に積み上げられた丸太と枝木の山に「苔が生え、秋が来るたびに落ちた木の葉が朽ちて」形作られた「緑の塚」を発見し、そこに「ずっと以前に死んだはずの木こり」とその家族が焚き火をする様を幻視するのだった。文化と自然が織り成したこの「緑の塚」の発見は、カヴァデイルがこの塚に「奇妙にも心を動かすなにか」を認めるように（211）、大きな意味を持つ。カヴァデイルのパストラリズムは、ブライズデイルの自然の事物を隠喩化すると同時に、かれ自身がそこに関わる仕方を見失わせてきた。この人間の労働のかすかな痕跡の発見は、この空間の歴史性にカヴァデイルの目を開かせるのだった。「アダムの子孫にかけられた呪い――呪いであれ、恵みであれ、それが私たちの周囲の生活に実体をあたえるのである」。自らがそこに立ち働いた記憶を取り戻すカヴァデイルは、ブライズデイルが観念ではなく「たしかに現実のものである」ことを、たとえ一時的であれ、理解する。それは翻って、かれ自身が肉をまとった存在として、自らも自然の一部であるという自覚へとかれを至らしめる。「私はここの土地に跪き、私の胸をこの大地に押し付けたい気がした。私の体を形成している赤い土塊は、世界のどの地方の土よりも、ここの崩れそうな畝の溝の土に近いような気がした。ここにこそ私の家があった。そして、ここに私の墓があることになるかもしれないのだ」。これまでかれの欲望が投射されるスクリーンであったブライズデイルの物理的地勢は、このときカヴァデイルの記憶を構成するに至る。「この小径は日光の鮮やかさをもって、いまでも私の記憶を通って続いている」(205–06)。

この物語におけるパストラルの理想の脱神秘化は、最終的に、この「緑の塚」が不吉にも予示する、女性登場人物の絶望の末の死をもって果たされることとなる。アネット・コロドニーが「女性としての土地」という観念こそ、「アメリカのパストラルの経験の中心的隠喩」であると論じるように、パストラルの理想は自然の風景を母として、恋人として、男性的主体の充足を約束する女性原理として描出する。しかしながら、その女性化された土地が理想に沿わないとき、彼女は「男性的活動の犠牲となる」(Kolodny 158, 24)。コロドニーによる公式はおおむね、『ブライズデイル・ロマンス』にもあてはまるように思われる。ゼノビアがブライズデイルの自然のうちに実現しようとするフェミニズムの夢は、「鋼鉄のエンジン」(89)というファリックな隠喩によって説明される、ホリングズワースが体現する父権制によって打ち砕かれる。すなわち、ブライズデイルという理想の田園を貫いたのは、テクノロジーと機械ではなく、父権制という堅牢な社会機構なのであった。「運河船」において、荒廃させされたアメリカの自然が追い立てられる女王として描出されることにも明らかなように、ホーソーンは自然と女性の概念的連合と、それが強化しつつ隠蔽する搾取の構造に十分に意識的であったのだ。

しかしながら、従来フェミニズムが本質主義の温床として「自然」というカテゴリを退けてきたのとは対照的に、ホーソーンは、新たな――またはありえたかもしれない――より「本質的な」女性ジェンダーが自然との連合において想像される可能性をも、探っているように思われる。(3) より詳しく言えば、ホーソーンは自然を文化の操作を受けるのみの受動的かつ不変のカテゴリとしてではなく、能動的かつ動的なカテゴリとして書き換えることを通して、女性と自然の概念的連合を多様性へと開くことを企図しているように見えるのである。その意味で、ホーソーンは、コロドニーが女性の著作に見出す家庭的空間としての荒野というよりも、ステイシー・アライモがいうような、女性がそこにおいて「馴致されず、規則を顧みず、悔い改めることのない」(Alaimo 16) 存在でありうる空間を、ブライズデイルに想像しようとしているといいえる。その空間は、女性と自然を従順なものとして構築してきた支配的イデオロギーを批判しつつ、両者の概念的連合を定義し直すのである。

ホーソーンによる自然概念と慣習的女性性への挑戦は、植物の記号の意味作用の書き換えを通じて遂行される。ジョエル・フィスターによれば、十九世紀中葉のアメリカにおいて、「家庭的秩序」の隠喩である「庭」とならんで、「花」は「よく社会化された女性性」の隠喩であった (Pfister 65)。一方で、ホーソーンのロマンスにおいて、その髪飾りの「温室の花」と換喩的な関係にあるゼノビアは (45)、同時代の「自然化」された女性性と明らかに背馳する。さらに、ゼノビアは母もなく家庭における文化的な涵養を経験しない――カヴァデイルは彼女に「厳格に鍛えられた教養《カルチャー》の欠如」を指摘する (44) ――けれども、「生まれながらの高貴さ」を有するものとして、このロマンスにおけるヒロインの位置を占めるのである (183)。同時に、これまで多くの批評家によって理想化された女性性――ブロッドヘッドの言葉を借りれば、「霊的な力」(Brodhead 274)——を具現するとみられてきたプリシラもまた、ブライズデイルの自然空間において、彼女の成長を予測不可能なものにする「野生味(wildness)」を身に帯びることとなる(59)。「プリシラは……いまや発芽と開花を続け、私たちがその魅力に気付くやいなや、それが彼女が以前から有したすべての魅力に匹敵すると考えてしまうような、そのような魅力を日ごとにそなえ続けていた」(72)。ここで用いられる開花のイメージはセクシュアリティの隠喩であって、かつ、それはそれまで彼女が体現した家庭性の特質、すなわち「霊的な力」を、時々刻々と圧倒していくものとして描かれる。ここでホーソーンが用いる花という記号は、文化的な操作への受動性と従属性を暗示するのではなく、第一義的に、物質的存在が必然的に有する自律性と予測不可能性を指し示す。すなわち、花の隠喩を通じてホーソーンが行う女性性の「自然化」とは、慣習的なそれが女性性の文化的構築性を不可視にするのとは対照的に、女性主体に肉体性を取り戻しつつ、それが文化的なものであれ自然のものであれ、環境と呼応して変化していく可能性を可視化するのである。ブライズデイルにおいて肉体性を取り戻していくプリシラに、カヴァデイルは「〈自然〉がひとりの女性を形作りゆく」のを見て取る(72)。この新たな女性性の想像の場面に顕著であるように、ホーソーンの自然は文化の背景ではありえず、文化に作用する力を有するのである。

しかしながら、物語の推移が示す通り、カヴァデイルはこの理解を貫徹することができない。ゼノビアに表象される女性のセクシュアリティは、カヴァデイルにとって一時的な窃視の対象でしかなく、結局かれが真に理想化し受け入れることができるのは堕落以前の「イヴ」、すなわち女性の原型としての、ゼノビアなのだった(17)。カヴァデイルいわく、彼女の存在は、かれらの「英雄的事業」を「いつわりのアルカディア」にしてしまうのである(21)。かれのパストラリズムと彼女のセクシュアリティ、つまり彼女の性的な欲望と歴史とは、互いに背馳するのだ。しかし、その歴史性の拒否がパストラルという理想そのもののはらむ矛盾であることは、すでに確認した通りである。物語の進行にともないゼノビアは周縁化されるが、その死をもって、カヴァデイルがブライズデイルに投影するパストラルの夢が挫折させられる。カヴァデイルは、ゼノビアの折り曲がった屍体に、「祈りを捧げ」、「和解し悔い改めた」彼女の最期を見て取る（235）。しかし、これはもちろんカヴァデイルによる投射であり、それが逆説的に強調するのは、彼女の肉体の御しがたさなのだった。「しかし、彼女の両腕はなんたる格好であろうか！　それはあたかも摂理に対する果てることのない敵意をもって神意に挑戦するかのごとく、胸の前で折り曲げられていた。そしてその両手はどうしたことであろうか！　それはなだめることのできない反抗心で固く握られていた」（235）。自然を体現する女性であったゼノビアはいまや屍体として、まさに自然そのものとなる。すなわち、このときゼノビアの屍体において結びつく「女性」と「自然」は――アメリカのパストラルの伝統においてそうであったように――従順という特質を暗示するのではなく、男性＝文化の力による意味の刻印に抗う、まさにアライモのいう「馴致されず、規則を顧みず、悔い改めることのない」自律性をそなえるのである。ただし、この「女性」と「自然」の意味の書き換えがまがまがしくもゼノビアの死をもって初めて完遂されることは、ホーソーンが「自然な」女性性構築の実現性に対して極めて懐疑的であったことを証ししてもいる。しかしながら、それはまた、ホーソーンによるパストラリズムの、すなわち自然の賛美を隠れ蓑とした「歴史からの逃走」の拒否としても理解されるべきであろう。ゼノビアの屍体は埋葬から十二年以上もの間、「あたかも眼前にそれがあるかのように生々しく」カヴァデイルの記憶にとどまる（235）。その圧倒的に物質的な現前は、無垢な楽園として理想化されるアメリカにおいて、文化的に是認されない人間の、そして人間以外の「自然」がたわめられ排除されてきた歴史を忘却することを禁じるのだ。「いつわりのアルカディア」ということばは、このとき、アメリカ文化の本質に切り込む意義を持つのである。

本論ではホーソーンの旅行スケッチ、そして『ブライズデイル・ロマンス』を環境批評の視点から読み解いてきた。かれが優れて社会的な作家であるという共通理解、また文化と自然とのあいだに保持される強固な二分法を主な理由として、ホーソーンの自然観は環境批評の登場をもってしても可視化されることがなかった。しかしながら、ホーソーンは、これらのテクストにおいて、そのジャンルの相違にもかかわらず、自然界の事物、そして「自然」というカテゴリの両者を注視してきた。ホーソーンにとって自然とは、正しくテクストとして、すなわち文化的カテゴリとして了解される。その一方で、かれは自然を、テクストの外側にも存在しうる圧倒的、自律的な物質性としても描写する。ホーソーンは想像力を介し、この両極のどこかに見出されるべき自然に接近することを試みているのである。マシーセンが見出す「生がかれ自身よりも大きなものである」というホーソーンの意識は、たしかに、われわれが種々の文化的イデオロギーによって組成されていることの認識であったとともに、われわれもまた、文化のスクリプトでは説明され尽くされることのない物質的世界の一部なのである、という倫理的視座でもあるだろう。ホーソーンの文学は、いまだ汲みつくされない豊かな土壌として、われわれのあらたな読みの試みを許容しているように思われる。

＊拙論は、日本ナサニエル・ホーソーン協会全国大会（二〇一五年五月二十二日）での口頭発表に加筆修正したものである。当日貴重なご意見をいただいた諸先生に感謝いたします。

注

（1）たとえば、ケリー・M・フリンは『ブライズデイル・ロマンス』と日記中の記述にホーソーンの自然への関心をある程度跡付けつつも、その関心は結局、かれが対象との間にとる美学的距離によって抑制されると結論づける。

（2）本論と同様にホーソーンの「自然」に注目してこのロマンスを論じる成田雅彦は、この空間を、それがたとえ最終的に父の法に包摂されなければならないとしても、カヴァデイル、ひいてはホーソーンが想像することを目指す「新たな詩的言語」のための「性的なエネルギーの充溢した子宮的女性空間」と読む（成田 一六四）。

（3）ダイアナ・ファスは、ポスト構造主義が文化を可変的なカテゴリとみなす一方で、本質というカテゴリを「つねにすでに『可知』である」と想定し、また「自然というカテゴリを『自然化』する」傾向を、問題視する（Fuss 21）。特にホーソーンのジェンダー観を考察するうえでも、ファスの指摘は妥当性を有する。アリソン・イーストンによれば、「二十一世紀のフェミニスト的分析」とは異なり、「ホーソーンは『自然である』とされるものの多くの構築性についての認識とともに、女性に特有の性質があるという継続的な感覚を合わせ持ってい」たのである（Easton 87）。

引用文献

Alaimo, Stacy. *Undomesticated Ground: Recasting Nature as Feminist Space*. Ithaca: Cornel UP, 2000.

Bennett, Jane. *Vibrant Matter: A Political Ecology of Things*. Durham, NC: Duke UP, 2010.

Berthold, Dennis. "History and Nationalism in 'Old Ticonderoga' and Other Travel Sketches." Weber et al. 131–52.

Brodhead, Richard. "Veiled Ladies: Toward a History of American Entertainment." *American Literary History* 1 (1989): 273–94

Buell, Lawrence. *The Environmental Imagination: Thoreau, Nature Writing and the Formation of American Culture*. Cambridge: Harvard UP, 1995.

Castronovo, Russ. *Necro Citizenship: Death, Eroticism, and the Public Sphere in the Nineteenth Century United States*. New York: Duke UP, 2001.

Cronon, William. “The Trouble wih Wilderness; or, Getting Back to the Wrong Nature.” *Uncommon Ground: Toward Reinventing Nature*. Ed. William Cronon. New York: Norton, 1995. 69–90.

Easton, Alison. “Hawthorne and the Question of Women.” *The Cambridge Companion to Nathaniel Hawthorne*. Ed. Richard H. Millington. New York: Cambridge UP, 2004. 79–98.

Emerson, Ralph Waldo. *Nature*. *The Collected Works of Ralph Waldo Emerson*. Vol.1. Ed. Robert E. Spillers and Alfred R. Ferguson. Cambridge, MA: Harvard UP, 1971. 7–45.

Flynn, Kelly M. “Nathaniel Hawthorne Had a Farm: Artists, Laborers, and Landscapes in *The Blithedale Romance.” Reading the Earth: New Directions in the Study of Literature and the Environment*. Ed. Michael P. Branch et al. Moscow: U of Idaho P, 1988. 145–54.

Fuss, Diana. *Essentially Speaking: Feminism, Nature, and Difference*. New York: Routledge, 1989.

Hawthorne, Nathaniel. *The Blithedale Romance. The Blithedale Romance and Fanshaw*. Vol. 3 of *CE*. 1964. 1–298.

———. “The Canal-Boat.” *Mosses from an Old Manse*. Vol. 10 of *CE*. 1974. 429–38.

———. “My Visit to Niagara.” *The Snow-Image and Uncollected Tales*. Vol. 11 of *CE*. 1974. 281–88.

Johnson, Rochelle L. *Passions for Nature: Nineteenth-century America’s Aesthetics of Alienation*. Athens: U of Georgia P, 2009.

Kesselring, Marion L. *Hawthorne’s Reading, 1820–1850*. New York: New York Public Library, 1949.

Kolodny, Annette. *The Lay of the Land: Metaphor as Experience and History in American Life and Letters*. Chapel Hill: U of North Carolina P, 1975.

Marx, Leo. *The Machine in the Garden: Technology and the Pastoral Ideal in America*. New York: Oxford UP, 1964.

Matthiessen, F. O. *The American Renaissance: Art and Expression in the Age of Emerson and Whitman*. New York: Oxford UP, 1941.

Pfister, Joel. *The Production of Personal Life: Class, Gender, and the Psychological in Hawthorne’s Fiction*. Stanford: Stanford UP, 1991.

Weber, Alfred. “Hawthorne’s Tour of 1832 Through New England and Upstate New York.” Weber et al. 1–23.

———, Beth L. Lueck, and Dennis Berthold, eds. *Hawthorne’s American Travel Sketches*. Hanover, NH: U of New England P, 1989.

成田雅彦『ホーソーンと孤児の時代――アメリカン・ルネサンスの精神史をめぐって』ミネルヴァ書房、二〇一二年。

ホーソーンの鉄道表象

――「天国行き鉄道」を巡るピューリタン的／アフロ・アメリカン的想像力

中村善雄

一　鉄道を巡る言説と重層的イメージ

レオ・マークスは名著『楽園と機械文明』（一九七二年）にて、鉄道を「時代の代表」や「新しい種類の運命」（Marx 191）と称し、アメリカン・ルネサンスの作家たちは鉄道に対して熱烈な共感や、風刺あるいは皮肉といった「何らかの方法で反応した」（193）と記している。実際、当時の作家たちは独自の文学的修辞を発揮して鉄道を表象している。エドガー・アラン・ポーは「シェヘラザーデの千二夜の物語」（一八四五年）のなかで機関車自体を「その骨は鉄で、その血は沸き立つ熱湯である巨大な馬」（Poe 394）と表し、ヘンリー・デイヴィッド・ソローは『ウォールデン』（一八五四年）にて「飛んでいく鉄道の矢」（Thoreau 101）や「駆け行く半神、雲を従えるゼウス」（96）と呼んだ。ウォルト・ホイットマンは「冬の機関車に」（一八七六年）と題された詩において「現代の典型——動きと力の表象」（Whitman 359）と書き表している。鉄道推進論者の代表格ともいえるラルフ・ウォルドー・エマソンは講演「若いアメリカ人」（一八四四年）において、「鉄道は巨大な杼《ひ》のように、糸を出し、一つの巣に結びつける」と称し、鉄道によってアメリカの「大地にはやがて鉄のネットワークの地図が描かれるだろう」と、路線拡張を支持する未来予想図を提示している（Emerson 226）。

これら以外にも、鉄道は幾多のイメージでもって語られた。小野清之の『アメリカ鉄道物語』（一九九九年）によると、鉄道の成長・延伸によって東西南北が結びつき、アメリカの国家身体が成長していく姿が血管のイメージによって捉えられた。この身体的イメージは、木、雨・水、洪水のメタファーとも結びつき、線路の伸長は木の枝の成長のイメージと重なり、鉄道が地域の再生と経済的な恵みの雨を齎すとされた。また鉄道旅行の活発化に伴い、人・物が急激に流れ込む様子が洪水のメタファーと重ねあわされた（小野 一六）。当然否定的なイメージでも鉄道は表されている。トマス・ジェファーソン以来の農本主義から喚起される「第二のエデン」たる田園地帯に進入することで、鉄道はその形状の類似性から、エデンの園へと侵入する「蛇」を想起させた。十九世紀中葉における鉄道は新奇さも手伝って、様々なメタファーで表象されたのである。

さて、同時代のナサニエル・ホーソーンは鉄道にいかに反応したのであろう。ホーソーンは短編「天国行き鉄道」（一八四三年）や『七破風の屋敷』（一八五一年）、『ブライズデイル・ロマンス』（一八五二年）に鉄道を登場させているが、ニール・フランク・ダブルデイは「天国行き鉄道」を含む一八四〇年代前半の風刺作品が、この二長編の世界観の原点を成していると指摘している（Doubleday 325–26）。裏返せば、『七破風の屋敷』や『ブライズデイル・ロマンス』における鉄道表象を通して、その原点といえる「天国行き鉄道」の鉄道の意味を考えることも可能であろう。

『ブライズデイル・ロマンス』では、「古い農家の裏側に鉄道が敷設されたところでは、旧街道に面している表側とはすっかり異なっているので、通り過ぎる蒸気を透かして見ると、田舎の生活や特徴は新しい印象を与える」(*Blithedale* 149) と述べられている。これは田園牧歌的なアルカディアの背後に、現実としての鉄道が押し寄せ、今や鉄道が生み出す煙を媒介にしてしか、現実を捉えることのできない時代が到来したことを物語っている。この記述は『アメリカン・ノートブックス』に記された一八四四年七月二十七日の日記での体験に基づいていることはよく指摘されている。その日記で、ホーソーンは安穏とした農村にとって馴染みの音、つまりは小動物の音や風の音に対して、突然起こった、列車の「長く続く音、何物にもまして耳障りな音」(248) を耳にし、「夢想家の抱いたユートピアの砕け散った残骸」(250) のような雲のイメージと結びつけ、ユートピア的田園風景が、異質な鉄道によって打ち砕かれる現実を視覚並びに聴覚でもってイメージ化している。ホーソーンにとってこれは自然と鉄道の不調和な並存を意味するが、以後「裏側」ではなく、「表側」として、つまり否応なく直視せざるを得ない新たな現実として鉄道が立ち現れている。

『七破風の屋敷』では、第十七章「二匹の梟の逃亡」においてクリフォードとヘプジバによる列車の旅の間、老紳士相手に語るクリフォードの饒舌な話の中に、鉄道を巡る言説が盛り込まれている。そのなかで、クリフォードは鉄道を「素晴らしき発明品」(*House* 259) や、「人間の進歩」(259) と称し、鉄道を信奉する考えを表明している。一方で彼の、「鉄道は旅を精神的なものにする (they [railroads] spiritualize travel)」(260) という発言にも着目すべきである。H・R・ストーンバックは、巡礼とは「精神化された旅の概念と行動」(Stoneback 1) であると述べたが、クリフォードの鉄道によるささやかな旅も巡礼に繋がっている。ホーソーンは、ピンチョン判事の死を前にしたクリフォードとヘプジバを『天路歴程』（一六七八年）の主人公とその相棒、「クリスチャンとホープフル」に喩え、ピンチョン判事を大敵である「巨人の絶望者」（252）になぞらえている。そして、クリフォードとヘプジバを死亡現場から逃亡させ、二人の列車による「巡礼の旅（pilgrim）」（253）を描き出しているが、彼らの旅は『天路歴程』を経由して、「天国行き鉄道」の巡礼の旅と共鳴する。また、成田雅彦は、クリフォードとヘプジバが列車から降り立った「帰属すべき場所の失われた世界」の描写にはホーソーンのペシミズムが反映されており、それは「天国行き鉄道」のハッピー・エンディングでない結末にも通底すると論じ、この二作品の類似性を示唆している（成田 九六―九七）。

このようにホーソーンの鉄道への印象は一面的でなく、ダブルデイが指摘するように『七破風の屋敷』や『ブライズデイル・ロマンス』との影響関係を考慮すれば、「天国行き鉄道」における鉄道の意味の単純化は早計である。しかし、従来この短編が内包する意味は次の文章に依拠して短絡的に解釈されている。ホーソーンは一八三六年から暫くの間、『アメリカ有用娯楽教養雑誌』の編集に携わり、一八三六年に刊行された同雑誌の第二巻八号には、「昔の巡礼」と題した小文を寄稿している。その内容は昔陽気な歌を歌いながら巡礼を楽しんでいたのを異端者が批判したという一四〇七年の古文書を紹介した後で、現在のアメリカに巡礼の習慣があれば、巡礼者は駅馬車、蒸気船、あるいは汽車を利用するのだろうかと問い、そのような巡礼は「天上の冥想」に浸るより、「俗世の悩み」を抱いたまま、「サラトガ・スプリングスへの［汽車］旅行と同じく、つまらないものとなるだろう」（332）と締めくくっている。この印象が数年後に「天国行き鉄道」として結実したことは良く知られた事実であり、実際この短編のなかでも、列車での巡礼は「夏の観光旅行に過ぎないかのようである」（168）と表されている。したがって「天国行き鉄道」は当時の楽観的な鉄道信奉に対する風刺作品という位置づけが一般的である。

この明白なる解釈は否定し難いが、その明快さゆえに却って、F・O・マシーセンが『アメリカン・ルネサンス』（一九四一年）にて、「天国行き鉄道」を「傑作」（Matthiessen 198）と評しているにもかかわらず、この短編は過小評価され、先行研究も驚くほど少ない（Doubleday 332）。しかしながら、クリフォードによって発せられた「精神的な旅」を可能にする手段としての鉄道に重きを置くと、「天国行き鉄道」にもまた「精神的な旅」の側面が内包されているのではないだろうか。冒頭にて簡単に紹介したが、十九世紀中葉の初期の鉄道は多様な隠喩で表せられ、またホーソーン自身の鉄道表象も画一的でなく、それゆえ「天国行き鉄道」にも他の鉄道イメージが含まれている可能性がある。

「天国行き鉄道」を解釈する上でもう一つ軽視されている点は、『天路歴程』のアメリカにおける受容形態である。(1)「天国行き鉄道」はジョン・バニヤンの『天路歴程』を機械文明が台頭するアメリカの社会状況のなかへ落とし込んだ短編であるが、アメリカ社会の文脈において『天路歴程』は様々なナラティヴと絡み合い、多くの文学的パスティーシュが現れた。(2)そこで底本となる『天路歴程』の、十九世紀アメリカ社会における受容形態に触れ、そこから派生したナラティヴやテクストと『天路歴程』との間テクスト性に着目し、その関係性から生じる磁場の中に「天国行き鉄道」を再配置したとき、そこに別の解釈が見出せるのではないか。本論では、十九世紀中葉の鉄道が喚起する多様なイメージと共に、「天国行き鉄道」のオルタナティブ・リーディングの可能性を探求してみたい。

二　『天路歴程』のアメリカ的翻案と「天国行き鉄道」のピューリタン的想像力

『天路歴程』はホーソーンが四歳の時に初めて与えられた本であり、以後何度も読み返され、息子ジュリアンによれば、ホーソーンにとって最も印象深い作品であった（Johnson 156）。この作家は自分の飼い猫に対しても、『天路歴程』に登場する悪魔アポリオンやベルゼブブなどの名を付けたほどである。また、ホーソーンの執筆活動を通じて言及される唯一の書であり、マシーセンは、「ホーソーンが作品で緊張感が最高潮となる危機的場面を描くとき、『天路歴程』の記憶が驚くほど頻繁に蘇る」（273）と指摘している。彼は具体例として『緋文字』（一八五〇年）の中で復讐心に燃え、人格のゆがんだチリングワースを、「バニヤンが描く丘の中腹にある恐ろしい穴から噴き上がり、巡礼者の顔に触れる凄まじい炎の光」に打たれたかのように形容している個所を挙げている（273）。

『天路歴程』はホーソーンにとって重要な作品であるばかりでなく、新大陸に移住したアメリカのピューリタンたちにとっては、苦難を克服し、英雄的な探求を行う文学上の理想であり、両者の間に状況的かつ心理的な類似性が見られる（Slotkin 39）。『天路歴程』において家や家族を捨て、一人で巡礼の旅に出るクリスチャンは、ルカによる福音書十四章二十六節「だれでも、父、母、妻、子、兄弟、姉妹、さらに自分の命までも捨てて、わたしのもとに来るのでなければ、わたしの弟子となることはできない」というキリストの言葉に従った人物であり、これは遡って考えてみると、ピューリタンの巡礼の旅の正当性を担保する言葉ともなっている。同時に、『天路歴程』の苦難の旅は、新世界におけるピューリタンの苦境とその苦境からの脱出というナラティブ構築の土台となっている。『天路歴程』の冒頭の、「この世界の荒野」（Bunyan 146）を歩くクリスチャンの姿は、新世界を「荒涼とした荒野」と考えるピューリタンの姿と容易に重ね合わせられる。また、アメリカへの入植以来、植民地の拡大を図るピューリタンとインディアンとの抗争の間に、白人がインディアンの捕虜となり、その捕囚の日々を描写したインディアン捕囚体験記は「新世界の『天路歴程』」（Pierce 85）と言われている。その中でも最も代表的な体験記は、フィリップ王戦争の時期にあたるメアリ・ホワイト・ローランドソンの捕囚体験記であろう。その内容と言えば、ローランドソンが親族をインディアンに殺害され、三人の子供のうち上の二人の息子とは離れ離れになり、負傷していた末娘サラも死に、孤独な環境下にありながらも、揺ぎなきキリスト教信仰を糧に、最後には虜囚から解放されるという粗筋である。このプロットは、家族との別離と神への信仰を試すための試練を描く『天路歴程』の文学的枠組みと同一視され得る（Slotkin 107）。

言うまでもなく「天国行き鉄道」も『天路歴程』のアメリカ的翻案であるがゆえに、そこにはピューリタンの、あるいはアメリカの夢が込められている。『天路歴程』における巡礼の最終目的地である「天国の町」は「大きな丘の上に立ち」（267）、その前には「試練の川」が横たわっており、「天国行き鉄道」の「天国の町」も同様に川を超えた「丘の上に立っている」（195）。また『天路歴程』同様に、「天国行き鉄道」においても、「天国の町」の住人は光に照らされ「輝く姿」（205）をしており、これは新約聖書のマタイによる福音書五章十四節に記された、山上にてキリストが語った言葉、「あなた方は世の光である。丘の上にある町は隠れることができない」に由来する。そしてアラン・トラクテンバーグは、『天路歴程』のエピグラフに記された、「私は例え話（Similitudes）を用いる」（Bunyan 140）というバニヤンの言葉を引き合いに出し、アーベラ号に乗船したピューリタンの指導者ジョン・ウィンスロップが一六三〇年に大西洋上で、アメリカ建国の理想として語った「丘の上の町」が、『天路歴程』の丘の上に立つ「天国の町」と類似していることを指摘している（Trachtenberg 102）。そうであるならば、『天路歴程』の「丘の上の町」をそのまま借用した「天国行き鉄道」の「丘の上の町」とウィンスロップの「丘の上の町」も同調するのではないか。さらにホーソーンの短編では、「試練の川」を人力ではなく船で渡るという設定に改変しているため、『天路歴程』以上によりリアルに、アーベラ号上にて「丘の上の町」を望むウィンスロップの姿を想起しやすい。しかし、水、船、「丘の上の町」と舞台設定を揃え、船上にてウィンスロップの目に映じたであろう光景を再現しながら、「私」を始めとする乗客たちを乗せた蒸気船が「丘の上の町」を前にして水没する結末を「天国行き鉄道」は示している。従って、この最終場面はウィンスロップの亡霊を呼び起こし、「丘の上の町」のヴィジョンを創出した上で、「最新の進歩たる蒸気船」(205)ではその理想郷には到達できない結果を提示しており、アメリカの理想と科学技術との関係を描き出しているとも読める。

そもそも、『天路歴程』の原名である *Pilgrim's Progress* という言葉の組み合わせ自体がアメリカを映し出すキーワードともなっている。"Pilgrim" は「巡礼父祖」(Pilgrim Fathers)を連想させ、ピューリタンのイメージを喚起する一方、"Progress" はホーソーンにとって「プロヴィデンス」(Providence)」と対峙する概念であり、科学技術による「進歩」(Progress)」と結びつく。ジョン・ガストの一八七二年作の著名な絵画『アメリカの進歩』(*American Progress*)を一瞥すれば明白なように、そこにはフロンティア開拓や「明白なる天命」を支える進歩の象徴として電信と共に鉄道が描きこまれている。ホーソーンはこの "Pilgrim" と "Progress" が内包する意味を顕在化させ、進歩の象徴たる鉄道や蒸気船を介して、ピューリタンが自らの理想を求めることが可能か否かを問題提起することで、「天国行き鉄道」にてアメリカの原点となるピューリタンたち白人の物語を構築しようとしたのである。

三　地下鉄道としての天国行き鉄道

『イングリッシュ・ノートブックス』の一八五四年九月二十二日の文書によると、友人ミルンズが語った、ピューリタンを乗せたメイフラワー号の後日談について、ホーソーンは次のように紹介している。

ミルンズはまたピルグリム・ファーザーズを運んだメイフラワー号が、次の航海でアフリカからの荷物である奴隷を西インド諸島へ運ぶ任務を担ったと言った。これは奇妙な事実であり、南部人にとってはばかげたことであろう。

覚え書き。側道を通って、巨人絶望者の領地で道に迷うクリスチャンとホープフルについてのバニヤンの一節をアメリカ人は決して理解しないだろう——我々の国には障壁も小道もないのだから。(*English Notebooks* 132)。

ホーソーンは、このエピソードを「主として戦争問題について」（一八六二年）のなかで再び取り上げ、以下のように解説を加えている。

ピューリタンの末裔とヴァージニア州のこれらのアフリカ人を結ぶ、まことに驚くべきつながりが存在する。彼ら黒人奴隷たちは、メイフラワー号へと続く直系の子孫であり、実は我々の兄弟なのだ。運命的なこの母なる船体は、その最初の航海で、プリマス・ロックへとピルグリムの一団を吐きだし、続く航海で、かの南部の岸辺に奴隷たちを生み落した。これはまさに怪物的誕生であったのである。我々は黒人たちに直観的な繋がりの感覚を持ち、たとえ血を流してでも廃墟になってでも、彼らを救済する抗しがたい衝動に駆られるのである（420）。

髙尾直知によれば、この逸話は十九世紀の英米にかなり広く知れ渡っており、当時アメリカの歴史家はそれを否定するのに躍起になっていた。その状況のなかで、メイフラワー号の噂を鵜呑みにして、「主として戦争問題について」のなかで、ホーソーンがこのエピソードを語り直していることには別の真意があるとしている。つまり、この逸話を「新たな一つの歴史ロマンスとして提出することで、白と黒が同じ胎内から生まれるというアメリカの虚実を語って見せているのだ」（髙尾 二〇四）と指摘している。また、ミルンズが語ったエピソードの直後に記された、ホーソーンの唐突とも言える『天路歴程』に関する「覚え書き」は、『天路歴程』を媒介として「天国行き鉄道」と「白と黒」の物語の接合の可能性を予感させる。髙尾の指摘と合せると、「白」たるピューリタン達の想いが天国行き鉄道の旅と重ね合されたように、「黒」たる奴隷たちの理想を追い求める旅というナラティヴも「天国行き鉄道」に織り込まれているのではないか。「天国行き鉄道」を「白と黒が同じ胎内から生まれる」「新たな一つの歴史ロマンス」として捉えるならば、そこにはピューリタンの宗教的理想を追い求める物語とは異なる、黒人たちのオルタナティブな物語が潜んでいる可能性がある。

実際、「天国行き鉄道」における鉄道を基盤とし、そこに白人キリスト教徒とアフリカ系アメリカ人のイメージの類似性を語る論者もいる。ジョン・F・スウェッドは、ホーソーンの「天国行き鉄道」を具体例として挙げて、鉄道に対するユーロ・アメリカン的、あるいはクリスチャン的シンボルと、鉄道が有するアフロ・アメリカン的イメージが結びつくと指摘している（Szwed 218）。残念ながらスウェッドは、

「天国行き鉄道」が白人だけでなく、黒人の物語をいかに内包しているのか、その具体的検証に立ち入ってはいないが、黒の物語を紡ぎ出す糸口にはなるであろう。

そこで「天国行き鉄道」が黒のナラティヴを生み出す素地として、鉄道のイメージに着目してみると、鉄道にはこの短編の巡礼の旅同様に、救済や破滅からの脱出のシンボルが含まれている。特にアフリカン・アメリカン的視野に立てば、鉄道が象徴するものとして「地下鉄道」が容易に思い浮かぶであろう。南部の奴隷州からの逃亡奴隷たちの足取りを追跡者たちが見失うことが多く、「どこかに地下鉄道があるに違いない」ということから生まれた地下鉄道ほど、鉄道と逃亡・脱出との緊密な結びつきを語るものはない。当然地下鉄道は実際の鉄道を意味するわけではなく、奴隷制反対主義者や北部や南部の自由黒人らによって構成された逃亡奴隷支援の秘密組織のことを指す。しかしその組織のなかで、逃亡奴隷を誘導する人を「車掌」、奴隷の隠れ家を「停車駅」、奴隷を匿う支援者を「駅長」、逃亡奴隷自身を「乗客」という隠語で呼び、自由州への奴隷の逃亡行為を鉄道の旅に準えており、地下鉄道は十九世紀アメリカにおけるアフリカ系アメリカ人と鉄道との緊密な関係を物語る呼称である。

ホーソーンが「天国行き鉄道」執筆にあたって、地下鉄道の存在を意識していたか否かは判然としない。しかし、地下鉄道の存在を知りうる環境にホーソーンはあった[3]。ホーソーンに所縁のある七破風の屋敷は船長で商人であったジョン・ターナーによって一六六八年に建てられ、三代にわたってターナー家がその家に住み、その後一七八二年にサミュエル・インガソルの所有となった。サミュエルの死後、ホーソーンの年上の従姉であり、サミュエルの娘であるスザンナ・インガソルが七破風の屋敷で生涯暮らした。熱心な奴隷解放論者であったスザンナは一八三〇年代から南北戦争終戦まで、自分の家に逃亡奴隷を匿う「地下鉄道」の「駅長」の役目を担ったとされ（Christopher 72）、ホーソーンはスザンナの許をよく訪れた（Christopher 66）。また七破風の屋敷のガイドツアーには地下鉄道に関する言及があり（Christopher 45）、二〇一四年には一月から四月までの四ヶ月間に、毎月七破風の屋敷に関連する特別展示がこの屋敷で開催されたが、二月十三日から二十八日までの展示会のテーマは地下鉄道であった。七破風の屋敷が実際に地下鉄道の「停車駅」であったか否かは議論の余地があるが、七破風の屋敷と地下鉄道の関係は深く、ホーソーンもスザンナ・インガソルとの交流を通じて、その存在を知っていた可能性は十分ある。

ホーソーン作品と地下鉄道の関係に目を転じると、この隠喩的な鉄道に対する明白な言及はないが、アメリカにおける鉄道と文学の関係を辿ったリー・アン・リトウィラー・バーテは博士論文において興味深い考察をしている。バーテは『七破風の屋敷』の第十七章の「二匹の梟の逃亡」のなかで、ヘプジバと共に「巡礼の旅」に出た列車内でのクリフォードの発言を問題にしている。それは、彼がピンチョン判事の死体を眼にして逃げ出した自分の体験談を例え話として語った時のものである。その中でクリフォードは、死人の姿を目撃して逃亡した者がどこか遠い町で下車したところで死人の影響からは逃れえず、「避難すべき町」（265）を奪われたその逃亡者は、「人間の生得の権利が侵害された」（265）と述べている。バーテは鉄道による逃避の旅のなかで「避難すべき町」を見出せないこの例え話と、一八五一年作の『七破風の屋敷』出版前年の一八五〇年に制定された逃亡奴隷法を関連づけている。この逃亡奴隷法制定以後、逃亡奴隷を援助した者にも罰金が科せられ、その状況下では逃亡奴隷にも「避難の町」はなく、「人間の生得の権利が侵害されている」と解釈し、バーテは実際に列車によって逃亡しているクリフォードと地下鉄道による北部への逃亡奴隷たちの状況を重ね合わせている（Berte 43–44）。これを踏まえれば、地下鉄道に対するホーソーンの知識も相まって、共に「巡礼」と称されるクリフォードの旅と「天国行き鉄道」の旅の類似性も認められ、後者の短編には脱出と理想を目指す黒人の鉄道に対する想いが付随していると考えられる。

四　黒人霊歌とスレイブ・ナラティヴにみる天国行き鉄道

鉄道の多様なイメージに話を戻すと、「地下鉄道」と同様に自由獲得と、現在の適わぬ夢をあの世で叶えてくれる天国行きを約束する鉄道もある。この天国行き鉄道のイメージは黒人霊歌のなかにお馴染のモチーフである。黒人霊歌は周知の通り、アメリカの黒人奴隷の間にキリスト教が広まり、白人の宗教歌とアフリカ独自の音楽的感性が融合して生まれた歌である。黒人奴隷が苦難の日常を嘆き、そこからの逃亡と自由を願い天国へ導いてくれる歌が多く、天国への導き手として乗り物が登場する。その一つが、「チャリオット（chariot）」である。チャリオットは、旧約聖書の予言者エリヤが苦難のなかで信仰を貫き、神が差し向けた火の戦闘馬車に乗って天に召された物語にちなんで黒人霊歌で利用され、「揺れよ、天国の馬車」や「良き知らせ、馬車が来ます」、「朝になって、すぐに馬車に乗ろう」といった有名な歌に、天国行き馬車のイメージが盛り込まれている。ちなみに、小説の分野では、E・M・フォースターの短編「天国行きの乗合馬車」（一九一一年）に天国行きの馬車が登場する。船も天国行きの乗り物として利用され、一八五三年に「古きゴスペル・シップ」がアメリカにて出版されたが、ゴスペル・シップに関する歌は一八二〇年代まで遡ることができる（Cohen 596）。しかし天国行きの乗り物として最も頻繁に登場したのは鉄道である。天国を最終目的地とする列車による精神的な旅のモチーフは十九世紀の詩や歌において多く見られた。ノーマン・コーエンによると、「天国行き鉄道」執筆と同じ時代に、同様のモチーフの詩や歌が現れたとされる。作者は特定されないことが多く、基準となる楽譜もなく、時代に応じて、曲も歌詞も変容したが、最も初期の例としては、一八四〇年代制作と思われる匿名の作者による「天国行きの列車」（"The Railway to Heaven"）が挙げられる（Cohen 597）。その他十九世紀には、「列車がやってくる」（"The Train Is A-Coming"）、「遠くに列車は去った」（"How Long de Train Been Gone"）、「朝の列車で家に帰る」（"I'm Going Home on the Morning Train"）といった幾多の黒人霊歌において救済と列車を結びつけるテーマが織り込まれている（602）。代表的な黒人霊歌の一つである「この列車」（"This Train"）の歌詞の一部に、「この列車は天国行きなんだ、この汽車は」とあるように、黒人霊歌には天国行きの列車をテーマとする歌詞が散見される。コーエンによれば、アメリカの散文で鉄道を天国へ行く手段として始めて作品化したのがホーソーンの「天国行き鉄道」であり、黒人霊歌に見られる天国へ行く鉄道という主題の先例としてホーソーンのこの短編を位置づけている（596–97）。アイアン・ベルは、一八七一年にアフリカ系アメリカ人のアカペラグループであるフィスク・ジュビリー・シンガーズが始めて公に披露した黒人霊歌「福音列車」（"The Gospel Train"）を一八七〇年代以来の信仰復興論者の主たるアイコンと見なしたが、この「福音列車」の着想はホーソーンの「天国行き鉄道」にみられると指摘している（Bell 219）。コーエンもベルも共に、「天国行き鉄道」と黒人霊歌との親和性に言及している点は見逃せない。

黒人霊歌における天国行きの鉄道と同様に、『天路歴程』のスレイヴ・ナラティヴへの転用は「天国行き鉄道」に内在する黒の物語構築に寄与する。先述したように、『天路歴程』はアメリカの白の物語を形成する上で重要な作品であるが、同時にアフロ・アメリカンの黒の物語、つまり奴隷解放と自由を求める逃亡の旅を語る「奴隷体験記」を語る上でも頻繁に借用された。一八一二年にメリーランド州のプランテーションで奴隷として生を受けたジョン・トンプソンは、一八五六年に『逃亡奴隷ジョン・トンプソンの人生』を著したが、そのペンギン版の編集とまえがきを担当したウィリアム・L・アンドルーズはこの体験記を「アフリカ系アメリカ人の『天路歴程』」（Andrews, Introduction xxvi）と称している。また彼は十八世紀後半から十九世紀初めの黒人自伝作家の立場を示す中心的な比喩は「『天路歴程』のクリスチャン氏と同じように、私は救われない世界での精神的な巡礼者である」と述べている（*To Tell* 11）。R・J・M・ブラケットによれば、奴隷体験記は全て「貧しき逃亡者の歴程」という副題を付けることが可能である（Blackett 26）。決意と意志の強さ、気質を試される苦難に絶えず直面する逃亡奴隷の逃避行は、『天路歴程』における多くの障害を克服していく巡礼の旅との間に類似性を見出すことができよう。また、「臆病者」と「不信者」を前に『天路歴程』のクリスチャンが語る決意、「もし自分の国へ帰るとすれば、それは火と硫黄とが約束されていて、自分は必ずそこで滅びるでしょう。もし天の都へ達することができれば、私は必ずそこで安らかとなります」（174）という言葉は、捕縛への恐怖と目的達成への強い決意を抱く逃亡奴隷の心情と極めて類似している（Blackett 26）。

このように、『天路歴程』の苦難に満ちた旅は「奴隷体験記」の物語や奴隷解放を求める政治的アピールの媒体として利用された。その中でも実際に列車を使い、自由と救済を得た逃亡奴隷の体験記は、『天路歴程』と「天国行き鉄道」をアフロ・アメリカン的想像力によって接合させる可能性を切り開いてくれる。一八四八年にジョージア州からフィラデルフィアまで異性に変装して大胆不敵な逃避行を成功させたウィリアムとエレンのクラフト夫妻の逃亡奴隷体験記『自由を求めた千マイルの逃走——ウィリアムとエレン・クラフトの奴隷制からの脱出』（一八六〇年）では、『天路歴程』の旅が、実際の鉄道による夫妻の逃避行と重ね合わされている。その体験記では、逃亡の出発点であるジョージア州が「破壊の町」に、クラフト夫妻は各々、『天路歴程』の主人公クリスチャンと旅の相棒であるホープフルに例えられている（Craft 70）。また、暗闇のなかで汽笛の音に起こされ、「非常に多くの明滅する光」（Craft 78）を発する目的地フィラデルフィアの姿を眼にした時の歓喜が、クリスチャンがラッパの音と共に、天国の町に立つ十字架を眼にした時の感動になぞられている。黒人奴隷たるクラフト夫妻が『天路歴程』のパスティーシュである『自由を求めた千マイルの逃走』の枠組みのなかで、実際の列車に乗って天国＝北部へ逃亡することは、同じくバニヤンのこの歴史的大作のパスティーシュであるホーソーンの短編にて列車に乗って天国の町に向かうプロットと基本的にパラレルな関係にある。しかし、後者の作品では列車による天国行きは叶わない。天国行き鉄道というロマンス的装置を導入しながら、最後にそのロマンス性を棄却し、『天路歴程』との対照的な結末を提示することで、ホーソーンは自由を獲得できない黒人奴隷たちの現実を暗示している。

また「天国行き鉄道」には明確に黒人の姿は見受けられないが、「死の影の谷」の停車駅近郊には黒のイメージを纏った者たちが言及されている。駅近くに逗留する旅行者は、「奇妙なくらいこの町の住人によく似て、荒っぽくて、煤けた、黒い顔をしている」(195) と記されている。この「黒い顔」をした者たちとよく似た「町の住人」は、「洞窟に住む住人」で、鉄道建設のための「鉄工場の労働者」や「燃料を機関車に運ぶ者」たちで、「醜く、黒い顔をして、煙で煤けている」(195)。この顔の黒さは単純に煤に因るものとも考えられるが、鉄道産業の歴史を紐解けば、それだけを原因とするのは早計であろう。エリック・アーネセンによれば、十九世紀前半の鉄道産業の始まりから、人種によって鉄道業務は区分され、黒人は鉄道建設とその維持などの下級の仕事に従事させられていた (Arnesen 5)。これを踏まえれば、この「黒い顔」をした者たちに、鉄道産業を支える黒人たちの断片的な「影」を見て取ることが可能かもしれない。

五　結びにかえて

ホーソーンが鉄道に対する楽観的な礼賛を『天路歴程』の枠組みを借りて、「天国行き鉄道」のなかで風刺したことは否定できない。しかし、そのアレゴリー性が自明であるがゆえに、この短編を十九世紀アメリカ社会のなかの、より包括的な間テクスト性のなかで再検討しないことは、この作品に内在するホーソーンの真意を見過ごすことになろう。「天国行き鉄道」の底本となる『天路歴程』のアメリカ社会における受容形態を見れば、そのテクストからアメリカのウィルダネスの克服や、困難からの脱出を内包するインディアン捕囚記、「丘の上の町」という理想を求め続けるピューリタン的ナラティヴ、「奴隷捕囚記」や地下鉄道に見られる命を賭して自由や解放を希求するアフロ・アメリカン的ナラティヴが紡ぎ出されていることがわかる。『天路歴程』のこの豊かな間テクスト性を踏まえると、それら複数のナラティブと、同じくこの傑作から派生した「天国行き鉄道」との間に何の影響関係も認めないことこそ、むしろ不自然であると言える。

また十九世紀中葉の初期の鉄道が喚起する多様なイメージを検討すれば、「天国行き鉄道」に単なる科学技術の進歩の象徴としての鉄道イメージだけを押し付けるのは不十分であろう。クリフォード自身が鉄道は精神化された旅を可能にする手段でもあると発言し（*House* 260）、鉄道の両面的イメージを認めており、日常の苦難に満ちた奴隷状態から天国へ導いてくれる自由や解放の象徴としての地下鉄道や黒人霊歌と「天国行き鉄道」との親和性は高い。さらに、「白と黒が同じ胎内から生まれる」と語るミルンズとその直後に付した『天路歴程』との関係、その逸話を「アメリカの虚実」として語ろうとするホーソーン、それらが「天国行き鉄道」にて結実しているとは考えられないだろうか。『天路歴程』との間テクスト性やアメリカの文化的・社会的文脈における天国行き鉄道というモチーフ、ホーソーンの創作姿勢、これら複数のアプローチの結節点上に「天国行き鉄道」を再配置すれば、この作品にはピューリタン的想像力は言うに及ばず、アフリカン・アメリカン的想像力を喚起する、白と黒のナラティヴが織り込まれていると考えられる。

＊本論は、日本ナサニエル・ホーソーン協会第三十二回全国大会（二〇一三年五月二十四日、於：仙台国際センター）で行われたワークショップ「「天国行き鉄道」を読む」での研究発表に大幅な加筆修正を加えたものである。また、関西外国語大学教授である丹羽隆昭先生には「天国行き鉄道」に関する先行研究の概要や資料の提供を賜った。ここに謝意を表する。

注

（1）『天路歴程』の影響は文学に留まらず、十八世紀から英米においてこの宗教的な旅の道程をなぞる地図が出版されるようになった（Akerman 37）。特に一九〇八年作のG・E・ブーラの「福音禁酒鉄道地図」は注目に値する。というのも、それが『天路歴程』のアレゴリカルな名前を駅名にしながら、「天国行き鉄道」同様、鉄道による巡礼の旅を模しているからである。その地図では、「決断の場所」駅から「正しいと思われる経路」と「大いなる破滅の経路」、「偉大なる天国ルート」に分かれており、先の二つのコースを選ぶと、終着駅は「破滅の町」となり、三つ目のルートの終点だけが「天国の町」に定められている。ブーラがホーソーンの短編を参考にこの地図を制作したか否かは定かではないが、列車による「天国の町」への旅は、まさしく『天路歴程』を翻案したホーソーンの手法を視覚的に踏襲したものである。

（2）アメリカにおいても『天路歴程』から着想や影響を受けた作品は多い。マーク・トウェインの『赤毛布外遊記』（一八六九年）の副題は“The New Pilgrim's Progress”であり、カート・ヴォネガットの『スローターハウス5』（一九六九年）では主人公ビリー・ピルグリムの名前から察せられるように、彼の経験がクリスチャンのそれと重ねあわされている。その他、ルイザ・メイ・オルコットの『若草物語』（一八六八年）やE・E・カミングスの『巨大な部屋』（一九二二年）やジョン・スタインベックの『怒りの葡萄』（一九三九年）などにも『天路歴程』への言及がある。また、アメリカの漫画家ウィンザー・マッケイは一九〇五年から一九一〇年にかけて『ニューヨーク・イヴニング・テレグラム』紙に『天路歴程』の漫画を連載した。

（3）当時ヒルサイドとして知られていた、コンコードのウェイサイドは周知の通り、ルイザ・メイ・オルコットが子ども時代の一八四五年四月から一八四八年十一月まで家族と共に住んでいた家であり、その屋敷が逃亡奴隷の避難所として使用されていたことが一八四七年初めに記されている。また、オルコットの家族の系譜を紐解くと、そこには奴隷制度反対論者が含まれており、ルイザの曾祖母にあたるドロシーの兄は一七〇〇年に奴隷制反対の小冊子である「ヨセフの売買」を記した判事サミュエル・シューアルである。またルイザの叔父に当たるサミュエル・J・メイは「反奴隷連盟」の創立者の一人であり、「地下鉄道」の「車掌」として逃亡奴隷を誘導する役割を担い、ルイザの父である教育者エイモス・ブロンソン・オルコットも奴隷制廃止論者であった。ホーソーンは一八五二年以後、生涯で唯一所有した家としてこのウェイサイドに住んでおり、J・バレイン・ハドソンはこれらの事実からホーソーンとオルコット一家の反奴隷制運動への関与を示唆している（Hudson 263）。

引用文献

Akerman, James R., and Robert W. Karrow, eds. *Maps: Finding Our Place in the World*. Chicago: U of Chicago P, 2007.

Andrews, William L. Introducion. *The Life of John Thompson, a Fugitive Slave: Containing His History of 25 Years in Bondage, and His Providential Escape*. By John Thompson. New York: Penguin, 2011. xvii–xxx.

———. *To Tell a Free Story: The First Century of Afro-American Autobiography, 1760–1865*. Urbana: U of Illinois P, 1988.

Arnesen, Eric. *Brotherhoods of Color: Black Railroad Workers and the Struggle for Equality*. Cambridge: Harvard UP, 2001.

Bell, Ian. *Time Out of Mind: The Lives of Bob Dylan*. New York: Pegasus, 2013.

Berte, Leigh Ann Litwiller. *Locomotive Subjectivity: The Railroad, Literature, and the Geography of Identity in America, 1830–1930*. Diss. U of Washington, 2004.

Blackett, R. J. M. *Building an Antislavery Wall: Black Americans in the Atlantic Abolitionist Movement, 1830–1860*. Baton Rouge: Louisiana State UP, 2002.

Bunyan, John. *Grace Abounding to the Chief of Sinners, and The Pilgrim's Progress*. London: Oxford UP, 1966.

Christopher, Tami. "The House of Seven Gables: A House Museum's Adaptation to Changing Societal Expectations Since 1910." *Defining Memory: Local Museums and the Construction of History in America's Changing Communities*. Lanham: Altamira P, 2007. 63–76.

Cohen, Norm, and David Cohen. *Long Steel Rail: The Railroad in American Folksong*. Urbana: U of Illinois P, 2000.

Craft, William, and Ellen Craft. *Running a Thousand Miles for Freedom: Or, The Escape of William and Ellen Craft from Slavery*. London: Cambridge UP, 2013.

Doubleday, Neal Frank. "Hawthorne's Satirical Allegory." *College English* 3.4 (1942): 325–37.

Emerson, Ralph Waldo. "The Young American." *Nature, Addresses, and Lectures. The Collected Works of Ralph Waldo Emerson*. Vol. 1. Cambridge: Harvard UP, 1971. 217–44.

Hawthorne, Nathaniel. *The American Notebooks*. Vol. 8. of *CE*. 1972.

———. "Ancient Pilgrims." *American Magazine of Useful and Entertaining Knowledge*. Vol. 2. Boston, 1836. 332.

———. *The Blithedale Romance*. 1852. Vol. 3 of *CE*. 1964.

———. "Celestial Railroad." 1843. *Mosses from an Old Manse*. Vol. 10 of *CE*. 1974. 186–206.

———. "Chiefly About War-matters. By a Peaceable Man." 1862. *Miscellaneous Prose and Verse*. Vol. 23 of *CE*. 1994. 403–42.

———. *The English Notebooks, 1856–1860*. 1941. Vol. 22 of *CE*. 1997.

———. *The House of the Seven Gables*. 1851. Vol. 2 of *CE*. 1965.

Hudson, J. Blaine. *Encyclopedia of the Underground Railroad*. Jefferson: McFarland, 2006.

Johnson, W. Stacy. "Hawthorne and *The Pilgrim's Progress*." *The Journal of English and Germanic Philology* 50.2 (1951): 156–66.

Marx, Leo. *The Machine in the Garden: Technology and the Pastoral Ideal in America*. New York: Oxford UP, 2000.

Matthiessen, F. O. *American Renaissance: Art and Expression in the Age of Emerson and Whitman*. New York: Oxford UP, 1941.

Pierce, Yolanda. "Redeeming Bondage: The Captivity Narrative and the Spiritual Autobiography in the African American Slave Narrative Tradition." *The Cambridge Companion to the African American Slave Narrative*. New York: Cambridge UP, 2007. 83–98.

Poe, Edgar Allan. "The Thousand-and-Second Tale of Scheherazade." *Complete Stories and Poems of Edgar Allan Poe*. New York: Doubleday, 1984. 383–96.

Rowlandson, Mary White. *The Captive: The True Story of the Captivity of Mrs. Mary Rowlandson Among the Indians and God's Faithfulness to Her in Her Time of Trial*. Show Low, AZ: American Eagle Publications, 1998.

Slotkin, Richard. *Regeneration Through Violence: The Mythology of the American Frontier, 1600–1860*. Norman: U of Oklahoma P, 1973.

Stoneback, H. R. "Pilgrimage Variations: Hemingway's Sacred Landscapes." *Religion & Literature* 35.2–3 (2003): 49–65.

Szwed, John F. *Crossovers: Essays on Race, Music, and American Culture*. Philadelphia: U of Pennsylvania P, 2006.

Thoreau, Henry David. *Walden, Civil Disobedience, and Other Writings*. New York: Norton, 2008.

Trachtenberg, Alan. *The Incorporation of America: Culture and Society in the Gilded Age*. New York: Hill and Wang, 1982.

Whitman, Walt. *Leaves of Grass*. New York: Oxford UP, 1990.

小野清之『アメリカ鉄道物語——アメリカ文学再読の旅』研究社出版、一九九九年。

髙尾直知「ホーソーン氏、都に行く」『アメリカ文学ミレニアムⅠ』南雲堂、二〇〇一年、一八九—二〇九頁。

成田雅彦「侵入する鉄道——大陸横断鉄道と一九世紀アメリカ——」『〈移動〉のアメリカ文化学』ミネルヴァ書房、二〇一一年、八七—一一〇頁。

ゴムの良心とリアリズム
——政治家ホーソーンがイギリスで見たもの

進藤鈴子

一　はじめに

ナサニエル・ホーソーンは一八五三年七月六日にボストンを出港し、同月十七日にイギリスはリヴァプールに入港している。翌月の初めからおよそ四年と一ヶ月を文学者としてではなく、リヴァプール駐在のアメリカ領事として勤めを果たすことになる。アメリカの文学者の中には、ワシントン・アーヴィングのように政治家との二足の草鞋を履いた者もいたが、プロの作家としてこれほど名をなした作家が政治に関わる職を兼任するのは珍しいことであろう。しかし、ホーソーンが公務員の職に就いたのはこれが初めてではなかった。ランダル・ステュアートは「一八四一年から一八四二年、及び一八四九年から一八五二年までの二年と三年の間を除き、二十年間にわたり公務員として、また公務員を求職するものとして、政治に関わっていた」（Stewart 239）と指摘している。彼と公職との関わりは、一八三七年に始まる。この時期、ホーソーンはホレーショ・ブリッジ、フランクリン・ピアス、および、ジョナサン・シリーら大学の同窓で当時すでに政治的な地位を得ていた友人らの人脈を利用して、南太平洋探検隊所属の年代記編者の職を得ようと画策していた。しかし、最終的にはジョージ・バンクロフトの骨折りで一八三九年一月十七日、ボストン税関の測定員の職に就くことができた（238）。文学だけで生計をたてることが難しかったホーソーンであったが、友人や知人らの構成を見ると、彼の環境は政治的に整っていたと言うべきかもしれない。

運良く高給取りになり、経済的には将来の展望が開けたホーソーンではあったが（Hillard）、ボストン税関で仕事を始めてから一年あまり、婚約者のソファイアに宛てた一八四〇年三月十五日付けの手紙で次のように述べている。

> 連邦政府の職種なんて大嫌いだよ。少なくとも政権下で維持される職はどれもいやだね。それに、政治家とは一切関わりたくない。やつらは人間じゃないよ。政治家になると、人間じゃなくなってしまうんだ。心が萎んでいって、体から消えてしまうのさ。良心なんてゴムになっちまうか、その種の真っ黒な物質になっちまって、すっかり伸びてしまうんだ。（Hawthorne, *Letters, 1813–1843* 422. 傍点は筆者）

初めて就いた就職先で、公職にある人間の本質を見抜いたかのようなホーソーンであったが、結婚を挟んだ再就職先は同業種のセイレム税関で、やはり公職であった。このセイレム税関での仕事に際しても、友人ホレーショ・ブリッジに仲介してもらい、上院議員のチャールズ・G・アサトンに会って公職に再度就けるよう根回しをしている。(1) リヴァプールの領事職は、大学の同窓フランクリン・ピアスの大統領選挙用に伝記を書いたことへの見返りであったことは周知の事実である。先の手紙にもあったように、政治や政治家を毛嫌いしながらも、繰り返し公職に就いたのは、「純粋に経済的な理由からであった」とステュアートは判断する(239)。しかし、彼がまったく政治に関心がなければ、最終的に国家を代表するような領事の職に就くことはなかったであろう。

ホーソーンが作家として名をなしていく時期、すなわち、一八四〇年代から五〇年代にかけて、合衆国は国家としてさらなる飛躍を遂げようとしていた。国土の拡大を図り、その国土に奴隷制という制度をどの程度配分するかが大きな争点となる時期であった。南北の政治的な乖離は年を追うごとに修復しがたいものになっていた。この時期、彼の知的な友人たちが北部の主張、すなわち奴隷制度に関して反対の声明を出していたのに対し、ホーソーンは自分の見解を積極的に述べることはなかった。マイケル・ギルモアはホーソーンの公的仕事と文学者としての態度とを比較検討した論文の冒頭で、次のように述べている。

> ホーソーンと政治という観点で言えば、衆目の一致するところは次のようなものだと思う。エマソンやソローとは異なり、また、ダグラスやストウら活動家全般と異なり、彼は据え置き好みの非活動家だった。(Gilmore 22)

ホーソーンが最初のベストセラー小説『緋文字』を出版した一八五〇年、アメリカ政治は南部のヘゲモニーの強化へと大きく舵を切り、連邦議会はいわゆる「一八五〇年の妥協」と呼ばれるいくつかの法案を議決していた。それから三年後にアメリカを出たホーソーンは、帰国までアメリカの政治に直接関わることはなかった。しかし、政治家として赴いたイギリスは、ある意味、アメリカ以上に騒然とした時代を迎えていた。国際的には、大きな戦争を経験し、当時のヨーロッパの革命も影を落としていた。また、国内にはアメリカから亡命してきた逃亡奴隷もおり、環大西洋世界の奴隷制に反対する運動も盛んであった。加えて、チャールズ・ディケンズが描いたような都市の貧困層が社会問題となっていた。ホーソーンはアメリカ領事としての四年間に、セイレムやボストンでは決して経験することのなかった現実の社会と向き合うことになった。政治家としてこれらの諸問題にどのような態度を示し、作家としてどのような影響を受けたのかを、この期間に唯一書かれた『イングリッシュ・ノートブックス』(*The English Notebooks* 以下、日本語では『ノート』、引用では *EN* と略す)を中心に検証してみたい。(2)

二　クリミア戦争

ホーソーンのイギリスでの生活を描写した『ノート』を読む限り、職務以外の時間は、圧倒的にイギリス国内の観光に割かれている。ホーソーンはイギリスの文学者の聖地を数多く訪問しているが、たいていは失望している。逆に、彼の好奇心と関心を強く惹きつけたのはゴシック建築のカテドラルであった。リッチフィールドのカテドラルを見て、ホーソーンは「ゴシックのカテドラルは人類が成し遂げた最高の偉業だと思う。素晴らしい石造詩だ」(*EN 1853–1856* 223)と賞賛し、その後、帰国するまでカテドラル巡りを続けている。一方で、彼がイギリスの社会や人々に対する関心を深く記録することは比較的少ない。あえてリヴァプールに着任後、最初の住居となったのは職場から数キロ離れたロックフェリーであった。

街中を離れたのは、パーティに呼んだり呼ばれたりする煩わしさから逃れたかったからだと友人パイクに告白している（119）。極力人付き合いを避けようとしたホーソーンは、イギリス滞在時、多くの友人を持つこともどこかのグループに属することもなかった。

領事に着任当初、ホーソーンがイギリスで関わった人々は、領事館に何らかの用事でやってくる人々や、休日の出先で会った庶民がほとんどであった。そういった人々との何気ない会話の中で、最も深刻なテーマが戦争であった。一人の人間として彼が戦争に大きな関心を抱いていたことは確かである。なぜなら、『ノート』の特に前半には、この時期イギリスが深く関わっていたある戦争の情報や噂が溢れているからである。戦争名は「トルコ戦争」、すなわち、クリミア戦争（一八五三―五六年）である。ホーソーンがイギリスに到着した一八五三年七月、ロシア軍は突如トルコ領モルドヴァとワラキアに進駐し、トルコ軍と対峙した。これを機にトルコは十月、ロシアに宣戦布告し、同じくロシアの南下を阻止したいイギリスはフランスとともに翌一八五四年三月、ロシアに宣戦布告している。一八五四年二月二十三日付けの記載にホーソーンは（おそらくクリミアへと向かう）イギリス軍の連隊について次のように記している。「ジョン・ブルのやつ、このトルコ戦争は本気らしい。ロシア皇帝がどんな提案をしたって、やり込められるようでは民主主義にかかわる」（71–72）。ホーソーンにとっては他国の戦争であったが、この

ホーソーンが執務していたリヴァプールの領事館。*Vernon's* 10 頁掲載。

時期から丸二年続く戦争の行方に深い関心を示している。その後に続く記載には、「セバストポリ」という名前が頻出する。クリミア戦争の勝敗を決した「セバストポリの包囲戦」（一八五四年九月―一八五五年九月）は戦況が逐一報告されており、イギリス国民はその攻防に一喜一憂した。セバストポリ包囲作戦が始まって一ヶ月後に次の記載がある。

間抜けな話だが、イギリス中、いや、ヨーロッパまでも［セバストポリが］陥落したと信じ込んでいた。ところが、それが間違いだってことが判明した。それで、結果的に、大衆の顔つきが険しくなってしまった。僕は嬉しいね。一般的な同情心はあるけど、本物のアメリカ人だったら、嬉しい以外はありえないね……僕たちに助けを請うまではイギリスのことは好きにはなれない。（137–38）

それから一年が経過し、ようやくセバストポリ要塞は陥落した。戦争は終結へと向かうが、『ノート』には何度もこの戦いへの言及がある。ホーソーンにとっては父祖の国でありながらも、政治的には当時対立関係にあったイギリスへの本音が表れている。クリミア戦争は、十九世紀で最も悲惨な世界戦争であり、最大の戦死者を出した大戦であった。

三　人種問題

ホーソーンが広い意味でイギリス社会を知るようになるのは、一八五六年三月の二度目のロンドン訪問からである。ホーソーンが多少なりとも社交的になれたのは彼をロンドンの社会に招き入れてくれたフランシス・ベノックのおかげだったとロバート・マイルダーは述べている。それまでは、いわゆる、ホーソーンにとって懇意の話し相手となるような中流や上流階級の人々とのつきあいはなかったという（Milder 65）。事実、「［ベノック］は……街中やキャンプや田舎といった多くの生活の場面へと案内してくれた。僕ひとりでは絶対に行けないようなところばかりだった。彼は、よそ者にはどんな手伝いが必要かはっきりと分かっている人間だった」（*Our Old Home* 340–41）。ベノックの仲介によって初めて、イギリス文学界、政界、貴族たちとの交流がホーソーンには可能になる。そのロンドン訪問の機会にロンドン市長主催の晩餐会に出席できるように手配をしたのもベノックであった（Hull 55）。このパーティでテーブルの向かいに座っていた若い女性の美しさにホーソーンは圧倒される。「思うに、彼女は色黒のようだが、はっきりそうとも言えない。むしろ純白の大理石のようにも見える。だが、白ではない。今まで見たうちで最も純粋で、きめの細かい肌色をしていた（どんな色もついていないが、土気色とか病的というものではまったくなかった）」（*EN 1853–1856* 481）とホーソーンがその微妙な肌の色を絶賛する女性はユダヤ人であった。この美女は後にホーソーンが執筆することになる『大理石の牧神』（一八六〇年）において、暗い過去を持つ芸術家ミリアムとして造形される。このパーティの場面で、ホーソーンのユダヤ人に対する偏見が明確に表現されている。この美女の隣に座っているのは彼女の夫、すなわち、主催者ロンドン市長デイヴィッド・サロモンズの兄弟であった。この人物の容姿をホーソーンは「まさに、ユダヤ人の中のユダヤ人」「これほど醜く、不快で、荒唐無稽、かつ不格好な人物は見たことがない」と一刀両断にする。「このシャイロック、このイスカリオテには驚くほど喜びをおぼえたね。彼の姿を見て、自分が今までこの種の人種に抱いていた嫌悪感が正当だということが分かったからね」（482）。ことユダヤ人に関しては、ホーソーンの価値観は確信を深めるばかりであった。

領事館勤めをしている間のホーソーンは、アメリカが抱えている奴隷制度や人種問題に積極的に触れることはなかった。しかし、まったく記述がないというわけではない。最初の記載は、一八五四年三月十六日、アメリカ船で死亡した黒人船員の審理に領事の立場で列席したときのものである。船員の死因は凍死、すなわち、自然死という評決から、審理はあっけなく終わってしまったが、ホーソーン自身はその結論を訝っていた様子である。なぜなら、『ノート』には、陪審員たちの当初の推測では死因は凍死ではなく、熱湯に足を入れられたことによる拷問死だったこと、同席したこの船の船長が何かを隠蔽しているような態度だったこと、また、すべてにおいてぞんざいな検死官のことなどが率直に記されているからである。審理に列席した領事として、彼が異論を述べることはなかったが、事実の描写はきわめて冷静で客観的である。

領事としてのホーソーンは、アメリカ黒人の船乗りについて短い記述をすることはあっても、彼らと会話をすることはなかった。しかし、一度だけ、イギリスでホーソーンが直接会って会話を交わした黒人についての記述が、一八五六年五月二十四日付けである。

私は彼にはかなり良い印象を持った。と言うのも、彼の態度には飾り気がまったくなかったからだ。奴隷の身分から権力のある地位に就いた黒人が普通は身につけそうな派手な身振りや大げさな態度が皆無だった……彼の地位と履歴以外には、微塵の興味も沸かなかった。顔つきも魅力的ではなかったし、真っ黒なやつほど愛想もよくなかった。たぶん、心は深淵なのだろうが、私には何も見えなかった……知性、思慮分別、気配りとかいったものが、たぶん彼の特質なのだろうが。性格

のたくましさとか自立心とかでは絶対になさそうだ。(*EN 1856–1860* 35–36)

この人物はホーソーン本人が明かしているように、リベリア共和国の大統領ジョゼフ・J・ロバーツ(一八〇九—七六年)であった。リベリアは、「アメリカ植民協会」が自由黒人たちを移住させたアフリカ西海岸の小国である。一八四七年に独立を宣言したとき、アフリカではエチオピアに次ぐ独立国であった。ロバーツは、ヴァージニア州の農園主とその愛人である女奴隷の息子として生まれている。彼の白人の父が他の多くの農園主と違っていたのは、ロバーツとその母を彼がまだ幼い頃に解放したことである。『ノート』にはロバーツの肌の色は漆黒ではないとあるが、正確には、八分の一しか黒人の血は入っていない。彼は二十歳でリベリアに渡り、貿易商として成功を収めると、リベリア共和国の初代大統領(一八四八—五六年)となった。大統領時代にヨーロッパやアメリカを訪問し、リベリアの国家承認を要請している。イギリスはヨーロッパで最初の承認国となった。面会時間はほんの数分とある。ロバーツには人間的な深みも知性も感じず、むしろ独立心に欠けるというホーソーンの感想は、この時点でまだリベリアの公的な国家承認をしていないアメリカの政治家としての見解が反映されていると見るべきであろう。

四　クラフト夫妻と「ギリシャの奴隷」

ホーソーンが『緋文字』を出版してから半年後の一八五〇年九月、「逃亡奴隷法」が国会を通過する。この法により北部にいる逃

ジョセフ・J・ロバーツ
Library of Congress 所蔵。

亡奴隷や自由黒人たちが南部に連れ戻され、再び奴隷の身分に落とされる危険が予見されていた。その翌年の五月八日、ホーソーンは奴隷制度に対して反対の意思を表明していた友人のヘンリー・ロングフェローに次のような手紙を書き送っている。

もっと情熱を込めることができて、自分が輝けるような博愛行為が他に百もある。この逃亡奴隷法は、今日の偉大な主題の中でも相当の熱意をもって対処できる唯一のものだ。ただし、それが本当に偉大な主題ならば、という話だけどね。つまり、別の時代の方が我々の時代よりうまく決断できるってことだと思う。(*Letters, 1843–1853* 431)

ホーソーンの考えでは、この法律による現時点での解決は期待されず、政治的な運動を起こす必要はないというものである。しかし、ジーン・イェリンはホーソーンのこの態度を、「問題を回避したり、問題から目を逸らしてばかりいるのは明らかだ」(Yellin 153)と揶揄している。

ホーソーンの無関心とは裏腹に、実際のところ、この法律は迅速に効果を発揮した。施行から三日後には、ボストンの四十人の逃亡奴隷が国外であるカナダへと向かっている(Siebert 247)。また、南部からボストンへ次々と奴隷捕獲人が侵入してきていた。ボストンに踏み留まっていた逃亡奴隷のうち、フレデリック・ジェンキンス、トマス・シムズ、アンソニー・バーンズ等は、逮捕され再び奴隷とされている(Craft xii)。『緋文字』の出版後、ホーソーンはセイレムからレノックスへと転居していたとはいえ、この法律が北部に与えた甚大な影響について思いが及ばないはずがなかった。ハリエット・ビーチャー・ストウは上記の手紙が書かれた一ヶ月後の一八五一年六月五日には早くも、『アンクル・トムの小屋』の初回掲載分を反奴隷制主義の機関誌『ナショナル・エラ』に載せている。アメリカの政治が混乱を極めていくさなか、公職を離れたホーソーンは、立て続けに『七破風の屋敷』（一八五一年）と『ブライズデイル・ロマンス』（一八五二年）を出版する。

「逃亡奴隷法」の施行は、多かれ少なかれ北部の逃亡奴隷たちを不安と恐怖に陥れていた。中でも有名なのが、後に『自由への千マイル』（一八六〇年）を出版したウィリアム・クラフトとエレン・クラフトの夫妻である。彼らは、一八四八年の年末に南部ジョージア州の奴隷農園から逃亡し、フィラデルフィアを経由して、一ヶ月後にはボストンに生活の拠点を定めていた。彼らの逃亡方法は、妻のエレンが自分の肌の色を利用して男性の白人農園主に変装し、夫を自分の奴隷として同行するという奇想天外、かつ非常に危険なものであった。二人がボストンに逃れてきた時期、ホーソーンはまだセイレム税関に勤めていた。マサチューセッツ州反奴隷制協会に所属して、講師として自分たちの逃走劇を各地で語っていた二人を、ボストンの人々の多くは知っていたはずである。

クラフト夫妻の逃亡が実際には、千マイルではすまなくなったのが、「逃亡奴隷法」の施行であった。二人はあまりに有名な「逃亡奴隷」であったため、反奴隷制協会関係者との協議の末、一般的な亡命先であったカナダを敢えて避け、大西洋を渡る決断をする。二人は苦難の末、一八五〇年の十二月初めリヴァプールに到着している。二人を支援したのはイギリスの反奴隷制協会関係者たちで、中でも詩人バイロンの未亡人の功績は大きかった。一八五一年から三年間夫妻が通ったオッカム農学校はバイロン夫人の創設であった。ホーソーンがリヴァプールに到着した一八五三年の夏、クラフト夫妻は農学校を出てロンドン近郊に定住し、一八五九年まで、イギリスの反奴隷制運動を牽引している。ホーソーンとクラフト夫妻がイギリスで遭遇することも、彼らの情報が『ノート』に書かれることもなかった。しかし、ホーソーンはクラフト夫妻の入った建物に入り、二人の見た彫刻を見ている。彼らのいる世界は、同じロンドンでありながら、別世界であった。

『ノート』にはロンドン滞在時に何度か「クリスタル・パレス（水晶宮）」を訪問したことが記されている。(3) 最初の訪問は一八五五年九月、二度目は一八五七年十一月である。クリスタル・パレスは一八五一年、世界初の万国博覧会の会場としてロンドンのハイドパークに、ガラスと鉄骨でのみ作られた巨大な建築物であった。五月から十月まで開催されたこの博覧会に、実に、六〇四万人もの人々が見物に訪れている。その中に、前年の十二月に亡命したばかりのクラフト夫妻がいた。イギリスの奴隷制廃止論者たちは、この博覧会に乗り込んで、アメリカ合衆国の展示部門に、滞在中のクラフト夫妻を鞭や鎖などとともに競売台に立たせて陳列することを提案していた（Blackett 50）。しかし、実際には、ヴィクトリア女王夫妻、及びその家族も訪れるというある土曜日、クラフト夫妻をクリスタル・パレスへ連れ出すというやや抵抗の少ない手段をとることになった。以下は、イギリスの奴隷制廃止論者ウィリアム・ファーマーからアメリカの奴隷制廃止論者ウィリアム・ロイド・ギャリソンに宛てた一八五一年六月二十六日付けの手紙である。

私たちは六、七時間展示場を見物して回った。広大な会場のほぼすべてを見た。見学の途中、何千という見物人と出会ったが、マクドネル氏ほどの身分と人格の紳士が、黒人女性と腕を組んで歩いているのを見ても不適切だと感じるような者はいなかったし、また、トンプソン嬢のような上品で洗練された若い婦人が……黒人男性とともに歩いていてもおかしいと思うような人間などいなかった……アメリカ人以外は。（qtd. in Still 209）

ファーマーの表現は、イギリスにおいては黒人との親しい接触が普通のこととして見られていることを強調しているが、同時に、こうした行為がいかに革新的なものであるかを感じさせる。

クラフト夫妻と反奴隷制主義者たちは、その後、合衆国展示部門へ赴き、アメリカ政府が目玉作品として展示していたハイラム・パワーズの彫刻「ギリシャの奴隷」を見ている。白い彫刻とアメリカの奴隷エレンとを並立させるのは、かれらのパフォーマンスであった。中村善雄は「ギリシャの奴隷」と「白い奴隷としてのエレン」の類似性に着目し、反奴隷制主義者たちの緻密な戦略について詳述している（中村五八）。このパフォーマンスの意図するところは、芸術に昇華された他国の奴隷ではなく、自国、アメリカに実在する本物の奴隷への注意喚起であった。彼らは、この彫像の横に『パンチ』誌から切り取った風刺画「ヴァージニアの奴隷」を貼り付けている。産業上の革新的な技術と芸術を展示するはずの万国博で、西半球で最初の共和国となり、民主主義を標榜してきたアメリカが奴隷制を維持しているとの糾弾は、この国の明らかなモラルの後進性を世界に再認識させるはずであった。

ホーソーンはロンドンでのパーティでは、しばしば『パンチ』誌の編集者とも同席しているし、また、実際、パーティまでの時間潰しに『パンチ』誌を読んだりもしている（*EN 1856–1860* 74）。とはいえ、もちろん、一八五一年に掲載された「ヴァージニアの奴隷」についての言及はホーソーンの『ノート』にはない。その一方で、パワーズの作品、「ギリシャの奴隷」については数回の言及がある。この作品がロンドン万国博に展示されていたことをホーソーンが知っていたかどうかは定かではない。この彫刻は一八四四年に制作され、四七年から四八年にかけてアメリカ国内を展示ツアーした際には、十万人もの人々が鑑賞したというから、アメリカ国内では有名な作品であったと思われる。ホーソーンが最初に「ギリシャの奴隷」を見たのは、ふとした偶然からであった。一八五六年四月、著名なジャーナリスト、サミュエル・C・ホールの邸宅敷地内を歩いていて、たまたま入った温室の中でのことであった。「その中に、パワーズのギリシャの奴隷があった。イギリス人の友人は、痩せていて貧弱だと批判したが、私はアメリカ女性の理想美を追求していると言って擁護した」(*EN 1853–1856* 476)。また、それからわずか四ヶ月後の八月初め、ピカデリーのエジプシャン・ホールで再度、この彫刻を目にしている。

パワーズのギリシャの奴隷もあったが、美しさも価値もほとんどない。他にも二、三彫像があった。裸の男女を彫るのはもう止めた方がいいと思う。何の意味もない……そんな芸術が我々の時代に相応しいとは思わない。(99–100)

「ギリシャの奴隷」に対するホーソーンの二つのコメントに共通するのは、もっぱら造形的、審美的な価値判断に終始するということである。この作品がなぜ女性なのか、なぜ裸なのか、なぜ鎖でつながった手錠を両手に付けられているのかという推量はない。

「ギリシャの奴隷」の内包する国家間（ギリシャとオスマン帝国）の争い、歪んだ社会制度、売買される女性、大理石に閉じ込められた人間の心の叫びについてホーソーンが語ることはない。そのことは、「奴隷」や「奴隷制度」という社会悪が介在していることと関連している。人間心理の機微を描くことに長けた作家ではあるが、芸術作品の表象する社会の深層は読み解く対象ではない。

五　亡命者たち

クラフト夫妻は、もちろん、革命家ではない。しかし、合衆国を脱出してイギリスに自由を求めた亡命者であることに違いはない。ふたりが異国に助けを求めたように、多くの亡命者がアメリカの代表であるホーソーンを頼って面会に来ている。アメリカは黒人以外の人々にとっては、十分自由を約束してくれる希望の国であった。一八五五年五月二十二日付けで次のような記載がある。

領事として義援を求められて最も断り難いのは、国を持たない人々である――ハンガリー人、ポーランド人、キューバ人、スペイン系アメリカ人、フランスの共和制主義者などだ。まるでアメリカの代表が自分たちの代表でもあるかのように自由を求めてあらゆる亡命者が私のもとへやってくる。(*EN 1856–1860* 171)

十九世紀半ば、ヨーロッパには革命の嵐が吹いていた。特に、一八四八年から四九年にかけて起きたハンガリー革命では、多くの革命家たちがアメリカやイギリスに亡命している。中でも、コシュート・ラヨシュ(Kossuth, Lajos 一八〇二―九四年)は自由主義ヨーロッパで自由の象徴となっていた。アメリカでも支持者が増え、ついに、フィルモア政権は彼の滞在先のトルコへ海軍艦艇を送り、合衆国まで護衛してきている。一八五一年十二月四日、華々しい歓迎の中、入国を果たしたコシュートはアメリカ独立戦争の遺産を継ぐ者とみなされ、多くのアメリカ人が彼をハンガリーのジョージ・ワシントンと呼んだ。彼の人気はすさまじく、一週間もたたぬうちに「マジャール[ハンガリー民族を指す]熱が蔓延していた」(McDaniel 1)。到着後まもなく、コシュートはアメリカ各地でハンガリー独立の支援と寄付金を募る講演ツアーを行っている。エドウィン・E・ウィップルに宛てたホーソーンの一八五二年五月二日付けの手紙の中で、「君はコシュート派かい？　僕は凍土の固まりくらいの熱しかないね。少しは熱くなりたいから、明日はチャールズタウンまで行って彼の話を聞いてくるよ」（*Letters, 1843–1853* 543）と言い、コシュートに対する多少の関心を示している。その影響か、同年七月に出版された『ブライズデイル・ロマンス』の中で、ホーソーンは世の中の大義名分のために命をかけるコシュートの名前を挙げている。しかし、それを語るカヴァデイル自身は、「人類の闘争というこの大きな混沌の中で、まともな人間の死に値し、かつ、それによって何らかの益が得られるような大義名分というものがあれば、と言っても、その努力がとんでもない量の面倒を引き起こさないという場合に限っての話だけど、まあ、そのときには、勇ましく命を捧げようと思うけどね」（*Blithedale* 246）と語り、よほどのお膳立てがなければ世の中の正義のために命はかけないと言う。

リヴァプール領事となってまもなく一年が過ぎようとしていた一八五四年六月、ホーソーンはジョージ・N・サンダーズに宛てて一通の手紙を書いている。サンダーズは国粋主義者として名を知られた存在であったが、ピアス大統領によって短期間ではあったがロンドン総領事に任命されていた(4)。サンダーズは回状をホーソーンに送り、ある人物に対する見解を求めてきたのである。その人物とは、当時ロンドンに亡命していたイタリアの革命家、ジュゼッペ・マッツィーニ（一八〇五―七二年）であった。彼は、五月三十日発行の『デイリーニュース』に書簡を載せ、イタリアの統一と黒人種の解放を主張していた（*Letters, 1853–1856* 230–31）。実は、「ロンドンのサンダーズの屋敷は、コシュート・ラヨシュ、ヴィクトル・ユーゴー、ジュゼッペ・マッツィーニ、アレクサンドル・ルドリュ＝ロランら著名なヨーロッパの亡命革命家たちが集う場所となっていたのである」（Squires 6）。当時、各国の「青年ヨーロッパ」運動と連動し、「青年アメリカ」（Young America）運動に中心的な役割を果たしていたサンダーズは、王制打破を推進するヨーロッパの革命家たちを支援していた。しかし、革命家たちのアメリカの奴隷制に対する考えは一枚岩ではなかった。と言うのも、アメリカで英雄視されていたコシュートは、アメリカの奴隷制に関しては不干渉の立場をとっていたからである。アメリカ本国では一八五四年の年頭から「カンザス・ネブラスカ法」を巡って国会が荒れ、五月末に法案が成立したばかりであった。この時期に「黒人種の解放」というマッツィーニの意見が新聞に載ることは、アメリカへの内政干渉ともとることができた。自身は奴隷制廃止に断固反対の態度をとっていたサンダーズは、この二人の革命家に対するホーソーンの意見を尋ねたのである。ホーソーンは、サンダーズの回状に賛同すると返信している。

それから半年後の一八五五年の初め、ヨーロッパ国内に亡命してきたハンガリー人、マデュラッツと思われる人物の保護を依頼する手紙が届く。手紙の主はキャサリン・マリア・セジウィックであった。二〇〇四年に初めて公となったホーソーンの返信を見る限り、亡命者に対する彼の態度は極めて曖昧である。

> アメリカなど行ったこともないのに、実に多くの彼の同国人が私のところにやってくる。他の誰に対しても請求権はないが、とにかく、アメリカ領事に対しては請求権があるという申し立てなのだ。亡命者はみな貧しくて抑圧されてきた人々だが、全員、我が国を自国だと主張する。そのことは、我々にはまちがいなく名誉なことだけどね。この種の人たちは、取り扱いが厄介だし難しい。
>
> (Machor 646)

亡命者との面接を通じて、国を追われた者の状況と心理を理解したホーソーンではあったが、彼らのために具体策を講じることはできなかった。

六　ホーソーンのリアリズム

ホーソーンがもし領事としてイギリスに滞在することがなければ、ロンドン市長主催の晩餐会に出席することも、リベリア共和国大統領と会うことも、ヨーロッパの亡命者たちの訴えを聞くこともなかったであろう。また、軍事施設や貧民収容施設への訪問もしたが、決して自発的なものではなく、イギリス人の政治関係者が随行した一種の公務であった。そうした公務のひとつに、ウェスト・ダービーにある求貧院への訪問がある。その施設には様々な身体的、家庭的な問題を抱えた子どもたちが入所していた。いわばイギリスのアンタッチャブルの階層であった。この施設でホーソーンは、生まれてまだ二、三ヶ月の乳児を抱き上げている。それは、「罪深い」親の病に胎内で感染して生まれてきた「今まで見た中で最も恐ろしい生き物」であった。思わずホーソーンは、その子どもも含めて、病に冒された子どもらが、その夜のうちに溺死させられた方が神の真意に叶うと告白する（*EN 1853–1856* 413–15）。こうした職務の遂行を強いられたホーソーンには、世界観が転換するほどの経験の連続ではなかったであろうか。それこそ、良心を「黒いゴム」にして、イギリス社会の混沌を崖の上から眺める状況に似ている。

アメリカでのアンタッチャブルとも言える黒人奴隷について、渡英前のホーソーンは、社会問題として深刻に捉えていないふしがある。奴隷制問題がいつ解決されるかについて、ホーソーンは一八五二年に出版した『フランクリン・ピアスの生涯』の中で次のように述べている。

奴隷制度をある種、別物の悪と考える見方もある。つまり、人間の介入で是正できるようには神の摂理が定めていないものということである。そうではなく、そのすべての効能が発揮されつくし、時が満ちたとき、予期できぬ手段によって、かつ、最も簡単で単純な方法で、まるで夢でもあったかのように雲散霧消してしまうものということである。(*Life* 313)

ホーソーンには黒人の同級生も黒人のメイドもいたが、組織的な奴隷制度の実態については、見聞以外の知識はなかったと言える(Yellin 139)。そして、現代社会が抱える「悪」を解決することは、人智の及ぶ範囲外と考えていたと思われる。

その奴隷制が、ホーソーンがイギリスから帰国する頃、アメリカ人自身の手によって崩壊を始める。奴隷制度は、「夢のように」ではなく、国家の分裂と、国民同士の流血という最も避けたかった代価を払うことによって瓦解していく。アメリカが、そして、ホーソーン自身が、この十数年間延ばしてきた奴隷制問題という債務がついに不履行になってしまったのである。アレン・フリントは「予言者としては、ホーソーンは明らかに間違っていた」と言う(Flint 403)。また、ラリー・レノルズは、ホーソーンが社会問題に対して曖昧だったのは、複数の視点からの描写を好んだからであると言いながらも、「彼の視点で明らかに欠けていたのは奴隷の視点である」と認めている(Reynolds 64)。

ホーソーンにすれば、奴隷たちが現代の白人と同じカテゴリーに入る人間という認識はもとよりなかったのである。彼は、一八六二年三月、北軍の前線基地のある首都ワシントンを訪ねたとき、奇しくも、機に乗じて北部へ向かう逃亡奴隷たちの集団を目撃している。

とてもひどい格好をしていた……驚くほど自然な作法で、古代人のような純朴さがあった。（北部の黒人からはそういう特質は消え去っている。）そのせいで、人間とはまったく関係のない独自の生き物のようにみえた。おそらく、古代のファウヌスか素朴な神々と同じか、それに近しいもののようであった。（"Chiefly" 419–20）

奴隷たちを古代人やローマ神話のファウヌスになぞらえることによって、彼らが高度な文明やキリスト教を知らない無知で素朴な存在であるとみなしている。特にファウヌスは「人間と野獣の中間にいる存在の鎖」と『フレンチ・アンド・イタリアン・ノートブックス』では定義している（*French* 174）。そのような知性の奴隷たちが前後を忘れて北部に移動するのは賢明ではないという判断からだろうか、この文章に続けて、彼らの今後を願うことも、援助の手を差し伸べることもないと付け加えている。それは、あの求貧院の子どもたちが一般社会で生きていくのは不可能であるとの予想と同じ論理に思われる。

月明かりの差し込むセイレムの小さな居間の、「現実世界とお伽の世界の中間辺りの、実社会と夢想世界が交って、その両世界の要素が混じり合う場所で」（*Scarlet* 36）ロマンスの世界を紡いできたホーソーンが、イギリスで領事という立場で見た世界は、真昼のリアリズムの世界であった。ヘンリー・ジェイムズは、ホーソーンのリアリストとしての資質が鮮明に『ノート』に表れていると言って、この作品を評価している（James 124）。領事としてのホーソーンは、作家としては見なかった多くの、厳しい現実を見ている。彼には、現象の裏の真実をありのままに描きたいという欲求が無かったとは言えない。たとえば、アメリカ船での船員の待遇の改善を求めるために上院議員のチャールズ・サムナーへ訴状を送っている（*Letters, 1853–1856* 344–45）。また、出版者ティクナーへの手紙では、記憶が新しいうちにアメリカの水夫について小説を書きたいとまで言っている（*Letters, 1857–1864* 73–74）。

領事職に就いている間ホーソーンは、自分の属している社会の抱える大きな困難を自覚し、それを敏感に感じ取っていた。クリミア戦争や、「ギリシャの奴隷」が表現するギリシャ独立戦争（一八二一―二九年）の戦後処理、リベリアの独立問題、ヨーロッパの革命、そして、アメリカの奴隷制度。どれもが、ホーソーンの領事時代、解決を迫られる大きな世界規模の問題であった。ホーソーンは前述のサンダーズや駐ポルトガル大使のジョン・オサリヴァンなどとも交流があり、様々な場面で政治的な見解を求められることもあったが、彼らほどの国土拡張主義者でも奴隷制支持者でもなかった。しかし、民主党政権下のリヴァプール領事として、結果的にこの国内外の大きな政治的潮流に飲み込まれざるをえなかったと言える。これまで人間の心が別の人間の心を支配し変えていくさまを小説というジャンルで描いてきた作家が『ノート』に描いたことは、それ以前にも以後にも描きえなかった現実の社会であった。それは、革命家でも社会改革家でもない小説家ホーソーンが政治家の立場から見た真実の世界であった。

＊本研究はＪＳＰＳ科研費２５３７０３３２の助成を受けたものであり、その研究成果の一部である。

注

（１）この事実は *Letters, 1813–1843* に添付された "Chronology" の一八四五年七月二四日の項目に記載がある。また、*Letters, 1843–1853* の一三一ページの註七には、一八四五年の八月、ポーツマスのブリッジ宅でアサトンと面会していたことが記されている。

（２）この時期に書かれたものとしては、『ノート』のほかに、極めて短くかつ事務的な手紙類がある。また、領事職に就いている間に出版されたホーソーンの作品はわずかである。友人ベノックに頼まれて書いた「ユートクセター」と題するスケッチを一八五六年六月に『キープセイク』に載せている。また、ディライア・ベーコンの著書へ「序」を書いている。

（3）クリスタル・パレスは万国博が終了すると一度解体されたが、一八五四年にはロンドン南郊シデナムの丘に再建された。そして、一九三六年十一月に焼失している。ホーソーンが訪れたのは、シデナムの方である。

（4）ジョージ・N・サンダーズは一八五三年六月、上院の休会中にピアス大統領の特段の厚意でロンドン総領事に任命されたが、翌年の二月には上院がサンダーズの任命承認を拒否している。この時期、後継がまだ発令されておらず、彼は、領事として残務処理にあたっていたものと思われる。

引用文献

Bell, Millicent, ed. *Hawthorne and the Real: Bicentennial Essays*. Columbus: Ohio State UP, 2005.

Blackett, R. J. M. "Fugitive Slaves in Britain: The Odyssey of William and Ellen Craft." *Journal of American Studies* 12.1 (1978): 41–62.

Craft, William, and Ellen Craft. *Running a Thousand Miles for Freedom*. Introd. Barbara McCaskill. Athens: U of Georgia P, 1999.

Elton, John. "Mrs. Blodget's: An Episode in the Life of Nathaniel Hawthorne." *Vernon's Christmas Number*. London: Vernon, 1906. 9–14.

Flint, Allen. "Hawthorne and the Slavery Crisis." *New England Quarterly: A Historical Review of New England Life and Letters* 41. 3 (1968): 393–408.

Gilmore, Michael T. "Hawthorne and Politics (Again): Words and Deeds in the 1850s." Bell 22–39.

Hawthorne, Nathaniel. *The Blithedale Romance and Fanshawe*. Vol. 3 of *CE*. 1964.

———. "Chiefly about War-Matters: By a Peaceful Man." Hawthorne, *Miscellaneous* 403–42.

———. *The English Notebooks 1853–56*. Vol. 21 of *CE*. 1997.

———. *The English Notebooks 1856–60*. Vol. 22 of *CE*. 1997.

———. *The French and Italian Notebooks*. Vol. 14 of *CE*. 1980.

———. *The Letters, 1813–1843*. Vol. 15 of *CE*. 1984.

———. *The Letters, 1843–1853*. Vol. 16 of *CE*. 1985.

———. *The Letters, 1853–1856*. Vol. 17 of *CE*. 1987.

———. *The Letters, 1857–1864*. Vol. 18 of *CE*. 1987.

———. *The Life of Franklin Pierce*. Hawthorne, *Miscellaneous* 273–378.

———. *Miscellaneous Prose and Verse*. Vol. 23 of *CE*. 1994.

———. *Our Old Home: A Series of English Sketches*. 1863. Vol. 5 of *CE*. 1970.

———. *The Scarlet Letter*. 1850. Vol. 1 of *CE*. 1962.

Hillard, G. S. "The English Note-Books of Nathaniel Hawthorne." *The Atlantic.com*. Atlantic Monthly Group, Sept.1870. Web. 17 Oct. 2014.

Hull, Raymona E. "Bennoch and Hawthorne." *Nathaniel Hawthorne Journal* (1974): 48–74.

James, Henry. *Hawthorne*. *Project Gutenberg*. June 12, 2006. Web. 16 Feb. 2014.

Machor, James L., ed. "Hawthorne and the Hungarians: A New Hawthorne Letter." *New England Quarterly: A Historical Review of New England Life and Letters* 77.4 (2004): 646–50.

McDaniel, W. Caleb. "'Our Country is the World': American Abolitionists, Louis Kossuth, and Philanthropic Revolutions." *W. Caleb McDaniel*. Web. 25 Mar. 2014.

Milder, Robert. "In the Belly of the Beast: Hawthorne in England." *New England Quarterly: A Historical Review of New England Life and Letters* 84.1 (2011): 60–103.

Railton, Stephen, et al. "The Greek Slave." *Uncle Tom's Cabin & American Culture*. Stephen Railton & the University of Virginia. n.d. Web. 15 Mar. 2014.

Reynolds, Larry J. "'Strangely Ajar with the Human Race': Hawthorne, Slavery, and the Question of Moral Responsibility." Bell 40–69.

Siebert, Wilbur H. *The Underground Railroad: From Slavery to Freedom, A Comprehensive History*. Mineola, New York: Dover, 2006.

Squires, Melinda. "The Controversial Career of George Nicholas Sanders." MA thesis. Western Kentucky U, 2000.

Stewart, Randall. Introduction. "Hawthorne and Politics: Unpublished Letters to William B. Pike." *New England Quarterly: A Historical*

Review of New England Life and Letters 5.2 (1932): 237–63.

Still, William. *The Underground Railroad: Authentic Narratives and First-Hand Accounts*. Ed. and introd. Ian Frederick Finseth. Mineola, New York: Dover, 2007.

Yellin, Jean Fagan. “Hawthorne and the Slavery Question.” *A Historical Guide to Nathaniel Hawthorne*. Ed. Larry J. Reynolds. New York: Oxford UP, 2001. 135–64.

中村善雄「沈黙のスペクタクルとトランスする人種、階級、ジェンダー——白い奴隷エレン・クラフト」『越境する女——十九世紀アメリカ女性作家たちの挑戦』開文社出版、二〇一四年、四六—六五。

ホーソーンの戦争批判
——晩年の作品を中心に

大野美砂

はじめに

ホーソーンが七年間のヨーロッパ滞在を終え、一八六〇年六月にマサチューセッツ州コンコードに戻った時、ニューイングランドの世論は南北戦争を容認する方向に傾いていた。奴隷制廃止論者や知識人の大部分が、奴隷制度をなくすという大義を実現するために暴力を行使することを肯定し、南部を自分たちの理念を共有しない「敵」として、南部との差異を強調し、味方と敵、善と悪を二元化する言説をさかんに紡いでいた。ランダル・フラーによると、「北部の主流のディスコースは、北部を神の旗の下に位置づけ、その大義を正当化しようとした。それは南部のプロパガンダも使っていた構図だった。他者を悪魔化し、歴史的特殊性を抽象的な概念や言葉に置き換え、自分たちだけが目的を達成するために神に選ばれた道徳的存在だという還元的な形式を絶え間なく繰り返した」（Fuller 663）。南北戦争中にアメリカを訪問し、ホーソーンの首都ワシントンへの旅行にも一部同行したイギリス人ジャーナリストのエドワード・ダイシーは、当時の北部について、「多様なものを受け入れる状況ではなかった。一つの考えの一つの側面を捉え、そこに崇高さや絶対的信頼を与え、正当化した。……北部はすべて完全に正しく、南部はすべて完全に間違っている」という原理で動いていたと言っている（Dicey 243）。

ホーソーンが一八六〇年代を過ごしたコンコードは合衆国の他のどの地域よりも政治的にラディカルで、エマソンなどの超絶主義者や奴隷制廃止論者を中心に、戦争を支持する気運が高まっていた。ラリー・レノルズが言うように、奴隷制度や南部の立場を認めたわけではないが、過激な奴隷制廃止論や暴力による解決を認めなかったホーソーンは、コンコードやニューイングランドの隣人たちと敵対するようになっていた。ホーソーンが生涯一貫してもっていた「平和主義」のために、彼と彼の周囲の人たちの隔たりが広がっていった（Reynolds, *Devils* 2, 5, 217–18）。ホーソーンは『フランクリン・ピアスの生涯』（一八五二年）で、「奴隷制度は、神の摂理が人間の工夫によっては解決できないようにしている悪の中の一つである。神の摂理は、適切な時がくれば、人間が予想できない方法でそれを夢のように消し去ってくれるだろう」と言っている（Hawthorne, *Life* 352）。[1]

本論文では、ホーソーンが南北戦争中にワシントン周辺を訪問したときの体験をもとに書いたエッセイ「主として戦争問題について」（一八六二年）と「北部の志願兵」（一八六二年）、その前後に執筆した未完のロマンス『セプティミアス・フェルトン』（一八七二年）に焦点を当てたい。そして、南北戦争中に書かれたこれらのエッセイやロマンスの中で、ホーソーンが戦争に対して示した反応を明らかにしたい。

一 「主として戦争問題について」と「北部の志願兵」に描かれた北部と南部

一八六二年三月から約一ヶ月間、ホーソーンはホレーショ・ブリッジの誘いで出版業者のウィリアム・ティクナーと共にワシントンとその近郊を訪問し、リンカーン大統領と面会したり北軍の軍事施設を訪れたりした。その主な目的は、戦争の現状を「自分自身の目でしっかり見る」ことだった（"Chiefly" 404）。ホーソーンはコンコードに戻って数週間のうちに「主として戦争問題について」にその旅行の経験を書き、それは『アトランティック・マンスリー』の一八六二年七月号に「ひとりの平和主義者」というペンネームで掲載された。

「主として戦争問題について」においてホーソーンは、戦争の大義を否定し、北部は善、南部は悪という単純な二項対立的関係に還元することを拒否する。エッセイには、ハーパーズ・フェリーの連邦兵器庫を見学した時の印象が描かれている。それは一八五九年十月に過激な奴隷制廃止論者のジョン・ブラウンが、奴隷制即時廃止を訴えて暴動を計画した場所である。(2) 計画は失敗し、ジョン・ブラウンは連邦軍に捕えられ、処刑されたが、彼はニューイングランドで自由や奴隷制廃止という大義のために殉教した英雄とされ、北部の正義の象徴となった。彼はまた、その勇敢さや敬虔さから、ピューリタン革命の指導者オリヴァー・クロムウェルの再来だと考えられ、ジョン・ブラウンの暴動を契機に、ニューイングランドでピューリタン精神を賞賛する動きが急速に大きくなった（Reynolds, *Righteous* 162–64）。特にコンコードにはエマソン、ソロー、ブロンソン・オルコット、教育者のフランクリン・サンボーンなど、ジョン・ブラウンの熱烈な支持者が多数いて、暴動直後から彼を賞賛する意見が次々と出された（Moore 26–28）。しかしホーソーンは「主として戦争問題について」で、ハーパーズ・フェリーを「神に見棄てられた町」と描き、北部の善や正義の象徴だったジョン・ブラウンを「頑強な狂人」、「血にまみれた狂信者」と呼ぶ。そして彼の行動を「途方もない愚行」と言い、「彼よりも絞首刑にするのに相応しい人はいなかった」と断罪する（427–28）。ホーソーンはまた、エマソンが暴動直後の一八五九年十一月にボストンで「勇気」というタイトルの演説をして、ジョン・ブラウンの一連の行動について「処刑台を十字架と同じくらい尊いものにした」（Emerson 427）と述べたことに対して、「その言葉ほど不快に感じた言葉はない」と、彼をキリストのように聖人化したエマソンを非難する（427）。

ホーソーンはまた、北部の最高の地位にいるリンカーンを、戦争を導く偉大な大統領として神格化することをせず、「どこにでもいる普通のアメリカ人」として紹介する（Trninic 116）。面会室でのリンカーンは、「ブラシをかけたことのないような、色褪せた黒いフロックコートとズボン」に「使い古した上靴」を履き、「あまりに忠実に着古した」ために、衣類が「着ている人の体の線や角に馴染み、その人の外側の皮膚のように」なっている。髪には「ブラシも櫛も使っていない」ようで、顔つきは「合衆国の至るところで見かける人のように粗野」である。「長い体の動きはぎこちなく」、「動作は野暮ったい」が、「嫌悪感や不愉快な感じをまったく与えない人」で、「正直」で「思慮・分別」があり、「生得の威厳のようなもの」をもっている。「毎日どこかの村で会い、何回も握手した人」のように見え、ホーソーンが彼の職業を推測するとしたら、「何よりも田舎の学校教師と思っただろう」と言う。ホーソーンはそんな大統領を「アンクル・エイブ」と呼ぶ（412–13）。ホーソーンが描くリンカーンは英雄でも聖人でもなく、一人の人間なのである。

一方でホーソーンは、北部にとって「敵」である南軍の兵士に共感を示す。今や、捕虜となった南軍兵士の収容所になっているハーパーズ・フェリーの兵器庫の中の機械置場を訪れて、ホーソーンはそこに収容された兵士たちが、北部の人たちが言うような「敵」ではなく、善意に満ちた素朴な人たちであることを記録している。「私はそこにいるどの捕虜の顔つき、言葉、態度にも、敵意の跡を見出すことはできなかった。誰もが単純で素朴で、手紡ぎの粗末な服を着て、何の底意もなく、まったくの善意に満ちていた」(429)。ホーソーンは特に、二十人ほどの捕虜の中の「最も軍人らしくない」一人に好感をもつ。「浅黒い顔色の、知的な、口髭のある、粗末な木綿の制服を着た」その人物は、服装から「激しい戦いの矢面に立った」経験をしたことがわかるが、「背筋をまっすぐにして立ち、話しかける相手と気兼ねなく」話をして、ホーソーンは「彼のふるまいの男らしさ」を好ましく思う。「彼は恥じらうところも恐れる様子もなく、不機嫌さ、怒りっぽさ、反抗的なところもなく、これまで敵に対してどのような敵意を抱いたにせよそれらはすべて戦場に置いてきたというような、そして、再び武器を手にすることがあるまでもう身につけることはしないというように振る舞っていた」(428–29)。ホーソーンは、南軍兵士たちが北部で考えられているような「敵」ではないことを示している。

しかしホーソーンは、南部が善、北部が悪という図式で捉えようとしているわけでもない。一八六二年六月にコンコードの『モニター』に掲載されたエッセイ「北部の志願兵」でホーソーンは、南軍兵士が故郷へのおみやげとして北軍兵士の骨を持ち帰っていることに言及し、嫌悪感を表明している。北軍の「勇敢な兵士の骨」を「女性の時計の鎖に下げる」飾りに使ったり、頭骨を「ウィスキーや水を入れ、社交の場や家族の集まりで回し飲みをする」ために持ち去る南軍兵士の行動に対し、ホーソーンは「我々の慈悲深い感情がまったく途方に暮れてしまうような、南軍兵士の忌まわしい性質だ」と断言する("Northern" 443)。ブレンダ・ワインアップルは、このエッセイはホーソーンの北部への忠誠や共感を示す趣旨で書かれたものではなく、北部であっても南部であっても、許されざる行動はホーソーンを憤慨させたことを示すものだと論じている（Wineapple, *Hawthorne* 352）。ホーソーンは「主として戦争問題について」や「北部の志願兵」において、戦争における敵と味方という二項対立的な捉え方ではない在り方を模索しているのである。

「主として戦争問題について」には、合計九個の脚注がついている。ホーソーン自身の政治的立場を表していると思われる語り手の文章に、語り手とは反対の意見をもつ「編者」による脚注が添えられている。この戦争賛成の「編者」は「確固とした愛国主義をもっていて、南部の完全な降伏と北部の復活を求める文化的装置と共犯関係にある」（Fuller 667）。例えば、ジョン・ブラウンの行動を批判する語り手の文章に対して、「このような不愉快な発言をする者がマサチューセッツ州の住人なのか。恥を知れ！」という脚注がつけられている（427）。本文の最後には、「我々は反逆者や反逆への同情者に対する語り手の親切な気持ちにおいて、彼を軽率過ぎると思う」という脚注が加えられている（442）。ジェイムズ・ベンスがその論文で明らかにしているように、この脚注は出版者の要請に応じてホーソーンが仕方なく加えたものではなく、最初から作品につけられていて、ホーソーンが「検閲に見せかけたもの」を作り上げることで、戦時における検閲を見える形にしたものである（Bense 200）。ホーソーンは脚注によって戦時の緊張状態を示し、北部のイデオロギーと異なる意見を表明することが難しい状況を前景化している。

南北戦争の狂乱の中にあったニューイングランドで、ホーソーンは「主として戦争問題について」と「北部の志願兵」を執筆して、大義のために暴力をも肯定する風潮を否定し、味方と敵、善と悪を単純に二元化する戦争のレトリックを批判した。しかも「主として戦争問題について」を、共和党支持者を購読者にもつ『アトランティック・マンスリー』に掲載した(3)。これらのエッセイは、ホーソーンによる明白な戦争反対の意思表明であり、ペンによる戦争への抵抗である。

二　セプティミアスによる英国兵殺害

『セプティミアス・フェルトン』が収められている、オハイオ州立大学版全集第十三巻『不老不死の霊薬原稿』の解説部分によると、ホーソーンは一八六一年に南北戦争が始まった直後にこの作品を書き始め、執筆を断念した時期を正確に言うことはできないが、短期間に書き進め、一八六二年には執筆を断念していたようである（Davidson and Simpson 557–72）。それはホーソーンの死後、長女ユーナと詩人ロバート・ブラウニングによって編集され、一八七二年に出版された。出版以来この作品は多くの批評家から「失敗作」とされ、晩年のホーソーンの急速な創作力の低下を示す作品としてのみ注目されてきた（Ullén 239–42）。しかし、最近のいくつかの論文が示しているように、『セプティミアス・フェルトン』は決して失敗作ではなく、アメリカの最も優れた作品の一つとして再検討する必要があり、ホーソーンが戦争に対して示した態度を知るうえでも重要である。(4)

『セプティミアス・フェルトン』は、南北戦争中にホーソーンがワシントン周辺を旅行し、「主として戦争問題について」や「北部の志願兵」を発表したのとほぼ同時期に書かれたものだが、アメリカ独立戦争開戦前後のコンコードを舞台にしている。作品に登場するコンコードのレキシントン通り周辺に住む人たちは、正統派ピューリタンの血を引く人たちであることが強調されている。

これら三人の若者たち［セプティミアスとその友人ロバートとローズ］は、レキシントン通りに沿って立つ家に住んでいた。……伝説によると、コンコードの最初の入植者は丘のこちら側に住み処をつくった。丘の斜面は南向きで、その土地の形状や木々が入植者たちを強い北風や雪の吹き寄せから守った。……このあたりで、最初の入植から百年くらいの間に住民は増え、通りの反対側には牧草地ができ、肥沃な土地が耕された。三人はこの辺りに住んだ立派な人物の子孫だった。（*Septimius* 3–4）

このようなコンコードの人たちが、南北戦争以前に独立戦争においても、日常生活の中に戦争の大義を見つけ、それを様々な言葉で飾る様子が描かれている。

誰もが生きるのによい時だと感じた。みな同類だという感覚、人間同士の共感、世界の善、国の神聖さ、人生の美点といった感覚……。野蛮な力を気高いものとして、神のような面をもつと感じた。日常の場面に英雄的なものを見つけだし、昨日からすべてが変わってしまったように見えた。人間が極悪に見える行為をする瀬戸際で、自分が天使であるかのように感じる英雄的な瞬間。近づいてくる戦争の奇妙な狂乱……。（17）

牧師になることを期待されているセプティミアスの指導をしてきたピューリタンの牧師も、「戦争に行って、国のために勇敢に役目を果たしなさい。戦争が終わったら、平和の役目に戻りなさい。連隊つきの従軍牧師として行ってもよい」と、セプティミアスに戦争に行くことを勧める（55）。この牧師はエマソンの祖父ウィリアム・エマソンの姿と重なり合う（古屋 二一四）。ウィリアム・エマソンは一七六五年に牧師としてコンコードに来るが、その頃からコンコードはイギリスへの抵抗運動や戦争に加担していくことになり、エマソン牧師は戦争の雰囲気の中で街の人たちを団結させるべく仕事をした。独立戦争開戦の一年後には、タイコンデローガの植民地軍の従軍牧師になった（McFarland 11–14）。[5] セプティミアスに戦争に行くよう説得する牧師はウィリアム・エマソン、さらに南北戦争中にジョン・ブラウンを賞賛し、戦争による解決を支持した孫のエマソンにもつながっていく。「一七七五年にコンコードの街を包んだかもしれない、市民軍や教会を含む住民が一丸となった臨戦態勢の中心にいた一人がエマソン牧師だとすれば、南北戦争に沸く同じ街の好戦ムードの思想的中核を担う人物とホーソーンが見なしたのが、他ならぬエマソンである」（古屋二一四）。

独立戦争開戦の日、セプティミアスは侵攻してきた英国兵の一人と対面し、その兵士を殺害する。しかしこのセプティミアスによる英国兵殺害は、敵の兵士を殺害するという、戦争における一般的な殺害行為ではない。セプティミアスはコンコードにいながらも、戦争の現実にはほとんど目もくれず、周囲の人たちと自分との隔たりに苦しみながら、世間の目を避けるようにして生きている。彼の幼なじみのロバートが独立戦争開戦の日の朝早くに、祖父から受け継いだ武器を担いで意気揚々と戦争に向かい、後に正式に軍隊に入り、勇敢な行為ゆえに昇格するのとは対照的で、戦争の意義を認めることができない。

> セプティミアスは自分の家に戻り、何時間も書斎に座った。不愉快な気持ちで。それはじっと考え込むタイプの人間が、自分のまわりの世界が緊張状態に陥り、それについていくことができないと思ったときに経験しがちな感情だった。……彼は人間の中で自分はどうにもうまくやっていけないと思った。（22–23）

セプティミアスの苦悩は、南北戦争の頃にホーソーン自身が経験していたものである。セプティミアスとホーソーンは多くの点で共通している。ホーソーンと同じように、セプティミアスは自分を取り囲む戦争礼賛の雰囲気に違和感をもっている。セプティミアスはウェイサイド邸をモデルにした家に住み、ホーソーンと同じように家の裏の丘を散歩する。ロマンス作家のように、セプティミアスは常に沈思している（Ullén 243）。戦争に対する超然とした態度や批判的見解は、ホーソーンの場合のようにセプティミアスを社会から孤立させる。

セプティミアスはローズとともに英国兵がレキシントン通りを行進していくのを見て、「彼らを殺すことを考えるなんて、とても奇妙だね。人間の命は本当に大切なんだ！」と言うが（21）、その直後に英国兵と対面し、殺害する。セプティミアスが英国兵を撃った後、二人は何度も自分たちが兄弟であることを確認する。英国兵が「僕たちは兄弟なんだ。これは兄弟の行為だね。そう見えないかもしれないけど」と言い、セプティミアスは「僕は君のことが兄弟のように悲しい」と答え、二人の間に「真の共感」や「親密な感情」がわいてきたことが強調される（27–30）。そして英国兵はセプティミアスに、学識ある科学者だった叔父から与えられたという、難解な文字が詰まった古い原稿を自分の代わりに使うようにと渡す。セプティミアスによる英国兵殺害は、二人が戦争において敵対していた関係から脱却し、分裂した関係を修復するための行為である。

英国兵殺害の場面の後、物語の残りの部分はセプティミアスによる不老不死の霊薬探求の詳細を描くことに当てられている。死亡する直前の英国兵から受け取った古い原稿が、セプティミアスが以前からもっていた不老不死の霊薬を作るという目的と関係していることがわかり、イギリスから来た医者のポーテンソークン博士や、英国兵を埋葬した場所に出没する不思議な少女シビル、インディアンの血を強く引くジザイアおばさんの助けを借りて、セプティミアスはその原稿の解読に注力する。結局、不老不死の霊薬作成は失敗に終わるが、原稿解読のための様々な試みの結果、作品の最後で、セプティミアスと英国兵は本当に血のつながった親族であることが判明し、英国兵が直系の最後の子孫だったスミセルズ・ホールの屋敷をセプティミアスが引き継ぎ、そこで子孫を残したということが暗示されて物語が終わる。物語の後半には、不老不死の霊薬探求をめぐる様々なエピソードが描かれているが、それらはすべて、セプティミアスと英国兵が遠い祖先のつながった親族であることを明かすプロセスになっていて、作品最後では、セプティミアスがスミセルズ・ホールを相続することで、実際に二人は親族になる。『セプティミアス・フェルトン』は、ホーソーンの分身である主人公セプティミアスが、独立戦争中のコンコードで、戦争の大義を否定し、敵同士だった二人の兵士の分裂した関係を修復させる物語なのである。

三　ピューリタンの暴力の歴史とインディアン

『セプティミアス・フェルトン』において、正統派ピューリタンの流れを引くコンコードの人たちが独立戦争で英国を「敵」として、「独立」や「自由」という大義のために暴力を正当化する構図は、それ以前の時代にピューリタンたちがインディアンを「敵」として、「文明化」、「自由」といった大義のために彼らへの暴力を正当化した歴史とも重なる。独立戦争開戦の日の朝、コンコードの人たちが戦争に向かう様子は、「人々が集団で、ピューリタンが川やウォルデン湖であひるを撃った鳥撃ち銃、フィリップ王戦争でフィリップ王に属するインディアンの一人を倒したであろう火縄銃を持って、いつもは人のいない道を急いだ」と描写される（16–17）。フィリップ王戦争でインディアンを撃ったであろう銃を再び持って戦争に行くというこの描写は、植民地時代の初期から正義という名のもとに、インディアンなどの「他者」への暴力を正当化してきたピューリタンの歴史をホーソーンが認識していることを示している。

ジェシカ・スターンは、植民地時代のニューイングランドでは、特にピークォット戦争とフィリップ王戦争という二回のインディアンとの戦争を通して、ピューリタンが自分たちとインディアンの違いを明確にし、支配権を獲得していったことを論じている。ピューリタンは、インディアンがキリスト教の信仰をもたない「野蛮で暴力的な悪魔」であり、神の植民地をつくるためには彼らを排除しなければならないと信じることで、大量殺戮を正当化した。その過程でピューリタンは、自分たちは「文明化された法を守る」人間で、インディアンと対照的だということを示すために、その後長く続くインディアン支配の言説やナラティヴをつくった（Stern 577–78）。ホーソーンも『セプティミアス・フェルトン』でインディアンの性質を描くのに、「野蛮」「暴力的」「悪魔的」といった、植民地時代から人々が一般にインディアンに対してもっていたイメージを表す言葉を多用している。ピューリタンとインディアンの混血のセプティミアスには封じ込められた暴力性があり、その原因は彼の中に存在するインディアンの血液にあるということが、何度も強調される。

しかし物語の内容は、「暴力的」で「獰猛」なインディアンと「文明化」されたピューリタンという、ピューリタンが用いてきたレトリックの構図を無効にする。作品において、戦争の大義のために暴力を肯定するコンコードの住民が暴力的であることは明らかである。セプティミアスが英国兵を殺害し、兄弟の絆を確認した丘は、一八六〇年代にホーソーン自身が作品の構想を練りながら、日々散歩をした場所でもある。(6) 物語後半では、この丘はセプティミアスの一族が先祖代々受け継いできた土地であり、父方の先祖が「インディアンの証書」によってインディアンから譲り受けたものであることがわかる（61）。丘という場所はもともと、インディアンが生活していた場所だったのである。丘はセプティミアスの家の裏にある険しい斜面を上がったところにあり、そこに生える木々や植物で、レキシントン通りの人々の生活からは遮断されていて、様々な花や植物が育ち、自然の風景が美しい場所である。そこは戦争一色のレキシントン通りとは対照的で、ホーソーンはその場所をインディアンと結びつけている。セプティミアスと英国兵が戦争によって分裂してしまった関係を修復するプロセスは、ピューリタンの村から離れ、インディアンの領域である丘の上に向かうという方向性をもっている。

セプティミアスが英国兵から渡された不老不死の霊薬に関する原稿を解読する中では、イギリスからアメリカに入植した初代の先祖から今に至る、セプティミアスの家系の詳細が明らかになる。それは、アメリカにおけるピューリタンとインディアンの遭遇の歴史であり、ピューリタンがインディアンに対してしてきた暴力性や残虐さを示すものでもある。セプティミアスはポーテンソークン博士に、ジザイアおばさんから聞いた話を思い出しながら、自分のアメリカでの最初の先祖は、最初のピューリタンの開拓者よりも少し早くにアメリカに来て、インディアンの酋長の娘と結婚し、インディアンの父親の後を継いだことを打ち明ける。以下は、インディアンの酋長の娘と結婚した、初代の先祖の息子の話である。

ピューリタンが来て、インディアンの中にピューリタンの血が混ざった若者を見つけた。その若者は完璧ではないが、英語を話すことができた。また、父親が部族の女と結婚したために、部族に対しても影響力をもっていた。ピューリタンたちがこの若者に特別な注意を払ったのも、もっともなことだった。彼にイギリス流の考え方を教えることを自分たちの義務だと考え、部族に影響を及ぼす手段として彼を使おうとした。ピューリタンたちはそうしたが、部族に強い影響を与えることには成功しなかった。しかし彼らは、その半分インディアンの青年を母方のインディアンの野性的な生き方から引き離し、イギリス的なきちんとした人物に仕立て上げることにのみ成功した。厳しい訓練によって、彼の野蛮さはなくなった。(142)

ここでもインディアンを表現するのに、「野性的」とか「野蛮」といった、植民地時代からお馴染みのインディアンのイメージが使われているが、この引用部分の内容が明らかにするのは、ピューリタンがインディアンの文化や言語を奪い、「文明化」を強要した暴力的な歴史であり、インディアンの子どもを親から引き離し、部族語の使用を禁じ、厳しい訓練で英語をたたき込んでいった、後の時代のインディアン寄宿学校を思わせるものでもある。ホーソーンは「野蛮」「獰猛」「暴力的」という、ピューリタンがインディアンへの暴力を正当化するときに使ってきた言葉によってインディアンを描写しつつ、実際に「獰猛」で「暴力的」なのはピューリタンであることを示している。

また、セプティミアスの探求の中で、不老不死の霊薬の調合法には、同じ起源をもつが違うルートで伝わる三種類の調合法が存在することが明らかになる。一つ目は、英国兵がセプティミアスに渡した原稿に書かれ、セプティミアスがポーテンソークン博士の助けを借りて解読していくもの。二つ目は、シビルがセプティミアスに語る、イギリスの古い屋敷スミセルズ・ホールにまつわる伝説の中に残る調合法。三つ目は、ジザイアおばさんがインディアンの先祖から受け継いだ調合法である。セプティミアスは、インディアンの中で伝えられてきた飲み物と、ヨーロッパの科学や哲学が考え出した霊薬の調合法が同じだということに驚く。

一つは、原始的な人たちの直感のようなものから作られ、野蛮な人たちがそこに自分たちの必要に合う医療法を見つけ、薬草を混合し、有益な飲み物を作った。一方で、ある偉大な文明世界の哲学者が最高の技術をもって、全科学界をその目的に巻き込み、一つの霊薬を作った。この二つの飲み物はすべての主要な細部において同じだとわかった。(87)

ホーソーンが、ヨーロッパ文明と先住民の伝統の中に同じものがあるという設定をつくったことは、興味深いことである。調合法はまた、伝わった三つのルートのどれにおいても、どこかの時点で最も大切な一つの成分が失われ、不老不死の霊薬は完成していない。そして、ジザイアおばさんが受け継ぐインディアン・ルートでは、失われた成分の代わりにアルコールなどが使われ、不老不死はもたらさないが健康によい飲み物として飲み続けられているが、ポーテンソークン博士の説明によると、イギリス・ルートでは失われた成分の代わりにしばしば細菌が使われ、調合法が毒殺者の間で大いに求められてきた。実際、セプティミアスはジザイアおばさんの忠告にもかかわらず、イギリス・ルートの調合法を信じ、ジザイアおばさんやシビルを死なせてしまう。同じ起源の調合法が、インディアン・ルートでは、健康に良い効能の高い飲み物として伝えられてきたのに対し、イギリスからアメリカに伝わったルートでは、毒殺という暴力のために使われてきた。ホーソーンはインディアンではなく、アメリカの「正統的な」伝統の方を暴力と結びつけている。このようにしてホーソーンは『セプティミアス・フェルトン』において、ピューリタンが植民地時代からインディアンを排除することを正当化してきたレトリックを無効にするのである。

終わりに

アメリカの歴史は、自分たちの理念を共有しない他者を「敵」として、暴力によって「敵」を排除する戦争を繰り返してきた。ホーソーンは晩年、南北戦争中に書いたエッセイやロマンスの中で、戦争を正当化するレトリックを解体することで、正義という名のもとに暴力を反復するアメリカの歴史を批判している。二十一世紀になった今も、私たちはしばしば、政治的問題を暴力によって解決しようとする。ホーソーンの文学的遺産は、今の私たちにも重要なメッセージを送り続けている。

＊本稿は、日本ナサニエル・ホーソーン協会東京支部研究会例会（二〇一五年三月二十一日、於日本大学理工学部）、日本ナサニエル・ホーソーン協会第三十四回全国大会シンポジウム「ホーソーンと戦争」（二〇一五年五月二十三日、於日本大学文理学部）における口頭発表の原稿に加筆修正を施したものである。また本稿は、科学研究費補助金・基盤研究（C）「アメリカン・ルネサンス期の小説と大西洋奴隷貿易」（研究課題番号 25370277）の助成を受けて行われた研究の一部である。

注

（1）ホーソーンの作品や手紙の翻訳はすべて筆者によるが、「主として戦争問題について」の翻訳に関しては、林信行訳を参考にした。

（2）ジョン・ブラウンによるハーパーズ・フェリー襲撃の詳細については、Oates 参照。

（3）ホーソーンは南北戦争に向かうにつれて、『アトランティック・マンスリー』が共和党色を強めていったことを意識していた。ウィリアム・ティクナーに宛てた手紙でホーソーンは、『アトランティック・マンスリー』が「ますます黒い共和党の色合いを強くしている」と不平を言っている（*Letters* 457）。

（4）『セプティミアス・フェルトン』を高く評価する最近の研究として、Ullén や Ullén and Greven を参照。

（5）ウィリアム・エマソンは従軍直後に病気のために任務を解かれ、コンコードに戻る前に死亡する（McFarland 13–14）。

（6）ホーソーンは一八六一年十月に出版者のジェイムズ・フィールズに宛てた手紙で、「あの物語について真剣に考え始めた。まだ手にペンをとってはいないが、丘の上を行ったり来たりしながら考えている」と書いている（*Letters* 408）。ホーソーンはまたエマソンに、自分が死んだら、ウェイサイド邸の裏の散歩をして踏み固めた道が、自分を記念する唯一のものになるだろうと言った（Wineapple, "Nathaniel Hawthorne" 40）。

引用文献

Bense, James. "Nathaniel Hawthorne's Intention in 'Chiefly about War Matters.'" *American Literature* 61.2 (1989): 200–14.

Davidson, Edward H., and Claude M. Simpson. "Historical Commentary." Hawthorne, *Elixir* 557–90.

Dicey, Edward. "Nathaniel Hawthorne." *Macmillan's Magazine* 10 (1864): 241–46.

Emerson, Edward Waldo. Notes. *Society and Solitude*. Vol. 7 of *The Complete Works of Ralph Waldo Emerson*. 1903–04. New York: AMS P, 1979. 337–451.

Fuller, Randall. "Hawthorne and War." *The New England Quarterly* 80.4 (2007): 655–86.

Hawthorne, Nathaniel. "Chiefly about War-Matters." Hawthorne, *Miscellaneous* 403–42.（林信行「ホーソーンの戦時紀行文」『ホーソーンとメルヴィル』林信行編著、成美堂、一九九四年、七—五二頁）

———. *The Elixir of Life Manuscripts*. Vol. 13 of *CE*. 1977.

———. *The Letters, 1857–1864*. Vol. 18 of *CE*. 1987.

———. *The Life of Franklin Pierce*. Hawthorne, *Miscellaneous* 273–376.

———. *Miscellaneous Prose and Verse*. Vol. 23 of *CE*. 1994.

———. "Northern Volunteers." Hawthorne, *Miscellaneous* 443–45.

———. *Septimius Felton.* Hawthorne, *Elixir* 3–194.

McFarland, Philip. *Hawthorne in Concord.* New York: Grove P, 2004.

Moore, Margaret B. "Nathaniel Hawthorne and 'Old John Brown.'" *Nathaniel Hawthorne Review* 26 (2000): 25–32.

Oates, Stephen B. *To Purge This Land with Blood: A Biography of John Brown.* Amherst: U of Massachusetts P, 1984.

Reynolds, Larry J. *Devils and Rebels: The Making of Hawthorne's Damned Politics.* Ann Arbor: U of Michigan P, 2008.

———. *Righteous Violence: Revolution, Slavery, and the American Renaissance.* Athens: U of Georgia P, 2011.

Stern, Jessica R. "A Key into the Bloudy Tenent of Persecution: Roger Williams, the Pequot War, and the Origins of Toleration in America." *Early American Studies* 9.3 (2011): 576–616.

Trninic, Marina. "A Call to Humanity: Hawthorne's 'Chiefly about War-Matters.'" *Nathaniel Hawthorne Review* 37.1 (2011): 109–32.

Ullén, Magnus. "The Manuscript of Septimius: Revisiting the Scene of Hawthorne's 'Failure.'" *Studies in the Novel* 40.3 (2008): 239–67.

———, and David Greven. "Late Hawthorne: A Polemical Introduction." *Nathaniel Hawthorne Review* 35.2 (2009): 1–25.

Wineapple, Brenda. *Hawthorne: A Life.* New York: Random House, 2004.

———. "Nathaniel Hawthorne, 1804–1864: A Brief Biography." *A Historical Guide to Nathaniel Hawthorne.* Ed. Larry J. Reynolds. New York: Oxford UP, 2001. 13–45.

古屋耕平「『頭を突き出した蛇のような疑念』――ホーソーンの *Septimius Felton* における歴史のディレンマ」『アメリカ文学研究』第四十六号（二〇一〇年）十七―三十頁。

「頭を突き出した蛇のような疑念」

――『セプティミアス・フェルトン』における歴史と情動

古屋耕平

ホーソーンの死後発表された『セプティミアス・フェルトン』（一八七二年）は、多くの批評家に失敗作と見なされてきた（Ullén 239–42）[1]。しかし、南北戦争開始とほぼ同時期に書き始められながら、あえて革命戦争期のコンコードの町を舞台とする同作品は、十九世紀における歴史認識及び表象に関する諸問題を考える上で非常に重要である。物語の冒頭近くで、主人公セプティミアスは教養を説く町の牧師に対し、信仰は「習慣やしきたりにすぎず、リアルな物事の上に我々が被せた薄い覆い」であると反論し、「頭を突き出した蛇のような疑念こそが、我々にリアリティを垣間見せてくれるのです。きっと、そのような瞬間こそは、単調で穏やかな信仰の瞬間、あるいは、あなたがそのように呼ぶものの百倍もリアルなのです」（Hawthorne, "Septimius Felton" 11）と語る。この「リアル」を見たいというセプティミアスの願望は、近代以降の歴史認識及び表象の問題を要約している。ヴァルター・ベンヤミンの、歴史上の文化の記録は同時に「野蛮の記録」（六五一）であるという言葉に要約されるように、我々はどのようにして特定の場所や時代に支配的な言説やイデオロギーの影響を受けないリアルな歴史に到達し得るのか、またどうやってそれを描き得るのか、といった問いは、これまで多くの歴史家、哲学者、及び文学者を悩ませてきた。この今日においてもなかなか答えを見出すことの難しい歴史を巡る問いこそが、ホーソーン晩年の作品の根底にある。

一　独立革命の聖地コンコード

ジョージ・コールコットの調査によれば、一八〇〇年から一八六〇年の間に合衆国で出版されたベストセラーのうち、三十六パーセントが歴史を題材とし（Callcott 31–32）、『ノース・アメリカン・レヴュー』や『アトランティック・マンスリー』などの人気雑誌も、誌面の二十五から三十五パーセントを歴史関連の題材に割いている（34）。(2) 一八一〇年代から一八二〇年代にかけて、ジョージ・ティックナー、エドワード・エヴェレット、ジョージ・バンクロフトといった、将来アメリカを代表する歴史家となる人物たちは、ドイツで最新のロマン主義歴史理論を学び、帰国後ハーヴァード大学を中心にそれらを広めた。一方で、ウォルター・スコットの歴史ロマンスは大変な人気を博し、ジェイムズ・フェニモア・クーパーやワシントン・アーヴィングを始めとする多くの模倣者を生んだ。(3) デイヴィッド・レヴィンが示すように、南北戦争前の歴史家と歴史小説家は、しばしば「過去及び歴史家の美学的諸問題に対するロマン主義的姿勢」（Levin 23）を共有しており、フィクションとノンフィクションの区別もそれほど厳密ではなかった。歴史への国民的熱中は、地方及び中央政府が後押しした歴史協会の設立や学校教育への歴史科目の導入、さらには各地の古物収集家協会の設立へと繋がった。特に、一八二〇年代から一八三〇年代にかけて、ロマン主義的かつ愛国的主義的なアメリカ史編纂への社会的要請が高まり、多くの歴史家や歴史小説家は、人類の歴史の普遍的進歩を先導する国家としてのアメリカ像の形成に積極的に参加した。一八三四年には、バンクロフトの『アメリカ合衆国の歴史』第一巻が鳴り物入りで出版され、愛国主義的アメリカ史の決定版として絶賛された(4)。

この歴史出版の隆盛と並行して、アメリカ独立革命の記念式典がアメリカ各地で頻繁に行われるようになる(5)。革命五十周年が近づくにつれ、これらの催しはいっそうの人気を集め、コンコードの名も革命戦争における最初の武力抵抗のモニュメントとして一躍有名になった。一八二五年四月十九日、コンコードの戦い五十年祭において、ハーヴァード大学教授で『ノース・アメリカン・レヴュー』誌の元編集委員でもあったエドワード・エヴェレットは記念のスピーチを行った。その中で、エヴェレットは、アメリカ独立革命を、ギリシャやローマの歴史における事件と匹敵するような、「人類の状態と展望を大幅に変化させ、また日々変化させ続けている」(Everett 41) 歴史上の大事件として位置づけた。また、エヴェレットは、ニューイングランドの小さな町や村の人々から自発的に沸き起こった英雄的行為と愛国精神に繰り返し言及し、さらに「人々の声は神の声であった」(49) ことを付け加え、ピューリタンの伝統こそが革命の原動力であったと強調した。このスピーチに続いて、コンコードの戦いの記念碑の定礎式が執り行われ、コンコードは、新しく形成されつつあったアメリカの正統的な歴史における、自由と民主主義の聖地としての象徴的地位を与えられることとなった (Gross, "Commemorating Concord"; McWilliams 1–29)。

一八二七年、近隣のレキシントンとコンコードとの間で、独立革命の「真の」発祥地たる栄誉をめぐる争いが起こった際には、ラルフ・ウォルドー・エマソンの継祖父エズラ・リプリー牧師は『コンコードの戦いの歴史』（一八二七年）を出版し、コンコードの名誉を守るために奮闘している。リプリーは、ジョージ・ワシントンの大陸軍に従軍牧師として参加し帰郷の途で命を落とした「熱狂的な愛国者」（Ripley 15）であったエマソンの祖父、ウィリアム・エマソン牧師から、彼の未亡人と（後にエマソンやホーソーンが移り住み、ホーソーンによって「旧牧師館」と名付けられることになる）屋敷をセットで受け継いでおり、コンコードの戦いが始まったノース・ブリッジもリプリーの地所の一部に含まれていた（Gross, "Commemorating Concord"）。同冊子の中で、リプリーは、発砲してきたイギリス軍に対しレキシントン民兵が反撃しなかったことを批判し、コンコード民兵こそがイギリス軍に対して最初の武力抵抗を行ったのだと繰り返し強調している。これによって、リプリーは、独立革命の聖地としてのコンコードの評判を守り、町の指導者としての自身の地位を固めた。

一八三四年の末、エマソンがコンコードに移り、一時的に旧牧師館に住み始めた頃には、町の独立革命記念式典もすでに十年の歴史を誇っていた。一八三五年九月十二日のコンコード二百周年記念式典では、エマソンも「歴史講話（Historical Discourse）」と題されたスピーチを行い、エヴェレット以来の伝統に加わっている。後のエッセイ「歴史」（一八四一年）においては、同時代の先祖崇拝の風潮に言及し、「我々のいわゆる『歴史』が、いかに薄っぺらな村物語にすぎないかを見ると、私は恥ずかしく思う」（Emerson, "History" 256）と嘆いたエマソンだが、「歴史講話」は自身が批判する先祖崇拝のレトリックに満ちている。エマソンは、コンコードの町が「非国教会派」（"Historical Discourse" 31）によって建てられたことや、彼らがインディアンと「平和協定」（38）を結んだことなどを詳しく述べるが、これらの話自体は、十七世紀以来アメリカが一貫して自由と民主主義の国であったとする同時代の愛国史観に忠実に基づいている。エマソンが特に強調するのは、コンコード植民地の創設に携わったピーター・バルクリー牧師から、革命戦争で活躍した祖父ウィリアム・エマソン牧師まで、自身の祖先たちが自由の町コンコードの中心に常にいた、ということである。レナード・ニューフェルトが論じるように、「歴史講話」はエマソン自身と、自身の時代を先導する知識人としての仕事への「新たな献身を定義するという、本人だけが知る目的を持っていた」(Neufeldt 8)と言える。コンコードの戦いが勃発したとされるノース・ブリッジの脇に、戦いの戦死者に捧げる記念塔が完成したのは一八三六年七月四日の独立記念日のことだが、その除幕式で参列者たちが歌い上げた詩「コンコード賛歌」を書いたのも、エマソンであった。

二　ジョナサン・シリーの死

このようなコンコードの歴史、より正確には、十九世紀半ばに現在進行形で生産されつつあったアメリカ史におけるコンコードの町のモニュメント化を巡る言説上の覇権争いの歴史を背景に置くことで、ホーソーンがコンコードの町を舞台にするロマンス『セプティミアス・フェルトン』を、南北戦争中に改めて執筆した意味が浮かび上がってくる。冒頭近くで、語り手は、この物語は「ある過ち(errors)に途方にくれた精神の歴史」を描いた「内面の物語」(15–16)だと語る。しかし、一体何が「過ち」なのかは、この未完成作品では明白に述べられていない。この問題を考察するためには、前半部の大詰め、セプティミアスのイギリス兵殺害の場面について考えねばならない。コンコードの町へと行進するイギリス兵を見ながら、セプティミアスは「彼らを殺すことを考えるのは、この世で最も奇妙なことだ。……人命はとても尊いものだ!」(21)と呟く。だが、この人道的発言の直後に、セプティミアスは、恋人(後の原稿では、妹)のローズにキスをしたイギリス兵との決闘に巻き込まれ、彼を殺害する。この場面について、ランダル・フラーはウォルター・スコットの影響を指摘し、決闘は「革命戦争当時においても時代錯誤的なものであった」（Fuller 678）と論じているが、実は、南北戦争前の時期においてすら、決闘の習慣は廃れてはいなかった。むしろ、独立後のアメリカ政界において決闘は流行していたとすら言える。十八世紀後半から十九世紀前半にかけて、相当数の政治家が実際に決闘を行っている。(6) 例えば、アンドルー・ジャクソンは一八二八年の大統領選挙で勝利する以前に少なくとも八回は決闘したと言われ、そのうちの一つでは実際に一人殺している。そして、そのような「決闘の生き残り」という風評が、大統領選の妨げになったどころか、ジャクソンの人気を高めたらしいということは強調されてよいだろう（Burstein 51–61）。その後も、南北間の政治的緊張が高まるにつれ、南部の政治家が北部の政敵に決闘を申し入れることは時折あった（Wyatt-Brown 142–53）。

ホーソーン自身も友人ジョナサン・シリーを決闘で失っている。シリーはホーソーンのボードン・カレッジ時代の友人の一人で、彼らの同窓には、後の第十四代大統領フランクリン・ピアスや、人気詩人ヘンリー・ワズワース・ロングフェローなどがいた。一八三八年二月二十四日、当時、メイン州選出の民主党下院議員であったシリーは、ケンタッキー州選出のホイッグ党下院議員ウィリアム・ジョーダン・グレイヴズとワシントン郊外において決闘を行い、グレイヴズに殺害された。当時の一般的な決闘の決まり事として、双方が最初の回で射撃に失敗した後に、双方のセコンドが決闘の終結を宣言するのが習慣であったが、奇妙なことに、二人の決闘は第三ラウンドまで続き、シリーは命を落とすこととなった。シリーの死後、下院に設けられた調査委員会はグレイヴズらの責任を認めたものの、結局一人も具体的に処罰されることはなく、その後もグレイヴズは下院に在任し、次の下院選でも再選された。この時、シリーに決闘を申し入れるよう強くグレイヴズに働きかけたのが、ヘンリー・クレイを始めとする南部ホイッグ党の有力政治家たちであった。その背景には民主党とホイッグ党の党派間対立の激化があったとされる（Anderson 181–96）。

事件後、民主党機関紙『ユナイテッド・ステイツ・マガジン・アンド・デモクラティック・レヴュー』編集者であり、「マニフェスト・デスティニー」の概念を広めたことでも有名なジョン・オサリヴァンは、同誌一八三八年三月一日号に、「シリーの殉教」という小文を発表した。そこでオサリヴァンは、事件に関わった南部ホイッグ党員たちを「悪霊」、「怪物と爬虫類の組み合わさった邪悪な精」などと呼び激しく糾弾する一方、シリーを「ニューイングランドの名誉と誇り」（O'Sullivan 495, 505, 502）のために死んだ愛国的英雄として祭り上げた。これに対し、シリーの死後、ホーソーンは公には沈黙を守ったが、事件から半年を経て、「ジョナサン・シリーの伝記的スケッチ」（一八三八年）という小文を『デモクラティック・レヴュー』誌上に発表した。このエッセイの調子はオサリヴァンのそれとは極めて異なる。ホーソーンは事件の政治的側面については多くを語らず、むしろシリーの人間的側面を解説するのに字数を費やしている。決闘についても、最後の段落で以下のように少し言及するのみである。「彼はみじめな大義名分のために自らの命を投げ出したのだ！　……しかし、彼の過ち（error）は尊いものである。彼は、自身がニューイングランドの名誉と考えたもののために戦ったのだから」（"Jonathan Cilley" 119）。この一節は様々な含みを孕んでいる。まずシリーの行為が「みじめな大義名分」のために行われたと述べている点、また、それが「過ち」だったと認めている点、さらには、それが「ニューイングランドの名誉」ではなく「自身がニューイングランドの名誉と考えたもの」（傍点引用者）のためであったとする点で、このエッセイは、実はオサリヴァンとは全く逆のことを言っている。つまり、ホーソーンは、シリーの死が無駄であったと仄めかしつつ、オサリヴァンらが煽り立てる、シリーを北部の大義のために死んだ殉教者として祭り上げる種類の言説をやんわりと拒絶しているのである。

ホーソーンにシリーの英雄化をとどまらせた原因があったとしたら、おそらくそれは、彼自身がシリーの死に幾ばくかの責任があったかもしれないという思いだった。実は、シリーの死の数週間前に、メアリー・シルスビーという女性を巡って、ホーソーン自身がオサリヴァンと冗談半分の決闘未遂事件を引き起こしていた。その際に、ホーソーンの相談役を引き受けたのがシリーだった。そもそも、ホーソーンがオサリヴァンと知り合ったのもシリーを通じてであった。結局、オサリヴァンがホーソーンにシルスビーの悪評を説明する手紙を送ったことにより事態は友好的に解決されたが（Sampson 48–57; Turner 91–102）、そのわずか数週間後、シリーは本物の決闘で命を落とした。ホーソーンの息子ジュリアンの伝記によれば、名誉のためには決闘も辞さないホーソーンの態度にシリーは感銘を受けていたという。さらに、ジュリアンは、ホーソーン「自身が友人を撃ち殺した張本人であるかのように、その死に対し責任を感じていた」と語る（J. Hawthorne 174）。

三　コンコードの歴史の裏側

これらの事件を通して、子どもじみた若気の至りが悲惨な結果へとつながり得ることにホーソーンは気付いたのだ、というのはやや乱暴な伝記的推論にすぎないが、しかし、このような仮説に立って初めて、『セプティミアス・フェルトン』における、ほとんど唐突なイギリス兵殺害の意味と、ホーソーンがこの作品を「ある過ちに途方にくれた精神の歴史」を描いた「内面の物語」（15–16）と呼ぶ理由が明らかになるように思われる。イギリス兵の合図に反応して自らが放った弾丸が相手に命中し、驚いたセプティミアスは「こんなこと考えもしなかった。君に何の恨みも持っていなかったのに」(21)と言う。一方、撃たれたイギリス兵(後に、セプティミアスのイギリスにおける親類と判明する)は、死の間際で「僕も君に対して何の恨みも持っていないよ。……これは男子の遊びだったのだよ。そして、この遊びの終わりに、自分は男子として死ぬのだ」(27)と応じる。ホーソーンがここで示しているのは、崇高な目標や意図とは無関係に、戦争という行為自体が「男子の遊び」の究極の形かもしれないという認識である。冗漫とも言えるイギリス兵の死の場面で、ランダル・フラーが言うように、ホーソーンは十九世紀アメリカで人気のスコット風歴史ロマンスの枠組みを意識的に活用しているかもしれない(Fuller 678)。だが、その引用方法は決して時代錯誤的なものではなく、むしろ風刺のそれに近い。兵士の喜劇的な騎士道ロマンスへの没頭と、そのような無邪気な「男子の遊び」が生んだ唐突な死とのギャップを強調することによって、ホーソーンは、殺人は良くないと信じる人間を、いとも簡単に殺人へと駆り立てる(実際に、シリーとグレイヴズを致命的な対決へ駆り立てたような、さらには、ホーソーン自身とオサリヴァンをも同じ状況に追いやったかもしれないような)ロマン主義的ヒロイズムの不吉な力を前景化しているのである。そして、これこそが、ホーソーンが「伝記的スケッチ」と『セプティミアス・フェルトン』の両方において言及する「過ち」という言葉の意味であると思われる。

このようなホーソーンのロマン主義的ヒロイズム批判は、マーク・トウェインの鋭い観察に先立つものである。『ミシシッピーの生活』(一八八三年)で、トウェインは、南部と北部に「人口比に応じて」伝染した「サー・ウォルター病」が南北戦争の原因であったと得意のユーモアで語っている(Twain 337–38)。ホーソーンが南北戦争中に『セプティミアス・フェルトン』の執筆において試みたのは、まさにトウェインが戦後に行ったようなヒロイズム批判である。殺害されたイギリス兵をあえてスコット的キャラクターとして描くことによって、ホーソーンは、革命戦争から南北戦争までの時期に、（文学作品を含む）メディアを通して広く人口に膾炙した好戦的ロマン主義の支配力を焙りだしているのである。
同じことは、『セプティミアス・フェルトン』の元になったとも言われる「旧牧師館」（一八五四年）中のあるエピソードにも見受けられる（Simpson and Davidson 571–72）。語り手ホーソーンは、ジェイムズ・ラッセル・ローウェルから聞いたという、一七七五年四月十九日のコンコードの戦いにおける、旧牧師館にまつわる逸話を次のように語る。

その四月の朝、牧師館の裏口で、牧師に奉公する一人の若者が、たまたま木を切っていた。……言い伝えによると、若者はついに仕事を放り出し、手に斧を持ったまま、戦場へと急いだ。その頃には、イギリス軍はすでに撤退しており、アメリカ軍は追撃中だった。そして、先の紛争の現場はすでに両軍に放棄されていた。地面には二人の兵士が横たわっていた。一人はすでに死体だった。しかし、そのニューイングランドの若者が近づくと、もう一人のイギリス人は、手と膝で苦しげに体を起こし、生気の失せた眼差しで、若者を見つめた。それはきっと、目的もなく、考えもない、神経的な衝動（nervous impulse）であったに違いない。非情な性質ではなく、むしろ繊細で多感な性質を示しながら、若者は斧を持ち上げ、負傷した兵士の頭に、強烈で致命的な一撃を加えた。（“Old Manse” 9–10）

セプティミアスは決闘で人を殺しているので、この若者とは状況が異なるように見えるかもしれない。しかし、「衝動」でイギリス兵を殺したという点と、もともと戦闘に参加することに消極的であったという点で、両者はほとんど同じである。ホーソーンは「知的で道徳的な訓練」として「若者の後の人生を追いかけ、彼の魂が、その血糊によって、どのように苦しめられたかを観察しようとしてきた」と言い、また「この一つの状況は、すべての歴史がその戦いについて語るよりも、多くの実りを産んだ」と語る(10)。

この事件は、革命戦争におけるアメリカ軍の行動の正当性を損ない得る汚点として、十九世紀アメリカの愛国的歴史家たちの頭を悩ませた。若者の行為は兵士の苦しみを取り除くためであった、とする好意的解釈も試されているが、他の証言はそのような解釈の可能性を阻んでいる(Murdock 74–76; Gross, *Minutemen* 126–27)。十九世紀アメリカでおそらく最も大きな影響力を持った歴史家の一人、バンクロフトも『合衆国の歴史』第七巻(一八六一年)の中で、同じ事件を取り扱っているが、その記述はホーソーンのそれとは大いに異なる。まず、バンクロフトは、コンコードの戦いにおいて敗走するイギリス軍に対し、アメリカ軍が「追跡も行わず、危害も加えなかった」と断定し、アメリカ側の残虐行為については、「一人の傷付いた兵士が、逃げようとするかのように起き上がろうとしたところ、若者によって斧で頭を殴られたのを除いては」と、但し書きとして軽く言及するのみである。さらに目を引くのが「衝動(impulse)」という言葉の扱いである。バンクロフトの記述では、「『撃て、撃て、撃て!』という叫び声が口々に伝わった。……二分後には全てが収まっていた。……アメリカ人たちは衝動(impulse)によって行動したので、自分たちが成し遂げたことに呆然として立っていた」(303–04)とあるように、「衝動」が軍の統一された合理的行動を引き起こす。これは、ホーソーンの記述で「衝動」が若者を非合理な行動に駆り立てるのと対照的である。ジャスティン・ミュリソンは、人体の神経組織をめぐる南北戦争前の医学言説と(ホーソーン作品を含む)文学作品の相互関係について分析し、同時代の医学的及び文学的テクストにおいて、神経系の症状がしばしば大きな歴史的な変化の症候として描かれていると論じているが、

「神経的な衝動」に拘るホーソーンの視点は、ミュリソンの言う「神経組織の『ロマンス』」（Murison 6）のそれに近い。ホーソーンは「神経的な衝動」の向こう側に、進歩史観が覆い隠す非合理的な情動の蠢きを感知している。

バンクロフト的な正統派史観とホーソーン的史観の大きな違いを生みだしているのは、換言すれば、出来事の偶然性への配慮の有無である。ホーソーンの記述では、若者は「たまたま」（9）斧で木を切っていたのであって、その行為自体に必然性はない。さらに、イギリス兵の「手と膝で苦しげに体を起こし、生気の失せた眼差しで、若者を見つめ」る動作（9–10）からは、その意図は判別できない。しかし、バンクロフトの記述では、兵士は「逃げようとするかのように起き上がろうとした」（304）と、行為の意図に対して記述者の解釈が予め加えられ、アメリカ軍の行動は全て歴史の必然として処理されている。ホーソーンがここで（そして、『セプティミアス・フェルトン』で）拒むのは、そのような目的論的歴史記述である。最終的に、バンクロフトがコンコードの戦いを美化し、愛国的進歩史観へと回収しようとするのに対して、ホーソーンは異常な事件を単純な説明に還元することを拒み、結果的に、そのような歴史観を否定する。その意味で、この事件をめぐるホーソーンの歴史観は、バンクロフト的史観のいわばネガに相当すると言える。

目的論的歴史記述に対するホーソーンの否定は、「死」の記述に最も顕著に現れている。バンクロフトの歴史では、コンコードの戦いにおける戦死者の顔は「死に際で、少し変化し、穏やかな」（303）ものであったと記述される。この「穏やかな死に顔」は、トウェインも嘲笑するような、多くの歴史ロマンスや感傷小説ではお馴染みのものである。ホーソーンも『セプティミアス・フェルトン』では、同様の枠組みで「穏やかな死」を表現しようとした。しかし、後のヴァージョン『セプティミアス・ノートン』においては、セプティミアスが「(兵士の表情が) 天使以外の何者でもない表情へと変化する」のを見た瞬間、「その出来事の別の見方が干渉してきて」、セプティミアスは兵士の表情を「解釈することがうまくできない」(245) と書いている。こうして、ホーソーンは、「死」を美化し、その即物性を死者から排除するロマン主義的言説自体を問題化しているのである。ちなみに、「旧牧師館」は『合衆国の歴史』第七巻よりも前に出版されているが、そこには、一八三四年の第一巻発売以来、人気を博していた同シリーズの作者に対する言及が含まれている。旧牧師館に移り住んだホーソーンは「(もしバンクロフトが、かつて計画した通りに、ここに居を構えていたら、書いていたであろう) 哲学的思想の深みにまで光を届かせる、映像で輝く歴史」(5 丸括弧原文) を自らの仕事の一つとする決意をしたと語る。つまり、ホーソーンはバンクロフトが書きえなかった本物の歴史を自分こそが書くのだと宣言しているのである。

バンクロフトの書く「神聖なる歴史の世俗版、あるいは人類の進歩の神聖版」(Bercovitch 174) がより一般読者向けならば、それを理論的に支えた一人が (そして、「旧牧師館」において、バンクロフトと並んで密かな揶揄の対象となっているのも) ラルフ・ウォルドー・エマソンであった。エマソンの「全ての歴史上の事実は普遍的法則としての [全ての個人に共通の] 一つの精神の内に予め存在する」("History" 2) という、ドイツ観念主義の影響の色濃い進歩史観は、同時代の多くの歴史家に共通の理論的根拠であった。さらには、コンコードの戦いを旧牧師館の窓から見守った歴史の証言者として、またジョージ・ワシントンが指揮した大陸軍の従軍牧師として、愛国的進歩史観の神意による権威付けに貢献した一人と考えられるのが、エマソンの祖父にあたるウィリアム・エマソン牧師である。先に言及した、コンコード二百周年記念祭におけるスピーチ「歴史講話」の中で、エマソンは、牧師がコンコードの戦いの翌々日に「教会に参列した七百人の兵士」に向けて熱狂的な説教を行い、次の戦いに向けて彼らを鼓舞したことを語っている（77）。エマソンが描く祖父エマソン牧師の姿は、『セプティミアス・フェルトン』における、セプティミアスの助言者でもある牧師の姿と重なり合う。牧師はセプティミアスのイギリス兵殺害を「彼の地上における生を短くするだけで、また、神が許してくださるので我々はそう結論できるのだが、他の何時でも起こり得る変化を少し前に持ってくる」（35）にすぎないと言って赦す。このような牧師の態度に対し、セプティミアスは「聖職者というのは」「戦争に関しては、最も妥協無く血に飢えた連中だ」（56）という感慨を漏らすが、これは、神意をもって殺人を正当化し、千年王国的レトリックを用いて戦時体制を支える教会組織に対する、ホーソーンの直接的な批判と見て間違いないだろう。

四　歴史の反復、コンコード、南北戦争

仮に、一七七五年にコンコードの町を包んだかもしれない、市民軍や教会を含む住民が一丸となった臨戦態勢の中心にいた一人がエマソン牧師だとすれば、南北戦争に沸く同じ町の好戦ムードの思想的中核を担う人物とホーソーンが見なしたのが、他ならぬエマソンである。「旧牧師館」では、ホーソーンはエマソンの思想的影響力について「新しい真実が新しいワインと同じくらい人を酔わせるように、ある人々の脳内に奇妙な眩暈を引き起こす、彼の高尚な思想の、そびえる山のような空気」（31）と皮肉っているが、ラリー・レノルズが論じるように、南北戦争前夜のコンコードでは、エマソンと彼の影響下にあった超絶主義者たちは、奴隷制廃止運動過激派のジョン・ブラウンに対する支持表明を皮切りに、正義のための暴力の肯定に傾いていた（Reynolds 220）。ホーソーンが『セプティミアス・フェルトン』において描こうとしたのは、そのような町の「空気」である。戦争を前にしたコンコードの町の様子は、次のように描かれ

ている。

> 生きるには良い時代だと、誰もが感じていた。より緊密な関係、人同士の親密な共感、世界の善や国の神聖さの感触……ああ、この崇高で英雄的な激震の時期、表向きは悪魔のような所業の瞬間に、人は自分をほとんど天使だと感じる。ああ、不思議な、来たる戦いの恍惚よ。……今や、我々は、［兵士達を］英雄だと感じ、彼らのために、より崇高な空気を吸い、我らの目が潤むのを感じていた。……それは、生命が、ただその空気を吸い、我々を鼓舞するその影響力を意識するのに十分なほど美しい朝だった。（17–18 傍点引用者）

傍点箇所を除き、この一節はエマソンの有名なエッセイ『自然』を思い起こさせる。その中で、エマソンは次のように述べる――「女らしさ抜きで愛することのできる、崇高で神聖な美とは、人間の意志と共に見いだされるものである。……あらゆる自然の行動は優雅である。また、あらゆる英雄的行為もまた優美であり、その場所と周りに立つ者たちを輝かせる」（"Nature" 19–20）。ここに、エマソンの超絶主義的自然観とロマン主義的ヒロイズムの内的結合を見るのは難しくないだろう。この比喩としてのヒロイズム賛美から、ジョン・ブラウン支持に象徴される実際の暴力の肯定までは、それほど遠くはないとホーソーンは考えていた。「エマソンは殺戮の息を吐いている」（*Letters* 422）と南北戦争開始直後にイギリス人の友人ヘンリー・ブライト宛ての手紙に書いたホーソーンは、「悪魔のような所業」を「天使」の仕業に見せかけるロマン主義的暴力肯定思想を、ここで浮き彫りにしているのである。

しかし、ホーソーン自身、人々を鼓舞する戦争の影響力から決して自由だったわけではない。事実、南北戦争開始直後にホーソーンが書いた手紙の多くは、彼の戦争に対する矛盾した感情を示している。例えば、友人ホレーショ・ブリッジに宛てた手紙では、ホーソーンは、エマソンと共鳴するように、「時代の英雄的な感情に身を置き、自分は国を持っているのだと感じることは喜びであり、また、それを意識することが自分を若返らせてくれる」(*Letters* 380)と書きながら、一方では「一体我々が何のために戦っているのか、どんなはっきりとした結果が予測されるのか、よく分からない」(381)とも書いている。『セプティミアス・フェルトン』は、戦争が引き起こす「歓喜と幸福」に満ちた「民衆感情の渦」(23)の中で、ひとり平静を保とうとしつつも吸い寄せられるように戦場へ向かい、何の恨みも無いイギリス兵を殺害してしまう人間の「精神の歴史」を描いた「内面の物語」だが、それは、強い厭戦気分にも関わらず「戦いの恍惚」に喜びを禁じえないホーソーン自身の揺れる「精神の歴史」と否応なく一致している。

ホーソーンが同作品を執筆する過程において、差し迫る戦争の現実がロマンスの枠組みに侵入し、その枠組み自体を内側から崩壊させる。その結果、物語の記述は期せずして文学的リアリズムのそれへと近づいてゆく。例えば、セプティミアスは、日課とする散歩の最中に、突然「体の不自由な兵士が足を引きずりながら、戦場から家まで連れ戻してくれるよう頼んでまわっている」ところに遭遇する(54)。それは「ちょっと前には、彼がもはや二度と知ることの無いであろう田舎的な健康さで、元気一杯に戦場を求めてまわっていた」(54)兵士である。この直後、今度は、ドクター・ポートソークン(Portsoaken)が登場する。その名前が示すように、彼はアルコール依存症の藪医者で、絶え間なくアルコールを口に運んでいる。この一見すると喜劇的な人物も、元イギリス軍の従軍医師でイギリス軍がボストンから退却した際に、軍から逃亡した過去を持つことが後に明らかになる。セプティミアスの叔母キザイア秘伝の薬草酒を調べたポートソークンは、「ヒヨス」(75)を入れる必要があると説くが、これも麻酔作用を含んだ一種の毒薬であり、彼がしきりに口に運ぶ飲料も、何らかの鎮痛剤を含んでいるらしいことが分かる。このように見ていけば、彼もセプティミアス同様に、現代の医学用語で言う外傷後ストレス傷害を抱えた人物として浮かび上がってくる。

五　野蛮の記録、未完のロマンス

『セプティミアス・フェルトン』執筆中、友人ブライトに宛てた手紙で、ホーソーンは「始めは、この戦争が私の思考を完全に支配した。しかし後になって再び、私はあるロマンスについて考えるようになった。そして、人々が毎日のニュースや軍事戦略に関する論説以外の文章を読む準備ができるようになる頃までに、それを完成させたいと思っている」（*Letters* 421）と書いているが、これは、ホーソーンが戦後アメリカ社会を念頭に作品の構想を練っていたことを示している。さらに同時期、ホーソーンは一種の戦争ルポルタージュ「主として戦争問題について」（一八六二年）を「平和を好む男」の名で発表し、その中で、ハーパーズ・フェリーの捕虜収容所を視察した書き手は、「手と膝で這って助けを求める」北軍負傷兵の「体を踏みつけ魂を追い出した」（“Chiefly” 430）という南軍兵士の様子を観察しているが、これも、「旧牧師館」における衝動的にイギリス兵を殺害した若者の研究や、『セプティミアス・フェルトン』における意図せざる殺人の物語と重なり合って、ホーソーンの戦後に向けての関心のあり方を示している。それは、南部と北部に関わらず戦時中に多くの人々をとらえた「狂気」の分析である。『セプティミアス・フェルトン』の語り手は次のように語る。

多くの人間が狂ってゆくように思われる。自殺、殺人、そして、野蛮な行為に体現される、ありとあらゆる人間の想念の無秩序な爆発が、より頻繁に起こり、それを見る人々は次第に恐怖を感じなくなる。(67)

ホーソーンは、戦後アメリカの再建のためには、戦時中の人間を殺しに向かわせる「狂気」を理解しなければならないと考えていたように思われる。ホーソーンがこの作品で行おうとしているのは、人間の「狂気」を内側から記述し、正史には決して書かれない「リアル」な歴史として残すことである。だが、果たして「狂気」をテクストとして記述することは可能であろうか。精神分析的に言えば、「狂気」とは、それ自体では表象不可能な一種の情動であると言えるかもしれないが、ならば、ホーソーンが表象不可能な「狂気」をテクストとして表現しようとしたことが、必然的に物語の崩壊を招いたと考えられないだろうか。例えば、語り手は、インディアンの血を引くセプティミアスの衝動的殺人について、「彼の内部で沸き立つインディアン的気質」が原因だとし、「人間が、いとも簡単に血に飢えた動物になってしまうのを観察するのは、気持ちの良いものではない」と嘆く(56)。この説明は、当時人気の歴史ロマンスではお馴染みの、「野蛮さ」をインディアン生来の気質と結びつける十九世紀の人種主義の言説に基づいている。しかし、南北戦争における「非インディアン」による数々の残虐行為の前では、そのような枠組みがもはや無効であることにホーソーンは気付いていたに違いない。事実、『セプティミアス・ノートン』では、ホーソーンは、セプティミアスの叔母ナショバに、セプティミアスの「奇妙な冷たさは、一体どちらの血から来ているのやら。インディアンの方ではない。あの子のイギリス人の先祖は偉大な戦士だった。フィリップ王戦争では、牧師がインディアンを殺した!」(212)と言わせ、セプティミアスの残酷性の元凶がイギリス人の血にあると仄めかしている。だが、この説明も、「旧牧師館」において単純な目的論的記述をすでに否定しているホーソーン自身を納得させるものであったとは考えにくい。書きかけの原稿の途中に、ホーソーンは次のようなメモを記している――「セプティミアスは、研究の道標が見つからず、絶望の淵にいる」(68強調原文)。これは作者自身のことであると考えても決して的外れではないだろう。しかし、このメモを記した後もホーソーンは書き続け、タイトルやプロットを変えて、作品を完成させようとした。

『セプティミアス・フェルトン』の末尾近くで、セプティミアスは恋人シビル(セプティミアスが殺害したイギリス兵の妹)に向かって、永遠の命を得たら「沢山の出来事を体験し、何百年も生きた後、僕は机に向かい、かつて実現したことの無い、本来あるべき姿の歴史を書くのだ。そして、それは英知に富み、鮮明で、自ずから明白に本当の歴史となるだろう」(173)と語る。これは全ての歴史家にとっての不可能な夢だろう。ホーソーンはそのような歴史を書くことの不可能性にもちろん気付いていた。ホーソーンがこの未完成作品によって結果的に成し遂げたのは、いわば、彼自身の「野蛮」の記述である。なんらかの偶然が重なって条件が揃えば簡単に人を殺すかもしれない、自身の野蛮の記録をテクストに残すことによって、ホーソーンはかろうじて、正史には決して取り上げられない歴史の痕跡を残すことに成功したのである。多くの批評家が批判している、ホーソーンの政治及び社会変革に対する消極的態度も、人間が本来的に持っているかもしれない「野蛮さ」、つまり「人は誰でも人を殺せる」という事実に対する身をもっての認識と併せて評価されるべきであろう。ホーソーンが晩年に到達したのは、そのような、殆ど物質的なリアリティとしての情動の歴史であった。そのような「リアル」な歴史に近づけば近づくほど、それをテクストとして記すことは困難になる。なぜならば、「現実世界とおとぎの国の間のどこか、中間領域」(Hawthorne, *Scarlet* 36)で仕事をするロマンス作家ホーソーンにとって、リアリズムの過度の横溢はロマンスの死と同義であるからだ。奇しくも、それはホーソーン自身に死が近づくのと不気味に一致していた。一八六四年五月十九日、第十四代大統領で旧友のフランクリン・ピアスとの旅の途中、自身が描こうとした戦争の帰結を見ぬまま、ホーソーンは帰らぬ人となった。そして、もしかしたら最高傑作となるはずだったかもしれない『セプティミアス・フェルトン』の原稿も未完のまま残されることとなった。

＊本稿は「『頭を突き出した蛇のような疑念』――ホーソーンの *Septimius Felton* における歴史のディレンマ」『アメリカ文学研究』第四十六号(日本アメリカ文学会、二〇一〇年)に加筆修正を施したものである。また、本稿は科研費若手研究(B)25770113 の助成を受けて行われた研究の一部である。

注

(1)後のヴァージョン『セプティミアス・ノートン』と共に、『不老不死の霊薬草稿』の一部として百周年記念全集版に所収。尚、ホーソーン作品に限らず、英語からの翻訳は全て筆者による。
(2)『ノース・アメリカン・レヴュー』についてはTaketani を参照。
(3)アメリカの歴史書及び歴史小説へのスコットの影響については、Dekker 29–72 を参照。
(4)十九世紀前半のアメリカ史編纂の歴史については、Callcott 及び Levin、Van Tassel 31–141、Wish を参照。
(5)十九世紀以来の独立革命に関する文学作品、歴史書、行事、モニュメントについては、Kammen 及び Purcell を参照。
(6)アメリカにおける決闘史についてはTruman を参照。

引用文献

Bancroft, George. *History of the United States, from the Discovery of the American Continent*. Vol. 7. Boston, 1861.

Bercovitch, Sacvan. *The Rites of Assent: Transformations in the Symbolic Construction of America*. New York: Routledge, 1993.

Burstein, Andrew. *The Passions of Andrew Jackson*. New York: Knopf, 2003.

Callcott, George H. *History in the United States, 1800–1860: Its Practice and Purpose*. Baltimore: Johns Hopkins UP, 1970.

Dekker, George. *The American Historical Romance*. New York: Cambridge UP, 1987.

Emerson, Ralph Waldo. *Essays and Lectures*. New York: Library of America, 1983.

———. "Historical Discourse." Vol. 11 of *The Complete Works of Ralph Waldo Emerson*. Ed. Edward Waldo Emerson. New York: AMS, 1968. 27–86.

———. "History." Emerson, *Essays and Lectures* 235–56.

———. "Nature." Emerson, *Essays and Lectures* 5–50.

Everett, Edward. *An Oration Delivered at Concord, April the Nineteenth, 1825*. Boston, 1825.

Fuller, Randall. "Hawthorne and War." *New England Quarterly* 80.4 (2007): 655–86.

Gross, Robert A. "Commemorating Concord: How a New England Town Invented Itself." *Common-Place* 4.1 (2003): n. pag. Web. 30 June 2015.

———. *The Minutemen and Their World*. New York: Macmillan, 2011.

Hawthorne, Julian. *Nathaniel Hawthorne and His Wife: A Biography*. Vol. 1. Boston, 1885.

Hawthorne, Nathaniel. "Chiefly About War Matters. By a Peaceable Man." Hawthorne, *Miscellaneous* 403–42.

———. *The Elixir of Life Manuscripts*. Vol. 13 of *CE*. 1977.

———. "Jonathan Cilley." Hawthorne, *Miscellaneous* 110–19.

———. *The Letters* 1857–1864. Vol. 18 of *CE*. 1987.

———. *Miscellaneous Prose and Verse*. Vol. 23 of *CE*. 1994.

———. *Mosses from an Old Manse*. 1854. Vol. 10 of *CE*. 1974.

———. "The Old Manse." Hawthorne, *Mosses* 3–35.

———. *The Scarlet Letter*. 1850. Vol. 1 of *CE*. 1962.

———. "Septimius Felton." Hawthorne, *Elixir* 3–194.

———. "Septimius Norton." Hawthorne, *Elixir* 195–448.

Kammen, Michael. *A Season of Youth: The American Revolution and the Historical Imagination*. New York: Knopf, 1978.

Levin, David. *History as Romantic Art: Bancroft, Prescott, Motley, and Parkman*. Stanford: Stanford UP, 1959.

McWilliams, John. "Lexington, Concord, and the 'Hinge of the Future.'" *American Literary History* 5.1 (1993): 1–29.

Murdock, Harold. *The Nineteenth of April, 1775, Exhibiting a Fair and Impartial Account of the Engagement Fought on That Day, Chiefly in the Towns of Concord, Lexington, and Menotomy*. Boston: Houghton, 1923.

Murison, Justine S. *The Politics of Anxiety in Nineteenth-Century American Literature*. New York: Cambridge UP, 2011.

Neufeldt, Leonard N. "'The Fields of My Fathers' and Emerson's Literary Vocation." *American Transcendental Quarterly* 31 (1976): 3–9.

O'Sullivan, John. "The Martyrdom of Cilley." *The United States Magazine and Democratic Review* 1 Mar. 1838: 493–509.

Purcell, Sarah J. *Sealed with Blood: War, Sacrifice, and Memory in Revolutionary America*. Philadelphia: U of Pennsylvania P, 2002.

Reynolds, Larry J. *Devils and Rebels: The Making of Hawthorne's Damned Politics*. Ann Arbor: U of Michigan P, 2008.

Ripley, Ezra. *A History of the Fight at Concord*. Concord, 1827.

Sampson, Robert D. *John L. O'Sullivan and His Times*. Kent: Kent State UP, 2003.

Simpson, Claude M., and Edward H. Davidson. "Historical Commentary." Hawthorne, *Elixir* 557–90.

Taketani, Etsuko. "*The North American Review*, 1815–1835: The Invention of the American Past," *American Periodicals* 5 (1995): 111–27.

Twain, Mark. *Life on the Mississippi*. 1883. Whitefish: Kessinger, 2004.

Truman, Major Ben C. *Duelling in America*. San Diego: Joseph Tabler, 1992.

Turner, Arlin. *Nathaniel Hawthorne, a Biography*. New York: Oxford UP, 1980.

Ullén, Magnus. "The Manuscript of Septimius: Revisiting the Scene of Hawthorne's 'Failure.'" *Studies in the Novel* 40.3 (2008): 239–67.

Van Tassel, David D. *Recording America's Past: An Interpretation of the Development of Historical Studies in America*, 1607–1884.

Chicago: U of Chicago P, 1960.
Wish, Harvey. *The American Historian: A Social-Intellectual History of the Writing of the American Past*. New York: Oxford UP, 1960.
Wyatt-Brown, Bertram. *Honor and Violence in the Old South*. New York: Oxford UP, 1986.
ヴァルター・ベンヤミン「歴史の概念について」『近代の意味』（ベンヤミン・コレクション第一巻）浅井健二郎編訳、筑摩書房、一九九五年、六四三―六六頁。

ウェークフィールド的文学史の試み──あとがきに代えて

手もとのメモを見ると、二〇一四年五月二十二日、北国の春爛漫のころ。日本ナサニエル・ホーソーン協会全国大会（於札幌）に合わせて開かれた同協会役員会の席上で、成田雅彦会長が「ホーソーン没後百五十周年記念論集」発刊の方針を打ち出した。「これを逃すと、しばらく論集発刊の機会を失う」とのコメントは笑いを誘ったが、いまから考えると、成田会長の深慮遠謀は、ここまで充実した浩瀚な研究書をすでに見すえていたのだろう。編集のお手伝いをさせていただきながら、いまになってやっとそのことを理解できた。百五十年をふり返ることで、これからの百五十年を見すえる、とは「まえがき」の成田会長の弁だが、確かに百五十年のあいだに積みかさねられてきたホーソーン受容の思いもかけない諸相が、ここに取りあげられている。そして、ここには確かに、これからの文学研究の──しかも、個人作家研究としての──ありかたを詳らかにするかずかずの手掛かりが潜んでいることだろう。

この論集を読みかえしてみて、ぼくはひとつの奇想にとらわれる。それは、ダビデがイスラエル国民に向かって「「もしも主が私たちの味方でなかったなら」／さあ、イスラエルは言え」と命じたことば（詩篇一二四・一）に端を発する。ぼくもまた、この論集に「もしもホーソーンがいなかったなら」、さあどうなっていた、と問われているのではないか。そしてその問いに誘われて「ホーソーンなかりせば、アメリカ文学いかなりしか」と、夢想してみたい気がするのである。

もしもホーソーンがいなかったなら……。これを想像するには、すでに存在している作家の文学的遺産を、あたかもなきかのように考えて、現実と対比するというダブルヴィジョンが必要となる。ちょうどウェークフィールドが、もし自分がいなかったならどうなるかを、自分自身の目で確かめようとしたように。そこで、これを名付けて、ウェークフィールド的文学史の試みと呼びたい。

もしもホーソーンがいなかったなら、「〈超絶主義者たち〉……と、大衆の知性と共感に語りかける大部分の文筆家」(「ラパチーニの娘」)とのあいだを取りもつ作家は現れず、トランセンデンタリズムの語る希望と問題点を小説的に分析するという創作作法の深化はなかったかもしれない。また、惑星的視点からアメリカを批判しようとしたメルヴィルの作品群は、もしもホーソーンがいなかったなら、そして、そのピューリタン的世界観批判がなかったなら、受けいれられることはなかったかもしれない。少なくともその受容は遅れていただろう。

チャールズ・ブロックデン・ブラウンやロバート・モンゴメリ・バードの描いた異常なまでの宗教的熱狂も、ホーソーン小説における明敏な心理分析がなければ、単なる奇矯として等閑視されていたかもしれないし、なによりも、時代精神や権力に抗うヘスターに倣い、自分のジェンダー的または人種的アイデンティティを確立しようとした多くの運動家たちが、小説という闘争手段の可能性に気づくこともなかったかもしれない。ストウやモリソンが子殺しの母親を小説に描くことも、オースターが都市の編み目にみずからを失っていく男を描くことも、なかったかもしれないのである。

ひとはこのような夢想を、一個人作家の研究に拘泥する古いタイプの学者の骨頂と呼ぶかもしれない。しかし、本書を読まれたかたは、このような想像をともに楽しんでいただけるのではないだろうか。ちょうどウェークフィールドの物語が「世の人の同情心にあまねく訴える」のではないかと語り手がつぶやいたように、ホーソーンなきアメリカ文学を想像することで、逆にホーソーンの文学的遺産の大きさを知ることは、多くのアメリカ文学研究者の同情心にあまねく訴える力を持つように思うのだ。

本書の編集作業は、二〇一四年六月に、成田・西谷・髙尾が編者となることが正式に決まってから動きはじめ、同年十月末にプロポーザルの〆切を迎えた。この時点で二十六本の応募があり、それを十八本にしぼり込んだ。全体のバランスに鑑みて編者が一本ずつ寄稿することとし、全二十一本となって構成案が決まったのが、十一月。二〇一五年夏ごろに論文が集まりはじめ、各論文について三人の編者が読んで修正意見を出し、執筆者とのやりとりをおこなった。この間、諸般の事情で論文は十九本となり、全体の構成も修正を余儀なくされた。執筆者とのやりとりに際しては、ときに編者のあいだでも激論が闘わされ、さらには執筆者との応答も、回を重ねるごとに内容が濃くなっていって、なかには「とんでもない論集に応募したものだ」と驚かれたかたもおられたのではないだろうか。プロポーザルを提出してくださったかたがた、また、寄稿し、さらに編者のコメントに応えてくださった執筆者のかたがたには、その忍耐に謝意を表したい。

ともかくこのプロセスに時間がかかったため、当初刊行予定だった二〇一五年十二月は瞬くうちに過ぎてしまい、原稿がほぼ出そろったのが、二〇一六年一月、そこから出版社への入稿、校正作業とすすんで、このたびめでたく刊行にこぎ着けることとなった。（この「あとがき」執筆時点ではすべての原稿が入稿され、校正作業も終わりに近づいている。装丁もほぼ決まり、あとは索引と執筆者紹介を残すのみとなった。やれやれ。）

これらの煩雑なやりとりすべてを、成田氏が取りしきって進めてくれた。成田・西谷両氏はさきに『アメリカン・ルネサンス――批評の新生』（開文社出版、二〇一三年）という大編著をものされた名コンビで、ぼくはおふたりのご意見をうかがいながら、その指示に従うという役回り。安心してことに当たることができた。複雑で多岐にわたる編集のプロセスを、校務多忙のなかすみやかに処理されていくおふたりの手際のよさに、多くを学ばせていただいたことを感謝したい。また出版に際して企画に快く応じてくださった開文社出版の安居洋一社長、そして編集でお世話になった佐久間邦子さんにも、この場を借りて感謝を申しあげる。

人文系学部廃止問題で世間は依然として喧しいが、改めて文学研究が、新たな審美的・道徳的価値の発見と創造に取りくむ学問であることを、本書の編集を通じて確かめることともなった。そんな当たり前のことを肝に銘じながら、文学研究への本書の貢献（あるいは「文学的遺産」）の少なからざらんことを祈る。

高尾直知

二〇一六年四月

ラ行

ワ行

マ行

ヤ行

ハ行

ナ行

タ行

カ行

サ行

索引

ア行

吉田　朱美（よしだ　あけみ）
近畿大学文芸学部准教授
主要業績：*George Moore's Paris and His Ongoing French Connections*（共著、Peter Lang, 2015）、"Stanley Makower's Contribution to the 'Woman Composer Question': A Reading of *The Mirror of Music* (1895)." *New Directions* 33（名古屋工業大学共通教育・英語、2015年）、『ギッシングを通して見る後期ヴィクトリア朝の文化と社会』（共著、渓水社、2007年）

＊西谷　拓哉（にしたに　たくや）
1961年生まれ、神戸大学大学院国際文化学研究科教授
主要業績：『白鯨』（共著、ミネルヴァ書房、2014年）、『アメリカン・ルネサンス――批評の新生』（共編著、開文社出版、2013年）、『環大西洋の想像力――越境するアメリカン・ルネサンス文学』（共著、彩流社、2013年）

野崎　直之（のざき　なおゆき）
1979年生まれ、テキサス大学アーリントン校（院）
主要業績：「「男の邪悪な想像力が産み落とした怪物」――「ラパチーニの娘」における監視の力学」『フォーラム』第21号（日本ナサニエル・ホーソーン協会、2016年）、エリック・J・サンドクイスト『死にたる民を呼び覚ませ――人種とアメリカ文学の生成』上巻（共訳、中央大学出版部、2015年）、「ナサニエル・ホーソーンの「痣」における「人間機械」アミナダブ」『アメリカ文学』第68号（日本アメリカ文学会東京支部、2007年）

藤村　希（ふじむら　のぞみ）
亜細亜大学経済学部講師
主要業績：『アメリカン・ルネサンス――批評の新生』（共著、開文社出版、2013年）、『アメリカ文化55のキーワード』（共著、ミネルヴァ書房、2013年）、『〈風景〉のアメリカ文化学』（共著、ミネルヴァ書房、2011年）

古屋　耕平（ふるや　こうへい）
和洋女子大学准教授
主要業績：『身体と情動――アフェクトで読むアメリカン・ルネサンス』（共著、彩流社、2016年）、「アメリカン・ルネッサンスと翻訳――メルヴィルの場合」『スカイ・ホーク』第1号（日本メルヴィル学会、2013年）、“Why Is Touch Sometimes So Touching?: The Phenomenology of Touch in Susan Streitfeld's *Female Perversions*.” *Film-Philosophy* 15.1（Open Humanities Press, 2011年）

高橋　利明（たかはし　としあき）
1958年生まれ、日本大学文理学部教授
主要業績：「越境する「ラパチーニの娘」」『英文学論叢』第62巻（日本大学英文学会、2014年）、「眼差しの美学――偉大なる岩の顔とアーネストの「崇高」について」『フォーラム』第10号（日本ナサニエル・ホーソーン協会、2005年）、『思考する感覚――イギリス・アメリカ文学のコンテクストから』（共著、国書刊行会、1996年）

竹井　智子（たけい　ともこ）
1972年生まれ、京都工芸繊維大学准教授
主要業績："Suburban Consciousness in Henry James's 'Mora Montravers'"『関西アメリカ文学』第50号（日本アメリカ文学会関西支部、2013年）、『悪夢への変貌――作家たちの見たアメリカ』（共著、松籟社、2010年）、『テクストの地平』（共著、英宝社、2005年）

辻　祥子（つじ　しょうこ）
松山大学教授
主要業績：『越境する女――19世紀アメリカ女性作家たちの挑戦』（共編著、開文社出版、2014年）、『カウンターナラティヴから語るアメリカ文学』（共著、音羽書房鶴見書店、2012年）、*Melville and the Wall of the Modern Age*（共著、南雲堂、2010年）

中村　善雄（なかむら　よしお）
ノートルダム清心女子大学准教授
主要業績：『身体と情動――アフェクトで読むアメリカン・ルネサンス』（共著、彩流社、2016年）、『越境する女――19世紀アメリカ女性作家たちの挑戦』（共著、開文社出版、2014年）、『水と光――アメリカの文学の原点を探る』（共編著、開文社出版、2013年）

*成田　雅彦（なりた　まさひこ）
1959年生まれ、専修大学教授
主要業績：『アメリカン・ルネサンス――批評の新生』（共編著、開文社出版、2013年）、『環大西洋の想像力――越境するアメリカン・ルネサンス文学』（共著、彩流社、2013年）、『ホーソーンと孤児の時代――アメリカン・ルネサンスの精神史をめぐって』（ミネルヴァ書房、2012年）

内田　裕（うちだ　ゆう）
1990年生まれ、中央大学大学院文学研究科博士後期課程英文学専攻在籍
主要業績：「*A Wonder Book for Girls and Boys* にみるホーソーンの文壇批判」『英米文学研究』第32号（中央大学文学部英米文学会、2014年）

大野　美砂（おおの　みさ）
東京海洋大学海洋科学部准教授
主要業績：『越境する女——19世紀アメリカ女性作家たちの挑戦』（共著、開文社出版、2014年）、『アメリカン・ルネサンス——批評の新生』（共著、開文社出版、2013年）、『アメリカン・ロマンスの系譜形成——ホーソーンからオジックまで』（共著、金星堂、2012年）

城戸　光世（きど　みつよ）
広島大学准教授
主要業績：『身体と情動——アフェクトで読むアメリカン・ルネサンス』（共著、彩流社、2016年）、『越境する女——19世紀アメリカ女性作家たちの挑戦』（共編著、開文社出版、2014年）、メーガン・マーシャル『ピーボディ姉妹——アメリカ・ロマン主義に火をつけた三人の女性たち』（共訳、南雲堂、2014年）

進藤　鈴子（しんどう　すずこ）
名古屋経済大学短期大学部教授
主要業績：『境界線上の文学』（共著、彩流社、2013年）、『アメリカ・ルネサンス——批評の新生』（共著、開文社出版、2013年）、『ゲーリー家の人々——アメリカ奴隷制下の自由黒人』（翻訳、彩流社、2010年）

*髙尾　直知（たかお　なおちか）
1962年生まれ、中央大学教授
主要業績：『ジョン・ブラウンの屍を越えて——南北戦争とその時代』（共著、金星堂、2016年）、『抵抗することば——暴力と文学的想像力』（共編著、南雲堂、2014年）、エリック・J・サンドクイスト著『死にたる民を呼び覚ませ——人種とアメリカ文学の生成』上巻（共訳、中央大学出版部、2015年）。

執筆者一覧

（五十音順、＊は編者。単著はその旨特記せず）

生田　和也（いくた　かずや）
鹿児島女子短期大学講師
主要業績：「「老いた子供たち」――『七破風の屋敷』における老いのイメージ」『フォーラム』第19号（日本ナサニエル・ホーソーン協会、2014年）、『ロマンスの迷宮――ホーソーンに迫る15のまなざし』（共著、英宝社、2013年）

池末　陽子（いけすえ　ようこ）
1970年生まれ、京都市立芸術大学音楽学部非常勤講師
主要業績：『エドガー・アラン・ポーの世紀』（共著、研究社、2009年）、『悪魔とハープ――エドガー・アラン・ポーと十九世紀アメリカ』（共著、音羽書房鶴見書店、2008年）、「悪魔とハープ――Edgar Allan Poe の "The Devil in the Belfry" における音風景」『アメリカ文学研究』第37号（日本アメリカ文学会、2001年）

伊藤　詔子（いとう　しょうこ）
広島大学名誉教授
主要業績：*Poe's Pervasive Influence*（共著 Bethlehem, PA: Lehigh UP, 2012）、『よみがえるソロー――ネイチャーライティングとアメリカ社会』（柏書房、1998年）、『アルンハイムへの道――エドガー・アラン・ポーの文学』（桐原書店、1986年）

稲冨　百合子（いなどみ　ゆりこ）
1976年生まれ、岡山大学非常勤講師
主要業績：『身体と情動――アフェクトで読むアメリカン・ルネサンス』（共著、彩流社、2016年）、『環大西洋の想像力――越境するアメリカン・ルネサンス文学』（共著、彩流社、2013年）、『ロマンスの迷宮――ホーソーンに迫る15のまなざし』（共著、英宝社、2013年）

ホーソーンの文学的遺産
――ロマンスと歴史の変貌　（検印廃止）

2016年5月30日　初版発行

編　　者	成　田　雅　彦
	西　谷　拓　哉
	高　尾　直　知
発 行 者	安　居　洋　一
印刷・製本	モリモト印刷

162-0065　東京都新宿区住吉町 8-9
発行所　開文社出版株式会社
TEL 03-3358-6288 FAX 03-3358-6287
www.kaibunsha.co.jp

ISBN978-4-87571-084-4　C3098